A Novel
By
Jennifer Ball

摇滚女孩的 高数 人生

Higher Math
The Book Moose Minnion Never Wrote

〔美〕包弤……著　李琪……译　卫锟锟……校译

上海文艺出版社
Shanghai Literature & Art Publishing House

中译本作者献词

在此,我想要感谢卫锟锟为本书进行的校对工作。同时,我还要感谢孙倚娜、茅仲平、沈振海、周海荣、林绮文、王晓晶、赵宁、李革,以及徐超等人一路以来给予我的支持和帮助。我尤其要感谢本书翻译李琪所展现出来的决心、天赋、聪慧,以及幽默特质。谨将此书献给我的丈夫麦克、女儿乔丹和儿子道尔顿,他们受到我的影响,对中文的了解也更进了一步。

献给极其包容我的丈夫
与我异常饥饿的小猪

摇滚女孩的高数人生
——一本慕斯·米倪恩从来没写过的书

由

包珍妮

纳迪·卡内尔

琼·卡斯利

罗维斯基博士

莫蒂斯·威尔士

编辑

目 录

前言 _ 005

1. 罗曼蒂克半衰期理论 _ 007
2. 忍耐时长比率公式 _ 027
3. （智力＋刺激）×时间＝创造力 _ 039
4. 芝加哥：装修精致，天气阴郁 _ 053
5. 慕斯关于长相的特殊相对论 _ 077
6. 嗑药，独自，在洛杉矶 _ 095
7. 被高估的人生情节和欧洲 _ 117
8. 与老男人的情缘 _ 143
9. 语言表达是感觉的蒸馏产物 _ 167
10. 陷入情网并搬到大城市 _ 183
11. 单人喜剧难于初学走路 _ 201
12. 纽约购买人体模特奇遇记 _ 215
13. 电视竞猜节目：性格极度活跃者的福利 _ 227
14. 回忆和梦露同游希腊以及所遇窘境 _ 261

后记 _ 303

前言

她是如此地想要创作这本小说。令人伤心的是,如今它成了作者的生前遗作。玛丽莎·慕斯·米倪恩还在世,但她现在正躺在帕萨迪纳市亨廷顿医院(正巧也是她出生的地方)华丽大楼的病床上。就在一年前,慕斯由于对巴西坚果的过敏反应而陷入休克(她对来自南美洲的任何东西都过敏)。当时她正在加州韦斯特伍德一家时髦的餐厅里享用中式鸡肉沙拉,突然间就陷入了昏迷,随后就一直处于这种昏睡状态,靠生命维持器活着。

我们现在将这本书以慕斯应该想要的方式呈现出来,一任它天马行空、别具魅力。这是她曾经努力生活的写照,是伪装成小说的纪录电影。她的这些观察绝非肤浅,更不是哗众取宠的轻薄段子;它们是对一个从不错过任何记录机会的人最真实且难忘的描摹。大多数人会认为她的故事只是虚构的,但我们敢担保,她是(至少曾经是)我们见过的最真实的人。这本书的内容都是我们从各处搜集而来:她的日记,针线盒里的小纸片,餐巾纸,残余的信件,电脑上的文件,以及最主要的,慕斯模仿心目中的榜样、路易丝·菲茨赫[1]的作品《小间谍海莉》中的女主人公海莉·威尔士在各种笔记本上写下的理论与反思。

---

[1] Louise Fitzhugh(1928—1974),美国儿童文学作家、插画家。出版于 1964 年的《小间谍海莉》已成为美国儿童文学经典,其主人公有在笔记本上记下各种犀利观点的习惯。(本书以方括号数字编号的注释均为中译注。)

为了维护这些文字的完整性,我们保留了它们的原貌,包括拼写错误、自由的时间顺序等。同时,我们也在书中加入了许多脚注,这样做是因为我们对所注部分到底是事实还是虚构产生了分歧。我们的调查与解读有很多差异,但我们决定将它们全都原样保留,为读者了解她的生活、交游、私人笑话,以及人生哲学提供详尽的参考。不过仅此而已,我们尽量减少评论,让文字自己向读者讲述。

　　我们希望通过阅读此书,您能感受到一个机灵、有趣、令人好奇、发人深思、引人入胜、讨人喜欢、能说善写、享受生活、爱用双关、理想天真、古里古怪、真诚、奇异、本能,以及轭式搭配①的慕斯。

　　我们都感受到了。

本书编辑

包珍妮

纳迪·卡内尔

琼·卡斯利

罗维斯基博士

莫蒂斯·威尔士

---

① 她丰富了我们的生活和面包。(她曾经为"奇迹"牌面包工作过一段时间。)——包珍妮按。

∞ ≤ ∞ 1 ∞ ≥ ∞
罗曼蒂克半衰期理论

包珍妮编辑说明：

  我是读大学时认识的慕斯。那时人们更多地是叫她玛丽莎。"慕斯"这个名字是她的一个旧日男友起的。他觉得当她张大鼻孔的时候，像极了驼鹿[1]。慕斯则坚持说自己从来不会那样，一口咬定是她的朋友们合伙诬陷，好让她信以为真。慕斯告诉我说，另一个恋人曾评价她的鼻子就像一个双车位车库。她和男性的关系总是很特别。

  编撰慕斯作品的难度很大，因为她有许多想法都值得单独成页。她写下的每个句子几乎都充盈着多重意义，具有诗歌语言的凝炼。她的想法需要四周留白，用纸页镶嵌起来，读者在消化时才不至于囫囵吞枣。它们不是"思维快餐"世界里的手指蛋糕，而是缅因州某个炸鱼野餐会上一叉子略焦的龙虾肉，或是新奥尔良妓院里烛光下的一勺似融非融的杏仁托托尼冰淇淋。您想尽情沉溺，必须缓慢地、慵懒地进行；清空脑袋，让词句的味道在舌尖流淌，在脑中由此联结起来的"幸福突触"中徜徉。阅读她的作品，您得抛却下面这些世俗杂念：

  "今天晚饭吃什么？"

  "我出门的时候熨斗关了吗？"

---

[1] 慕斯的英文 Moose 是驼鹿的意思。

"地理位置上贝克斯菲尔德是在费雷斯诺的左边还是右边？"

开始之前，先放空一会儿。将大脑调节到"接受"状态。停。深呼吸。开始。

我思考生活的方式是短语，碎片，些许的蛋壳：米白色，微咸。生活如同海上彩虹或是达布隆金币 —— 少见而珍奇，不易伪造。我不知道自己说了什么，但却照说不误。生活没有情节、意义，以及正确的时机。它是艺术（art），是诡计（artifice），是亚特·卡尼（Art Carney）[1]。

慕斯·米倪恩
于希腊圣托里尼
1984年5月14日

---

[1] 1918—2003，美国演员，曾获1974年奥斯卡最佳男演员奖。

蒙大拿

蒙大拿最吸引人的就是爱达荷的这个地方。

新年前夜的前一夜，我在这里试图遗忘一个事实：我的每一段感情总是以自我折磨告终，并且通常情况下我得跋山涉水来到远方，才能得出这个结论。

在这样一种绝望的状态下，我轻易地就被两个不同程度的陌生人给说服，搭伴在月夜的雪地中远足一英里，去寻找带着神秘色彩的温泉。我与其中一个陌生人相识于三周前，到这时已经把她视作朋友了。相识的契机是我希望到蒙大拿来参加一个圣诞节的节后派对。虽然已是1979年，可我仍然是无车一族——这在洛杉矶着实罕见。我主要依靠公共交通以及搭陌生人的顺风车出行。碰巧在加州大学洛杉矶分校的搭车信息交流墙上有人在找搭乘旅伴：圣诞季，前往蒙大拿的密苏拉。普鲁邓斯出现在我面前时，我正穿着外婆的睡袍，病快快地用面团做着雕塑。她觉得我很古怪，可这正合她意。一周之后她邀请我参加了她举办的派对，我记得当时有个独眼的英国人对我非常粗鲁。我觉得他是在跟我调情。

开往蒙大拿的路上恰好经过我父母家，我们便在那里过了圣诞节。我的母亲，就是这位母亲，给普鲁准备了好几份礼物，让她不至于觉得自己没人疼爱。（我母亲对"爱"有至高的信仰。）

离开的那天早上我们看见了双彩虹。另一次看见是这年夏天在蒙大拿的时候。在人生的那个时期，我把这些事情都看作一种预示。

我们钻进伊莎多拉。（普鲁邓斯给自己的车起了名字，一听就知道是"小女生"做的事情。）如同所有一起开长途车的人一样，我们天南海北地聊起来：匿名戒食会，神经性厌食症，以及疯狂的母亲。她跟我讲起曾经因为厌食在精神病院待过三个月，每每借画画打发时间。我则告诉她自己曾经被母亲用枪指着。等到了蒙大拿，我们俩已经觉得非常亲密了。

普鲁邓斯一路向北是为了爱情,我也一样,但却羞于承认,非得假装是为了参加派对而来。一个人远行不会仅是为了盛大的聚会,必然还有一些不可言说的东西。我一直都不惧为爱承担风险,这是一种危险浪漫又常常使人失望的生活方式。

普鲁邓斯的失望先一步到来。那个男生紧张得要命。我发现,男人总是希望你来看他,可是等你真的出现,他们又临阵畏缩,变得冷淡敷衍,你的主动到来使吸引力大打折扣。

他住在一间地下室公寓里,那个地方假如两个人住,并且其中一个是艺术家的话,即使条件艰苦,也仍不失生活的迷人味道。可现实却是,他一人独居,平时在书店打工。蜗居生活的所有要素一览无遗:一个轻便电炉,挂在衣架上的厕纸,用水泥色的颜料涂死的窗户,地板上的奇怪小洞分明不是女人尖利的高跟鞋留下的,还有隐约散发硫磺和梅子汁气味的淋浴间。这使我想起了外婆的房子。

肯德尔(他的名字)又瘦又高,四肢细长,外形酷似信奉社会主义的放荡文人。我觉得他在言谈中试图宣扬马克思主义,但是这方面我了解得少,并不十分确定。也许是我事后回想时把共产主义者的特点加讲了他的性格里,毕竟这与他的体格挺相称。

我还记得当时在一家墨西哥餐馆里,他告诉我们他出现了迷幻药药效过后的幻觉闪回。他是不是还提到了大象?我记不清了。那时,凭借所有听来的有关幻觉闪回的知识,我判断他的症状还属轻微。后来亲身试过LSD[1]我才知道,那只是感到有幻觉重现,并不是真正的幻觉重现:一段闪光记忆稍纵即逝的瞬间,地面上仿佛有珠宝、蛛网还有新浪漫主义字体的耀眼光芒;突然眼前的某样东西就变换了模样;只能揉揉眼定睛再看。这更接近于一般人心目中的鬼闪回,而非再次体验迷幻的恐怖经历。我觉得,肯德尔的闪回更多是为了抓住我们的注意力,因为那丝毫没有影响他消灭普鲁邓斯没吃完的墨西哥卷饼。

我留下普鲁跟她身形瘦长的布尔什维克知识分子单独相处,自己出

---

[1] D-麦角酸二乙胺,一种强效半人工致幻剂。

发去找哈斯克,一个头发卷曲、身高约莫六英尺出头、高大健壮、土生土长的蒙大拿小号手。(他之所以得名哈斯克[Husk]是因为他像哈士奇[Husky]犬一样个子又大毛发又浓。)我们这一年在比格福克的夏令剧团里相遇,他在乐队,我是女演员。就是在那个夏天我扮演了黑人。(因为"三黑令"①的存在,没有黑人演员愿意到蒙大拿来,可他们已经付了《戏船》[1]的版权费。)哈斯克当时喜欢叫我"小黏饼",因为我在剧中的角色总是在做饼干。他会大声地这样叫我,然后发出带有浓重鼻音的笑声。我那时还是个幼稚女生,他的这种行为让我着迷。

夏日的尾巴渐渐临近时,我们知道这份浪漫情缘也走到了尽头,但友谊还在。这种情况下,你会希望对方保持联络,但骄傲却不允许你表露太多。时间一点点过去,我发现自己开始想念哈斯克。十一月,我写了一封信给他,他则回信邀请我去蒙大拿参加一个圣诞节节后派对。

他在一家餐馆工作,在客人的桌上现做恺撒沙拉。我就跟他定在那里见面。下了车,看着普鲁邓斯和伊莎多拉开走,我有点慌了神。直觉告诉我有些事情不再会和从前一样了。哈斯克看见我走进餐馆,显得波澜不惊,甚至有些粗鲁。我很受伤,同时开始自责:到底什么时候才能学聪明呢。我转念想要回去找普鲁邓斯和肯德尔,却被自尊心阻止。我不想让人知道,自己一路跋山涉水,只是为了爱情。

第二天,我和哈斯克一同驱车前往比格福克(派对的举办地)。前一晚睡在哪里,是否是单人床,有否吃晚餐,我们都说了什么,现在我丝毫都回忆不起来了,全无踪影。有时,这些无法找回的记忆让我感到无比悲伤。我想,这也许是慢慢老去的标志。身体开始清除那些具有破坏性或是毫无益处的想法,一如大扫除或是打包杂物,痛苦被转移到身体的最深处,那里警戒森严,遮着漂亮的挂毯,让你永远想不到后面隐藏着一个入口通向最卑微的自我。这对身体来说是一种勇敢的行为,这

---

① 慕斯总是开玩笑说蒙大拿有"三黑令",要求黑人家庭必须要住在边境市镇,因为每当有黑人游客开车经过蒙大拿时,这些家庭就得暂时搬到隔壁州去,这样蒙大拿境内的黑人数量就永远不会超过三个。——包珍妮按。这个玩笑带有种族歧视色彩。——纳迪·卡内尔按。

[1] *Show Boat*,美国女作家埃德娜·费伯 1926 年出版的小说,被多次改编成音乐剧及音乐电影。

代表着你还健康。但是这些想法不会就此离开，它们带着放射性，蛰伏在那里。探针八成能够探测到它们的存在。甚至轻嗅一下曾经就读的小学里供应的难吃午餐，也能够将它们定位。旧日伤口的重现会导致记忆雪崩，使我动弹不得。所以我必须抢占先机，把它们一条条拎出来，小剂量地释放痛苦，就像通过少量按时服用毒药使自己对敌人的毒害产生抗性一样。可大多时候唯一的敌人是过于轻易的爱。这该如何免疫呢？

对此我的方法是，将记忆打得松散模糊，禁足于这张纸页上，可我担心这样做的结果是更多无妄的假设和推测。蒙大拿的景象依旧清晰可见，但我记忆中留存的故事却像是编好的脚本。在那里度过的四个夏天，如同劣质水彩画中的颜色般相互冲撞在一起。我只能依稀记起在广袤的弗拉特黑德湖边，我们绕着湖边曲折的森林小路兜风，经过黄湾、蓝湾——蜿蜒的道路串起了各式遥远的回忆：男朋友，滑水橇，以及太多太多色彩缤纷的混调酒（我的表妹曾喝了几杯极易醉人的蓝色"威特斯玻璃清洁剂"，整个晚上都呕吐不止）。

我们（比格福克剧团的演员）每天都会在沿河的土路上晨跑，那八成是我们生活方式最健康的一段时光了。大自然让我们有了勿负韶光之志……在最想不到的秀美风景里享受鱼水之欢：烟雨微濛的凌晨四点在一块可以俯视（尽管我们从未俯视过）弗拉特黑德湖的平坦岩石上，毗邻静谧小溪的矮树林里铺的毯子上，以及，静谧小溪里。

哈斯克并不是这些场景的另一主角。我和他只在与伊恩的房车毗邻的屋棚里做过爱。（那时伊恩和哈斯克还是好兄弟，他们会一起设陷阱诱捕囊鼠，赚些外快。他们穿的T恤上印有"诱捕大师"[1]的字样。）与哈斯克的恋爱不乏愉悦，但现在我对爱情的了解更深入了一些，不论是对它的短暂性，还是对交往的各种细节。当时那段经历，只是我们所能拥有的最接近爱情的替代品，就如同在一个进步到想要解释各种现象，却又囿于简陋条件而无法进一步探寻的文明中，神话传说是自然科学的替代品一样。我们不知道如何进一步探寻爱情，只能尽力不去伤害对

---

[1] Master Baiters，与 masturbator（自慰者）谐音。

方,因为彼此都很有好感。大笑是我们的主要爱好,所以在一起的日子总是充满乐趣。然而现实生活往往不会让快乐长存。我和哈斯克在比格福克的那个夏天,他同时在两小时车程之外的密苏拉还有一个女朋友。他承认,我比那个女友有趣的多,她总是很严肃,想要支配哈斯克的生活方式。哈斯克的笑话永远无法把她逗笑。男人长成后的状态往往比女人轻松愉悦得多。我好奇,社会到底对女人做了什么,因为很多女性的性格实在谈不上有趣。她们控制欲极强,惧怕失控;母性爆发到令人窒息(mothering and smothering)——这可不是巧合。但这样的结果是双方面造成的:男人身上有些东西会引发女人的控制欲,而他们也有想要被控制的东西。

我并不想控制哈斯克,只想他成为一个可以让我依靠的人。在开往比格福克的路上,在他那辆必须停在下坡路才能借力再次发动的军绿色汽车里,我不希望看到他在半打啤酒下肚之后摇摇晃晃地开车,还用恶毒的言语贬损我们曾经的朋友。控制是必要的,但不是由我来实施,我想让他自制。

在跌跌撞撞开往比格福克的路上,哈斯克含糊其辞地问我最近过得怎么样。我一时冲动,便告诉他我快要嫁给一个伊朗人了。我明知不该那么做的,可当我脑子里有事情时,就会脱口而出,因此我从来没有秘密。哈斯克挤出一个鬼脸:"你为什么要嫁给一个伊朗人?"他又喝了一大口啤酒,将车转了个弯,我则紧紧扶住仪表盘。

我跟他解释了一切,哈密德的叔叔被杀,他回到伊朗又锒铛入狱,被困数月,以及他与我父亲的关系(他是我父亲的助教,节假日都在我们家过)。我又解释说婚姻对我来说没有太大的意义,救人比起顾虑什么离婚污点更重要一些。(我并不打算与哈密德维系婚姻关系,这只是为了防止他被遣返的权宜之计。)

车内一阵沉寂。我等他开口。

哈斯克又问道:"所以……你为什么要嫁给一个伊朗人?"就仿佛我什么都没有说过似的。

所幸,我并没有真嫁。否则,我就能亲身体会这种伟大行为的无用之处了。现在的我更自私。况且追究根底,这样的牺牲通常与牺牲者自己的心血来潮脱不了干系。哈密德似乎把方便看得比生命更重 —— 或者可能他的生命并没有真正受到威胁。我的结婚条件是要他搬到洛杉矶,以便我继续学业。而他却想毕业后留在萨克拉门托,排队等一份政府公职。那里离我父母家实在太近了,对我来说无疑如同地狱。那里乡土气息太浓,无聊至极。甚至连沙滩都没有。

哈密德最终找到了另一个女人(我父亲的一名学生)作为结婚对象。她嫁给哈密德的原因更传统些。我甚至和妹妹、表妹一起去参加了婚礼 —— 特蕾莎和达琳分别有五英尺九英寸和五英尺十英寸高,是强壮女人的化身,可是我们只要肯收拾,想要明艳照人并不难。我觉得新娘当时有些招架不住了,尤其是她还知道哈密德和我曾经有过那么一出。她保守的思维是无法理解我决定那么做的原因的。

我们其实迟到了,只赶上了婚礼仪式后的宴席;宴席摆在车库 —— 或者说摆放着所有食物的地方:琳琅满目的速食肉制品(奥斯卡·梅耶牌大红肠、熟萨拉米香肠、酸辣肉糕),哪儿都少不了的土豆沙拉,以及加热即食的面包卷。当天最悦人的风景是那个体态浑圆的伴娘,她穿着紧绷的礼服倚在西屋牌烘干机上,用大勺给客人盛博雅蒂大厨牌意大利小方饺。可怜的客人们想要走到门外呼吸些新鲜空气(车库里有一股狗的气味)都得从她身边挤过。

未曾嫁给哈密德,我真得感谢上苍,否则可真是好意救人反害己。若是成真,在移民局办公室里我们八成连使用的牙膏牌子都得扯谎,上演一场严肃版的"新婚默契大考验"[1]。这个游戏本身就令人兴味索然。

我多希望在那个圣诞节,在我们一路驶向比格福克的路上,就已经知道这样的结果。这样才有机会告诉哈斯克,我并没有真嫁。那时年轻天真,加上对男人的自尊了解不够,我以为哈斯克不会在乎这件事,况且我们俩并没有结婚的打算。但就算只维持一夏,没有任何羁绊,一段两性关系仍会对双方产生微妙的影响。即便松散,甚至有些虚幻,某种

---

[1] 美国的一档电视游戏节目。

纽带还是存在的。我发现，男人在处理旧日爱焰方面通常更婆婆妈妈，更罗曼蒂克，受伤也更深。我觉得这种眷恋的规律与放射性物质衰变很相似，我管这叫恋爱情愫的半衰期理论。男人受影响更甚的原因是他们起初反抗太久。他们被教导做硬汉，无坚不摧，于是假装自己没有陷入恋爱，一点儿都不表现出来。然而女人，能够迅速投入，结束时也同样不拖拉。大哭一场之后，我们继续向前。男人否认一切牵挂，直到突然一下子发现自己无法抽身。而当恋情告终，终于卸下防备、终于承认自己确实为爱沦陷的他自然会茫然无措。假设恋情持续了 x 时间，则 $2x$ 之后男人（且称 A）还会有二分之一的时间在想念女人（B）。$4x$ 的时间会将 A 的思念减少到百分之二十五。纵使时光荏苒，在 A 脑海中的隐秘处，对 B 的伤感回忆始终不会消失殆尽。一位男性朋友曾经坦白，一帮醉酒的男人在一起时，全部都会缅怀往日女友——曾经甩掉他们的那些。男人轻易就开始怀旧。但假使让往日女友回到他们身边，百分之百又会重蹈覆辙。

我相信此中的男女差异必定有逻辑可循。女性的身体会经历许多变化，足以改变体重、胃口、心情，以及气质。有些女性起初会采取抵触态度，但最终会意识到在不同的阶段你注定会变成不一样的人。调整是唯一办法——女人生活在不断地调整之中。这个过程兴许不怎么安静；事实上，我相信女人之所以如此善言，是借以监测凡此种种变化，协调内部现实与外部现实。这不是一项轻松的任务，却练就了女人高明的操纵手法。她们调整，但是报复之心从中滋生。有的人可以在软弱无能中生出智慧。看上去被动的女人有可能最善操控，因为她们是如此内敛隐微，没人会料到。

另一方面，男人行事则简单得多。他们已经在数学、科学，以及其他有模式可循的事情上证明了自己的才智，可人际关系却让他们困惑不已。即使杰出如弗洛伊德，也没有意识到，女人根本就没兴趣拥有自己的阳具，她们只是想借用一下而已。弗洛伊德以为女人一心想要成为男人，可其实她们只是想像男人一样生活而已。

至于哈斯克，虽然并不爱我，但他却感受到那些难以表述的感情纽带,进而意识到了自己对我的关心。在无处安置亦无法命名这些心绪的情况下,他变得粗暴刻薄起来。他讲起与我们的对话毫无关联的笑话,语调尖酸刺耳,偶尔还用异邦人体味浓烈来奚落我。那时的我不习惯有人关心,并没有意识到自己伤害了他,也没有发现他所有拙劣的模仿表演,还有他那些"有男子气概的男人"不讲逻辑的玩笑,在某些时刻也映射出他自己;也许,在他最具男子气的时候,也要比我更脆弱。

不知他现在是否知晓我从未嫁给哈密德。我渴望时光倒流 —— 无疑这些年头以及锐减的精力让我的同情心也滋长起来 —— 然后告诉他。也许会让他好过些,没准能够逗他一笑。或许他也就不会把啤酒泼在警察身上。

是龙舌兰酒作祟,我很确定。龙舌兰酒,也许还有我临近的婚礼。但我还是认为前者是罪魁,因为通常都是它。这年夏天,我们参加了一场盛大的室外派对,现场有乐队演出。是那种具有蒙大拿质朴特色的舞会,每个人差不多都会烂醉如泥。那天晚上哈斯克无数杯龙舌兰酒下肚,以至于归途中我们不得不停车,让他在消防署门口吐酒。在派对上他的言行近乎粗鲁,可清肠后他变得温顺了许多。如果出现在一本书里,这个情节很显然是打伏笔,但遗憾的是,在生活中你永远不知道某些事情的重要性,不知道有一天你会被迫重新评估它们。

我们沿着围绕市中心的街道开进比格福克这个有着五百居民的繁盛都市,一路上我重新评估了很多事情。在谈论蒙大拿的时候,我总喜欢举出这个事实:这个镇上一共有五个酒吧,每百人就有一个。这表明蒙大拿人的头等癖好虽然不健康,但不乏说服力。不曾在蒙大拿过过冬的人是没有资格品评他们对酒精的热爱的。

哈斯克把车一直开到伊恩的房车旁,从那里可以俯瞰一片果园。雪下得不大,但足以给苹果树染上童话色彩。土地蒙上了一层薄薄的雪屑,向四处延伸。蒙大拿让人想要永远生活在那里,可一旦冬天来临,你就会渴望逃离,哪怕仅仅是为了有一份稳定的收入。在蒙大拿只有为数不多的幸运儿拥有真正的工作,不是那种只要求唱歌不跑调、略懂舞蹈、仅持续一个夏天的工作,而是能够提供经济和情感上的支撑,薪水足够让你在圣诞节后飞往温暖地带过冬的工作。

伊恩是幸运儿之一,他是一名智障儿童教师。这些孩子来自比格福克以及周边地区。在我看来,像蒙大拿西北部这样人口稀少的地区竟然需要雇佣多名受过培训的智障儿童教师,足以说明近亲结合比例之高。但至少这给了伊恩一份工作。

这年整个夏天哈斯克都是在伊恩的房车里度过的,我则只住了半个夏天。我和哈斯克睡的小屋棚夏天有时会冷,但跟现在完全没法比。当我早上醒来而哈斯克还在睡梦中,我就跳下床直奔房车,满心期盼伊恩已经做好了野越橘酸面松饼作早餐。在我心情低落时,食物是最好的补偿。有时,我早晨起床的唯一动力就是想一种厨房里能够驱使我离开被窝的美妙食物。我认为早餐是生活对早晨一事的道歉。酒精则是对余下时间的道歉。

夏令剧团里有个吹单簧管的女生,和家人住在比格福克附近的一个小农场里。我和哈斯克一起去过那里,我们一起采摘玉米、洋葱、土豆、西葫芦,还有覆盆子。在随后的覆盆子代基里酒派对上,我爬到炉子上跳起了舞。我记得代基里酒是柯顿调的,她厨艺绝佳。那个冬天,她告诉我她准备写一本烹饪书,会收一些叫做"谁害怕弗吉尼亚火腿?""等待匈牙利红烩牛肉"[1]之类的食谱。不知道后来怎么样了。柯顿是比格福克夏令剧院的服装师,做了好几年了。每个演员都要贡献时间来缝制服装和搭建背景。在戏服间里,我们的聊天内容经常上至神学(去年夏天我们的团队中有两人以前是神父)下至可食用内衣。记得我当时跟他们俩说,我不相信上帝的存在,但相信众仙女——一种合伙式的上帝。他们俩颇觉好笑。

你瞧,如果要解释上帝的安排为什么会杂乱无章,那么上帝由多个实体组成就是个站得住脚的答案,因为任何一个团队做决策时都可能出现这样的情况。诚然,上帝施予了我们基本的善,但也有相当数量的战争、种族暴动、奴隶制,以及因嫁给短命君主而殉葬的埃及妇女。

---

[1] 分别是对《谁害怕弗吉尼亚·伍尔夫》和《等待戈多》这两出剧名的戏仿。

还有儿童十字军[1]——那些父母为了减少家里吃饭人口,便设计将孩子送上朝圣之路。这些去觐见上帝的孩子当然成了残忍劫匪的猎物。这样想来,他们也确实见到了上帝。(生活常以反讽为乐。)我怀疑那些父母心知肚明:劫匪要是把心思放在朝圣路上的孩子身上,便不会登门造访搞破坏了。人们为了使自己的决定合理化,总是将其标榜成是为了别人的利益。

我选择称这个相当无能的联合体上帝为"众仙女"只是因这听起来更友善些。从理论上来说,相比单一的上帝,假如一个仙女对你不怎么待见,那么你还有其他仙女可以期待。一个上帝,那可真成了孤注一掷。惹怒了上帝,便没有更高的权力机构可供申诉。再说,人人都向上帝祷告,仙女却无人问津。我宁愿对着真正会聆听的人祷告,就算她们不存在。正如雷克斯①所说,"依靠级别低一些的神胜算更大。就像安飞士租车公司(Avis)[2],他们更尽心尽力"。这话不论从哪一个角度看都挺有道理。我觉得,既然要相信神话传说,靠信仰来做决定,并以从来没人能证明的东西作为经营生活的基础,何妨让它变得有趣一点呢?如果要选择一个至高无上的信仰对象,那就选身着纱裙挥舞魔棒的那个吧。假使你的问题没有得到实际解决——可能性很大,不妨将其归作对你品性的测试,而不是神明的无能。哪怕这不是真的,这样想也显得态度积极些。人们无论如何都不会愿意承认自己敬拜的是二流神仙。

生活中的一些小插曲让我确信,我们只配得上二流神仙。因对好运缺乏判别能力,即使有全能的上帝,我们也无法受益。不久前,我看见一个流浪汉在投币售报机的取币口搜索着兴许被人遗忘的零钱。西夫韦超市前至少有三十台自动贩售机排成一列,他就站在尽头,衣衫褴褛,显然精神有些错乱。我的心脏开始猛烈撞击胸膛,这在我月经期间

---

① 米倪恩小姐在夏令剧团的另一位男友。(我觉得慕斯这个名字很蠢。)——纳迪·卡内尔按。
[1] 1212年在西欧民间兴起的远征耶路撒冷的运动。但远征队伍实际上并未离开西欧。历史学家对参与者组成仍有争议。
[2] 该公司的口号是:我们是第二名,所以更努力。

经常发生，使得我对各种事情都多愁善感起来，尤其是看见太平洋贝尔电话公司的广告中相爱的人给对方打电话时。这种时候，我就像一块磁铁，纷杂的情绪如同铁屑一般积聚过来，尤其是眼睛周围，致使眼泪不觉落下。对于流浪汉、玩具店里迷路的孩子、我拼命喷洒杀虫剂也没能避免其被毛虫吞食的蔫弱植物，我心里有一片柔软的地方为它们而留。于是，在这样一个脆弱并极易产生错觉的状态下，我从包里掏出一把零钱，通通塞进位于这一排中间位置的可乐贩售机的取币口里，然后远远地看着。那个流浪汉跟跄地在贩售机之间挪动，摇晃着机器，嘴里不断传出咒骂和疯疯癫癫的歌曲。从售报机到"野马驯服机"（一枚25美分的硬币就可以让孩子们体验一分钟古老的西部风情），他连着敲打了十台机器，都一无所获。他慢慢靠近那台可乐贩售机——我用来赠予好运的介质。我感觉自己就像是上帝看着自己的一个任性子民即将受赏。我这样做的初衷也无非是一阵扮演上帝的心血来潮，与那个流浪汉关系寥寥（反而与我的经前综合征有关）。不错，也许好运更多是取决于神灵当时的心情，而不是我们的行为。

接着——我继续在那儿看——他鬼使神差地在人行道上绕了个弯，完全错过了我放着一共一美元左右零钱的可乐机，对着相邻的那台《洛杉矶时报》贩售机拳打脚踢，骂声连连。

我瞠目结舌，无法相信。想哭，却反而大笑起来，带着悲伤。我想，对，这就是做上帝的感觉：一切都安排妥当，他们却在无知中一路尖叫、嘶吼、咒骂着错过。这让人不得不承认，命运比上帝更有力。

在蒙大拿的时候我经常思考命运和上帝。足够的酒精下肚，在苍穹之下入眠，这样的思绪便会不请自来。是那无穷无尽的天空，还有北极光的缘故。如果你相信宗教体验的话，蒙大拿就是一个绝佳环境。伊恩、哈斯克和我有过一次共同的宗教经历。伊恩看见了一块写着"上帝会回应你"的广告牌，于是那天晚上我们准备去改造它，计划在上面加上一行"请拨 1-800-THE-LORD[1]"。我们觉得这是个绝佳的玩笑，

---

[1] 英语：上帝。

便带着啤酒和油漆出发了。伊恩是在开往卡利斯贝尔的路上看见这块广告牌的,可我们来来回回开了好几次,连它的影子都没见着。因为夏天已经过去,那个星期之后我和哈斯克就不得不离开了蒙大拿。不消说,我们刚离开不久,伊恩就奇迹般地又看见了那块广告牌。油漆还在,可他觉得这个主意不再像先前那样有趣了,广告牌消失和再现的时机在他看来实在是过于凑巧。

这个夏天早些时候的一个晚上,我们正驱车前往某处,哈斯克和伊恩突然就彼得·罗斯[1]是否明显缺乏自信争论起来。最终伊恩大吼道:"你敢跟我跳恰恰一决高下吗?"

"当然,谁怕谁!"哈斯克不甘示弱。

伊恩猛地把车转到一旁的土路上,我担心地看着两人气冲冲地打开车门,跑到车前面,真的开始贴面跳起舞来。

不过此刻到了冬天,我们比起那时都严肃了一点。我穿着长裤和羽绒服坐在门口,吃着越橘松饼回忆起那个夏夜。

哈斯克和伊恩从房车里走出来,说话的时候嘴里喷出热气。

"你们看上去像火车似的。"我说道。

"你像只囊鼠。"哈斯克还嘴,接着他和伊恩对视了一眼。

"抓住她!"他们齐声叫起来。(他们是在缅怀一起抓囊鼠的时光。)我拔腿跑向伊恩的车,一路大笑着钻了进去。(就算把他的车停在山坡上,也能够正常启动。)他们也钻进来,开始挠我的痒痒,直到我尖叫起来他们才满意地停手。我们三个听着曼哈顿中转站[2]的歌,开着愚蠢的玩笑,兜了一天的风。我很满意,并天真地以为我们又回到了夏天时的状态。

这天晚上的派对在冬季休业的剧院里举行,这是我来蒙大拿的初衷。我们到得有些迟,我只顾着满心欢喜地跟老朋友叙旧,都没有注意到哈斯克和伊恩离开。

---

[1] Pete Rose,美国职业棒球史上完成安打数量最多的运动员。

[2] The Manhattan Transfer,美国音乐组合。

过了一会儿,柯顿走过来问我他们去哪儿了,可我自己也在纳闷这件事儿。她猜想八成是去了街另一头的山姆酒吧,于是我们出了剧院前门,来到电力大街上(毫无疑问,起这个名字是因为这是镇上第一条通上电的街道)。

我对在这以后发生的事情记忆就不是很明朗了。我发现,虽然这种时候你很努力地想记住事情的原貌,但却有无数其他思绪同时争抢着你的注意力,于是一切都像梦境似的混在一起:寒冷,积雪,还有街对面的芒廷莱克酒馆——去年夏天,"猪小姐联盟"把所有男生的内裤染成紫红色挂在了那家酒馆的屋檐上。(去年夏天的剧团分成了"猪小姐联盟[WoPigs]"——我想这个词是由"女人[woman]"和"猪小姐[Miss Piggy][1]"并合而成——和"突击队"[剧团里经常穿迷彩服的男性成员]两拨人。这是个两极分化严重的夏天。有一个"突击队员"想不通我们是怎么把这些内裤挂到那么高的地方的,还问:"是谁帮你们的?"由于那个夏天我在"联盟"中的唯一表现便是爬到芒廷莱克酒馆的屋顶上,我有些不屑于回答他的问题。)

我从芒廷莱克酒馆一路看向山姆酒吧,但是目光在到达远处之前扫过擦身而过的巡逻车,恰巧瞥见哈斯克那一头金色的卷发。接着伊恩的声音传来,因为寒冷而有些延迟,又或许是我的耳朵还没有准备好接受事实:"您只能那么做,长官。不,我完全不怪您……我知道,"他跟留下来的警官解释着,嗓音激动得沙哑起来,"我看见他扯您的领带了。"

伊恩得维持稳重的形象才能够保住老师的职位,这个边远落后的小镇不怎么懂得包容。伊恩说话很像卡通人物,音调上下起伏,每句末尾则戛然而止。我看得出来他在尽力克制,以防对方误以为受到嘲弄。

另一辆巡逻车离开后我和柯顿立即跑了过去。

"发生了什么?"我们异口同声地问道,柯顿的语气里充满惊讶,而我有点泄气。

"喔……哇——"伊恩拖长了声音,抻着脖子,手放在喉结上来

---

[1] 美国卡通人物。

回摸着,"哈斯克喝了太多的龙舌兰酒。他当时手里拿着啤酒走在街上,比彻警官看到了便好声好气让他把啤酒倒掉。结果哈斯克却不分青红皂白地把酒倒在警官的头顶上,还扯着他的领带骂他是'不中用的老家伙'。"伊恩顿了一下,"这时他们就把哈斯克给拿下了。"他无可奈何地扯了扯嘴角。

"我觉得比起'老家伙','不中用'让他们受到的刺激更大。"伊恩补充完又点了点头。

在我看来那并不重要,我倒是为自己该在哪儿过夜而担心,本来我和哈斯克是打算开车回密苏拉的。

这时所有人都从剧院里涌了出来,想知道发生了什么。我赶忙退到一旁,不愿投入到大家的兴奋当中去,因为孤独感袭来,我沦陷在抑郁中。哈斯克的行为让我恼火,我期望他还像夏天时一样。可他却变了个人,易怒又恶毒。每个人都会犯错,但他的错误却拖累了我,使我意识到自己的错误其实是自欺欺人地认为自己来这里只是为了一个派对。我下了很大的赌注,却一直不愿正视,而现在的代价已经超出我能接受的程度。我想回家。我不想再爱上总是让我失望的人。

伊恩知道我和哈斯克本来的打算,也看出了我的不高兴,便赶忙说他会收留我。在他的房车里,我们给卡利斯贝尔的治安官打了电话,得知审讯哈斯克的是一名女法官。坏消息,伊恩挂电话时叹息了一声。他们不让取保候审(他得在牢里睡觉——法官觉得这样能提高觉悟),但当我们第二天再打到法院时,却发现又准予保释了。前一天晚上大家筹了点钱,伊恩和我便驱车前往卡利斯贝尔去接他。回来时我心里有气,一路都不吭声。哈斯克心知肚明,因此不住地讲笑话。他把责任都推到我身上,说是因为我要嫁给伊朗人。

伊恩震惊得说不出话来,几乎是用嘴形在问:"你要嫁给一个伊朗人?"

"只是为了不让他被驱逐回国而已,"我厌恶地摇着头,没好气地反驳,"别把错算在我头上。"

那天晚上我和哈斯克驱车回密苏拉,一路的情景我也丝毫没有印象,只记得回到他的公寓时我们大吵了一架。我厌倦了总是感到自己多余,仿佛我硬要缠着他。柯顿提出让我去跟她住。她暂时住在姐姐家,地方很大。柯顿的抚慰正是我需要的,她给人以母亲的感觉:务实,苦中作乐,会做美味的乳蛋饼。我前去同住,可内心仍然觉得无人疼爱。我在柯顿姐姐的厨房里瞥见了一罐打开的贝蒂妙厨奶油糖霜,便趁没人偷偷用手指蘸着吃了起来,事后用水果刀抹平,盖上塑料盖子。

"就到这吧,最后一口,我不会再吃了。"我这样命令自己。可不到半小时,我对自己的厌恶,困在蒙大拿的无助,以及泛滥却总是遇人不淑的爱情,又将我引回了食品储藏柜前,投入罐装牛奶巧克力糖霜的甜蜜怀抱。

这时我接到了普鲁的电话,是哈斯克给了她柯顿的号码。

"肯德尔知道个泡温泉的好去处,不是在蒙大拿就是在不远的邻州。他说一到那儿就能记起来。"普鲁有些紧张地笑了,"我们想也许你会感兴趣。"

那一刻我唯一的想法就是我得离糖霜远远儿的。

在漆黑的夜色中行车两小时之后,薄薄的雪层并没有显露任何可以帮助我们找到路的迹象。车最终停在了一个没有路牌的地方,视线内也没有车辆,只是路左边有些微微凹陷。

"你确定是这里吗?"我忍不住问。

肯德尔咳嗽了一声:"我只来过一次,还是夏天的时候。这儿看起来没错。我很快就会知道了。"

从车里取了必需品——大麻、葡萄酒、火柴、大毛巾,还有布朗尼蛋糕,我们开始沿着隐约可见的小径前行。月亮缓缓升起。空气中飘荡着神秘的气息。突然一阵宁静席卷了我整个身心。我的人生或许挫折不断,我或许经常为接下来的几天或者几周要做什么而神经紧张(我没有足够的计划来填满一年,我的日程表甚至做不到下个季度),我或许觉得人生的随意性太大、无法把力量汇聚起来使向一处,但生活有时也不赖。有时它让我在这样一个月色朦胧的夜晚置身于蒙大拿(也可能是邻州),与新结交的朋友漫步林中小径,来到一片豁然开朗的空地,汩汩的水声飘来耳际,浓密的蒸汽流泻松间,笔触再妙也无法将这样一个令人艳羡的幽境落于纸端,因为谁会满足于在纸上阅读雪中温泉呢?此等快事只能在月夜下、微醺中,伴着四周岩石缝里间或微光闪烁的蜡烛裸身体验。

之后又来了些人,他们笑了笑,加入了"坦诚相见"的队伍。我们分享了各自带的东西。月亮终于跃上了树梢,整个狭长的山谷随即亮起来,几英尺之外的河面似乎被镀上了金光。新来的伙伴说,最地道的玩法是先跳进冰冷的河水里,然后再跑回温泉。(一共有三个不同温度的泉眼,互相之间喷着水,像是后院的人造小瀑布。)我反问道:"那样难道不会犯心脏病吗?"他们咧嘴一笑,头也不回地向河边跑去。我也放胆一试,可刚进入不到一秒,我的双腿双脚一下子就麻木了;我奋力回游,想尽快回归温暖和理智,动作像托钵僧的舞蹈一样夸张。我和普鲁相视一笑。遇到合拍的朋友真是幸事。如今她已结婚,嫁了一个头发乱蓬蓬的男人。他们在泰国和马萨诸塞弗雷明汉之类的地方编写软件,我很少再见到他们。

那晚的点睛之笔是一阵长笛声,它将狂欢推向高潮。不,那音色更偏木质,兴许是竖笛,又或是山林之神萨梯吹奏的那种排笛,总之是种管乐器。舒缓的韵律在夜晚的清冷空气中缭绕上升。我们抬起头,期待着能看见音乐打着旋儿向我们靠近,像一缕彩色光芒,一股以玄幻姿态移动着的神秘烟雾。它如绸似缎,温暖地缠绕着我们的身体,将我们引向更深处,担保那里有着更美丽更能使人恢复活力的泉水,有着会魔法的生物,还有妙不可言的两性体验。

这些回忆提醒着我,我仍然热爱自己的生活,即使它现在的节奏平淡无奇,即使我放弃了泼警察啤酒的男朋友,暂时住在一间配有自动喷水灭火系统的郊区房里,即使我曾经久积的抑郁(也是我持续写作的动力)已经进化为勉强可以称作业余的文艺爱好 —— 比起发泄,我如今写作更是为了享受。

噢,我在撒谎。

我仍然是为了填充绝望,有种无法抗拒的疼痛逼迫我在这电脑上袒露一切。总好过与别人的丈夫偷情。

　　我仍然相信魔法、神话、爱情……只是现在更偏向于理论层面。当我通过文字重新体验过去的经历时，我仍是相信这一切的。如今我的生活幸福了许多，但也变得更循规蹈矩。慈善机构的劝捐电话愈加频繁，用来裸泳的时间大大减少，参加派对的次数也不比从前，但现在的派对大部分都由宴会承包商接手了。许多年过去了，我也再也没有去过有积雪的温泉。

　　成长是一种有意识的选择，可我却完全不记得自己做了这样的决定。只有在怀念过去时我才发现，有些东西已经变了。

　　当过去的记忆一点点浮现时，曾经受过的伤害使我发笑，而从前的爱人们则开始在我脑海盘旋，诱惑我去联系他们。

　　幸好，我并没有他们的号码。

∞ ≤ ∞ 2 ∞ ≥ ∞
忍耐时长比率公式

爱人，无论前任还是现任，都是慕斯创作的灵感源泉。她的文字是一种怀念，也是保护自己不受他们侵害的护身符。成长于女性已经冲破家庭主妇角色的限制，但接受的仍然是博雅教育[1]的过渡年代，慕斯倾向于把关注点放在男性身上。爱情对她来说是一种动力，给予她目标。缺少爱情促使她写作，无论她身在何处。条件再简陋也挡不住慕斯用文字仔细记下自己的挫败感。

下面这篇就是在她大学戏剧史课程笔记里发现的，写于1981年：

我从10岁起便开始撰写自己的人生故事。那时生活的内容并不多，所以写起来容易些。当年我不得不编造出许多故事，而现在，真真切切发生了的事情，听上去却像是杜撰的。与故事相比，真相不仅更匪夷所思，也更持久。

我从10岁起便开始撰写自己的人生故事。之所以开始得那么早，缘于我极度的自信。而且就算最终没人愿意出版，我也会强迫自己的孩子读。

在努力叙述自己人生故事的不只我一个，我的其他人格也在做同样的事情。这本来没什么，可他们总是盗用我的写作素材。

---

[1] 指不以工作、求职为目的的教育。

但此刻是我在掌管我们的"集体意识"(听起来耳熟,肯定是从创作"单女喜剧"的那个人格借用的[①]),我现在动笔的诱因是第三段认真感情的破裂。我意识到,除了下厨炒菜和每夜靠大麻飘飘欲仙以外,一定还有更高等级的自我实现层次在等着我。我当时觉得那种生活方式充满戏剧色彩,并且仍然这么认为,可那是我个人的戏剧,并不属于别人。我的人生就是一个剧场,用不着开车前往,而我希望它能够持续上演。我想要感受不寻常的情绪,挑战古老的求偶仪式,抽水烟,像希腊人一样摔盘子[2],与美人鱼一同游泳,拜访德尔菲神庙,争论哲学问题,敢于生活。

我听上去有些异想天开,对吧?你八成在想,这个孩子到底想要什么,迪士尼世界?我妈妈则会说(假如在 1968 年前后),欢乐时光总会过去。[②]

> 为了确保她的生活充满戏剧性,慕斯会穿上廉价旧货店淘来的蓝丝绒衣服,或是她外婆1930年代的老古董衣服(她外婆声称自己大部分的衣服都是死人留下的),并且不穿内衣。她养蚂蚁作宠物,在冰箱里挂蒙娜丽莎的画像,用包裹邮寄土豆,把塑料模特放在浴缸里拍照,这一切都是为了给生活注入活力。可是,正如她在1982年继续撰写她的人生故事时写到的那样:

我必须要应对的是时间本身。回想起来,我的每一天似乎都在洒脱谈笑与各式幽默中度过,充满了活力。最重要的是,每一刻我都在朝着当时还不甚明了但隐藏在文学瘴气中的目标迈进。我知道这一点,坚信不疑。只不过,每个小时我都离死亡更近一些,即使没有毒品,这个过

[①] 她借用自卡尔·荣格。——罗维斯基博士按。[1]
[②] 我妈妈的名言还有:
"攻你最强长套里的第四张牌。"
"我从没说过生活是公平的。"
"霍尔登!你以为这是房车停车区在哪儿?"(这个问题是个陷阱。)——慕斯·米倪恩原注。
[1] 荣格提出的是集体无意识概念。
[2] 希腊传统风俗,常见于庆祝活动。

程也在缓慢地进行。所以我用写作来提醒自己,虽然没名气,甚至连像样的家用电器都没有,可我丰富的经历也是一种财富。

写作吸引我的是它的社会主义性质。不需要昂贵的录音设备、钢琴,或是其他任何音乐天赋,甚至连一张干净的纸都不必有。不用前往特定的地方,更不会有人因此对你污言秽语①。大部分时候,如果配上点小酒,这个过程会令人更受用。最棒的是,比起心理咨询,它成本低,趣味性却高出很多。我可以借此间接重新体验一遍疯狂往事。而且我喜欢将一切记录下来,否则为什么要做呢?在记录的过程中,你会意识到很多事情,比如说,为什么自己会和六十多岁的男人睡觉。(这就是它的心理治疗作用。)人生哲学因此形成,悲悯之心也随之而来,痛苦被升华了。你成功地将生活转化成了艺术。

记住:
如果你降低标准,生活也可以是艺术。
(住在芝加哥的时候我一直提醒自己这一点。)

慕斯喜欢记录生活,因为有时这是她唯一能够继续生活下去的方式。这将她的痛苦转移到了另一个隐秘的世界,一个可以阅读但不会再影响她生活的世界。当然,这招并不总是管用,但基本还算管用。慕斯发现,写作中找到完美贴切的词句时的欣喜,一点点蚕食掉了她备感煎熬的心绪,她的内心最终竟真的明朗起来。即使人们让她失望(毫无例外),她也可以用俗艳缤纷的色彩将失望描述下来,以至于这种经历变得珍贵,甚至有些可爱起来。

正是这种对人类的失望和羞怯的敌意,构成了这本书的前提。她在书名中加入"高数"并不是为了吓跑读者,而是因为尽管她对大部分人类怀有强烈的厌恶情绪,却仍试图在书中探索最有效的和平共处的方法。这种探索借由简单的方程进行。说简单是因为它们极具逻辑性。它们甚至显而易见,如同你下落时的重力

---

① "慕斯"玛丽莎·米倪恩有过几次短期的单人喜剧演员生涯。——琼·卡斯利按。

一样明显。

本质上来说,我总结出的是一些能够反映心理学真相的实用方程——原理与数学方程揭示物理现象相同。目的是让人际关系能有规律可循。

"这太可怕了!"你或许会这样说。

我可以平静地回答:"非也非也。这只是一个工具,如同我用来写作这本书的钢笔一样,本身并没有好坏之分。不同的使用者决定了不同的结果,同是螺丝刀,可以杀人也可以修理冰箱。"(结果也与是否住在纽约市有关。)

但我最好给你举个例子。

忍耐时长比率公式

忍耐时长比率公式指出,你与一个人待在一起的时间不应超过你能忍受他的时间。

$$假设\ x\ 为忍受对象$$

$$\frac{可忍耐\ x\ 的时长}{与\ x\ 相处的时长} = 与\ x\ 相处获得的享受$$

有了这个公式,你就可以算出与某人相处的最佳时长,维持愉悦氛围,而不至于越过界,使得原本快乐的午餐小聚突然变成人间地狱!反过来,你也可以根据别人在对话时渐渐淡下去的兴致来估计自己应该离开的时间,如此日后还能再聚。(对此一个过时的说法是"见好就收",但是谁也没说过这时机该如何计算。)承认吧,如果每年只因假期之类的原因见两次面,那每个人都会给人留下完美的印象。这个结论源自我与亲戚相处的个人经验。事实上,我认为有些人与家族关系紧密只是因为他们没有朋友。

对于慕斯这套理论的形成,她的亲戚们绝对功不可没。她曾经记录了1975年在怀俄明看望表亲时发生的一段对话。

"话说,"女服务生刚记下我们点的披萨抬脚离开,梅米姑妈就开始了,"我把奥利芙①赶出家门后 —— 我得提醒你,那是因为她每天除了看电视到凌晨四点之外什么都不做 —— 用完马桶从来不冲,衣服扔得到处都是,一丁点儿家务都没做过,"梅米姑妈每说一个字用力点头来表示强调,"难以置信的是她搬进了一幢公寓楼,一定是着急租出,否则鬼才愿意租给奥利芙这种怪人呢。我也不知道她是怎么落到这一步的,可当你稍微开始同情她时,她的行为又让你为自己的心软而感到后悔。果然,最后公寓经理学聪明了,下令让奥利芙卷铺盖走人。我当然还是去给她帮忙搬家了,公寓里垃圾有膝盖那么深。她养了两只还是三只猫,可是从来不放出门,甚至连猫砂盆都没有。简直是臭气熏天!我已经对我哥仁至义尽了,自己的孩子我都还养不过来呢。"②

在这一通激烈的长篇大论之后,姑妈向女服务生挥手想再要杯啤酒,可是没有吸引到她的注意力。于是姑妈一把将啤酒杯扔出六英尺远,幸好餐馆地面上铺了地毯。女服务生走过来,瞥见了啤酒杯。

"杯子怎么会跑到那里?"

"我猜……八成是它自己掉地上的。"姑妈窃笑着回答。她的女儿们东倒西歪地笑作一团。我转头向窗外看去。

梅米姑妈叫服务生再来杯啤酒。

"不好意思,但您看上去已经喝得够多了。"服务生故意惩罚她。

"你胡说啥?我只喝了一杯啤酒。"

"抱歉女士,但是我们有规定禁止向已经喝醉的顾客售酒。"

"她没醉,平常她也是这样的。"卢瑞儿表姐笑着打趣。

"那么,我必须看到您把车钥匙交给别人才能给您上啤酒。"她们又争执了几句,最终梅米姑妈掏出钥匙,扔到桌子上。

"行了吧!"她不满地大叫着。

"这还差不多。"服务生的语气一本正经。

---

① 慕斯·米倪恩的堂姐妹之一,梅米姑妈的侄女。——莫蒂斯·威尔士按。
② 慕斯·米倪恩的姑妈梅米育有五个孩子。——莫蒂斯·威尔士按。

她刚转头去取啤酒,梅米姑妈就立刻把钥匙又塞回了包里。

"妈妈,跟玛丽莎讲讲奥利芙觉得那个女生是魔鬼的事儿吧。"

"噢,天啊!"姑妈的兴奋劲儿被调动起来,"搬家后不久,奥利芙去参加了一个基督教女青年会的野营活动。中途不知道从什么时候开始,她脖子上就被挂上了个纸十字架。"

"她认为车上的一个女生是魔鬼,想杀她!!"卢瑞儿忍不住插嘴说。

"到底谁来讲?"梅米姑妈一脸不悦。

啤酒上来了。

"太感谢了,亲爱的。"姑妈瞬时满脸堆笑。

女孩子们又笑作一团。

"谁知道呢,也许那个女生真的说自己是魔鬼了。有时候我都想告诉奥利芙我是魔鬼,只要能让她冲马桶。"梅米阿姨大笑起来。

"简直太恶心了!"达琳表妹连声音都变得尖利起来,"没人想在奥利芙后面用洗手间。我总是跟赛琳娜说妈妈已经冲过马桶了,骗她进去。"赛琳娜是家里最小的一个。

"你们总是欺负我……"赛琳娜哼哼唧唧地抱怨。

"总而言之,"梅米姑妈顿了顿以唤起大家的注意,"最后整场旅行都被取消了,所有人都得打包回家,因为奥利芙的情绪几近失控。"

她又停顿了一下,这回是为了喝口啤酒。

"所以接下来嘛——"她拉长了音调,"我们就帮她搬进新公寓里——"

"这次总算有了猫砂盆!"卢瑞儿汽笛一样的嗓音插了进来。

"——因为鬼知道芙洛和杰克①当时在哪个国家呢……应该是阿拉伯半岛。我和弗雷德②只能陪着奥利芙去超市采购,她连这个也没法自己做。我们陪她买完,正把袋子从车里往外搬的时候,她就开始发狂

---

① 奥利芙的父母。——莫蒂斯·威尔士按。
② 梅米姑妈的丈夫。——莫蒂斯·威尔士按。

了,偏说我们要谋害她!"

"她觉得妈妈是个魔鬼。"达琳解释道。

"我曾经也这么觉得!"卢瑞儿哈哈大笑,直到达琳用胳膊肘撞了撞她才停下。

"她就那么一直大喊大叫,说我们要杀她 —— 我们可是刚给她买了40美元的东西!我说,要是我们真的有那个坏心,我就会买自己喜欢吃的东西了!总之,她边鬼叫着边把身子探进后备厢里去拎购物袋,弗莱德便冲她喊道:'好的,奥利芙,再把头放低一点。'接着他就装出要关上后备厢夹住她脖子的样子。"

  慕斯记下这段对话明显是为了揭示不同的人性特点。奥利芙被诊断患有妄想型精神分裂症;慕斯的姑父弗雷德则在一家制造厂工作。蓝领工人和精神病院的准病人可不是什么好组合。正是这种两极分化的状况帮助慕斯得出了忍耐时长比率公式,不过公式最终定型还是因为后来几次浪漫幻想的破灭(特别是一次痛苦的电视相亲经历)。

忍耐时长比率公式是断断续续在我脑海里成形的,大部分是在结束了不愉快的恋爱关系之后。我发现男人会被我吸引,但是我身上吸引他们的特质往往也是他们最终离开的原因。开始时他们不由自主;可我太不可控,太强势了,他们觉得我把很多事都当作儿戏。我有强烈的成功欲望,这与他们的欲望似乎不相容。但我身上仍然有一种特质会让男人极不舒服(我并没有染上什么性病)。

曾经有个男朋友(雷克斯)在蒙大拿的一家餐厅里当众让我"闭嘴!",当时我只不过是有一搭没一搭但又认真地聊着应该教婴幼儿微积分的事儿。他觉得我要么是真蠢,要么是在耍他,再或者就是语无伦次。他想要的是节奏和理性,可那却不是我的风格。事实上,我的家人向来也缺乏这两种能力,他们的长套赢张(桥牌术语)是不讲逻辑的教训主义(我的父母都是老师,常常喜欢对自己也不完全理解的话题滔滔不绝)。我父亲教经济学,母亲教心理学,所以我的人生很大一部分由理论构成。

我的思维模式天生具有理论性,因此才觉得写书是唯一的出路。否则,我要拿这么丰富的理论怎么办呢?我可不愿让它们平白无故地进入思维天堂,与所有未经记录的思绪待在一起。

我从思维天堂挽救下的思想精选

关于宗教:

我觉得圣母玛利亚很有可能是因为泡热水澡而怀孕的。

当我想起加热死亡[1]时,脑海里呈现的是电视冷冻餐死亡,冷冻餐里的白色土豆泥就是天堂。

上帝说人生是有意义的,但不意味着我一定要相信他的话。

关于艺术:

德加是他那个年代的哈维·爱德华兹[2]。

关于男友:

知道自己能够做得更好是一回事,真正做到又是另一回事。

骑士精神的好处是,出门时决定谁先谁后更容易。

关于法律和秩序:

你有没有注意到警车和马鞍鞋很像?

关于科学:

如果一个人先晒成小麦色,然后减重,那随着皮肤缩紧,他的肤色会变得更深吗?(对于肤白者来说是个好办法。)

我从来分不清多花狗木和颤杨,这让我开始怀疑它们是不是同一种

---

[1] 美国俚语 death warmed over 字面含义为"加热死亡",实际含义为"病得不轻";电视冷冻餐则是独立包装的加热即食餐盒。此处为主人公借助二者均与加热有关的特性展开联想。

[2] Harvey Edwards,美国当代艺术家。他与十九世纪法国印象派画家德加一样,也有一系列以芭蕾为主题的艺术作品。

植物；生物学家也长期为此而困扰。

每个人都有自己的宠物理论，但是大部分是错的。（这是我的宠物理论。）

关于时尚：

我，和盲人一样，依赖别人对穿着的品位。①

关于不和：

永远都不要否定自己，因为别人对做这件事乐意至极。

关于数学：

我觉得我是独特的，不过我想要的是数学上的反身性。

关于愿望：

如果神明答应实现某人的三个愿望，而他许下的第一个愿望是让自己死亡，那我好奇的是剩下的两个机会会留给谁呢？既然是我第一个想到这个问题，可以给我吗？

关于家庭：

你可以永远不再回家……但真有人想这样吗？

思维天堂之类概念的产生，源自我的大脑把所有想法当作可以相互替换的组件。原本我把它叫做思维格式塔：将两个过时甚至浅显的想法结合起来，便会产生一种新奇的想法，其价值比原先两个想法单独存在时要大得多。（相比其他人，家庭主妇对此更能感同身受，因为这是烹饪技艺的基石：晚餐可不是牛肉糜和煎锅的单纯叠加。我后来将会碰到一个有关我上述言论的完美例子——我们家吃的是汉堡好帮手牌速食，它们被誉为"豪华旅游大餐"，因为据说能让你觉得用嘴游了一趟欧洲。有谁会想出把欧洲和通心粉、芝士这些食物扯上关系？）

---

① 慕斯的许多衣服都是别人的，这在她的其他作品中也经常出现。——包珍妮按。

教婴儿微积分就是这样一个复合的想法，为此我没少受冷嘲热讽。大家都不理解，很多时候我思考一件事情只是因为思考它很有趣，我才不管它是否实际可行、是否符合逻辑、成本如何，或是到底会否在生活中发生。我是一个理论家，所以一切都是理论化的。这并不是一个可以自己选择的职业，而是像命中注定般降临在你头上。

教婴儿高等数学有什么问题吗？也许是婴儿和高等数学这两者的结合让人不安，想要逃避。柔软、甜蜜、湿润、天真的婴儿，与冰冷、审慎、极需才智的微积分结合……而且大多数人熟悉前者，对后者却不甚了了。其实，人们对宝宝的了解也不见得有多深。

我之所以有这个提议，是因为婴儿还没有学会如何说"不"。细想一下：在人的一生所学中，零到五岁幼儿时期所学的占比要高于其余生所学。所以，像微积分这么简单的东西对宝宝们来说难道不是比呼吸还要容易？只要父母行动够快，孩子们甚至都不会意识到这是高中之后才要学习的内容。就算最后发现真相，再恼怒也太迟了。

学习数学需要精力，为什么要在已经感到疲累的人生后期才开始呢？幼儿有大把的时间，他们仍然保持着大脑的新鲜流畅，仍然保有好奇心。他们已格式化但还没有写入（计算机术语）。微积分能够赋予幼儿一种态度，好让他们在婴儿床的栏杆里也有可以反叛的东西。毕竟，世界的思考者往往是桀骜不驯的。①

而作为一名世界的思考者（我没有独占这一头衔的意思），我选择数学作为喻体。因为其实……数学的口碑并不好。人们觉得，只要能平衡自己支票账户的收支就够了，何需更高的数学水平？从来没人解释过数学的真正目的：数学仅仅是理解现实的一种途径。我并不是说自己有多擅长数学或是熟知很多方程式，我只是对数学这个概念情有独钟。我喜欢它由数字组成，可以让人依赖，还有它的稳定性。我意识到自己是在危险地带徘徊：我对数学的了解真的到了可以把它（原原本本地）

---

① 慕斯"玛丽莎·米倪恩曾经是一个非常活泼好动的孩子，用锅碗瓢盆可以玩到入迷。三岁那年，她有一次在好奇地打量别人的咖啡杯时，把热咖啡洒了自己一身。这件事她仍然记忆犹新。——琼·卡斯利按。

（在她记忆还没有开始退化时。）——纳迪·卡内尔按。

总结出来的程度吗？大学三年级一个学期的微积分课程（只得了 B）是否足够让我就这一话题侃侃而谈，就好像它是我的一位密友？

谜底会揭晓的……

数学简史

al-jabr：阿拉伯语中的"代数"，意思是"集合到一起"。

十六世纪时，人们将二次方程的解答集中在一起，这和现在的电脑程序员收集程序是一个道理。

我曾经在圣莫妮卡的蛋饼客厅[1]做服务生，得使用收银机。每次找零时我总是用小时而不是美元为基准来计算，就是说我使用 60 进制而不是 100 进制。比如某样东西价格是 43 美分，我本应找回给顾客 57 美分，但我只找给他 17 美分。有一次我不得不对少找了零钱的一个男人解释一番。

"噢，真是抱歉；我总是这样，把钞票当成了时间。"（很显然我当时对能够成为服务生感到太兴奋了。）

说起来，我把这种怪癖归因于我上辈子是苏美尔人的事实，他们用的就是 60 进制。（这就是历史部分。）

一些数学论断

一阶导数表示函数的变化率，二阶导数表示变化率的变化率。（别担心，这应该不会在《幸运之轮》[2]里出现。）

数学之美"与你能从中窥见的想法数量呈正相关，而与窥见所花费的努力呈负相关"[1]。

---

① 《数学》，作者是大卫·贝尔加米尼[3]以及时代生活出版社的编辑们，1969 年由时代生活出版社出版。——慕斯·米倪恩原注。
[1] Omelette Parlor，美国著名的早餐店。
[2] Wheel of Fortune，美国电视游戏节目。
[3] David Bergamini（1928—1983），美国历史与科学普及作家。

两个物体之间的万有引力会导致这两个物体或相邻欧几里得空间的变形。①

一些个人理论

数学是对自然现象的逻辑化表达 —— 在忽略了其中无限的异常之后。这并不是否定数学的存在,而是指明它的存在是为了疏通事理,把艰涩的概念打包,以便统一管理。在我逐渐削减自己无知的过程中,知识也扮演了相似的角色,给予我安全感。要是能够一直学习,我就无比满足。这是我的保护壳和力场,一个没有人可以动我分毫的安全屋。

数学将事物还原至它们最基本的前提,设想宇宙产生于一个方程。②它将事物转化为可以测量、接受和操作的项,取得了成功。某种程度上,我觉得这有点怪异 —— 真理竟然是存在的。而数学确实能够反映,甚至经常能够预测现实。

不难发现,虽然我滔滔不绝,可我谈论的是概念上的数学,元数学,而不是实际的数学。我总结出有趣的方程(可这丝毫不损害它们的正确性),希望纯粹主义者们不会嗤之以鼻。虽然我无法理解他们的数学,但我创出了自己的一套。尽管不如微积分缜密,但对我来说这些方程也是真正的数学,因为它们试图以象征方式描述人际关系 —— 忽略了其中无限的异常之后。使用数字尽可能地接近生活的本质,最多只能做到这里了。生活中的一切都是微积分 —— 我们只能通过近似法来努力接近无限。

再者说,这本书的作者可能是任何人,只不过我先写了。

---

① 其实可以更简化,一个物体就够了。空间的扭曲是引力的结果,可以发生在任何一个物体上;物体质量越大,扭曲也就越大。——莫蒂斯·威尔士按。
② 统一场论还没有建立成功。——莫蒂斯·威尔士按。

∞ ≤ ∞ 3 ∞ ≥ ∞
（智力 + 刺激）× 时间 = 创造力

也许谁都可能写出《高数人生》，可事实就是他们没写。可能有人觉得慕斯·米倪恩也不是作者，因为她对最终的出版形式毫不知情。不过若真的如此斤斤计较，那心胸也太狭窄了。

虽然有几个章节前后顺序不清晰，但她留下的书稿足够完整，能让我们把脉络拼凑出来。接下来的一章涵盖了更多关于慕斯家人的介绍，恰如其分地揭示了"慕斯"玛丽莎·米倪恩形态多变的复杂人格。

我的家庭较简史

我十岁那年，父亲花 300 美元买了一架自动钢琴，运行不是很流畅——难怪 300 美元就能买到。随琴附赠的还有许多老旧的自动钢琴打孔播放带：《主啊，再靠近我一点》《日出小夜曲》《萨沃伊舞厅爵士步》，还有《贝森街蓝调》。我对《贝森街蓝调》百听不厌，经常一放就是好几小时。这对锻炼身体也挺有益的，因为要想让钢琴发声，得不住地踩踏板。弟弟总是把速度调到最快，风驰电掣般地播放。（这也预示了他后来的开车风格。）

由于钢琴运行不顺，父亲就把它给拆开，换掉了里面的风管，并对各处做了些小修小补。尽管父亲是教经济学的，但修理东西也是他的强项。至于是家里经常坏东西培养了他的修理技能，还是东西经他修理才彻底散架，我就不得而知了。他也负责修理母亲；她经常散架。

我的母亲是心理学老师。

我觉得所有心理学家都是疯子。要不是为了更好地了解自己，谁会选择涉足这个领域呢？至少自己得沾些边，才会知道疯狂是存在的。大多数人过着相对世俗的生活，平缓温和，但是索然无味。大多数心理学家也过着这样的生活，他们还会将生活反复考量，里外审视，肢解拆分，再拼回原样。不是所有心理学家都能将这项工作做得出色。可就算做得好，无论拆开多少次，也改变不了生活平凡的本质。顿悟这一点的时刻，也是他们失去理智的时刻。我对心理学坚信不疑——我只是不想和任何心理学家做朋友而已。他们总是说一些类似"考虑到你的童年经历，你现在已经做得很棒了"的话。或许我只是遇心理学家不淑。比如说，我的母亲。不过，她也有许多美好的品质……稍后再谈。外婆身上也不乏令人愉悦的性情。在我六岁的时候，她经常会给我1美分，让我唱《上帝保佑美国》。当然，前提是她能找到1美分的硬币。外婆的手提包里总是鼓鼓囊囊地塞满了剪报、用过的纸巾、喂狗的骨头、1美元硬币、橡皮筋，还有镁乳剂[1]。她的房子也是如此——乱如猪圈。

外婆是家政学老师。

精神失常在这个大家庭里已经是常态了。仿佛母亲与父亲两边的亲戚之间进行着一场较量，看谁的行为最疯癫错乱。目前堪称势均力敌。父亲那一边是无声的反常，但我觉得母亲这边有外婆坐镇，胜算更大。你听说过有谁因为打折而买了一辆叉车吗？不过确实只要4000美元（对于叉车来说是相当低的价格）。她是在萨克拉门托买的，从5号州际公路出来就能看见——若是你也感兴趣的话。外婆还买了一个可能本来要被埋进土里的1500加仑容量的油罐。它再也没被埋进土里，而是像一只搁浅的鲸鱼，瘫在外婆院子里成堆的垃圾和锈迹斑斑的冰箱中间。因为那时正值燃油短缺，外婆担心万一要重新开垦果园，运转拖拉

---

[1] 用于治疗便秘的药品。

机的储油会不够。

每当想起外婆,我便意识到自己已经很久没有与她联系过了,准备起身打电话时才想起,她早已没有电话。斟酌良久,我才会重拾回家探望的想法。开车去外婆家的久远回忆在脑海里不断拉长,我能感觉到它,甚至能握在手里,可用任何语言来描述它都会显得贫瘠单薄。语言让我的回忆变成简单的复述——几个名词代替了段落,稀稀拉拉的细节抹去了整体的复杂画面;和开车去外婆家一样简单,但开车去外婆家这件事又从不简单。还是小孩子时,内心的兴奋与眼前脏乱形成的反差就让我困惑不已,心情极易烦躁,少不了与弟弟争执打闹。再长大些,去外婆家升级为了一种磨难,为了妹妹的缘故,大家都得假装出兴致很高的样子。她的天真无知令人羡慕。当我们驶入最后一段尘土弥漫的道路,即将到达外婆家时,妹妹会突然激动起来,远处出现的病怏怏的同根棕榈树、老旧汽车、散落在房子四周的破败的农具残骸,这一切熟悉的景象都让她感到欣喜。开进门前车道时,现已去世的老猎狗便会闻声顶着肩头的肿瘤"呼哧呼哧"地走出来,无力地叫唤几声,特蕾莎则会扯开嗓子冲它大叫:"奎妮,奎妮!"历史总是重复的:去外婆家路上说的话一成不变,情绪总是一样的糟糕,争吵也是出于同样的原因。看见无人照看的杏树下面杂草长得老高,汽车零部件和残骸在其中若隐若现,母亲会暴躁地抱怨:"看看这一团糟的样子!"若是过几个世纪,这里一定是考古学家一展拳脚的梦想之地,可现在只有老鼠会把它当成天堂。

"快瞧,我们的全麦老饼干!"在土车道上一拐过弯,父亲便装出兴奋劲儿叫道。("全麦老饼干"是妹妹七岁那年给外婆起的昵称,她那时似乎完全不知道自己取的这个名字有多么贴切,童言总是最无心的。)"老饼干"确实站在那里:穿一条洗衣女工的裙子,凌乱的头发草草用头巾扎起,咧着牙齿掉光的嘴巴(要看她有没有时间戴上假牙)微笑着。她跟白皇后[1]一样,总是一副耍小脾气的任性模样。因为吃了太多

---

[1]《爱丽丝漫游奇境》中的人物。

的那不勒斯冰淇淋（我曾经见她一口气吃掉了半加仑）而墩胖易怒，她走起路来蹒跚摇摆，如同一个无论如何都推不倒的巨大不倒翁（"威宝摇摇，永不跌倒。"[1]）。外婆的房子一片脏乱狼藉，堪比"农场"，但正适合她住。

然而，即便这座房子曾经真的像农场，现在继续用"农场"来形容它也已经是抬举了。好在对我们这帮孩子来说，在到达后的半小时内，这里仍然充满了神秘和惊喜。我们在房子里东找西摸，到处寻觅能够充当"餐后甜点"的器物，以补偿闷热疲惫的汽车之旅。屋里有一部老式转盘电话，拨号时会发出"丁零"声，说话要用分体的话筒，就像《安迪·格里菲斯秀》[2]里演的那样——只不过这部电话已经弃用多年，没人会接听。楼上空置的房间形状奇特，里面散落着老旧照片和坍塌的床架，还飘散着老鼠气味。那里还有两扇神秘的门。一扇后面是个诡异的小壁橱，里面蜘蛛成群，大人从不让我们进去；另一扇一打开就直接到了屋顶，多迈一步便会坠落。（光想想我都毛骨悚然，我甚至不会走近那扇门，以防双腿不受控制。）壁柜里挂满了海军制服，伴随着已逝水手的灵魂摇摇晃晃。透过楼上的窗户可以看见外公以前堆放喂虫子的垃圾的角落。

"农场"在我们孩子眼里已经算大，可外婆却不觉得，她一直在扩建房子，来存放她在盖姆科百货买的各种东西。这里就像一个温彻斯特神秘屋。（神秘屋在圣何塞，房主是生产连发步枪的军火大亨温彻斯特家族的女继承人。曾有灵媒告诉她，要想摆脱那些枪下亡魂的死亡诅咒，就必须无休止地修建房屋。结果这栋建筑最终成了融合各种风格与设计的大杂烩：不知通向何处的台阶，向着墙面或是二楼向外悬空开启的门，藏在阴暗角落的姜饼模具，不透光角落里的彩色玻璃。稀奇古怪的东西杂乱无章地错落纠缠着。整栋建筑如同噩梦，一个不断演化的噩梦，带着天生的基因缺陷。最终，女继承人还是没能免于一死。难怪灵

---

[1] 不倒翁玩具广告词。

[2] 1960年代美国情景喜剧。

媒的名声一直不好。）

我的外婆并非害怕死亡，而是不想错过任何大促销。她需要空间来存放所有半价买来的东西。经历过经济大萧条之后，她对半价商品的诱惑毫无抵抗力。过惯了苦日子，什么都舍不得扔掉，不论是易拉罐、残缺纸巾、用过的信封还是旧报纸。报纸在外婆眼里极有用处，房间里几乎所有物品上都铺了一层报纸：浴室地板、家具、餐桌上的食物，甚至她自己的床。这是外婆风格的保护措施。

镇上至少每周一次的促销活动来临时，外婆就会开始囤货，就连自己并不喜欢的蛋黄酱都要买上五罐。结果"农场"里自然就堆满了各式杂物，要在房中走动只能从其中辟出小径。有一次父亲把一袋曲奇饼干随手放下，结果一年之后才找到。我绝对没有扯谎。

外婆家里的早餐燕麦市面上早已买不到，里面的虫子和它们的祖先已经把燕麦吃了个精光且饿毙于此了。家里的地毯外面还包了小地毯，最外层是报纸。虽然有好几个衣橱的新裙子——全部都是薰衣草花色系列，可她从来只穿一件破破烂烂的浴袍，趿拉着拖鞋，只因不想把新裙子弄脏。

"农场"的南门廊处（二战以来就没清扫过）放着两个崭新的手摇式留声机，一叠唱片里有杰克·格思里[1]和他的俄克拉荷马州人乐队的《俄州摇摆》，还有年轻气盛的法兰克·辛纳屈吟唱的《美哉美利坚》。几盒残缺的蜡笔遗留自外婆热爱艺术的时期，一盒路易斯安那辣酱代表着她钻研厨艺的日子。累积多年的《国家地理》杂志捆成摞放在圆肚炉子旁边，一同放着的还有几把枪、打开的狗食罐头。几把落满灰尘的绣花摇椅上胡乱盖着破烂的防尘罩。几个精致的、长着小天使脸蛋的陶瓷娃娃因为在过去的几十年里被完全遗忘在那里而奇迹般地完好留存了下来。此外还有外公葬礼上用过的花圈、猎鹿派对留下的猎枪子弹壳儿、几个始终也没能挂到壁炉上方的磨损鹿角，当然，还有那个奇形怪状的汽车挡泥板。要是外婆看见有人到南门廊这里来的话，准会尖叫起来，

---

[1] Jack Guthrie（1915—1948），美国歌手。

一方面是窘迫于这脏乱的场景,另一方面则担心东西会被偷。其实这个顾虑完全没必要,小偷得先把每件东西都清理干净,辨别出它们的真面目,才能决定是否值得一偷。

到达外婆家几分钟之后,刚见她时的那股兴奋劲儿就差不多耗尽了。这时我们就会申请四处转转,但等我们在楼梯上跑上跑下几次后,"全麦老饼干"便会吼着制止我们。我们转而奔向"敏感地带"南门廊,外婆便又是一阵乱叫,紧接着转向母亲:"我说他妹,你就不能让那些孩子乖一点吗?"于是我们被迫坐在固定的地方,只能趁大人不注意互掐取乐。话说回来,到了此时,我们也已经到了迫切需要洗澡的程度了。只要和外婆拥抱过,便算不上干净了。每次在外婆家洗澡,我们都得穿人字拖。浴室在西门廊的荒芜地带,那里堆的垃圾更加污秽,并且向外凸出,透出比南门廊更强烈的阴森感。没人愿在那里多待一秒,以防被垃圾缠住。洗澡时,我们的衣服只能放在带绞拧脱水器的老式洗衣机上,只有那里能勉强算作干净。外婆至今仍然在用它,因为多年前外公有一次酩酊大醉,将崭新的洗衣机扔下了井。外公总是到处扔东西。① 淋浴花洒散发出使用多年的陈腐气味,油漆块不时从斑驳的墙上剥落,肥皂沫卷着结成块的狗毛一同漂进下水道。一旦身体碰到墙面,便会折寿一年。(这是我们定的规则。)一洗完,就得迅速用毛巾擦干身体,生怕多瞥一眼,发现毛巾上的莫名污点,就会不可抑制地想搞清楚它们到底是什么,是否恶心。

母亲曾告诫我们,任何在"农场"里找到的食物都要经她允许才能入嘴。这跟我父亲的反应异曲同工:每当他询问外婆某样东西放了多久时,外婆都会颇为恼怒地回答说是昨天刚买的,可他又会接着问"是哪一年的昨天"。

外婆生活艰苦朴素,其实完全没必要,只因她习惯了。她拥有的七处房产,破败程度各有不同,每一幢都试图用自己独特的方式回归尘

---

① 慕斯两岁那年的圣诞假期,父母带她来外公外婆家过。期间,慕斯的外公在圣诞节来临前把圣诞树给扔了,只因树顶挂了一个天使形状的装饰物,而他不愿"屋子里有任何该死的宗教符号"。最终慕斯一家提前回家了。——包珍妮按。

土：或是蜘蛛成灾，或是霉菌侵蚀，或是有租客把体内废物排泄在洗碗池里。"全麦老饼干"只会偶尔从小金库里取出一些积蓄，一次买上三十三罐半价狗粮或是一辆叉车，所以在我十四岁那年，她当时的律师（镇上的每个律师她都用过了，现在又开始了新的一轮）告诉她应该陆续分一些财产给子女以减少继承税。于是她决定带我们一起坐游轮环游加勒比。

这趟旅程外婆可没有我们惬意。虽然母亲劝她先看看到时候的晕船情况再决定是否吃药，可外婆一向不习惯听取建议，尤其是自己女儿的。从加州出发的好几天前她就开始服用晕船药，结果用药过量，在睡眠中度过了环游的前五天，而行程一共才七天。说来也怪，早晚餐时间一到，外婆总能按时醒来。到了第六天，我那总是充满不合时宜的愧疚的可怜的母亲，终于想出办法把外婆骗到户外，让她至少可以在旅行的最后两天里享受享受。她先假装和"全麦老饼干"一起去餐厅，却偷偷按下了甲板那层的键，电梯门打开时就顺水推舟地说："糟糕，按错层了。不过既然都来了，就到外面瞧瞧吧。"虽然百般不情愿，"全麦老饼干"还是迈出了第一步，嘴上仍然抱怨个不停。可等她领略到室外令人窒息的美景（并发现甲板上餐饮选择更多）时，她便欣然留下了。

食物是外婆形影不离的老伙计。她在农场里长大，养成了坚决不能浪费粮食的观念。外婆每次带我们去丹尼斯餐厅吃早饭，都会在我们吃饱后命令我们把盘子递过去，一丝不苟地把残羹剩饭刮到当天的报纸上：吃了一半的薄饼，用来装饰的西芹，溏心蛋，还有其余种种。接着她会向里面多挤些免费糖浆，把"赃物"一股脑儿包起来带回家给奎妮。奎妮从未表达过想吃这些剩饭的意愿，不过剩饭甚至也可能从未到过它的面前。因为外婆去世的时候，我们在她遗留下来的几辆车（她一共有九辆车）的后座发现了积存了十年的薄饼，霉迹斑斑。根据报纸上的日期，我们可以确认它们究竟在那里放了多久。对外婆来说，不把食物倒掉比不浪费食物更重要。艰苦的成长环境总是让她忘记自己现在的生活已经相当富足了。一个不懂得变通的人，在新情况下仍然会重复不合时宜的行为模式。

曾经有人做过一个有趣的实验,他们把一些小猫放在仅能看到水平线的环境中饲养,回到正常环境,小猫便无法察觉任何垂直形状的物体,它们跳到椅子上毫不费力,可是却会不停地撞到椅子腿。外婆就是陷入了这种怪圈,不停地撞上思维定势的椅子腿。① 窘迫的童年生活促使她养成了饥不择食的习惯,即使后来有了钱,极尽节俭变得毫无必要,她仍然抛弃不了这些习惯。这样一来,富裕之后的生活也成了一种折磨。外婆总是说"老狗学不会新把戏",可她并未意识到自己就是那条老狗。

这趟游轮之旅给外婆造成了极大的痛苦:如此多无限供应的食物根本无法完全吃掉。相信我,她尽力试过。在游轮上,只要愿意,一天中的任意时刻你都可以大快朵颐。早餐有法式香蕉吐司、草莓华夫饼,10 点有丰盛的汤羹,午餐的烧烤过后,配有司康饼和果酱蛋糕的下午茶接踵而至,豪华晚餐包含六道主食,收尾则是惊艳的甜点 —— 有一次游轮上举办了"我的圣代我做主"活动,放眼望去都是各式糖果、冰淇淋和五彩蛋糕装饰豆。如果仍然意犹未尽,你可以在午夜自助上把白天错过的美食一次补齐。在这最后一次暴饮暴食之后回到房间,门口还将有满满一篮橙子、香蕉、苹果和巧克力棒在迎接你。

当时我和妹妹、外婆共住一个房间,所以果篮每次都有三份。而每次都只有巧克力棒被吃个精光。(甜食这么多,谁还有肚子吃水果?)这就导致三人份的三种水果在我们门前"付诸东流"(外婆的原话)。于是外婆决定把所有水果打包,带回家给奎妮。

七天的游轮之旅,每天九个水果,在热带气候的照拂下,最终形成了六十三个霉斑点点的物体。海关官员开箱检查时,它们安然躺在"全麦老饼干"的破旧睡袍旁,一个也不少。有趣的是,带发霉水果到美国境内是被禁止的。这可是外婆头一次听说。

"年轻人!(那名海关官员至少有五十岁。)我是这些孩子的外婆,

---

① 我知道许多相关研究(维泽尔和休伯尔,1963;休伯尔和维泽尔,1970;赫希和斯皮内利,1970;劳尔柴克和辛尔,1981),但是没有一项提到过椅子腿。——罗维斯基博士按。

刚带他们结束一周的加勒比海游轮之旅，因为他们从来没去过（她这是在打同情牌）——现在你却说我无权拥有自己付钱买的东西？！"

"腐烂食物不允许带入美国境内。"他似乎对这种无理要求再熟悉不过。

外婆越发愤怒，嚷嚷说水果是自己付了钱的，他们得全额退还旅费。见他们丝毫没有拿钱的迹象，她便开始剥香蕉，又拿了一个磕碰过的苹果，左右开弓地大嚼特嚼起来。我看得出来，爸妈已经随时准备好把她送回精神病院了，但他们竟然渐渐让外婆平静了下来，不再进一步激怒海关人员。（我猜是父亲答应了带外婆去她最爱的斯摩卡鲍勃餐厅，那是一家可以敞开肚皮吃的自助餐厅。）

我知道让外婆放不下的并不是什么原则问题，只不过她这一辈子最大的动力就是买到打折商品、讨价还价时略占上风，还有买二送一这样的便宜事儿——就算她一个都不会用到。我体内也有少许这样的基因，尽管我会理智地反抗，但战果并不总是尽如人意。

我对外婆的理解并不比其他人多，只不过我选择接纳她。我们的祖孙关系很有趣，她经常会在给我扯脚趾头的时候跟我谈论哲学（我很享受脚趾头被拉扯的感觉）。外婆那张大床已经有些年头了，从不整理，形成了疙疙瘩瘩的硬块，散发着止痛片和嚼烟的气味。我俩躺在上面，她给我挠背，和我天南海北地聊着，从民主党人到死后生活，从坠入爱河到正面全裸。（电视上有个身着肉色紧身衣的男演员摆着雕像的姿势，外婆忙不迭地问我："谁会想看一个老男人的私处啊？"我还以为她会知道答案。）

外婆总爱讲她年轻时在塔霍湖[1]的理查德森温泉酒店做服务生时的故事，有个百万富翁经常给她1美元硬币作为小费。"他曾经向我求过婚。"外婆有些自鸣得意，颇觉这是能给自己加分的经历，尽管她后来的生活变得邋遢而脏乱。

我总是对着一张外婆的老照片，努力想要拼凑出她当年那活力四

---

[1] 北美洲最大的高山湖泊，位于美国加利福尼亚州和内华达州的交界处。

射的模样。照片里两个男人在一台福特 T 型车前搂抱着她,三个人都笑得无比灿烂。外婆当时脱离了她父亲专横的控制,纤细的身体里充满了年轻的躁动。可不幸的是,她走上了女人经常陷入的老路,嫁给了一个和她父亲如出一辙的男人。她的"白马王子"为人刻薄——她必须不停地让自己接受这个现实。外婆告诉我,在婚礼那天外公命令她坐在汽车后座,而让他的一个要好哥们坐在副驾驶位子上。我开始考虑起这件事的隐含意义:这才只是婚礼当天而已,漫长的婚姻生活还在前方,意识到这一点的外婆当时该有多么绝望啊。不过,她已经习惯了刻薄的男人,反倒觉得这是有男子气概的表现。外婆总是把她曾经养的那条狗学会吸食鸡蛋的故事挂在嘴边。(我想它应该是用齿尖戳破蛋壳,然后吸食内部的。)一旦狗学会了吸食鸡蛋,你便无法再纠正它,必须开枪射杀。事已至此,外婆的父亲让她亲手把狗绑起来,并且强迫她观看他开枪,那年外婆只有五岁。在农场里,懂得太多可能是一件坏事,尤其是对狗来说。那件事在外婆生命中留下了很大的阴影,如今我还记得母亲抱怨说,作为外婆唯一的女儿,她感受到的关心都赶不上一条死去的狗。(很久以后在芝加哥,我的男朋友雷克斯在听完这个故事之后——他知道我们家族喜欢玩文字游戏——就造出了这个句子:"学会吸蛋,就得完蛋。")外婆一直忘不了那条狗,她将自己的潦倒生活也归咎于此。人的一生很长,如果总是死死抓住错误(作为命运戏弄你的证据)不放,那么内心怨恨的情绪便总也刨除不去了,因为总会出错。放下则海阔天空。

我们的家族传统是从来不让怨恨离得太远,并且对这些情绪细心照顾,滋养有加。我的外婆和母亲都厌恶自己的生活,我偶尔也难逃魔咒。我经常噘嘴,这是后天养成的习惯。末了,为了将自己从绝望中扯出来,我这样劝诫自己:"得了,你本来可能一出生就是奴隶呢。"当我困扰于贫穷、默默无闻和没有微波炉(我在新婚礼物清单上写的是小烤箱,简直蠢得要命;千万别犯同样的错误)时,我就会提醒自己,每个人过得都不容易。随便问一个人,他们都有故事可说。如果把煎熬程度从一到十排级,准保人人都会觉得自己是十级,过着最惨绝人寰的生活。可他们却从来不把自己跟二战期间的犹太人、亚哈船长[1]还有凯丝妈妈[2]的人生相比较。

因为总是得不到所求之物,所以我得创建一套自己的哲学来应对失望的情绪,对付生活中的痛苦,如同牡蛎通过孕育珍珠来抵御入侵的沙子那样。我强迫自己从生活中后退一步,接受当下。忘掉天堂和地狱——它们可能永远也不会到来。当下即是所有。

这样的时刻使我开始思考人生的本质,思考我的人生是否合格。我觉得生活已然是对活着的奖赏。它既是头等大奖,又是安慰奖;同时是1号、2号和3号门;是卡洛尔·梅丽尔[3]展示的一切奖品;是全部三个单身汉和阿曼娜雷达微波炉……[4]

也许我从数学角度来解释更好些。

牡蛎方程

$$(牡蛎 + 沙砾) \times 时间 = 珍珠^2$$

读为:牡蛎加上沙砾的和乘以时间等于珍珠的平方。

有人说,行,我差不多能看懂。牡蛎里进了沙,过一段时间便会产生珍珠。可是平方从何而来?

我用平方的原因是人类与牡蛎相比,如同平面之于直线。我们的逻辑和反思能力使我们上升到了另一个维度。对于牡蛎来说,形成珍珠只是在纯粹地行使自我保护的生理功能。牡蛎(我猜想)对于珍珠的诞生并无敬畏之情,最多也就是简单软体动物对于体内不再有硬物硌着而感到的欣喜。但在人类的维度里,珍珠的地位被提升了,我们为之折服,称其完美,赋予它牡蛎从未想过的意义。

就算你说的都对,那又怎么样呢?

所以珍珠不再仅仅是珍珠;它具有了二元性,美好性,还有复杂

---

[1] 美国作家梅尔维尔名著《白鲸》中的人物,因要不惜一切向咬掉自己一条腿的白鲸复仇而丧失理智。
[2] 凯丝·艾略特,美国歌手,1974年因心肌梗死去世,但一度流传的小道消息称她是被一个火腿三明治噎死的。
[3] Carol Merrill,美国电视游戏节目女模特。
[4] 以上均指电视游戏或相亲节目中丰厚程度不一的所有奖品。

性 —— 意识的意外产物。

同样的式子,可以将主体由牡蛎替换为人类。

$$(智力 + 刺激) \times 时间 = 知识^2$$

读为:智力加上刺激的和乘以时间等于知识的平方。

也许你会说,这有点牵强,智力受了刺激只会让你变得越发圆滑。尽管形式有些消极,但圆滑也是一种知识。正如古语所说,"前车之鉴,后事之师"。过去的经历会将我们的弱点保护起来,那些最难忘的经历往往与我们觉得应该避免的事情有关。参加中学舞会却全程社交失败,有人以后便不再前往类似场合。而从同样的经历里,我学到的则是要主动邀请男生跳舞,因为总得有人走出第一步。(作为一个女生,当时我的思想还是很前卫的。)

挫败感就是人类维度里的外界刺激,它促使你思考平和环境中不会发生的事情,知识也随之衍生。思绪的井喷会促进大脑皮层褶皱愈发密集。鼓舞欢欣的情绪不断地制造出孔隙,挫败感则将某些孔隙用实质填满,使得孔隙和实质都更加明显。

假如牡蛎跟人一样具有意识思维,它或许就会选择,或者忍受痛苦,或者将体内的沙砾挤出。当然,这只是假设,可就算牡蛎真的能做出不同选择,孕育珍珠仍然是最佳选项,因为这完全扭转了令人不快的局面。背负痛苦前行是对逆境的一种默认。有人会在老板找茬之后把气撒在狗身上。"将沙砾挤出"这个选项通常并不存在,这就如同要求现实应你的需求去改变,几率渺渺。至于珍珠的诞生,那就是常识带来的礼物了。将一系列糟糕的境遇结合,发挥对生活和美好有建设作用的能量,负负得正。在牡蛎的例子中,大自然摒弃了被动,选择了创造。

也许你又会说,我都听懂了,可是为什么知识会有平方呢?我们评估了牡蛎的珍珠,可是由谁来评判我们创造的珍宝呢?

并不需要更高一级的生物,只须我们自己从粗糙的三维空间觉醒,对时间、第四维度、我们的经历与存在,以及我们对自身存在的意识感知充满敬畏,并且对此种存在的短暂属性怀有谦卑的态度。假如我们能够跳出人类的维度，让自己感受到存在本身的馈赠，那么知识就与珍珠一样具备了双重角色。知识是缜密思维的美学体现。将智力和经历相结合，便可形成一套哲学。也许这方程这样写更恰当：

$$(智力+刺激) \times 时间$$
$$=知识^2$$
$$=创造力$$

创造是对知识和经历的升华。它描摹生活的模样，却又刻画出生活应能达致的另外形态。这是最极致的乐趣。（上帝只有六天的时间可以尽情创造，真可怜。）创造如同孕育生命，它赋予原始想法以形态，使之具体可感，吐纳呼吸。创造是你迫切希望某些事物能成为现实的强烈意念的结果。出于惜才之心，人们会给予有创造力之人最大限度的宽容。他们必然掌握了某些我们所不知道的东西。

或许你仍然不为我的谬论所动：就算你说的都对，知识的平方等于创造力，那珍珠的平方到底为何物？

而我，厌倦了你这一连串平庸的问题，只想率性一答："珠宝。"

∞≤∞ 4 ∞≥∞
芝加哥：装修精致，天气阴郁

精神分析学报告

科尔斯顿·罗维斯基博士

  玛丽莎熟稔精神疾病的各种表征，因为她的成长环境中充斥着怪异出格的行为，衍生自多种精神病、神经症及人格障碍，包括精神分裂，重度偏执，忧郁症，强迫型、被动攻击型、躁郁型人格，癔症，酒精依赖，以及耳聋（非器质性）①。玛丽莎的亲戚里相当一部分人至少有上述一种疾病，甚至有两个人在精神病院待过一段时间。但有趣的是，这两个人的症状是所有患病亲戚里最轻微的。

  玛丽莎在察觉到自己偶尔也不稳定之后，焦虑情绪开始滋生，可这也使她对自己作品的艺术真实性更加深信不疑。她将创造力看作"精神分裂的一面，却无法确认到底是哪一面"。在一个极其动荡不安的家庭里长大，有着人格分裂以及躁郁症迹象的母亲（至少从玛丽莎的描述上来判断），她有些担心自己的神智状态。玛丽莎并不确定精神失调是遗传还是环境所致——她感觉两者都有影响——于是她战战兢兢地生活，随时准备被"疯狂的爪牙擒住（她的）大

---

① 有人认为，玛丽莎家族遗传的饱含怒气的大嗓门是致聋原因，但我却不认为二者有因果关系（也就是说不确定耳聋是由吼叫造成，还是因为耳聋才不得不吼叫）。不过，我对这家人加剧其他人的耳聋症状这一事实毫无异议。——罗维斯基博士按。

脑"。似乎事态也是如此发展的,在芝加哥期间她曾经两次主动住进精神病院。

在加州大学洛杉矶分校上学时,玛丽莎记录下了较为严重的几次抑郁。也是在那里,她开始意识到自己的人格能够分裂成五重不同的身份,并且每个身份都知道彼此的存在。玛丽莎称它们为"鬼影人格"——"曾经逝去,现在回来与我纠缠不休。"她觉得这些人格在童年时期就存在了,只不过由于自己的健忘而相继消逝。"我们当时要搬家,新学期却要开始了……人格的培育需要时间。如果你对生活失去了兴趣,它们也会有一样的反应。"玛丽莎的写作似乎有些随心所欲,却总透着真相的绝望气息。

许久之后她对这些"鬼影人格"的评价有所改观:

现在我才明白,其实回来纠缠不休的是情感。它们似乎曾经死去,被匆匆埋葬。然而在精心树立的假象之下,即使只是微小的摇摆,对personna [原文如此] [1]也是一次冲击,转瞬之间对生活的一切构想都错位了,幻想出现了裂痕。于是那些处于休眠状态却无比充沛的情感一一复活,变幻成不同的人格,你深知自己不是,却曾经怀疑自己会变成的那些人格。它们甚至比吸血鬼还要难对付 —— 木桩穿心都不能解决问题。只有心理咨询师 —— 现代的神职角色,才能驱走魔障。

最终,也正是玛丽莎在洛杉矶的心理咨询师帮助她重建了精神框架,并对她自己认为构成最多元的那个人格进行了调整。但在达到这种平衡的生活状态,靠着每周一到两次心理咨询平静度日之前,正如1981年玛丽莎入住芝加哥约翰·萨利纳斯精神疾病医院时所承认的那样,她过的是"地狱般的生涯"。

在这第一次住院期间,玛丽莎的写作风格开始带上残缺和冷酷的笔调。她最常写到的是自己的外婆,这也在情理之中,因为外婆就

---

[1] 荣格心理学术语"人格面貌"的正确拼写为"persona"。

是有住院史的两个亲戚之一：她在发现丈夫（玛丽莎的外公）有外遇之后，便主动去了精神病院。在那期间，外婆尝试过电击疗法，并在复原的过程中用袜子做了几只玩具猴子——这件事她至死也不承认。玛丽莎也接受了电击治疗，而且和外婆一样，也出现了间歇性失忆（尽管她从来没做过玩具猴子）。

电击疗法对玛丽莎产生了惊人的效果。随之而来的麻木和失忆让她瞬间燃起了重新找回记忆的欲望。她开始事无巨细地将脑海里的一切都付诸纸笔。这种创造行为的重要性使得她所称的"在精神微恙里的小小迷途"不值一提。若神智的混沌影响到创造力，她才忍受不了这么久。

住院期间，玛丽莎一直坚持写日记。电击之后的第一篇记录下了她对遗忘和艺术平庸的深深恐惧：

1981 年 11 月 12 日

我觉得自己被清空了；大脑里的所有信息被意外抹掉。不携带任何信息。

我对低频次的疼痛完全可以忍受。我的意思是受伤是件好事，可过了某个节点你从中就再也学不到什么了，只剩下疤痕。

我的玩具猴在哪儿？①

几周之后，她的逻辑连贯性略有恢复，写作的艺术性也提升不少。

1981 年 11 月 17 日，凌晨 1:40 —— 我的惯常状态。

如今我们学会了给自己动脑叶切开手术。我们用毒品抚慰备受煎熬的灵魂，消除愤怒，抚平创伤，缓和冲击，舒缓内心。我们的生活变成了戏剧，彼此的交流如同电影镜头。我们纵容地看着自己，然后

---

① 住院期间，玛丽莎经常以为自己就是外婆，十分确定自己曾经缝过几只玩具猴子。——罗维斯基博士按。

微笑。

我对折磨了若指掌。我创造着最好的自己。

玛丽莎常使用非常精练的短句,晦涩而又率性,形成松散的对句。她不引人注目地"用(她的)眼角余光观察着生活"①,产生不同的感知。她常觉得,自己最好的文字往往来源于对眼角后面隐藏内容的挖掘。

1981年11月23日

我总是忘记自己的追求。肯定曾经有过。可是醒来之后却忘了为什么。

关于鸡奸:无数的狗被我未奸而奸。

我与他人没什么不同。除此以外,我的头发脏兮兮的。②

事实上,我的恐惧有两个:一个是朋友不够多,另一个则是太多。

我要先撑过今天,才能在明天存活。这个展望可没什么鼓舞人心的效果。也许人生本就不是用来享受的。

玛丽莎第一次只在精神病院待了两周,走的时候她说,离开是因为这里并没能帮她成功减肥。

"我去那里只是为了节食,"她后来这么开玩笑说,"真的,这是我人生最大的动力。沮丧和失望没什么不好,直到它们开始削弱我的生活,活着使我感到局促不安。我希望把自己的选项拓展到'要么吃要么死'以外。"

于是她回到芝加哥,继续经营和男朋友雷克斯·布塔斯基的同居生活,勉强还过得去。雷克斯仍然在戏剧专业读研究生,玛丽莎则回到自己广播电台文秘的职位上,虽然一分一秒都是煎熬,但还

---

① 慕斯·米倪恩的日记,卷二十六。——包珍妮按。
② 显然医院的环境远非纯净无瑕。——罗维斯基博士按。

是要尽力享受。

离开精神病院之后,玛丽莎的写作才真正带上了最令人抑郁的色彩。她显然并没有康复。脱离了相对而言如同避风港般的医院,直接与外部世界打交道,超出了她的承受范围。她多次尝试自杀,却因为用错工具而未果——两次割腕她分别使用的是开信刀和裁纸刀。这对从事文书工作的人来说算是好消息,毕竟他们工作使用的还不是致命器具。

1981 年 11 月 24 日

我知道自己无足轻重,没有资格真正地疯狂。但是在确认了自己的疯癫之后,我创造了自己的分量。

1981 年 12 月 1 日

我不是说所有人生都毫无意义,只不过在那些意义深刻的人生面前,我的人生显得卑微不堪。

没人会明白:我喜欢混乱的自己——这让我看起来形象不错。但我还不至于说享受抑郁,因为这样说就表明我还没有真正体会到抑郁带来的好处。我和抑郁的关系是"心灵相通"。(本质上来说是"互相怜悯",但是却不能分享彼此的问题;只能自我消化。在此状态下,你承认痛苦的存在,进而将它视作情感的艺术表达。有些人感受到的忧伤细腻无比。)记住,抑郁有可能只是带着灰暗色彩的幸福。

玛丽莎确实是精神崩溃的易感体质无疑,可令人好奇的是,为何芝加哥能够让她的大脑瞬间沦为一片荒原。初看之下,洛杉矶似乎更有逼人疯癫的潜质,可它在生活方式、思维模式和个人清洁习惯方面所提供的选择也更为丰富。在洛杉矶失去理智,又有谁会注意到呢?相比之下芝加哥反而显得管束颇严,对是否允许某些行为有着专横严格的判断;这是一个对精神也有礼节约束的城市。

值得庆幸的是,玛丽莎在意识到自己的大脑正在逐渐被疯癫侵蚀时,留下了冗长而丰富的关于芝加哥生活的记录。我们因而得以确切地查证,究竟是什么让她本已脆弱的神经土崩瓦解。玛丽莎此次情况恶化最明显的迹象,就是开始在写作中用"她"来指代自己。这种代词的替换缓慢地进行着,而非一次性完成。最初是在给宾夕法尼亚一位朋友的信里。玛丽莎这样写道:"她在二十三岁的年纪,却出人意料地郁郁寡欢。她甚至不确定自己焦虑,却越发感到焦虑。"信的剩余部分是以第一人称继续写下去的。但这个置换现象此后愈演愈烈,直至最终,冷静客观的第三人称单数总是跳出来保护情感崩溃的"我"。

1981 年 12 月 4 日

在人生的这段时光里,他们经常偷东西。都是些小物件儿,华而不实。在犯罪领域只能算是小儿科。红酒杯、烟灰缸、订书机,所有能轻易放进女式大挎包里的东西。她会顺手拿走办公室里的咖啡粉和邮票,她所在健身俱乐部里的剃毛膏、卫生棉条和运动短裤。他则会从古德曼剧场偷信封和蜜瓜回来。他们从不给自己找理由,只管下手。他们生活中偶尔的奢侈和精致全靠偷:一磅碎牛肉,烘烤腰果,巧克力芝士蛋糕,甚至……

不,这不是真的。他们偷窃不是因为贫穷,因为贫穷是一种特立独行的状态。真正的原因是无聊,芝加哥平淡乏味的刺骨冬天里需要这样一股战栗感。寒冷也是刺激他们这么做的原因,因为偷窃时血液循环加速,能使身子暖和起来。比起他,她的体质更容易感到冷,所以她偷得更频繁些。有时这是她唯一真正享有的乐趣。

她所在的健身俱乐部收费很高,所以她心安理得地把那里当作各式杂物的补给仓库(各种浴室用品,几条紧身连衣裤 —— 她送了一条给妹妹,作为圣诞礼物)。她思忖着如果和别人慷慨分享这些不义之物,她的偷窃行为差不多就有了整个世界做靠山。她一整天的动力就在于此。每天上班之前先去健身,顺手牵羊,然后才有劲儿去做乏味无比的文秘工作。但是久而久之对偷窃的乐趣也开始生腻。红酒杯几个就够用了,因为很快酒钱就赶超了偷杯子省下的钱。于是她就会趁餐厅"欢乐时光"的时候行动,把免费的小食拼盘当晚饭(这种偷性质似乎就没那么恶劣),可是紧接着她的酒瘾就上来了。她最爱坐在角落,一边读山姆·谢泼德[1]的书,一边小口啜着白葡萄酒。看上去饱含自我折磨的意味。然而,再新奇的行为一旦定期发生便沦为平庸,甚至令人生厌。保持变化无常的自我形象也会滋生厌倦情绪。

她以打字为生,他还在继续学业。日子糟糕不到哪儿去,可也称不上生活,至少不是他们认为生活该有的样子。她经常梦到希腊,而他梦里出现的则是格洛托斯基①。他们都梦想着逃离芝加哥。也许有人会说,他们并没有真正尝试过,但他们并不在乎。在他们看来这类梦想也配不上尝试的机会。他们觉得,芝加哥天气阴冷,是凄凉之地。这么想很自然——他们从加州搬来芝加哥的那个冬天,严寒程度打破了各项纪录②。有些日子因为起风,甚至跌到了零下八十华氏度。"风冷",芝加哥人总爱用这个词。他们简直以那里的天气为傲。他们喜欢把天气拟人化,仿佛是它自己决定是否要下雪似的。一谈到天气,他们几个小时都停不下来。

冬天让芝加哥人愈发感到自己的坚强,有种仍在发展中的文明不会因为大自然的阻挡而停下脚步的气概。她觉得用这种理由来解释下雪有些蠢。在她看来,当地人属于一类略有智慧的乡下人——他们皮肤晒得通红,心地善良,脑子却不太灵光。她最想不通的,是为什么住在芝加哥的那些性情古怪的富人,还没有一个跳出来说自己厌倦了下雪,决定斥巨资用一个巨大的穹顶把整个城市都罩起来。但芝加哥市民是不会同意的,他们需要以下雪为借口开怀痛饮。

她一直将生活当作音乐剧来看待,便自然而然地把芝加哥与卡米洛[2]画上等号,以为这里只有晚上下雪……至少她在开玩笑时是这么说

---

① 耶日·格洛托斯基,著名的波兰戏剧实验所所长,因《迈向质朴戏剧》一书而广为人知,该书收录了他写的和研究他的一些论文。——莫蒂斯·威尔士按。
② 我还以为芝加哥每年冬天都会打破各项纪录。——纳迪·卡内尔按。
[1] Sam Shepard(1943—2017),美国作家、剧作家、演员、导演。
[2] 传说中亚瑟王宫廷所在地。同名音乐剧曾于1960年代在百老汇上演。下文《屋顶上的小提琴手》也是当时盛演不衰的百老汇音乐剧。

的。同事们都觉得她是疯疯癫癫的加州人，把她的揶揄当作真心话，而把她的幽默解读为愚蠢。她一直在尝试将生活过成艺术。有时她会假装芝加哥是南极地区，而地铁上的一切则是仅存的人类文明。又或者假装自己是《屋顶上的小提琴手》里的霍德尔，随时准备登上火车，奔赴遥远的西伯利亚追寻心上人。（想到这个情景她便会放声歌唱。）在她的梦里还有蒙大拿的温热夜晚，裸泳，以及疯狂的、萦绕不休的青春。她经常落泪，一直如此。他私下觉得，甚至暗暗期望着，那是因为她月经来潮。总之是生理因素。他不希望是因他而起。他当然这么希望，事实却不是。至少不全是。

他们住在地下室里。不是那种酒窖式的或者满是黑寡妇蜘蛛和废旧轮胎的地下室，是中西部特有的那种，在西海岸很少见到。从台阶走下去，就会看见一个小小的门廊，仿佛出自《爱丽丝漫游奇境》。（门廊其实并不存在，可她总是这样告诉别人；似乎这样就能给生活增添些情趣。）室内的家具是他花70美元买的，看上去也只值那个价。洗手间的墙上琳琅满目，贴着他们去看过的戏剧（大部分是免费的）的节目单，他们俩在蒙大拿夏令剧团扮小丑的照片，还没来得及像他自己允诺的那样写上"霸王龙雷克斯"的各种证件照，从《生活》杂志和《国家地理》杂志里剪下的图片，生活方式截然不同的牙买加朋友寄来的明信片。这种风格酷似加州酒吧里的洗手间，在那里男女的标志经常会刻意反着放，再用小到难以察觉的箭头指向对面。一不留神就会有人进错门，落得窘迫不堪。

厨房里挂着一副巨大的粉色醋酸纤维海报，上面画的是爱丽丝和智虫，是她在卡利斯佩尔百货总店大甩卖的时候买到的。他不怎么喜欢，可还是任由她把海报挂在厨房里。

他们大部分时候都在放有热水器的餐厅里做事情，因为那是整个套间唯一暖和的地方。一张橡木桌占据了绝大部分的地面空间，他们在这里写论文，一起吃饭，讨论爱德华·霍普[1]带有荒凉色彩的画作，讨论

---

[1] Edouard Hopper（1882—1967），美国现实主义画家、版画家。

让·季洛杜[1]的名剧《夏佑的疯女人》的哲学思想，还有山姆·谢泼德最新的散文，以及其他能够唤起他们共同的战斗激情的事物。

至于卧室，唯一合适的评价就只有寒冷了。

她在一家广播电台工作。这份工作还是撒谎得来的，因为在帮他把课程论文用打字机打出来之前，她甚至都不知道自己会打字。在求职打字测试上，她一分钟打了八十个单词。派对上，当所有人的关注点都在她身上时（几乎毫无例外，因为她的大嗓门会引来所有人的注意，而接下来她那些稀奇古怪的故事会让大家欲罢不能），她将那次"面试壮举"归功于小时候钢琴课上的指法练习，或是那天喝了四杯咖啡，当时急着去洗手间。可私下里她知道，真正的原因是自己有能力做好所有事情。她知道自己才华横溢。至少也是离这个头衔不远。

文秘工作让她时恨时爱，不过"爱"只发生在她可以在上班时间写作、画画，还有免费寄东西的时候（办公室里从来就没有足够多的事让她做）。写信是办公室环境所能允许的最大自由了。她的工作只是手段，对灵魂毫无帮助。那只是求生，而不是生存。有时她感到自己离死亡仅差咫尺，眼泪便扑簌簌地掉下来。眼泪已经是她敢同死亡达成的接近的接触了。

> 可以看到，让玛丽莎与现实逐渐脱节的主要因素在此已经浮现：她对阴冷卧室的评价，反社会的偷盗行为与紧随其后的辩解，通过假装（并且随后真的相信）自己是一出音乐剧里的角色试图逃离毫无生气的生活环境。戏剧是她的挚爱，为她提供了释放的渠道。不幸的是，这种释放方式太逼真了。当人们在西塞罗[2]郊外发现她时，她站在一片严寒中满目忧郁地坚持说自己正打算去西伯利亚，还大声唱着《远离我深爱的故土》[3]。玛丽莎找回自己极不稳定的神智之后，意识到自己唯一能做的，就只有回到医院，期待

---

[1] Jean Giraudoux（1882—1944），法国作家、外交官。
[2] 芝加哥西郊小城。
[3] 音乐剧《屋顶上的小提琴手》里霍德尔准备奔赴遥远的西伯利亚追寻心上人时演唱的歌曲。

能被治愈。

对于今天的精神病院来说,"治愈"这个词包含了过高的期待,"维持"才是更切合实际的描述。缺乏研究资金是主要问题,发掘更合理的治疗方案也需要时间,因为我们对精神疾病的治疗在许多方面仍然非常原始。所谓"原始",指的并非是对病人的日常治疗或是精神错乱的分类,而是病因的定性,以及更关键的,针对病因的治疗。有许多人妄论说心理学是伪科学,这种看法着实可悲,尤其是在研究了玛丽莎·米倪恩这样的人写的东西之后。

当看到她试图理解生活给予的困惑与痛苦时,你会油然对她精神上的游离无依产生同情。如果当初在医院,她受到了更有效的治疗,也许至今仍是我们的一员。哮喘和过敏都是压力及神经症引发的精神生理紊乱。我们无从知晓她为什么会不幸地点了那份中式鸡肉沙拉来吃,但我相信将来一定有办法预测此种悲剧的发生,从而挽救更多有艺术创造才华却有神经质倾向的人,使得他们不再是出于恐惧才去创造,不再把创造当成能够帮助他们在生死之间维持平衡的唯一砝码。但正是这种平衡,这个疯癫深渊之上的危岩,才是大多数创造行为的源泉。我们如何才能使艺术家同时保有灵感和理智呢?玛丽莎将创造力称为"精神分裂与理性思维的私生子"。她自己的创造力就令她困惑不解。她拷问,试探,担心疯癫的来临。库尔特·冯内古特[1]之子患有精神分裂一事也令她恐惧。她知道自己的创造力来源于丰沛的感情。第二次住院前,她每天都饱受煎熬。

1981年12月11日
亲爱的仙女们(因为比起上帝她们拯救我的次数更多):
我恳请你们解救我。肯定不止这些。我知道生命的内容一定不止这些。

---

[1] Kurt Vonnegut(1922—2007),美国黑色幽默作家。

我必须让自己相信,有一天我会在希腊生活,一定能实现。也许在那里我也未必幸福,但至少我对自己的了解又进了一步。假如我真的住在希腊,我会用动人的故事描述那里的简单生活。

但在这里,我的写作内容只来自于思维最表层的位置,谁会愿意听我讲述对芝加哥的恨意呢?

噢,我想做一个聪明的人,真正的,而非伪装出的聪明。编造出来的谎言,未等翻页就会烟消云散。

这样的日子我忍受不了多久了。

我需要喝一杯。

> 酒精和毒品的滥用加速了玛丽莎将自我一步步推向第三人称的过程,并且最终使她回到了精神病院。她竭力用文笔记录下原汁原味的芝加哥生活,仿佛这能帮助她维系仅有的理智似的。她实时记录下自己曾经是什么样的人,并将这些记录作为"资料"使用。

1981年12月13日

他们俩都很喜欢记录,因此拍了很多照片。他帮她选了一部相机,又把自己的镜头和相机盒卖给了她,用卖得的钱付了燃气费和电费。他们中肯定有个人占了便宜,至于是谁就搞不清楚了。在认识她之前,他会头戴软毡帽,手握啤酒,坐在地板上自拍。他们俩人都嗜饮啤酒,但也会尝试自我克制 —— 实在绝望时就饮用耐奎尔[1],或者小杯小杯地喝圣诞节时买的朗姆酒,那本是买来制作蛋奶酒的。他们从来也没考虑过直接购买成品蛋奶酒。

懒惰,傲慢,经常饿肚子,这就是他们那时的状态。为了避免饮酒过度,他们只参加有很多食物和大麻供应的派对。她是这样评价那些派对的:"芝加哥留在我心中的主要印象就是,这里的人十分擅长装饰自己的公寓。"① 玛丽莎毫不遮掩自己对芝加哥的鄙视,这种鄙视甚至延伸

---

① 她沉浸于自己的记录习惯,以至于一个人格引用了另一个人格的话。她曾经这样写过:"我的话值得引用,只是没人这么做。"显然,她是在亲自改善这个状况。——罗维斯基博士按
[1] 有酒精成分的感冒药。

到了中西部人的思维模式、天气，以及她自己的欺骗行为上。她讨厌的并不是中西部地区，而是更加本质的、能够使她想起自己的东西。她放任自己的欺骗和偷窃行为，因为只有从这两种行为中她才能获得慰藉。

要不是玛丽莎最珍视的东西之一也被剥夺，或许她不会觉得有再次住院的必要——这次一住就是两个月。性爱——能展现真实自我的最后一点残余机会，都弃她而去。男朋友突然之间就对亲近她的肉体失去了兴趣和欲望。具体原因，我们不得而知。

玛丽莎是在蒙大拿的夏令剧团认识雷克斯·布塔斯基的，那是一个容易催生浪漫情缘的环境。当时玛丽莎刚从加州大学洛杉矶分校的戏剧专业毕业，跟这个专业的其他毕业生一样，她对人生的下一步该如何走毫无概念。当芝加哥这个选择（雷克斯正要去那里攻读戏剧导演专业的硕士学位）摆在她面前时，她没理由拒绝。于是她当即打电话和洛杉矶的男友分手，带着懵懂和新鲜的热情，义无反顾地出发了。不过很显然，面对人生地不熟的芝加哥所呈现的苦涩现实，青春的激情毫无招架之力。夏日时美妙的性爱因为冬天的压迫感而频次越来越低。在她空虚的芝加哥生活里，这一点是她最不能够理解的。

1981 年 12 月 17 日

最初让她心烦意乱的，就是性生活的缺乏。她指的性生活并不——请不要介意表达上的粗俗——仅仅是"插入"，而是一种情感上的享受：性爱是一种夸张的释放，心照不宣的肉欲慰藉，知道有人依然爱你的满足感。从长期被满足到突然被剥夺，这甚至可能对机体形成刺激。或许他没有意识到这对她的重要性。噢，可是他怎么能忽略呢？她讲述自己的窘境时都尽量用轻快的语调，主动为他打论文，以换取做爱的机会，或是暗示圣诞节快要到了。没有人应该这样自甘堕落。她觉得，要是他们结了婚，那么四个月一次的性爱频率就该逼近离婚的境地了。然而没有婚姻束缚，他们反而找不到分开的理由，倒只能继续维系着这段关系。

她并没有从别处寻求性满足,因为她觉得自己太胖了,不会有人感兴趣。而且她十分确定那么做毫无益处,因为她寻求的是爱,而非性行为本身。

雷克斯的爱刚刚够满足他自己,并且像个守财奴似的锱铢必较。想来这其实有些可悲,因为爱和金钱一样只有在交换时才有意义,单纯的囤积会使之沦为无用。

她能理解他对亲密关系的恐惧。他们俩的童年都是在非正常状态下度过的。但是陷入绝望之时,她仍然可以直面自己的缺陷,他却选择否认。

  爱情的缺失致使玛丽莎转战食物。在意识到很长一段时间内自己都不会得到性满足后,她将目光投向了"吃"这个可行的目标。这一转变确实使玛丽莎重新开始用"我"来指代自己。

1981年12月29日

生活又开始趋于徒劳,意义寥寥。在昨天的晚饭和今晨没有早饭吃的这段时间里,生活的扶手消失不见了,那些可以给予生活厚度和实质的东西。我假装不知,其实了然于心。原因再简单不过:食物。当我吃垃圾食品的时候,内心情绪几乎立刻就会受到精确的影响。

我,是我所读之书,
所食之物;
脚上的鞋履引发
我的思考。

雷克斯做了曲奇饼干,又小又薄,一片片粘在蜡纸上,没有加鸡蛋,但放了很多碧根果。我带着想象出来的饥饿感,连同蜡纸都一股脑儿消灭掉。肚子里全是些木头颗粒,难怪我现在不舒服。

为了防止自己再次"大开吃戒",我会努力计划一些晚上可以做的事情,但无济于事。食物给了我生活目标:我知道自己是为了吃而存在的。我已经堕落到了生存的最底层，只凭本能行事。

我试图追溯问题的根源所在。为什么吃能给我带来慰藉呢？吃是从我人生的哪一阶段开始成为目标的替代物的？我觉得它代替的是目标而不是爱（虽然人们通常认为爱情可以取代食物）。[①] 我觉得自己的情况更特殊些，不过那本来就是我之所愿。我的人生追求和存在理由总是在晚餐时消失无踪，但我并没有停止写作，这或许意味着我还有某种追求。可我太了解自己了，我会借口写作做其他事情。要是我可以在吃东西的时候获得任何下笔的灵感，我当然求之不得。要是吃下一磅的食物能够换取毫厘的创造力，那我一定毫不犹豫。而现在纸上的，就是成果？

我超爱土豆沙拉。

如果我的生活是完整的，我便不需要吃残次的食物。（关于番茄酱的思考。）

雷克斯的理论：面包只是将三明治里的东西送到嘴里的载体。（需要购买难以下咽的白面包时所找的理由。）

千万不要把糖和盐搞混，否则大家会觉得你根本不会做饭。

生活中可以依靠的东西之一就是乐之饼干盒背面的苹果派食谱。这些实实在在的细节正是生活使我着迷的地方。如今乐之饼干都可以用来制作家具了。[②]

1982 年 1 月 2 日

不幸的是，这阵子我都没怎么做玉米面包。（在不太顺心的日子里，我们会做奶油布丁玉米面包来吃 —— 把奶油布丁的配料和玉米面包的配料混合在一起 —— 这是搜遍整个房间所能找到的最能提起人兴趣的

[①] 我不同意。——罗维斯基博士按。
[②] 我想生活就这样失去了一个扶手（不管这指的是什么），因为并无其他人见过写有苹果派食谱的乐之饼干盒。但我们写信问过了纳贝斯科食品公司，他们确实把食谱寄了过来。不过我还是怀疑：谁会想用饼干做派呢？苹果本身又不难买到。我猜米倪恩小姐却觉得，要是可以用饼干做苹果派，那么用饼干做个扶手椅也没什么难的。她便这么做了。——纳迪·卡内尔按。

食物了。)

啊，贫穷的人总会有各种奇特的渴望。潦草混合的佐料（没有番茄酱时我们便往捣碎的番茄里加水），跟别人要来的甜味剂，还有其他难以描述的搭配。生活提供的选择寥寥无几，于是我们用大量摄入来补偿。雷克斯用脆皮鸡蛋馅饼自创了"慕斯惊喜肉糜卷"，这道菜的食谱我们最终并没有送去参赛。[①]食材都很日常，只不过我们食量惊人。许多个夜晚，我们都会共同灭掉六罐装的一提啤酒，或是750毫升的廉价葡萄酒。于是第二天的情绪免不了有些阴沉，正好可以让忧伤淹没在无尽循环之中。不过还有大麻，真是感谢上帝。万能的大麻在脑细胞周围打着旋儿，服侍得它们心满意足，旁若无人地撒起欢来。诚然，大麻不是总能带来预期的效果，有时你只会觉得微微眩晕、疲乏或是迟钝。但大部分时候，它能给予我观察生活所需的柔焦和印象派滤镜。这是一种不错的仪式，能让我开怀大笑。我盘旋在现实的上方，距离刚好够我捕捉到一些思维片段、狂欢时刻，还有自己的名字——其他一切似乎与我无关。

要是当时唯一促使我来到芝加哥的东西还在，我对这个城市的看法都不会像现在这么糟糕。我爱雷克斯吗？我听着丹·佛格柏[1]的歌，不觉泪流满面。歌曲描述的是他在一家杂货店遇到自己情人的情景。我喜欢恋旧的感觉，我知道那意味着两个人的时光。现在我一个人坐在酒吧里，看似不在意却在张望。[②]上一段孤身一人的记忆早已斑驳。我几乎从来没有感情上的空窗期。因为害怕孤独，我常常寄情于酒精。在酒吧喝酒不算独酌。我选了这家维多利亚风格的酒吧，情调不怎么样，我打算尽快喝完走人。我感到躁动。放荡。紧张。困惑。无处安放。西哥特人的血性。我感到剧痛——源于有创造力的个体与古板僵化的世界之间形成的反差。道德败坏。（需要说明的是，我并不理解这个词。）我唯

---

① 我们找到了那份食谱。但当我们照着尝试时，成品却恶心得我们差点吐了。我想这事要是发生在读者身上，他们肯定会一纸诉状起诉我们，所以我就把它给烧了。——纳迪·卡内尔按。
② 期待男士。——罗维斯基博士按。

[1] Dan Fogelberg（1951—2007），美国歌手。

一能做的,就是写作。并非因为它对我有所帮助,而是想不出其他可做之事。我注意到,我的写作量和性生活频率是反相关的。无需多言,只有一首小诗。

> 饱和的。古代历史。
> 罗马人,希腊人,
> 　　美索不达米亚人……
> 我也该用大把的沮丧时光来建造斗兽场。
> 尖顶,拱门,
> 　　多利斯式立柱
> 都用乐高搭建。
>
> 　　我屈服于摩登时代,以及禁欲主义。

1982年1月3日,玛丽莎重新住进约翰·萨利纳斯医院。连续三个月的住院治疗后,她终于觉得自己做好了回归城市生活的准备。她笔记本里的开头几条在我看来充满了青春的活力,亟待新生活的开启。

1982年4月4日

> 雪浪如同柔软的花瓣。这种轻柔带有文学色彩,让我禁不住要记上一笔。我内心狂喜不已,或许是因为这雪。雪带有的朝生暮死的气质吸引着加州人。它轻盈地飘落到高轨上,而我正轻盈地前去上班……啊,芝加哥……

不幸的是,这样的生活只持续了几周,她对芝加哥的厌恶再次卷土重来。

1982年4月28日

> 城市让我变成孩子,满腔敬畏,对所有高楼大厦的样子充满好奇。这是芝加哥让我喜欢的地方。然而我必须工作自立、成熟长大。应对办公室职员的日常琐碎是我的职责。彼此的戒备。信任的缺失。平庸(他们的平庸)正悄无声息地潜入我的大脑。我变成了一个巨大的空

洞。有效输入为零。所以我必须创造自己周围的世界。我每天读一本书,试图通过这种方法变成另一个世界的一部分。我并没有选什么经典名著,而是偏爱浪漫爱情故事,因为自己生活中缺乏。消灭浪漫的最快方法就是建立恋爱关系。这并不是雷克斯或是我的错,而是芝加哥特有的阴郁氛围造成的。被冰封的情感,也许会在即将来临的夏天解冻。噢,这将是一个美好的夏天,我很确定。我已经整装待发,准备好再次享受生命。

有人会问,在芝加哥究竟发生了什么,让我对它的恨意如此强烈呢?三分之二的日子里我六点就得起床,完成早上的例行事务——吃饭,排泄,穿衣,做午饭,对着镜子做鬼脸以让正常的脸看上去更美些,亲吻雷克斯几次并轻声呼唤他的昵称"巴布什卡""布布""姆姆",还有"慕斯守护者"。在六点三刻的时候离开家门,尽管我的电子表总是显示 6:59(正好快了十四分钟)。我在泥泞的融雪,以及随着芝加哥冬季深度冰封的消退而渐渐显露出来的垃圾和狗粪中穿行,向高轨走去。

乘坐芝加哥地铁就像玩一场异常激烈的抢椅子游戏。我觉得高轨("高架轨道交通"的简称)有点类似迪士尼乐园的骡子火车。老旧,摇晃,灯光时亮时灭,营造出了远处闪电的效果。它骤停,抖动,震颤,然后再次运行;乘客们只能随之摇摆,趔趔趄趄。甚至高轨司机都让人想起骡子火车上的工作人员。他们会带着东北部的浓重鼻音大声广播:"下一站富——勒顿,富——勒顿。这是雷文斯伍德 A——线列车。请让出下客空间。请让出空间。"有一次,广播的内容竟然是警告乘客有个扒手上了车。我觉得因为那天是周二,周二就是扒手日。周四是女同性恋爱抚日,而周六是连帽衫日,剩下的日子则是开放式的。周日是安息日,只有不能休息或躁动不安的人在搭乘地铁。

跟往常一样,我眼睁睁地看着雷文斯伍德线的列车在我面前离站,只能在严寒中等下一班,或者更糟,在回暖的天气里等待。(因为为了抵御严寒我把自己裹得像个木乃伊,早已大汗淋漓。)高轨终于来了。上车后有没有座位决定了我一天心情的好坏。接着我就会将自己完全代入别人的作品：罗尔德·达尔、维多利亚·霍尔特、伊夫林·沃，[1]许多时候是更不知名的作家。有时，我透过尘土斑驳的车窗看着外面疾速闪过的高楼大厦，思绪飘向那不复存在的乡村景色，心里想着现在的这一切也终将沦为回忆。我放纵地怀日，催促这一生快些过完。我想象给我的芝加哥生涯打上柔焦效果。背景音乐①响起。等待演职人员名单开始滚动。一切能帮我拉开距离、带给我不同视角的事物都增强了我应对现实的能力。我开始对"高轨状态"进行哲学思考。人人执守的晨间静默，倦怠的面容，千篇一律的上班族大军。这一切都激起了我的反抗情绪。我的呼吸突然急促，拳头也不自觉地握紧，皮肤如同感染一般感到瘙痒。我无法再忍受所有人的惨淡面色与令我窒息的乏味，升起一股"舞动身体"的强烈冲动。

我也成了大军一员。我与他们一同被驱赶着移动，融为一体。并没有牧羊犬、牧羊人，或是任何有形的东西在驱赶我们，可我们仍然被驱赶着。每天早晨 7:45，我和几百万同胞一样，看着脚下地铁站一成不变的磨损的阶梯，由机械蠕虫般的列车载着在地下洞穴里穿梭。我们心情沮丧，茫然的目光冒着蠢气落在他人的外套上、胡髭间的线头上、鞋面的磨痕上——哪里都好，只要不是眼睛。虽然彼此入侵私人空间已是既成事实，但直视双眼仍是禁忌。这种入侵超出大家的接受范围。某种意义上说，我们采用了日本人的传统。他们因为住的是那样密集，墙壁又薄如纸片，所以学会了"听而不闻"，对他人的生活闭耳收心。这是一种必需的生活技能，也是保存隐私的唯一方法。我们美国人也学会了在地铁上运用同样的技巧，不过未必有他们娴熟。对我们而言，使用时间不必很长，且非绝对必要。

每天早晨所有人都缄默不语，几乎像是某种宗教仪式。也许宗教仪式就是如此开端的。为了生计，必须上班，于是变成了一种仪式。仪式

---

① 电影术语，指衬托对白的配乐。——琼·卡斯利按。
[1] 以上均为英国作家。罗尔德·达尔（Roald Dahl, 1916—1990）在儿童文学领域享有盛名。维多利亚·霍尔特（Victoria Holt）是历史小说作家埃莉诺·伯福德（Eleanor Burford, 1906—1993）用过的一个笔名。伊夫林·沃（Evelyn Waugh, 1903—1966）以讽刺小说著称。

是被升华了的习惯。一些不会改变和无法改变的东西很快就被尊奉起来,以防发生改变。当周围一切都分崩离析时,仪式依然屹立不倒。这是一个人可以抓住的最后的稻草。

抽烟,吸毒,进食,也都可以成为仪式。对一些人来说,它们已经取代了宗教。真正赋予人内心平静的不是宗教本身,而是仪式、习惯、模式,还有不断重复的行为。刷牙也有可能成为其中一种。仪式是上升到艺术层面的坚持。

仪式使我可以"想而不思",只走过场。当身体服从时,心灵却自由无疆。当我的身体处于服从状态时,我会考虑时间——时间就像是瓶瓶罐罐,是承载着我们存在的容器。我意识到,我们所在的日子、年份甚至世纪,相对来说都不重要。有人谈论昨晚的电视节目,我却立刻会有种他们在谈论莎士比亚最新作品的感觉。这是一个不自觉的反应;我会吃惊地发现生活中的一切都仿佛乱了年代。我觉得人类应该更加文明,更清醒地意识到作为历史的自己。我们很快就会被记录在书中,储藏于图书馆,成为未来学生的研究素材。

我正在这些想法中徜徉,哀叹自己空有哲学家的情怀,却不得不过着办公室职员的日子,突然发现自己坐过了站,于是在商品市场站飞奔下车,转乘开往兰道夫-沃巴什站的埃文斯顿快线。我在左右夹攻中下了高轨,一路走着架在沃巴什街上的木质天桥,下了楼梯,沿着人行道继续向前,脑海里飘荡着典型的走路时想的东西。"99美分"早餐店的窗户上是淡彩颜料胡乱涂出的海报,我向里瞥了一眼,有一群老婆婆在邋里邋遢地喝粥。(她们的脸上也涂得花花绿绿。)想到她们对生活的廉价追求,我庆幸地笑了。我在红灯时穿过马路——这似乎是芝加哥的不成文规定,向被我称作"伦敦街"的街区走去。沿着密歇根大道往下,就会进入昏暗破旧的街道,潮湿空气中弥漫着臭气,不时有水珠滴落。潦草浇在路面上的沥青被鹅卵石挤到一边。(如果某些城市只是为了增添历史情趣才在路上铺鹅卵石,那是很容易识别的。但是这条路上的鹅卵石却真的是铺了很久了。)卡车呼啸驶过,行人寥寥无几。我想象着自己是《雾都孤儿》里的南希,或是卖火柴的小女孩;我在别人的追踪下一路来到这里,在这潮湿黏腻的地下,与情人或勒索者会面,迎接自己的命运。

我小跑着登上通向自由和乏味的阶梯,瓦克尔-密歇根老城区映入眼帘。再走不久就到了壹伊利诺伊中心。我跨进旋转门,倚着电梯内墙攀升到十三楼,出来,爬楼梯到芝加哥健身俱乐部,签到,再走楼梯去女更衣室,脱光,在镜中审视自己的脂肪,要是预计还不错我就称个体重,然后在试图甩去令我不悦的多余脂肪前,先慢条斯理地做些其他事情。最后终于步入正题,开始慢跑前的拉伸—抬腿—放下—摸脚趾—前屈—拉伸—起身—叹气—叹气—再叹气—幻想希腊—五十个立定跳远—七十五个—八十个—搞定。二十分钟,总算……冲澡,正好决定今天偷什么 —— 有时候是一条紧身连衣裤,要不就只拿厕纸,或是抓一把卫生棉条,偶尔会顺一条慢跑短裤给特蕾莎(我总是怀有颗慈善的心),要是有剩余的剃毛膏(我猜偷剃毛膏的人太多了)会给雷克斯拿一罐,甚至把几把钥匙和配套的锁头,反正任何可以点亮那一天心情的东西。①

待吹干头发,全身抹完润肤乳,我拖着疲乏的双腿再倒序完成来时的各项步骤。又一次闯红灯过马路。走在密歇根大道上,我自顾自地哼唱我有多讨厌芝加哥。我直勾勾地盯着路人的眼睛看,直到他们察觉为止;有时我会假装自己是个游客,或者只有六岁的智商,要么就摆出名人的架势来。我穿过《芝加哥太阳报》大厦时扫了一眼那些主流报纸,便觉得芝加哥枉被称为美国的新闻业首都,因为报纸内容全都蹩脚不堪。不过,我又有什么资格评头论足呢?这里的墙纸确实铺得挺美的,设备也令人震撼。走出这幢大厦,我又钻进另一幢,再出来时,我办公室所在的楼就在眼前了。每走一步,我都能感受到自己正逐渐与乏味的模具逐渐吻合。电梯到达十六层似乎用了一辈子的时间:除了并不存在的十三层,每一层都要停。(我发现,在这样一个以人情练达、科技先进和处事冷静为傲的文化里,由于那些老掉牙的迷信而在楼层编号中跳过十三的行为竟仍然存在。)经过 WCFL 电台的前台时,我尽力避免用

---

① 显然她在精神病院的日子并没有改掉她的偷盗习惯。——罗维斯基博士按。

单音节的"Hai"跟别人打招呼(就是"Hi"的长元音"i"不发音,转为喉咙后部发声的"a",并带一个"i"的复合元音)。接着我进入一间被分成小隔间的大办公室,再进入一间被分成小隔间的小办公室,一屁股坐进一把还没散架的橙色靠椅,瞥一眼与之呼应的俗艳的橙色墙壁,开始了打字工作。

但坦白地说,没什么可打的。没事儿可做。为什么我还这么不满呢?我可以自娱自乐,却仍觉得如在狱中。虽然思绪可以逃离,但身在原处,思绪又能飘多远?没错,许多人的神游距离比我远多了。我没这个天赋。

于是我只能坐在这里。有时冲杯咖啡。有时不。理一下头发。要是来得够早,我会把自己画的问候卡片复印几份。办公室里那台复印机非常好用,纸张质量也很好。我用的是从马歇尔·菲尔德百货采购的4.5美元一磅的仿亚麻彩色纸。要是我想再加强一下自己的成就感,我就会把雷克斯这个夏天要用的舞台经理资料复印出来。这台复印机简直就是我的救星。顺手牵羊的刺激感又在心底荡漾起来。当然,这些都没人知道——复印过的东西,用过的纸张,以及漫不经心塞进包里的小物件儿:附赠的圆珠笔,邮票,还有两瓶在我桌下的盒子里放了几个月的红酒。(难喝得要命,怪不得没人偷。)我还会把电台的纪念T恤当作圣诞礼物寄给别人(用从公司偷来的邮票),同样可以借花献佛的还有海报、量尺、保险杠贴纸。

我敢说,他们对我拿的这些零碎物品根本不屑一顾,因为这家电台一定是为安利产品逃税而开的。我实在无法相信像安利这样高效地为祸一方的组织,愿意接盘这样一个经营混乱的广播电台——除非是在打一个更大的算盘,就好像同性恋的存在符合大自然控制生育的整体计划。可是电台里的廉价劳动力——那些秘书,总是抢着告诫我,不许用复印机、纸张做私事,不许下午两点才吃午饭,不许在洗手间睡觉。要是听见我说这家公司是为亏损而存在的,她们一定会感到遭受了人身攻击,并觉得这侮辱了她们的工作。她们为了资本主义的失败而努力,同时却又支撑着这个系统;善于谋划的精明商人借着系统的漏洞操纵着

她们。这个结论的得出基于以下事实:

1) 头牌DJ在自己的车里配置了一部价值1000美元的移动电话,这样理论上来说他就可以"实时报道新闻"。但据我线人[①]透露,他从来没有做到过,甚至没有这样打算过。他会在下午换班之前准时醒来,下班第一件事就是喝酒,在车里几乎待不了多久 —— 这对新闻和交通治安应该都有好处。

2) 公司每周都有派对,精致甜点一字排开,红酒香槟摆列整齐。每个人在午餐的时候都会喝酒,否则怎么谈生意呢?没人会拿不喝酒的人当回事的。年长的那几个在电台已经工作了好多年,总是顶着红鼻子在下午三点左右回到办公室,粗重的鼻息里夹杂着酒气。他们借着酒意在我周围胡开玩笑,说些黄色笑话想让我尴尬。但我丝毫不为所动,让他们吃惊不小。在公司里,我一直维持着羞涩安静的形象,很少显露出大胆野性的那面性格。我谎报自己的专业是英语,因为戏剧专业毕业的人一定会被雇主拒之门外。

3) 我在销售部门工作,于是偶尔有机会制作周报表。假如那几周的收支能够体现公司的财务状况,那么那点儿收入根本就不够他们挥霍的。[②]

这一切让我生厌。当下井然有序的生活让我局促不安,所以我并不倡导这样。

毫无疑问,我正在变秃。

我在芝加哥还有什么经历?在度过一个实际工作时间不超过一小时的上午后,我坐等电子闹钟收音机上的液晶数字一秒一秒闪到午休时间,然后去午餐室的公共冰箱里取午餐,我自己用奶粉制作的风味酸奶。午餐室里总是飘荡着隔夜意大利面条的气味,还有太多的金枪鱼三明治亡灵游荡在此,容易造成反胃和消化不良。我可受不了在那儿吃饭。

---

① 她的线人只有一个:进公司略比她早的总秘书。——莫蒂斯·威尔士按。
② 证据确凿:慕斯·米倪恩以及其他十五个人在1982年5月被解雇了。——莫蒂斯·威尔士按。

有一天我拿了午饭准备离开时,不经意扫了一眼总机接线员正在看的书。我本想看看她是不是还在读《有钱最好》[1],那本圣诞节前我刚进公司时她就捧在手里的书。我估计她的阅读速度能达到一天一页(这比她的实际理解能力要快一些)。结果我却发现,她已经换了一本书(终于),并且将我的窥探错当成真心的好奇,进而滔滔不绝、添油加醋地复述起故事情节来。扑朔迷离的身份,布尔什维克分子,伯爵夫人,二人之间必不可少的爱情纠葛,还有其他几个同样惊人的反转情节。粗略看去这本书约莫有一百五十页,她停在大概三十页的位置。如此看来,不是情节进展迅猛,就是出版商为读者着想,在封皮上印出了故事梗概,防止有人把握不了小说的全貌。打那次以后,她一见我就会用带着芝加哥腔调的鼻音说,为了方便我找书,她为我抄下了书名。我每每觉得那腔调像某个黑帮老大的情妇。这次经历让我从此牢记,切勿东张西望。我现在都把午餐放在办公桌里,以免再次见面她又给我推荐书。

午餐后的时间才是绝对的灾难时刻。地狱并不是死后才有,而是在每天下午两点到五点之间。

一整天下来,我无时无刻不在想着逃离。首先,午餐是我整个上午唯一的寄托,期间不时去趟洗手间或者起身拿瓶苏打汽水权求暂时解脱。午餐一过,我便只等五点下班,下班意味着自由,意味着我不用再面对那令人恶心的橙色墙面,也不用再忍受那些秘书枯燥乏味的聊天。她们的话题无非就是嫁妆、公寓的价格,以及其他占领她们生命每分每秒的大量琐事。我冲出电梯,重获自由,与其他同样重获自由的人一同登上地铁。一路回到家。晚饭才是一天的真正高潮。可一回到家我又悲从中来,无聊至极,宁愿在公司上班。我深爱着雷克斯,但是我们相处的时间太久了,反而需要其他新鲜的气息。我们在这个城市里的朋友——其实也算不上——并不值得打电话叫出来一起消磨时间。我开始被许多感觉淹没,仿佛我从没有过朋友,仿佛从未享受过生活,仿佛我一直

---

[1] *Rich is best*,美国通俗作家朱莉·埃利斯(Julie Ellis)于 1980 年代出版的流行小说。

都很胖，也永远不会瘦下来。几句话就可以把生活概括了。除了现在，我从未存在过。我完全不记得过去的日子里自己都做了什么。

等等，我记得！我以前住在加利福尼亚。所有记忆悉数涌上心头。（为什么有人会把记忆的重现比作自然灾害呢？）我从没有像思念加利福尼亚那样思念过任何其他地方。加利福尼亚是我的故乡。我和斯嘉丽[1]一样；对故土有深深的眷恋。家乡。我以前竟未意识到自己拥有一片故土。感伤之情不觉袭来。让我逃离芝加哥吧！

---

[1] 美国小说《飘》的女主人公。

∞ ≤ ∞ 5 ∞ ≥ ∞
慕斯关于长相的特殊相对论

交通

  第三次搬回洛杉矶[①]开局不利。在文图拉以北十五英里的金州高速上，我的车左后胎爆掉了，车子一度失控。我猛打方向盘，滑过三根车道，在差五英寸就坠桥的位置停了下来。虽然当时精神几近崩溃，可我并没受伤，车子也毫无刮擦。接着我从车里钻出来，试图把车往高速路边推，防止被其他车撞上。幸好后来有个男人看见我龇牙咧嘴用力推车的场景——后来我才意识到以自己的生命为代价为公共高速道路清理路障完全没有必要——他载我去了最近的加油站。（他身上佩戴了名牌。我本能地对每天都戴名牌的人信任有加，因为这大大降低了反社会行为的可能性。）四十五分钟之后我重新上路，身体仍不由自主地战栗着，但绝无回头之念，车辆故障还不至于把我吓得放弃前往洛杉矶。

  在那四十五分钟里我泪眼汪汪地做出了搬回洛杉矶的决定，因为我对男人已经彻底失望，因为我或许也有望成名。三个月前，我和雷克斯还在蒙大拿的夏令剧团里参演，我就在那时与他分了手。芝加哥在我们的身上留下伤疤，而我们却错误地把罪责推向对方。

  我们一起离开了芝加哥。雷克斯所在的导演班对那个研究生项目厌恶至极，全体辍学了。我们也就没了多做逗留的理由——没有朋友，没有工作，没有沙滩[②]。

[①] 我们认为这一章节写于1987年，而慕斯第三次搬到洛杉矶是在1982年。——包珍妮按。
[②] 大面积的咸水水域对于维护玛丽莎的精神健康似乎具有非常重要的作用。——罗维斯基博士按。

我离开雷克斯，一部分是因为我们上次做爱已经是很久远的记忆，一部分也是因为我不像他一样生性好斗爱争辩，还有一部分是因为雷克斯的家庭情况甚至比我家还要糟糕，将来我们的孩子一定会因为这样的不良基因而受苦。我还记得雷克斯的姐姐塔妮娅曾经在法学院就读，可后来却不知为何沦落到在芝加哥的《花花公子》俱乐部里当兔女郎。（发生在她身上的所有故事都有些令人费解，但你总也无法判断真相的成分到底有多少。这有点像和精神分裂患者聊天：他们所表达的想法与现实世界有一定程度的关系，但是旁人在他们的想法里却永远找不到现实世界的痕迹。）

塔妮娅对我没什么好感。也许是因为我喘气妨碍到她了吧。她曾经邀请我和我的朋友图丝黛去她洛杉矶的公寓共进圣诞节晚餐。（那时我已和雷克斯分手——这应该是她邀请我的唯一原因。）圣诞节前一天她却取消了对我们的邀请，因为"我男朋友刚经历了车祸，他无法穿任何衣服"（她在电话里是这么解释的）。雷克斯在发现图丝黛和我没有前往的真正原因后，道歉再三，并且说服我去塔妮娅的公寓一起跨年。当时大家都围坐在餐桌边聊天，突然之间塔妮娅手持一个邮局风格的图章出现在我背后，我甚至还没有反应过来，她就已经在我的额头印下了"取消"字样。

雷克斯一路走来并不容易，幼年丧母，父亲又娶了一个在美国住了十七年却仍然没有改掉口音的英国女人。雷克斯的父亲和英国继母也曾经邀请过我们共进晚餐，当时我和雷克斯还在一起。他本该警告我会是怎样情形，但不知是害怕我会不去还是自己会退缩，他只是提醒说晚餐可能会吃一些蔬菜做的汤汤水水。

我们被叮嘱在六点和六点半之间到达，但当我们六点半到达往露台走去的时候，杰拉尔丁（继母）一把抱住我，不肯松手。

"噢……"她叹着气，"真是抱歉，"她打了个嗝，"我们实在是等不及了。"

我好不容易从她紧紧环绕的胳膊中挣脱，心里嘀咕着那股发酵般的气味到底是哪里来的。

"我们只能提前开吃了。"她直截了当地告知我们。

我不知该做何反应。雷克斯低下头盯着自己的双脚,他的神经外科医生父亲(塔妮娅之前跟我说过:"他当然神志不正常了,要是你也整天和血水脓水打交道的话,也会跟他一样的。")有些难为情地开口了:"还有些吃的。我们不确定你们还来不来。"

"为什么?"我脱口问道,"现在几点了?"

"六点三十六了。"杰拉尔丁用尖厉的声音回答道。

我冲着雷克斯翻白眼,意思是:"你可没帮我做这样的思想准备!"

于是,我们在露台上草草吃了几口:卖相极差的鸡蛋舒芙蕾盛在耐热玻璃碟子里,八成是照着贝蒂妙厨包装盒反面的食谱做的,煮过头的蔬菜早就失去了营养价值,还有葡萄酒(当然少不了)。雷克斯的父母就一直坐在旁边看着我们吃。

我们到达十分钟后,杰拉尔丁就去睡觉了。她的神经外科医生丈夫很明显立刻放松了下来,我和雷克斯也松了口气。不过我们真是太天真了,竟然开始肆无忌惮地聊起各种话题,不知怎么就开起了邻镇格尔特的玩笑来。

"你们都可以滚去格尔特了!"杰拉尔丁突然出现在玻璃滑门的另一边,衬衫敞开着,文胸斜耷拉着,顶着一头乱糟糟的头发冲我们尖叫。

"滚,滚,滚!!!"她继续声嘶力竭地吼着。

我受够了,对雷克斯说:"我们走吧。"

他父亲也有些发虚地附和:"也许这样确实最好。"

杰拉尔丁冲着雷克斯叫:"还记得你以前卖海洛因的事吗?我可记得一清二楚。你以为能瞒得了我,我可没有你爸那么好骗!"(她的声音由于激动和醉意时高时低。)

雷克斯曾经对我随口提及,继母有可能会提起这件事情,因为她每次都会。她之所以做出这样的指控,是因为雷克斯上高中时每天放学回家都很迟。当他向我讲述继母的这种无端责难时,一直无奈地摇头:"他们甚至不知道我之所以总是很晚回家,是因为我当时在导演音乐剧《福音》,最后的演出他们也没有来看。"他说完耸了耸肩。

杰拉尔丁一边尖叫着让我们滚，一边锁上了滑门："你别给我回来。今晚自己找地方睡吧！"她是在跟自己的老公说话。

"爸，"雷克斯开口了，"我想她把你锁在门外了。"

神经外科医生仿佛占了便宜似的露出了害羞的笑容，上下掂了掂手中的钥匙串。显然他觉得这一轮是自己赢了。

雷克斯是个好男人，但他把大部分精力都投入在对家人古怪行为的合理化尝试上，以期让自己好受一些，因而对我们的恋情便有心无力了。我们经过彼此的生命，然后淡然地、平静地侧身而过。老一辈对这种情感生活不太能够理解。我们这一代生活的时代节奏更快，行万里路也更容易。结婚之前一定要先一起生活一段时间，因为若只是一时兴起，就没必要浪费精力。难道结婚只是为了使性生活合法化吗？和雷克斯结婚本身就会是个错误决定，不是他不好，是我们的自我认知都不够彻底，甚至不知道想要在另一半的身上获得什么。我们对彼此的了解就像是地铁上两个相似的心灵之间的了解。我可以在瞬间爱上一个人，任何转瞬即逝的事物都是契机：一个眼神，一个笑容，那些只持续一瞬间的东西，不需要证明，不必一起洗衣服、购物或是清理院子；坦诚不修饰的接触最是容易令人倾心。我们的生活如同在高速路上行车，时而转向，时而避让。热情一点就燃，但这有错吗？我们当中最聪明的人意识到了热情的瞬时性，剩下的人则需要更长的时间，经过更多次的婚姻或者更多的同居男友才能领悟到。

像洛杉矶这样被汽车统治的地方为我们的人生安排下隐喻。洋洋洒洒的衍生产品覆盖了汽车福利的方方面面：天窗车顶、假敞篷、羊皮座套、仿古典款与定制款内装饰、车身彩绘、车身修复、白圈轮胎，更不用提所有保证汽车正常运行的零部件。我们被可以随心挑选各式汽车装饰的特权宠坏了，企望人生也能有那么丰富的选择。

我的那辆奥迪在加上几处装饰、做完外部美容后也能让人眼前一亮，但真跑起来立刻歇菜，这绝对是我人生的写照。我真正熟悉这辆车的内部构造，是从它在路上行驶时掉下几个零件开始的。我的汽修工是亚美尼亚人，我甚至和他上了床，虽然我对自己说我并不是为了减少维修费用而这么做，但其实心知肚明，那就是我的目的。事实便是如此残忍。就这样还花了我1200美元！在加州这样一个机动性如此重要的地方，这种与汽车相关的性交易不仅众所周知，而且通常也被接受，当事人会淡然地点头承认："我和自己的汽修工睡了，是个德国佬。"

在加州长大，我一直认为有车是理所当然的。光是我家，在我们仍然还可以称作是家人的时候，就拥有：一辆福特旅行车，一辆奥迪，一辆沃尔沃，一辆野营拖车，以及一辆凯旋，每辆车的车况不尽相同。（我弟弟只知道维修加速器，老是忘记修刹车，这个疏忽最终导致那辆凯旋在某个跨年夜一路滑进了别人家的车道，结结实实地撞上了停在那里的一辆大众。由于动量守恒，后者被一气儿顶进了那家的卧室，当时还有人睡在里面。弟弟后来道了歉。）

在加州，汽车是很容易获得的商品，虽然不是所有车都能上路跑……事实上，现在我门前的车道上就停着一辆等着被拖走。在我去检查润滑油之前，它原本一切正常。我想大概是自己不小心按了水尺，但你知道……根本没有什么水尺。

我把这件事告诉弟弟时，他"咻咻"地笑了起来："密封圈漏气了。"管他呢，反正这辆车本来就是别人送我的。我说过，拥有一辆车没什么难的。

我们加州人带着一种天生想要钻到方向盘后面的欲望长大，热切地期盼着十六岁黄金生日的来临。在加州，考取驾照是一种象征，它的仪式感不亚于失去童贞、躺在蚁冢上，或是行割礼。它代表着自由、成熟，以及权力。对一些人来说，驾驶是一种后天习得的口味，就像对于芒果酸辣酱或是苏格兰威士忌的痴迷那样。在公共交通便利的地域长大的人，开车的欲望不会很强烈，年幼时也不会拥有红色消防车玩具，可以在人行道上玩耍。就算有，你也不会在脑海中把它和红色科迈罗和车震联系起来。

有位纽约的朋友曾经问我，在洛杉矶的高速路上开车会不会让人心惊肉跳。（她当时正准备搬到帕萨迪纳去。）我跟她说，只要用油漆喷饰轿车内部，准保她会像回到家那样舒坦。① 我还向她解释了在租房前慎重考虑地理位置的重要性，因为在洛杉矶生活的质量，取决于你开车上班时到底是跟随车流还是逆流而上。

驾驶能力是一项需要习得的技巧，也是一种天赋。真正意识到这一点，是在我和一个来自宾夕法尼亚州的女孩儿拼车时。她对我讲述了自己印象最深的乘车经历：她的朋友在方向盘后睡着了，与另一辆车迎头相撞。自此以后她就对开车心生惧意。我坐在副驾驶的位子上，听见短短十五分钟之内就有四辆车冲着我们狂按喇叭，因为她每次换车道的时候总是只顾车头，却忘了也得为车尾留出足够的空间。

我还有一个来自亚利桑那州的室友，她曾三次被追尾，都是因为在绿灯时还不敢通过十字路口。这也情有可原，因为她本来就脑袋缺根弦。上一次跟她聊天，她告诉我她虽然不是修女，但也只是仅次于修女。

好吧。

开车的时候我最像修女，因为那个时候我总把上帝挂在嘴边[1]。虽然对于自己的驾驶技术颇为骄傲，但我也承认，自己是个急性子司机。对于严格遵守限速规定行驶的人，我实在无法忍受，经常瞅准时机对几个低能儿鸣笛，或在烂司机丛中闪转腾挪。可当我在英国开车时，这一切都变了。在那儿，我才是低能儿。真是不可想象：哪怕基本规则都一样，仅是把车道换到左边，产生的影响就如此之大。话说回来，这就相当于将你惯用的那只胳膊折断，你不得不启用一直处于从属地位的另一只手来写字一样，搞得你瞬间精神萎靡，性格也有所改变，甚至在派对上聊天语速都变慢了。

我是和山姆②一起去的英国。他要去剑桥参加一个化学训练营。（官方的叫法更浮夸高端一些，但究其实质就是个训练营 —— 合住宿舍，食物糟糕，不是训练营还能是什么？）第一天航空公司就把我们的行李

---

① 纽约地铁内部全都是这样装饰的。——包珍妮按。
② 慕斯·米倪恩的丈夫，一位制药化学家。他们是 1987 年去英国的。——莫蒂斯·威尔士按。
[1] 指激动时的口头禅。

给搞丢了,而闹钟就放在其中一个行李箱里,于是我们不可避免地睡过了头。等我们打电话去租车,租车行已经了关门,我们只得赶去希思罗租了辆更贵的车。结果这倒成了一件好事儿,因为更贵的车后视镜是可以折叠的。说起来得怪我,我总是大叫着要山姆停车。不过我可从未强求他立马就停进去。这是洛杉矶行事风格在作祟:无论何时看见一个空车位,我体内都会涌起抢占的冲动。好在配有可折叠后视镜汽车的租金,绝对少于万一撞坏租来的大众汽车所要赔偿的维修费。

没错,我们一周内连续撞了三辆车。幸运的是,英国人不像我们美国人一样爱起诉别人。那个萨博车的车主和颜悦色,甚至想要约我出去,被我以不和刚认识的人约会为由拒绝了。

撞沃尔沃那次的情况就棘手一些。我把山姆留在剑桥后,心中难免落寞,便想去科茨沃尔德一带宁静古朴的村落散心。第一次见识七月的英国,簇拥在每个角落的老年游客让我无所适从。似乎人群只会使人愈发孤单。给我一片偏远的牧场,三五牛羊,我丝毫不介意独自一人沉醉其中。要是能再有一点大麻就更好不过了。(我偷运了一些到英国,巧妙地嵌在卫生棉条里。真希望你能亲眼看见我的杰作,卫生棉条的有些特质真的让我赞叹不已。我还想过把它们改装成派对礼物或是挂在圣诞树上作装饰……反正本来就有垂下来的线头。)当我看见成批游客争相购买水上波顿的果酱和山地斯托的格子呢袖套时,胸中不禁充满无法解释的怒气。我企盼逃离,渴求宁静,更具体而言,我想洗澡。

我动身前往预约好的民宿旅馆,那里的情形和我预期的不太一样。我的旅行指南上称赞其有一个"小巧的酒廊……巨大的圆肚窗俯视河景及绿荫"。而映入我眼帘的,却是一个昏暗破旧的接待厅,只有一个靠窗位子,桌上摆放着锡兵和其他古旧的小玩意儿,挡住了所有视线,除了窗外游客不时探头向内张望的目光。但就算这样,原本我还是能够勉强接受的,因为我唯一想做的事情就是抽些大麻,然后在浴缸里舒舒服服地泡上半天。打开龙头放了十分钟的水后,我意识到这个想法是无望实现了,因为根本就没有热水。没人跟我提过,没有标识,警告全无。就是这样的事情才使得英国口碑不佳。(山姆对我在BBC工作的朋友柯林说:"你知道吗……英国的洗手间根本不够用。"山姆就是那个"丑陋的美国人"。)

因为浑身脏的不行,我只能痛苦地接受洗冷水澡的现实。洗完澡,喝着茶,身体仍然有些麻木,我带着阴郁的心情写下了下面的文字:

> 这里是英国,很潮湿。我刚洗了个冷水澡。(难怪有好几个世纪英国人都不洗澡……我总算能理解《幕府将军》[1]这本书了!)我愤怒地(但仍然很有礼貌地)质问前台服务员为什么没有热水,她解释说热水要到傍晚五点才开始供应。我紧接着问这种情况是否经常发生。
>
> 她慢条斯理地回道:"老姐,这样可以省下燃气费呀。"(她并没有真叫我"老姐"。)
>
> 我告诉她,在我之前住过的民宿里从来没有出现过这种情况。
>
> "好吧,但这儿可不是民宿,是酒店呀,老姐。"(我的旅游指南上明明说这里是民宿。后来山姆提议把这本指南给烧了,这样至少在它的短暂寿命中还存在有用的瞬间。)
>
> 当我问起客人在长途旅行后要求洗热水澡是否是过分的要求时,她又回归到之前一直在重复的燃气费问题上。我意识到我们的对话会一直这样困在死循环当中,任何其他内容都没有插入的可能。于是我决定给他们留封信,具体陈述 17 镑房费我只会付 10 镑的原因。除了冷水澡这件事,我的意见还包括:一、镜子前没有灯泡(这使我化妆格外费力);二、刚到达时,我在前台按了三次铃才有人出现;三、同一条路走到底的那家茶馆上茶点前要求先结账。(第三条我不会放进去,但是我会默默让它叠加在自己的不满情绪上。)

山姆并没有完全理解我撞上沃尔沃的始末:"噢,所以你撞上别人

---

[1] 英国作家詹姆士·克拉维尔的小说,主人公是十五世纪流落在日本的一名英国水手。

的车是因为急着逃跑,赖掉房费?"

"不完全是,"我立刻摆出抵抗架势,"我离开的时候还是大清早,一时忘记了自己是在英国。"

你瞧,事情是在我倒车的时候发生的。在任何语言里,倒车都是最危险的档位。我只听见"咔嚓"一声,接着眼前塑料碎片纷飞。我开始慌张起来。被撞的那辆车毫发无损,至少外表上辨别不出,因为装了橡皮保险杠。(车主八成永远都不会知道车被撞了——我一边继续从停车场撤退,一边这样安慰自己。)我寻思着:"这算不算肇事逃逸?难道就因为那龌龊的 7 英镑(换算过来是 11.9 美元)①,我就要被全英国通缉吗?"可转念一想又觉得就算因此被终身禁止踏足英国也没什么,因为这里的旅馆即便有热水,流量也和房车里的一样小。

离酒店有了足够的安全距离后,我迅速地扫了一眼租车协议,(谢天谢地,)我们对任何不可抗力造成的损坏无需负责(在我看来,我的驾驶技术就是不可抗力)。到了这个份上,我一心只想立刻回到剑桥,把车停好,步行继续我的假日。我已经不担心会不会撞到其他车了,弄出人命才是我最大的顾虑。

我边开边想:英国是唯一靠左行车的国家②,这到底是怎么开始的呢?我的朋友柯林说他觉得是跟心脏的位置有关,因为在骑士时代武士们交锋时,要让心脏一侧远离对手。柯林的这个解释让我颇为惊异,便追问:"这是你自己想出来的?"他有些难为情地回答:"不算是。"但后来我又想起,法国也有骑士,为什么他们没有靠左行驶?(不过这也许能从侧面解释法国人对待游客的态度。)

要是英国在赤道另一边的话,许多事情解释起来就容易些。在水流打着相反的漩涡流入下水孔的地区,[1]人们靠左开车还情有可原。难怪刘易斯·卡罗尔写了《爱丽丝镜中奇遇记》,就连他也为行车方向之颠倒而深感困惑。

---

① 1987 年前后的汇率。——莫蒂斯·威尔士按。
② 靠左行驶的国家还有:澳大利亚,日本,以及南部非洲的前英属殖民地国家。——莫蒂斯·威尔士按。
[1] 谣言称科里奥利效应会使得南北半球水流流进下水道时的旋转方向相反。

英国生活的方方面面都围绕着这种颠倒展开,热水龙头和冷水龙头的位置就是反置的。(当我在那家酒店想起这一点,便立刻回房间检查是不是自己搞混了;心想着要真是这样,那个前台包管要笑上好几天 —— 那美国佬开错龙头,结果洗了个冷水澡。但事实证明我并没有搞错。)

放盐和放胡椒的小罐也是反的:盐粒缓缓地从一个小洞里下漏,胡椒则从多个孔眼儿里纷纷扬扬。(一次早餐会上,我提起这个开车方向影响生活其他方面的看法,有个女人被逗得捧腹大笑,这说明有趣的事儿也有可能是真实的。)谁能想到,在一个对碘的摄入如此慎重的国家(证据就是盐罐上只有一个很小的孔洞),早餐上吃的肉制品竟会咸到如此荒唐的地步。接受现实吧 —— 每个人都这么说 —— 英国的食物八成是世界上最糟糕的了。在英国要想吃一顿体面的正餐,唯一的去处可能就是印度餐厅了。我们随柯林去了一家新开的"美国"餐厅,他对自己的这个新发现激动不已。他点了墨西哥玉米片,可是却严严实实地被生菜叶和炖番茄埋在了下面。(英国人对于炖番茄有种难以言说的热爱,尤其是早餐的时候,总爱将其和法式吐司搭配。)

"我从来没见过把玉米片和生菜放在一起,"我漫不经心地随口说道。

"但我们这里就是这么做的,"柯林有些急躁起来。

我想这个国家的人既然能把玉米片和生菜配对、用吐司搭配炖番茄,也就无怪乎他们的行车方向和全世界都相反还能若无其事了。

自从在英国开过车以后,我就意识到其实开车和喝茶与开派对一样,都是一种仪式。每个地区的人都会做,但是风格却大有不同。比如,在洛杉矶,当绿灯变黄时,至少还会有三辆车左转。每个人都习以为常了,不会有人按喇叭,也没人会被罚款。但如果在芝加哥做同样的事情,不消一秒钟,成片刺耳的鸣笛声和谩骂声一定会让你在下个路口左转的时候犹豫再三。但千万别觉得在中西部开车比在西海岸痛苦很多,因为在芝加哥就算你把车停在路中间,亮起双跳灯,然后进店吃饭,也没人会来管你。

我把开车看成一个无论在哪儿玩法都一样的游戏,只不过规则由男性主导,或者说比起美式橄榄球更像英式橄榄球。乔治·卡林[1]有个段子专聊橄榄球,讲到橄榄球其实是英国封建时代的再现,是一种完全基于领地需求与土地掠夺的运动。滑稽归滑稽,却也是事实。

我好奇的是,如果封建征服衍生出了橄榄球运动,那么驾驶会在将来幻化成什么样的游戏呢?(在我看来,届时汽车的重要性将不亚于土地兼并之于中世纪的英国。)姑且管这游戏叫"交通"吧。现在的交通就已经跟棋盘游戏差不多了。该有的图标都有了:红绿灯,高速路路标,左转道,人行道,自行车道。甚至有那么一小段时间,连诗歌都在汽车世界里找到了一席之地,它们出现在高速路的电子显示屏上,对疲倦的旅行者堪称提神醒脑:"轻踩油门,切勿超车""酒驾肇事,速效减肥""道路养护,车辆减速""别当混蛋,骑车上班"①。谁说政府不支持艺术发展?

开车真的已经成为了一种文学行为,尤其是当"个性车牌"在洛杉矶的高速路上遍地开花之后。比如,在一辆梅赛德斯的车牌上,你能读到"KTSBENZ"(凯蒂的奔驰车),或在一辆大众兔型车的车牌上读到"BUNNY"(小兔子)。在洛杉矶,每三辆车里就会有一辆贴着这种车牌,现在你能更好地理解为什么高速路上总是暴力事件频发了吧?放眼望去全是去除元音但是仍然能够猜出含义的单词。为了从通勤的单调乏味中解脱出来,大家也是使尽了浑身解数。"GNN TNC"(代表"gin and tonic",金汤力鸡尾酒),"AF4DZK"(代表"aphrodisiac",催情药),"6ULDVNT"(代表"sexual deviant",性欲不正常者),"ENNUI"(无聊),以及"XLNDYX"是我见过的最好的②。我希望有一天能够拥有一个写着"LSN1DLN"(Alice in Wonderland,爱丽丝漫游奇境)的车牌,或者我会搬到法国去,买一个写着"±ETRE[2]"(你明白是什么意思)的车牌③。

---

① 加州交通部从来没有发布过"别当混蛋,骑车上班"这样的警示信息。——莫蒂斯·威尔士按。
② 我无法判断"XLNDYX"究竟是"Excellent Dykes(杰出的女同性恋)"还是"Extra Large in Dicks(超大号阳具)"。——慕斯·米倪恩原注。
③ 车牌可用的字符里不包括"+"或"-",就算搬去法国也没法做到。——包珍妮按。
[1] George Carlin(1937—2008),美国单人喜剧演员。
[2] 法语:存在。

想象一下，当你堵在长长的车流中，看见前面的车牌上的这一串字符，却怎么都猜不出单词本意时，油然而生的那股挫败感。难道你不会觉得自己的眼睛被这些充满嘲笑意味的车牌冒犯，进而想要发泄一番吗？这个到处充满竞争的社会不顾你的意愿，强行用这种智力游戏对你密集轰炸，你难道不会滋生怨恨之心吗？在你最不需要的时候把另一个人的乏味把戏硬塞给你？个性车牌的确更能展示一个人的个性，因为即使你不想，你对车主的了解也更进了一步，它们大张旗鼓地宣传车主的愚蠢。个性车牌就像是高速路上的电视插播广告，而最糟糕的是，你想关都关不掉……就算毙了车主也没用。

我等着有一天能够看见某个车牌上出现一个完整的句子，我知道那一定是另外一个星系终于找到了和地球生命交流的合适方法。不过，这种视觉上的简化表达，这种字母交流法，真的是未来趋势吗？是不是不用多久就会出现"伊芙琳·伍德快速表达[1]"？元音会从语言中消失吗，只剩快速带过的一系列咽喉辅音？但奇妙的是，通过字母的精简，计算机和汽车牌照已经开始使用同一种语言了。我们的机器会赶在我们之前就开始和其他星系的文明交流的，它们甚至可能不会考虑给我们分一杯羹。（我知道我不在家时打来的一些电话会同我的电话机讲话。）

只有在洛杉矶，人们才会称车牌"有个性"。山姆对"个性车牌"这个称呼嗤之以鼻。"他们想得倒美，以为自己真的有个性。"提起那些花25 美元购买此类车牌的车主，山姆满是不屑。个性车牌只不过是芸芸大众用来突出自我存在感的万灵药之一。这样说来，他们总是在马路上把跑车的引擎搞得震天响，或是安装一个假的移动电话天线，再或者在车牌上写"专属座驾"，也就不足为奇了 —— 只有这样，他们才觉得自己有个性。

车对一个人而言，意义如同衣橱和妆容，对性生活也有影响，毫无疑问也是财务状况的直观反映。汽车是生存工具，一旦出故障，不但阻碍车主的生计，更会毒害邻里关系。不过我原本就对邻居没什么好感。

---

[1] 伊芙琳·伍德（Evelyn Wood, 1909—1995）是美国教育家，发明了提高阅读速度的快速阅读法。

慕斯见识过各种状况下的汽车,她曾经不止一次用晾衣架把消声器固定在底盘上,这样排气管就不会半路掉落了。有一次引擎盖下面着火,她用塞在父母旅行车后备厢里的旧睡袋好不容易才扑灭。站在发动不了的车旁,看着身旁车辆呼啸而过的绝望对于慕斯来说并不陌生,以至于有时她面对别人的求助过于大意。这种善心后来给慕斯招来一件祸事,被她编进了自己的单人喜剧段子里。1980年代早期,在洛杉矶喜剧俱乐部的一次百乐餐聚会上,她还演过这个略显稚嫩的节目(在场的每个人都可以上台表演)。

我对所有事物都有自己的一套理论,对洛杉矶这个城市尤其如此。比如,我前不久偶然碰见一个已经十三年没有见过的女孩子——她刚搬到洛杉矶,于是便得出一条理论:如果你和某个人失去了联系,那么在洛杉矶你一定能够找到他。因为所有人都会选择搬来这里,直到遭遇抢劫,又再搬离。洛杉矶就是一个洲际汽车站。不过有时我更愿意把它想象成一个巨大的烘干机,所有搭错对的袜子都聚集在这里厮混。然后一起进入戏剧行业。承认吧,大家来这里的目的都是为了进军戏剧。我搬来洛杉矶三次,次次都遇劫匪。好吧,这么说不太对:第一次到洛杉矶是我在这里出生,抢劫婴儿好像没什么油水。而第二次来就结结实实地被抢了,当时我正去参加加州大学洛杉矶分校在沙滩上举办的戏剧艺术派对。你瞧,我帮了两个男的重新启动他们跳火的汽车,但我并不知道在这儿不兴这么做。得解释下。我在加州北部的戴维斯长大,那里的风土人情就像《绿野仙踪》里的奥兹王国:人人钟爱自行车,充满艺术之风,比尔博·巴金斯小道两旁,精巧的太阳能住宅一字排开,选举时大家仍然会把票投给麦戈文[1]。所以我对那两个男的说的话丝毫没有怀疑,他们说:"别担心,我们有用来发动车的连接电线。"而其实他们并没有。最后还是得从我的车里把电池取出来,放进他们的车里,完成后再放回来。他们做最后一步的时

---

[1] Georges McGovern(1922—2012),1972年美国总统竞选民主党候选人。

候我还在一旁大发感慨:"噢,我原本还有点担心呢,不过现在我对帮了你们感到特别开心。现在这个社会大家都不怎么互相帮助了。"他们中的一个甚至递给我一张10美元,我还推脱:"噢,我可不是为了钱才这么做的。"

于是他就想请我喝杯酒以示感谢,我没多想便说道:"那你把号码留下,我会打电话给你的。"但我猜这八成让另一个男的妒火中烧了,因为他钻进我的副驾驶座,掏出一把枪指着我,让我把钱都交出来。那天我刚去过文艺复兴集市,口袋里只剩13美元了。但我的奥迪在夜色笼罩下看上去就像是辆梅赛德斯,这让他觉得我是在耍花花肠子。这时候,那个想酬谢我10美元的人——显然我本应该收下的,走了过来,看见自己拿枪的朋友,便说:"嘿,伙计,别这样,她可是帮我们发动了车的。"紧接着他们就到底该不该打劫我在我面前争论起来!几分钟之后,那个好人放弃了,另一个家伙强硬起来,命令我跟他到沙滩上去。我估计这个时候肯定不是要跟我打沙滩排球之类的,于是我想来一次正面撞车说不定还更安全一些。有两辆车正好在那时经过,对我按起了喇叭,因为我打开的车门阻碍了交通。我便乘势按喇叭回应,思忖着也许他们会回过头来找我打架。接着我就开始表现出疯疯癫癫的样子(这对我而言再简单不过了)。举枪的那个家伙不由紧张起来,夺过我的操纵杆归到空挡位置。见我又一把推向前去,他俯身过来熄掉了我的点火电门,却被我又打开。当他伸手去关自己那边的车门时,我猛踩一脚油门,他便摔了出去……没错,他是抢走了我的13美元,不过我在报税的时候大概会把这笔钱算到慈善支出里吧。

我一边逃离一边用各种脏话责骂自己,因为我简直就是傻到家了。最后我落脚在一个邻居家里,她是个瘾君子。她吃了三片安眠酮,又给我做了两杯奶油咖啡利口酒,我们一起藏好了她的所有毒品,便坐等警察到来。可他们迟迟不见踪影,偏偏我又开始对她那只异常活跃的爱尔兰长毛猎犬产生过敏反应,呼吸都有些困难,只得回到自己的住处。警察终于到了,随即起了疑心——为什么我待的地方和我报警时说的地址不一样？他们开始起劲儿地教训起我来，说我夜晚孤身一人在沙滩上晃荡有多么愚蠢，这时我瞥见了自己窗台上那一溜盆栽大麻，于是我乖巧地迎合着，并且保证以后慎重行事，不再浪费他们的时间。

一周后我去警察局指认照片。快到的时候我的车突然熄火了，因为车轴从变速箱上掉了下来，最终不得不被拖走。①

那辆车是我父母送我的高中毕业礼物。对此我也有个理论：收到奥迪车作礼物的话，千万不要掀开引擎盖来看……要是送礼的人是亲戚，尤其如此。

> 慕斯一开始拥有的两辆车都是父母送的，所以她大部分的时间还是要坐公交。在洛杉矶乘公交在某种程度上对写作有助益，原因有二：一、时间，非常充裕的时间；二、抑郁，不是因为错过唯一的班车就是因为刚好赶上了班车。

公车思绪

真有意思，没人坐在拿刀的那个男人旁边。（是个穿着白衣的宗教信徒，我猜是锡克教。）

公交车司机交接工作时充满了仪式感，看到的人会被感动。

在公共交通工具上放屁还以此为乐的人简直就是施虐狂。

我在判断是前门还是后门下车更省时的时候，脑子里考虑的是相对论。

> 慕斯乘坐公交时，思绪全部被相对论这个二十世纪的口令所占据，因为当你有用不完的时间，最终所有事情都会落入你的盘算范围，包括物理学。

大概十岁的时候，我经常阅读时代生活丛书中的数学分册。里面有

---

① 车轴和变速箱不是直接连接在一起的。——莫蒂斯·威尔士按。

幅解释相对论的漫画，讲的不外通常那一套："假设有辆列车能以光速行驶，车上有一个与镇上时间校准过的时钟。当列车以光速绕镇一周之后，两个时钟的时间还一样吗？"我强迫自己去理解，虽然从未成功，但我还是选择相信，毕竟是出自时代生活丛书，封面色彩都经过精心搭配，美极了。现在，我对相对论仍然一知半解，但这并不妨碍我把它用作聊天时的谈资。①

慕斯关于外貌俊美性质的狭义相对论

这天我随便找了个地方坐下，思考相对论。狭义相对论，而非广义相对论。比如，进行光速运动的时候打开电视会发生什么？爱因斯坦的脑子里总是盘旋着这种问题。但是我意识到有一个原则被他给忽略了。不过，这也不是他的错，因为他要考虑的实在太多了。我是在踩轮滑的时候灵光闪现的。我在加州威尼斯生活的时候，大部分的时间都以轮滑代步，这一点你也许早已预见到了。我记得 —— 你肯定也没忘 —— 爱因斯坦说过，当你接近光速的时候，建筑物就会变得更高更窄，并且时间会放慢。我在踩轮滑的时候速度逐渐向光速靠近，我注意到周围的人不仅变高变瘦，还变得更好看了！我发誓，我已经检验过无数次，并且深信这个现象不只是 trompe l'oeuf②。你经过的速度越快，他们的相貌也就愈发可爱。事实上，对科学一窍不通的普通人早有这样的常识。人们总说"她长得过得去"，对此我的理解是"擦肩而过的时候觉得她很美"。这又是一个民间智慧与常识在真理方面战胜科学的例子。关于这个现象我列了一个数学方程，形式如下：

$$（踩轮滑的我）\rightarrow 光速$$
$$=（火柴棍人）\rightarrow （罗伯特·雷德福^{[1]}）$$

---

① 列车时钟的走时会比镇上的时钟慢。——莫蒂斯·威尔士按。
② 法语，直译为"欺骗鸡蛋"。慕斯应该是想说 trompe l'oeil（错觉画，直译为"欺骗眼睛"）。——包珍妮按。
[1] Robert Redford，美国电影人。

（读作：当我越接近光速，我双目所见的人的帅度就越发接近罗伯特·雷德福。）

　　确实，当我飞速掠过那些长相颇好的男人身边时，我几乎可以确定，我与他们短暂眼神交汇之时，他们都会下意识地点头："哟……好快的美女。"有时我会停下来问他们几点了。令我震惊的是，不但时间因此而拉长了，而且等到他们开始回答我的问题，他们的手表也消失了。我直到现在仍无法判断这究竟是纯粹因为加州威尼斯多变的特质，抑或真的是相对论在起作用。①

　　在纽约我也注意到了相似的效应，只不过对于纽约更加精准的描述应该是：你经过一个人的速度越快，你的感官被侵犯的程度就越低。这就解释了为什么在地铁上时间会变慢。我敢说所有人对此都深有体会，尤其是当你旁边坐的是忘记洗澡的人的时候。爱因斯坦还忘了另一点（！）：当一个人接近光速的时候，体味也会大大减轻。我寻思，要是爱因斯坦坐过地铁，他肯定不会遗漏这条原则。他所有的思考都是在汽车里进行的，这对我们来说也许是一件值得庆幸的事，否则他可能根本就不会开始思考速度这个概念，而我们现在要面对的就是截然不同的狭义相对论了：当一个人走向连锁杂货铺，周围的建筑就愈发显得廉价破旧。

　　爱因斯坦钟爱自己的座驾，甚至给它取了昵称"多普勒"，与圣诞老人的一匹驯鹿同名②。同时他还是个大旅行家，酝酿相对论的时候，他正驱车在多国游历。不知道他是否在英国开过车，但能够肯定的是，要是他在英国洗过澡，当时时间一定也变慢了许多。

---

① 加州威尼斯以高犯罪率著称。——包珍妮按。
② 圣诞老人没有叫"多普勒"的驯鹿。——纳迪·卡内尔按。

∞ ≤ ∞ 6 ∞ ≥ ∞
嗑药，独自，在洛杉矶

"毒品过滤现实，感觉就像是不戴眼镜审视生活。"①

从上一章节大概可以猜到，慕斯必然有过一段吸毒时期，即便程度还算温和。她吸食过的只有大麻（数量较大），可卡因，LSD（两次），还有打泡气②。

洛杉矶是滋生吸毒经历的温床，一方面因为毒品流行势不可挡，另一方面则是这个城市精神错乱的特质在作祟。慕斯在这一时期的文字，主要价值在于其对时代的记录。我们之所以编入一些她在吸毒状态下写的文章，是为了复原当时她的心境和思绪，但读者一准能明白，这些文字与她惯常的风格不同，缺乏精准的观察，并没有抓住生活的罪恶本质。

80/5/10
在威尼斯嗑药。男孩，是我。我有个想法……唔……你瞧，当你想要形成有序（集中？）的想法的时候，突然就意识到自己的大脑有多混乱。不，不，嗑到身不由己本身就是集中思想。

---

① "不戴眼镜生活"是慕斯一贯的作风。她太顾及自己的形象，不愿戴医生建议的矫正视力的眼镜（"我只在需要看东西的时候戴眼镜……比如其他车辆"），又穷得买不起隐形眼镜。有时她轻率地宣称自己就喜欢事物模糊的样子，这让生活有了印象主义的色彩，有法国画家雷诺阿的风格。慕斯总是试图让生活变得艺术。——包珍妮按。

② "打泡气"指的是用来搅打奶油的小罐一氧化二氮。一氧化二氮——就是大众熟知的"笑气"——是一种牙医用来诱导半麻醉的物质。——莫蒂斯·威尔士按。

兰迪说：知道吗，不可能事事都顺你的意。（这句话妙极了，我让她又重复了一遍。）

我在威尼斯的一个同性恋沙滩上，3号救生站前面。该死，我本来有了一个关于罗曼蒂克的深刻见解，可现在它再回不来了。真是天晓得，一定也不会再有其他人这样想。就这么着吧，也许它会进入思维天堂。

（我思忖着自己是不是挺幽默的，转念却又几乎可以确定我只是傻而已。）

> 但是，某些清醒的瞬间，她能够意识到毒品对自己的掌控，并开始质疑自己的独立性，期盼着这样的状态不会一直持续下去。毒品，性爱，无意义的友谊，都没能让她停下手中的笔。她需要写作，这是她的"扶手"，安全阀，一种确保自己仍然神志清醒的方法。

在海洋大道①上走着的时候，我开始寻思有多少场婚礼是文鲜明[1]牧师经手过的。

有些日子里，威尼斯是世界上最惊艳的地方。云霞像是给天空绣上的金边，高高的棕榈树又给这幅图景镶上画框。现在只能通过这几页文字了解这一切的你们，请相信，我在这里有过非常享受的日子。

天色略晚些的时候，落日在你的眼中灼出一个香烟洞。天空变得扁平，像受潮后有些湿软的墨西哥煎饼。空气黏腻，如同掺了水的糖浆。过久地坐在公共汽车的塑料座椅上，起身时衣服便会湿哒哒地贴在肩胛骨上。

缓缓落下的太阳在棕榈树周围撒下靛蓝色的斗篷形状的阴影。突然之间我发现自己的眼睛失去了呈现彩色图像的能力，所有事物都透着蓝色和沙色。沙砾融入我的皮肤，消失不见了。分子交换。我的体内有了

---

① 加州威尼斯与海岸平行的一段大道，周末时经常熙熙攘攘，像一个盛大的派对。——莫蒂斯·威尔士按。

[1] Sun Myung Moon（1920—2012），韩国"统一教"创始人，以组织大型集体婚礼闻名。

史前恐龙的成分,而我也成了眼前这片沙滩的一部分。

在这里居住的第一年——不,前两年,每次吸大麻,从第一口开始,我的脑海中就会浮现出一系列相同的画面:一只左脚,情景喜剧《我爱露西》,白干酪,还有儿时常玩的一些玩具,看上去像是几片塑料拼图板。还有些其他的,可我记得不够清楚,因为结尾的画面每次都不同,几乎呈现出某种模式。我曾以为这是某种来自太空的编码信息,要是能够破译,他们的沟通目的就会浮出水面了。这个想法产生后没多久,我就说服自己,这八成与现实相去太远。事实是,每次吸到迷糊,我大脑里某些区域的突触就火花四溅;我越是顺着当时的思路继续,沟壑便越深,我的理智就越想沿着这个方向一路逃亡。那是一种如同从山坡滚下一般的坠落感,一种被巨大吸力拽着向前的牵引感;感觉就像高速路边的苍蝇,恰巧赶上原本静止的空气打着旋涌进巨大的风洞。

嗑着药,独自一人,在洛杉矶——这可以作为我的人生主题曲。

在人生的那个时期,我喝了不少酒,吸了不少大麻,常常穿着浴袍懒洋洋地闲逛,茫然地盯着屋檐和阴郁的天空,偶尔挠一下晒伤的皮肤,忧心忡忡。我担心自己正在过的生活是不正确的,但我通过忧心所进行的自我净化与天主教的忏悔不无相似。我通过忧心来减轻内疚感。带着忧虑生活,是以苦修的方式进行自我惩罚。并不需要实际的改变:忧虑就是我的救赎方式。它能净化我,使我谦逊。我一边忧心,一边喝酒,抽大麻。我带着重重愁绪和神经病兰迪——我的瘾君子邻居——一起躺在威尼斯的沙滩上,还有她的一群男同性恋朋友(特意挑选了同性恋,因为他们性情颓废,看上去很酷)。我试图放松,有时也确实能做到,但不知是我的神经、野心,还是智力,或是其他东西,总是不停地撩拨着我的心绪,迫使我给一切都寻找意义和模式,或者干脆构建起自己的一套。本以为自己才华出众,结果挫败得一塌糊涂。比大部分人都善良,却羞于承认。有时我的先见之明甚至会吓到自己,当然要吓到我并不是难事。我不安,烦躁,随时准备采取行动。我片刻也不肯停歇地思考着,这让我陷入痛苦,思绪太多,却无处安放。

那时我睡得很多,而且经常是在奇怪的地方。我甚至都能在格雷戈蓝点酒吧站着睡着。这让神经病兰迪和她的同性恋朋友们惊奇不已,并把我当笑话指给从旁经过的人看。但他们不知道,其实我仍然有着蒙眬的意识,在这种场合我几乎从不会完全睡着,大概是一种动物的本能反射——一定是我前世生为巨蟒遗留下的特质。假寐只是为了逃离,为了缓解无聊,回归自我便不用再面对单调的场景和乏味的对话。我厌倦了违心夸赞兰迪她有多美,以及有多少男人欲罢不能地盯着她看,而事实刚好相反……尤其是在格雷戈蓝点酒吧。

让我穿插一点关于格雷戈蓝点酒吧的背景介绍:这是一个典型的男同性恋酒吧,人气旺得如同蚁冢,身体和身体之间无缝连接,这也解释了我为什么能够站着睡着——因为想摔倒都难。放在其他任何酒吧,都必然会有人趁机对女性揩两把油。但在这儿,女性的安全程度之高甚至都构成了一种侮辱。突然之间,我发现自己如同隐形一般,毫无存在感,意识到这一点可真让人不好受。他们的目光只停留在彼此或者自己身上,但归根究底是一样的,因为他们在对方身上看到的也是自己。

我老是想起那个关于狗的伊索寓言:叼着骨头的狗看见河里自己的倒影,便跳进去抢"另一只狗"的骨头,不消说连自己的也给丢了。至于为什么会想起这个故事,我不甚明了——也许是我把它和希腊神话中纳喀索斯爱上自己河中倒影的故事给搞混了(啊!一定是因为都有河流),但这两个寓言在我看来都很适合用来形容蓝点酒吧的夜晚。这里的男性从他人身上找寻自己,获得性刺激。就像是以灵魂出窍的方式自慰,借助现代的便利条件自我刺激。他们追逐对方拥有的东西,而那实质只不过是对他们自己的低劣模仿。

我的周围挤满了一个模子刻出来的男人——下穿皮裤,上身只着汗衫,喉结处随意地绑着一条方巾……至于兰迪,简直可算"男同婆（fag hag）"之王。在遇见她之前，我一直不理解这个词的真正含义，现在就一目了然了，只是简单的叠加而已。来格雷戈蓝点酒吧的男人都带着点疯狂和野性，但对女人却没有威胁，他们娘气十足的样子滑稽可笑，殷实的经济状况使他们小费给得很爽快。他们风格古怪，神经兮兮，感情虚伪，模仿精妙。而兰迪则是穷人眼里的贝特·米德勒，聋人耳中的芭芭拉·史翠珊[1]。她举止夸张，让人发笑。前一秒还说自己热爱生活，转眼急救人员就得撞开她家的门把她从吸毒过量的昏厥中救醒。晒日光浴的时候，大麻烟是她的手边必备，她还总是用粗哑的嗓音唱着"朱迪该哭了，朱迪该哭了"，或是"我的派对，我想哭就哭"[2]，让人汗毛直竖。兰迪的脸像是年轻版的苹果头娃娃[3]，皱纹已经就位，但还未失水到完全失去弹性。这种脸从未大受欢迎过，虽然她自己一厢情愿地这样想。兰迪评判美貌的唯一标准就是有没有那种可以在加州南部晒出来的致癌肤色，并将其设为她人生的主要目标。一天又一天，她就像无业游民一样躺在太阳下，全职投入在对深棕肤色的追求上。这最终导致了她皮肤干燥、加速老化；皮肤失去弹性之后，她的面部变得紧绷，甚至在一次饥饿式节食后也不见改善。（她最长的一次节食是因为欠了朋友6000美元的叩卡因钱。兰迪本来好心提出帮他兜售一些可卡因，但你知道这种事情的最终结局。也不知兰迪是怎么想的，她竟然觉得自己用平时购物省下的钱就可以补上这个亏空。）

我发现在我和兰迪的交往中，最危险的时刻是她给你帮忙的时候。她信誓旦旦地说助人让她快乐，却忽略了自己的帮助从未给别人带来过愉悦。我二十二岁生日时，兰迪给我办了一个惊喜派对。她叫我下楼的方式是打电话告诉我她刚才割腕了。

"十五分钟，"那时候我毫不犹豫地对室友说，"十五分钟之后你去叫我上来，就说我爸爸刚去世，我得立刻出发。"可当我发现她一直在

---

[1] 贝特·米德勒（Bette Midler）和芭芭拉·史翠珊（Babara Steinsand）均为美国演艺巨星。
[2] 《朱迪该哭了》与《我的派对》均为1960年代美国流行歌曲。
[3] 北美地区以去皮干苹果做头制成的娃娃。

给我准备惊喜时,我又为自己的态度感到歉疚。不知为何,在兰迪身边,我的心情总是很糟糕。

不消说,参加派对的都是些令人丧气的自暴自弃的家伙。大家零零散散地坐着,目光随着兰迪移动——她穿着色诱意味浓厚的鞋子,走路东摇西晃地端来蛋糕和冰淇淋。(她那双一脚蹬的鞋,鞋跟足有四英寸半高,因为如果光脚的话,她只能勉强够到冷冻箱的门。冷冻箱是她藏大麻的地方,所以你应该能理解她对增高的需求了。)兰迪走起路来似乎总是摇摇摆摆,仿佛找不到平衡。怪不得她总爱突然抓住并紧扣别人的胳膊,看似表示喜爱,其实更主要是在对抗地心引力。话说回来,兰迪身上也有引力,她就像个黑洞,一旦被她吸住便插翅难逃。她渴求每个人的关注,以便她抱怨生活强加给自己的苦难。只是与她给别人带来的困扰相比,生活对她下手算是轻微了。

主要受害者之一是莫克西,一只可怜兮兮毛片糟乱的爱尔兰长毛猎犬。每次兰迪忘记回家带它散步,它就会在她狭小的公寓里不安地来回转圈,然后在客厅的地毯上留下一坨大便。这样的事每周至少发生一次。因为不忍,带莫克西出去散步的总是我,打扫客厅的也是我。现在回想起来,我也搞不清自己的责任感是哪里来的,但我鬼使神差地就那么做了。兰迪和我母亲都有让我处于这种状态的能力,我总是自动代入要对她们负责的角色里。兰迪养莫克西与她跟我做朋友是出于一样的动机,我和莫克西都会立刻给予她全部的注意力,并且无条件地与她站在一边。我们中的一个有着毛绒绒的肩膀和温热的鼻息,另一个(我)则具备理性分析能力以及帮助弱势群体的欲望。细想起来,也许我和兰迪是相互利用的关系。她为我提供了可以追随的人并且主宰了一切,而那时的我需要被支配。除了毒品,她还给我营造了一个身处其中就不需要思考将来乃至当下的世界,在这梦幻朦胧的存在方式里,与毒品相关的仪式赋予生活以意义。并且,兰迪有时候还是非常有趣的,她自带传奇色彩,像是音乐剧《歌舞厅》里的沙莉·鲍尔斯,在我眼里她似乎是从书里走出来的角色,充满了大胆出格的冒险计划与用来吸引注意力的鬼主意。

一次她又有了这样一个鬼主意。她先借来了诺曼（对你们来说是赫赫有名的"诺曼先生"）的美冠鹦鹉。诺曼开了一家兼卖盆栽的美容沙龙：吹风机放在椰枣盆下面，美甲桌与花叶万年青并在一排，"秀发蕨"（这是诺曼幽默感的体现）从洗发池上方垂下。蕨类和榕树挡住了地板上的棋盘格图案（算是件好事，因为地板上全是鸟粪，污秽不堪）。竹篮、藤条扇，没打算用来扫地的女巫风格扫帚，连锁零售店总在打折甩卖的巨大的柚木叉子和勺子，林林总总，像节日装饰般布置在理发椅周围。收银台的旁边立着一个四英尺高的鸟架，那只美丽的白色美冠鹦鹉一脸慈祥地立在栖枝上，对着每一个进来做头发的女人兴致勃勃地大叫"吹个箫吧，宝贝"。我觉得那些女的只是为了瞧个新鲜才来光顾的。

兰迪对这只鹦鹉简直爱的不行。她对所有比自己体型小并且能够被自己搞窒息的事物都爱不释手。有一天下午，兰迪决定带这只鹦鹉去超市购物，并且向诺曼保证自己一定会小心照料。诺曼和兰迪已经认识很多年了，竟然还把她的保证当做一回事——我才认识她几个月，已经连图书馆的借阅证都不愿意借给她了。

在我看来，没人会觉得鹦鹉是逛超市的标准行头。事实上，似乎这是大家在拥挤繁忙的超市里最不想要的。但在兰迪的思维里，所有事情都是围绕着她对关注度的极度渴求展开的。她的性格折射出所有洛杉矶居民对成名的渴望。兰迪告诉我，鉴于她每次化妆的效果（她的语气里不无骄傲），她曾以"浣熊"这个名号远近闻名，在大道①一带总有人认出她来，有一次她甚至还上了杂志封面，具体哪本杂志我不记得了。对她来说这是至高无上的荣誉和人生意义，证明了她曾经也是个人物。无论代价和条件是什么，被人铭记就是兰迪存在的目的。我承认，自己有时也会陷入这种心态当中，但我会有所控制，不会为了廉价的妆容而牺牲道德规范或者品味。我会划定界限，设置优先等级，要是不能够按我的条件来，我半点兴趣都没有。（应该说，我其实兴趣无比浓厚，只不

---

① 落日大道。——莫蒂斯·威尔士按。

过我会利用羞耻心让自己的野心提高些档次。）兰迪的野心一点谈不上高尚。她所有的欲望都平庸粗俗。原本我以为兰迪的所有举动都是由她的交配冲动激发的，可后来我意识到真正的根源并不在此。在兰迪的价值层次中，交配排在吸引他人注意力之后。（这是某个人的理论，我忘记是谁了 —— 问我妈吧。）①

人类价值层次

1. 生存
2. 食物
3. 生殖
4. 成功　　（只是我的猜测）
5. 哲学　　（我加的）

兰迪价值层次

1. 生存　　（她频繁威胁要自杀，但这也只不过
　　　　　　是一个策略，仅为了得到更多 —— ）
2. 关注
3. 毒品

---

① 这是亚伯拉罕·马斯洛的理论。马斯洛是人本主义心理学的先驱，他的"需求层次理论"底端是最基础的生物需求，然后逐渐上升为更加复杂的心理需求，后者只能在前者得到满足之后才会出现：

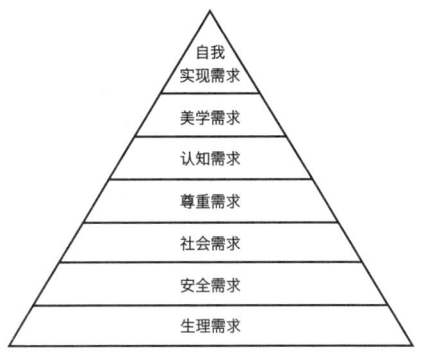

（《心理学导论》，丽塔·阿特金森、理查德·阿特金森、欧内斯特·希尔加德合著，1983 年，哈考特出版社。）——罗维斯基博士按。

4. 食物　　　（4 和 5 其实可互换，取决于她的饥
5. 交配　　　　渴程度以及渴求的东西）

兰迪从来没有到达哲学层次，毒品几乎是她能到达的最高层级了。毒品就是她的食物和饮料，然而被消耗的却是她自己。她如执行仪式一般，带着齐全的装备，在毒品的泥潭里堕落。她把所有的精力都用于获取、吸食，以及炫耀毒品。她会用怀德牌卷烟纸裹着筷子卷成一个个空卷，然后往里塞满大麻。做这件事得花上好几个小时，但除此之外她也没有其他更好的事情做——嗑嗨之后慢慢卷烟也是不错的打发时间的方式。兰迪有一个中国风的珐琅盒子，里面码满了精心卷制的大麻烟。她会在大家面前展示一圈，却不许任何人碰。它们就像是女主人并不打算提供给客人的开胃前菜。可是兰迪又把这些大麻烟就放在大家视线范围内，撩得人心痒痒的，时刻提醒所有人，自己并不是兰迪最好的朋友。话又说回来，也真没人是。

兰迪的主要营养都来自毒品，所以正常食物只有在免费时才会引起她的兴趣。不难想象，这与她性欲的波动是一致的。（洛杉矶的物物交换规则由此可见一斑。）有一次她的交配冲动又达到巅峰的时候，我和她一起去了特蕾丝内衣店，那里专门售卖"闺中私服"。店里有一个假壁炉，女店员全都衣着单薄。那里的一切都令我惊异不已。进了大门，面前又是一道紧锁的门，前台接待员会告诉你，所有顾客都必须购买会员卡才能进入。接待员最终按下开关让你通过，商店的负责人，一个体态丰满、面容有几分像玛戈·基德[1]的"女士"，会操着沙哑的嗓音询问你是否需要帮助。兰迪对这样的询问总是来者不拒，因为如此一来她就可以把自己积压的怒气一股脑发泄在丝毫未设防的服务人员身上。任何前来协助她的人都会受到她的无情讽刺。

"您想看一些合您尺码的样式吗？"

"不，我想看些合我狗的尺码的样式。"说完她就转向我，像马那样露出牙齿笑起来，对自己的妙语颇为自得。

---

[1] Margot Kidder（1948—2018），加拿大女演员，1980 年代"超人"系列电影中超人女友的扮演者。

趁着兰迪全神贯注听"女士"讲解紧身胸衣的正确扣法,我设法逃离了她们,在店里溜达起来,欣赏那些优雅华丽的装束,轻轻抚摸丝绸和天鹅绒的面料,目不转睛地盯着身材纤细的销售小姐——原本我还以为她们是假人模特呢。我仔细端详那一排排束胸衣、性感睡衣,还有维多利亚时期女性内衣的仿制品(都配有容易解开的搭扣)。兰迪试了好几件,匆忙之中她的耳环勾破了一件质地轻柔的睡衣,她趁女老板不注意把它团了团,塞进一件束胸衣的罩杯后挂回原位。接着,她看中了一款固定在墙上展示的紫红色胸罩,便执意要试。这意味着店员必须要登上梯凳将其取下,并且事后换上另一个。兰迪最终只买了一条内裤(黄绿色的),并且表现出一种自己是为了回报店员所花费的时间和精力才大发善心买下,而不是真打算穿的样子。不过她后来又回去买了一件叫"半束胸"的东西——胸虽然能得到支撑,但却完全裸露。兰迪买这个是为了引诱比弗利希尔顿酒店的主厨独眼西蒙。

西蒙成为兰迪的"主要男人"是因为他可以让兰迪免费享用比弗利希尔顿的午餐,甚至可以带上她的母亲(兰迪憎恨自己的母亲,但正因如此,能在母亲面前炫耀给她带来了无比的满足感)。西蒙长得很像《鲍勃·纽哈特秀》[1]里的正牙医生杰瑞,略微逊色一点。他和兰迪之间的关系一轮又一轮地循环往复。约会,争吵,分手,然后他们又意识到堕落者之间存在的特殊吸引力,便又开始约会。据我了解,这情形也许至今仍在持续。

在鹦鹉事件之后,诺曼便不再理睬兰迪了,于是她对西蒙的兴趣自然愈发浓厚了起来。在此之前,诺曼一直是她最好的朋友,照理说诺曼应该很了解她的为人才对。当兰迪把那辆金属蓝的雪佛兰克尔维特汽车换到倒车模式,像抽了风一样驶出门口的停车道时,我的担忧就开始了。那只鹦鹉受惊吓后便对着兰迪的脸扇动翅膀,边发出粗粝的叫声。兰迪把鹦鹉放在了方向盘上,现在它也随之左转右晃,想要站稳。它一直发出痛苦恼怒的声音,以表达被迫脱离原来植物丛中宁

---

[1] 1970年代美国情景喜剧。

静栖息处的不满。兰迪模仿"咕咕"的声音试图安抚它,但却谈不上任何母性的温柔(我敢说,她一定是那种会让孩子做噩梦的母亲),反而让鹦鹉得以叼啄她噘起的嘴巴,借此展示进一步的不满。再加上兰迪把车开得飘忽不定,情况愈发恶化。因为只有少数情境下她才会老实待在自己的车道里,一有机会,她便毫不犹豫地做出各种挑衅手势,迸发出夹杂着脏话和带有种族歧视色彩的秽语。兰迪就是大家口中的"盲人司机",也就是说她靠撞击来确定自己的车道。兰迪永远要到最后一秒才决定是直走还是拐弯,于是那只鹦鹉总是落得身体九十度弯曲的下场。它用小小的爪子紧紧钳住方向盘,不屈不挠地侧向挪动着想要重新站直,结果每次刚移动到合适的位置,兰迪又把方向盘打回原位,可怜又疲惫的小东西只能反向再重复一遍。等我们开到超市门口,它已经变得有气无力,在方向盘上趔趔趄趄,仿佛醉酒了一般。(而且车里弥漫着我们抽的大麻烟,也许这也让它迟钝了些,但却更能应对这样的状况。)

我们进了超市,兰迪把鹦鹉放在购物车的扶手上。它立刻就向前倒下去,但凭借尚存的求生欲(见人类价值层次第一条[①])设法悬在了购物车的镀铬杠子上。我惊讶无比地看着它就那么悬着,尖喙向下垂在爪子旁边,看上去就像是一只白化蝙蝠。不对,看上去就像是,死了。

"兰迪,"我忧心忡忡地说,"诺曼的鹦鹉看上去好像病了。"

"啡!"兰迪用一个单音节意第绪词语作为回复,这是她的常规反驳,在任何场合都适用,"它只是在装死而已。这是它最爱的游戏。"

我弯下身打量它微微倾斜的脑袋,只见它将一边粗糙的眼皮抬起又合上。

"刚才在诺曼那里时它的状态比现在好多了……"

兰迪不堪其扰似的叹了口气:"好,好,我们去给它买点黑椒牛肉吃,就能让它回魂了。"

"鸟类不是吃素的吗?"我在脑子里过了一遍所有读到过的鸟类

[①] 和所有动物一样,美冠鹦鹉也有着求生的本能。但这是否能与人类的需求相提并论就另为一说了。——罗维斯基博士按。

知识。

"当然不是了,"兰迪掩饰不住自己嘲讽的语气,"诺曼总给它喂法拉费。"

法拉费是一种中东美食,看上去像是肉丸子,但原料其实是鹰嘴豆泥。我把这些告诉兰迪的时候满是"你怎么可以这么笨"的语气。

"诺曼做的那种可不是,他是用肉做的。"

我放弃了,就让她给鹦鹉喂黑椒牛肉吧。我有什么可在乎的呢?而且我想起来鸟会吃各种虫子,黑椒牛肉能糟到哪儿去呢?①

于是兰迪一头扎进拥挤的超市人群中,不耐烦地超过一旁推车的人们。那只鹦鹉像钟摆一样垂在购物车扶手的下面,我则跟在她后面一路小跑。

"兰迪,"我哀求道,"慢一点,它快抓不住了。"

"哟,你是什么时候开始变成鸟类专家的?"她丝毫没有减速的意思。

"你怎么搞的!"一个女人大声吼起来 —— 因为兰迪嫌她的推车碍事,便一把推开,却意外狠狠地撞上了那位的屁股。

"啊,炸你个臭屁。这里是超市,不是图书馆。"

我不确定兰迪那么说到底是什么意思,那个女人肯定也是一头雾水。

"你需要好好学些教养。"等到她回过神来反驳时,我们已在两个过道以外了。

兰迪马上吼回去:"你也要好好刮刮胡子了。"

"兰迪……"我恼怒地喝止她,这时我们靠近了肉类柜台。

"啡!"她做了一个不是很明确但具有羞辱性的手势,接着又迅速转向屠夫,"要半磅黑椒牛肉。"

这时那只鹦鹉已经想办法让身体回正了(我帮了一点小忙),它神情呆板困惑,时而眨眨眼,时而抻抻脖子,似乎在看还管不管用。

---

① 美冠鹦鹉是杂食鸟类,也就是说在野生环境中它们遇到什么都吃,包括动物和植物。——莫蒂斯·威尔士按。

我眼角的余光瞥见刚才那个女人正气势汹汹向我们走来。

"这回不妙了。"我自言自语道。

她径直冲向兰迪:"你这个粗鲁的女人,我本来还想称呼你一声小姑娘,结果发现你既不年轻,也不是姑娘,就算了。你不仅缺乏教养,还带了一只满是细菌,是潜在病原体的动物,它根本就不应该出现在超市里。"

"先生!"那个女人试图唤起正把牛肉递给兰迪的屠夫注意,"这个女人带了一只病鸟在这里,不是有法律规定食品区不能出现带病动物吗?"

"来,宝贝儿。"兰迪逗着鹦鹉吃牛肉。

"嘿,说你呢!"屠夫冲着兰迪说,"这里不允许带动物,把那玩意儿搞出去。"

"它不是动物,它是一只鸟。"兰迪对于生物世界的知识简直少得可怜。

"你没听见吗!他说——"那个女人吼到一半突然停止了,并且脸色开始发白。我看向她目光停留的地方,只见那只鹦鹉突然吐出了几片黑椒牛肉。

"它在吐!这只鸟在超市里吐了!!"那女人失控般地尖叫起来。接着那只鹦鹉闭上了自己的小眼睛,如同一个装了东西的麻袋一样摔到地面,发出毫无悦耳性可言的响声。幸运的是,那个女人和它站得很近,鹦鹉跌落时蹭到了她衬衫的底部,并且落在了她的鞋子上,减缓了下落的冲击。

"噢,我可怜的小东西。"兰迪侧下身去将它捡起来,抱在怀里轻轻摇晃着。那个女人此时已经瞠目结舌,嘴巴像河豚似的一开一合。她的衬衫上落着几滴黑椒牛肉的印渍。

"我觉得我们最好试着重新唤醒它。"兰迪如同忧心的母亲一样点了点头。此时我们周围已经聚集了一圈人,他们都想弄清楚那些尖叫到底是为了什么。

我说:"我觉得我们最好离开。"

那个女人终于缓过神来:"我要把你们举报给美国动物保护协会。你叫什么名字?"她开始四处找笔。

"我叫斯基特·布蕾斯韦尔,想举报的话随你好了,但这不是我的鸟。"

我翻了个白眼,对兰迪耳语了一句:"在这儿等着。"

"你去哪儿?"她追问时我已经走远了。我准备跑到隔壁货架上拿一些氨水放在鹦鹉的鼻子下面。(鹦鹉的鼻子到底在哪儿呢?我这样琢磨着。)我读过很多哥特小说,所以知道氨水是嗅盐的主要成分。等我回到现场时,她们仍然互相吼着。我打开瓶子,放在我觉得对的地方——鹦鹉喙上的小洞旁边。

"你在干什么?"兰迪问道。

"布蕾斯韦尔小姐,我想知道你什么时候才会把这个安全隐患从超市带走!难道大家都不在乎自己的生命被这只携带狂犬病的鸟威胁吗?"那女人开始给自己拉票。

"它才没有得狂犬病!"兰迪毫不示弱地吼回去。

"它刚才还在吐呢!"

"你要是吐了也是得了狂犬病吗?"

这一来一往引发了围观群众集体的嘶吼比赛,显然他们都闲着没正经事做。终结这一切的是兰迪的大吼:"噢,炸你个——"

"炸你个臭屁,炸你个臭屁。"刚才的急救见效了,那只鹦鹉回过魂来,仿佛痊愈了一般,吐出一串它平时爱听的话。兰迪一把将它搂在怀里。

"我认识那只鸟,"另一个女人尖叫起来,我禁不住哆嗦了一下,"它是诺曼先生的。"

"谁是诺曼先生?"衬衫沾有牛肉渍的女人皱起眉头。

"诺曼先生,我的发型师。他的店在欧芙兰大街,威尼斯大道往上几个街区就到了。你一定不能错过。他的沙龙装饰得就像一个园艺店,这只鹦鹉总是在那里说一些有趣的话,它可是个活宝。"

"太好了……"那个女人的语气中不无阴险。她指着兰迪说道:"你会收到我的通知的,我会让你见识一下带病恹恹的动物进超市会有什么后果。"

"我敢打赌它身上的病比你要少,而且不是性病。"兰迪得意地笑了,对自己最后一句的机锋颇为得意。

那个女人用带着杀气的眼神最后看了兰迪一眼,走开了。这时鹦鹉又粗声叫起来:"Voulez vous coucher avec moi ce soir？"[1]

几天之后我再看见兰迪时,她一脸不快,便问道:"怎么了？"

"诺曼不跟我说话了。"

"为什么？"

"那个女人打电话给美国动物保护协会举报了他,说他虐待自己的鹦鹉,他为这事付了一笔罚款。"

"你本该替他交这笔罚款的。"

她像看傻瓜一样瞪着我:"又不是我的鸟。"

我记得她后来用大麻又成功笼络了诺曼。这是兰迪拥有的唯一每次都能成功平息朋友怒火的东西——所以他们才会当她的朋友。足量的大麻能让人接受一切……至少暂时是这样。

我第一次遇到兰迪的那天,她刚从医院回来,因为她差点把自己的脸给点着了。(多年后我们再次在雪松-西奈医疗中心偶遇——我当时因为对过敏专科医师开的药过敏而才从急诊室出来——我想起我总是把兰迪和医院当成近义词。)一开始她告诉我说她眼睛上的绷带是她抽取烤锅时烤箱爆炸所赐。要是当时我已经认识兰迪哪怕一周时间,我就会当场意识到她其实并不知道烤锅是个什么玩意儿。不久之后(大概一个小时后,我们正在加热并吸食可卡因),她跟我坦白了真正的原因:可卡因在加热时在她面前爆炸了,左眼上的眼罩可以证明。也就是在我们初次见面的那天,她邀请我下楼一起吸可卡因,借此"减缓疼痛"。那时的我抽过大麻,量不多,还从没碰过可卡因。对于大部分的事情,我还是单纯至极的。

---

[1] 法语:今夜你想和我一起睡吗?

整个加热吸食的过程是一个无比隆重的仪式。兰迪拈着装可卡因的玻璃管——只有芭比娃娃体温计大小——浸入翻滚的热水,随即又放进冷水,如此循环多次。我猜想她可能还放了一些小苏打进去,记不清了。她不肯告诉我具体操作方法,只说很不好,我还是不知道为妙。表面上似乎都是为了我好。后来我从知识更广博的人那里得知,兰迪的方法过程又长又危险。接着她将小玻璃管里的东西倒在一张纸巾上稍稍冷却后(兰迪心急,并没有等多久)取少量放在她特制的水烟管的加热片上,然后用长长的医用弯头手术缝合剪刀夹取一个棉花球,在金朗姆酒中浸了浸,用一个精致的打火机点燃后凑近可卡因。我看着那精神烟雾在玻璃烟管里袅袅打着圈,浓稠而性感,蜿蜒如怪蛇,穿过烟管渐次进入她的肺,她的大脑,引起强烈的觉醒意识,还她平和的心绪,让她觉得世界如此美好,怎样都成。要是她的可卡因量不少,兰迪便会给我也点上一个烟泡,否则我就只能抽她的二手烟。靠近她的双唇深吸进她吐出的烟雾,感觉虽然怪异,却撩人心弦。这场景像极了女巫施法,只不过我们没有黑猫,只有一只精力充沛的爱尔兰长毛猎犬在左蹦右跳;有一次它把可卡因打翻在地板上,引起我强烈的过敏反应。由于保持着嘴对嘴呼吸的姿势,我开始怀疑自己是不是同性恋,但可卡因的作用让我觉得这也无伤大雅。一切都好极了。

我意识蒙眬,如同被麻醉般地坐在她的房间里,里面摆满了向海特-阿什伯理嬉皮士街区的致敬元素:水床,棕色仿皮草床罩,还有大量的木框镜子,盆栽架,墙帷;立体声音响里播放着芭芭拉·史翠珊和贝瑞·吉布[1]的唱片,兰迪经常跟着哼唱。在她的书桌上摆放着全套嗑药设备:研磨机、滤网、水烟管、小玻璃瓶、螺钿镶嵌的勺子,每一样都精致昂贵。她把钱——当她有钱的时候——全部花在了我父亲会称为"小玩意儿"的东西上面:毒品勺形状的金耳环,蘑菇形状的蜡烛,一幅两个人走在黄昏里的印刷品剪贴画,旁边还附着老掉牙的警句,好像是"莫要跟随我,因我不会引领;莫要引领我,因我不愿跟随;但是

---

[1] Barry Gibb,英国音乐人,比吉斯乐队主唱。

和我站一起，我们便可永久并肩而行"。兰迪用来买这些装饰品的钱来自她把空卧室租出去的收入。她的实际月租是 250 美元，可她让室友误以为总租金是 600，便可以每月收他 300 美元。这个谎言可信度并不低，因为我的公寓和她完全一样，月租却是 500 美元（兰迪租那个公寓已经很多年了）。但她的蝰蛇属性总是缠得历届室友喘不过气，他们只能逃离以求喘息①，所以兰迪的室友换得特别频繁。她的公寓也总是令人有一种幽闭恐惧。室内空气污浊，飘散着狗毛和大麻的烟雾。在兰迪搬进来之前，这里就没人打扫过。有一次一群性情奔放的飞行员朋友来看我，我们一起去了兰迪的公寓，他们趁兰迪不注意扔了一个啤酒罐在她的电视机后面（公寓里的糟乱状况让他们觉得非这么做不可）。一年之后，当我搬走的时候，好奇心驱使我弯腰看了一眼，果不其然，罐子还在那里，上面落满了灰尘。显然它从未挪动过位置。

一般人或许会以为兰迪有大把的时间清扫房间，因为她几乎从不工作。她的职业是汽车售后服务代表，也就是说当有人把车开回到代理商处时，她需要听取顾客投诉的问题，然后再告诉他们问题的真正所在，以及他们需为修理准备怎样一笔巨额支出。这时她会去洗手间吸一些粉，回来之后便准备接待下一个顾客了。等到我认识她的时候，有百分之五十的时间她都处于无业或者法律规定的无工作能力状态。因为我当时在上大学，我们的行程时间表经常是一致的。我们把大把的时间都用在毫无价值的追求上，大部分与毒品有关。光是在吸食之前加热可卡因的就要花费好几个小时。但腾出这个时间对我们来说并非难事，因为我们经常整日整日地闲着，哪里也不去，懒散无力、阴气沉沉地吸着毒烟。唯一支撑我们友谊的只是需求：对毒品的需求，对母爱的需求，对朋友的需求，对不想独处的需求，以及对权力的需求 —— 都是消极的语境。除此之外我们毫无相似之处。兰迪，有着和电影里玛塔·哈里[1]一样的血红色指甲，可以在卧室暗淡的地毯缝里找到微小的可卡因颗粒

---

① 蝰蛇并非以窒息猎物的方式猎杀。——莫蒂斯·威尔士按。
[1] Mata Hari（1876—1917），第一次世界大战时的传奇女间谍。

（有次她在睡梦中不小心打翻了价值300美元的可卡因，第二天大发善心允许我从地板上直接吸取……我真的照做了），有着粗糙的浅黄红色的脸颊，由于长期晒日光浴而变得无比紧绷的皮肤，粗俗不堪的意第绪语词汇，以及强烈的对朋友宣示主权的欲望，强迫他们在她人生发生任何危机时都前来援救。而我则带着自己的哲学，体验生活的热望，以及对所有现实的全盘接受，尤其还有拜我母亲所赐的阿喀琉斯之踵：在任何人情绪失控的时候我都觉得自己有义务前往支援。这使我和兰迪成为了一个共生体。我们几乎是一对施虐受虐组合的关系，因为兰迪与我母亲十分相似。她们都曾在我面前威胁说要自杀，都迫切地需要我认证连她们自己都不相信的东西，都通过我来生活，并且互相憎恶对彼此仅有的了解。当我提出她们颇为相像时，她们都表现得震惊不已；虽然她们使用的方法不同，但效果却如出一辙。说句公平话，与兰迪相比，我母亲是抚养孩子的更佳人选，但她同时也是两人中更令人恐惧的一个。

兰迪从来不会让人害怕，只是令人觉得可悲。有一次我们去卡尔弗城最时髦的约会室酒吧，兰迪穿了一条紫红色紧身弹性连身裤，虽然摩登，效果却低劣，糟糕极了。她频频站起身来去洗手间，并且在我耳边低语："记得看有多少男人回头盯着我。"我专门观察了一下，完全没人注意到她的离开。回来时她颇为得意地问："我说的没错吧？"我从来不觉得自己有资格评判别人的现实（要是她相信自己是一个性感尤物，那么就是了），便附和说："我敢肯定有好几个人回头了。"她对我说的话丝毫没有认真听，也没注意到我并没有完全肯定她的话；要是我说"不，没人看你"，她必然会指控我没有仔细观察，吵到我认同她的话为止。她笃信自己心中所想，无论涌入多少外界信息，她的内部认知都纹丝不动。兰迪对现实的感知全部围绕着对她最有利的事实搭建，尤其是当那些"事实"能够让她获得毒品或者金钱的时候。我曾经借给她200美元交房租，本来说好当周就还的。（好吧，算我蠢。习惯就好，还会再发生的。）借钱两天后，兰迪的车载音响被偷了。她一口咬定是我前一天忘了把后车门锁上才导致的，但这完全是无中生有，若真是如此，小偷为什么要大费周章把车窗给砸碎？另外，她还坚称那个音响正好价值200美元。现在你明白我是什么意思了吧？所以我按兵不动地等待时机，在最终搬离时顺走了一件她借给我的铁锈色外套。大概值20美元吧。

整整两个月之后兰迪才发现那件外套被偷了。那时我在夏令剧团，有一天我收到留言，说兰迪打来电话。那时的我早已把外套的事儿忘得精光，还以为兰迪是因为又想让我劝说她放弃自杀的念头才打来的。我攒足受折磨的心理准备，并且自我安慰说："朋友不就是该在这种时候挺身而出吗？"回拨成功之后，电话那头的兰迪便开始撕心裂肺地吼着关于那件大衣的事情。我摇了摇头，嘲笑自己的天真，然后放下电话。又过了几个月，我的一个前男友打电话到我父母家来找我。我和他约会还是住在兰迪楼上的时候，而他和兰迪也曾经在一起过。他们互相竞争，在我耳边叫嚣相反的论调，我只能在折磨中过活。这个前男友打电话过来是为了告诉我，那晚兰迪发现自己外套被偷而我回拨过去时，他也在场。他的大笑声从听筒里传来："我们当时在上床。你不觉得那个场面很搞笑吗？"他并不是在讥笑我，而是真心觉得滑稽。

"我觉得很可悲。"我说道，突然被一股忧郁笼罩——他们可怜地想要占有我，虽然彼此厌恶却最终走在一起，因为对方是唯一能够使他们想起我的人，也是他们与我的最后一点联结。他们代表的是一个令人绝望、心惊、难以消化的洛杉矶，人们在这里被折磨、被榨干，只能屈服于最浅层的需求，在与同类人的竞争中急切地占据哪怕是微弱的有利地位，在离开时两手空空。

但是，兰迪从来不会毫无收益地离场。她总能够设法抓住某人，轻而易举地借力向上，直到自己不再需要他们的帮助为止。她是最终生还者，虽然不是借助自己的力量，但她总能保持漂浮在最上方。踩着你攀登，还能让你为自己挡了她的道而道歉。她的现实对我来说是个测试。我到底算是多大程度上的存在主义者？我能够同时接受自己的和兰迪的现实吗？我需要做出哪些牺牲，而它们又是否值得呢？我在脑中设想着和兰迪正面交锋的对话，试图改变她对待服务员、百货公司职员、不讨她喜欢的我的朋友，以及有时（经常）对我的傲慢态度。但坦诚评价没有任何益处，任何与她向左的观点只会招致激烈的反击，直至你示弱服从为止。所以我只在心里打着算盘,谋划着复仇之计。

啊,用复仇这个词儿来形容我重获自由的欲望有点夸张,我的目标无非是如何才能再也不和兰迪见面、交涉或扯上任何瓜葛而已。有些人会榨干你的一切,似吸血鬼一般。他们让你别无选择,只能在生活这场战争的混乱中试图将其摆脱。各取一半,礼尚往来,温和撤兵,这些都是痴人说梦。我不仅智商和情商都远在兰迪之上,就连我所用的词汇她都没有办法理解。听起来真是自恋,可在(我的)现实当中,她才是那个不可一世的家伙。性情孤僻、存在感为零的公主也努力想要睡到白马王子,却只在床上找到一群青蛙。兰迪的恋爱关系都是只维持两周的类型,收尾时总以她调换门锁以及把所有有价值的财产(她的毒品还有貂皮大衣 —— 我本应该偷这个的)都搬到我的公寓里告终。那么多的可卡因、"黑美人"、安眠酮,还有大麻,再加上齐全的器具和装备,都够我开一间毒品零售店了。

兰迪更像是一个从故事书里走出来的角色,也许正因如此我才会愿意忍受她。但只有在围绕着情节展开的时候她的行为才显得有趣。对于兰迪的情况实在无法产生同理心,我能达到的最多也就是同情心了,而且是为了她周围遭殃的人,而不是对她本人。不过,比起孤身一人,似乎任何其他事都更容易接受些。我迫切地想交朋友,充满激情而有着热烈渴望的朋友,而不是在洛杉矶的糜烂之下屈膝的人。不是只满足于做服务生伺候别人吃饭,或是在漫长的队伍中排队等候,等待人生给他们分配角色然后吃力前行的人。

> 在这些人生和哲学观的交叉路口,毒品对慕斯的重要性开始逐渐凸显。

噢,当毒品缓缓渗入并侵蚀大脑时,我感到无比放松。弥漫的阴郁为毒品提供了渗透介质。我不再破碎,而是以微妙形式存在;甩去了不幸的外衣,变得顺服温良。我甚至觉得自己对文字有过人的敏锐。我染上毒瘾了吗?八成是。但这瘾对我却是有益的。我亟需阿片。我在生物心理学课上学到过,人的大脑内部有阿片受体。为什么不物尽其用呢?

在这一点上我的身体不擅长自给自足①。

我会铭记这些日子。这些在兰迪的地板上用鼻子吸可卡因的日子,这些享乐主义的愉悦,这些毒品以及其他,这些漫无目标的搜寻。前途在哪里,又会有哪些如果。瞧,我甚至还不清楚自己是什么样的人。我会一直这样记录自己的生活,认定自己终有一天会有所建树吗?我将永远受名声的诱惑但永远无法触及吗?

我被浓稠的毒品裹挟住的大脑,仍然在思考着。我欣然接受这种大脑的柔软所带来的幸福感。我是时代和城市的俘虏,被毒品和奥迪车束缚住手脚,被平庸折磨,吃喝不愁,娱乐至死。我和洛杉矶的关系与我和兰迪的友谊性质相似:这个城市和它的居民对我有着相同的诱惑力。所以我要搬到希腊去。我一定要搬到希腊,远离拥堵的交通,泛滥的毒品,还有兰迪。她如同希腊神话中的鹰身女妖一样残酷贪婪,将利爪嵌进我生活的血肉里。她是顽固的寄生虫,靠吸取别人养分存活的槲寄生。就算带着好意在给你帮忙,兰迪也会使你渐渐窒息。我无法反击,唯一出路是切断联结。我需要一个新生活,一个不继续在洛杉矶溃烂腐化的生活。洛杉矶患上了梅毒,而我是其中一个伤口。我渴望内心的宁静,不带功利心地选择朋友,注重的是我们的精神如何相互契合,如何在共同的大脑中创造突触。

这里的人毫无激情地生活着,洛杉矶四处滋生着这种被动的存在形式。所有事情都无足轻重。这不是生活,而是脱离轨道的意外。我所需要的,是辽阔波澜的情感,生抑或死,我的存在需要有厚度。我必须逃离洛杉矶。我人生的这一章持续了太久,久到我已辨认不出镜子中的自己。我看见的这双眼睛映射出的是其他人。滚落的泪水,也不属于我。这双眼睛主宰了我的灵魂,我的幽默,并将其禁锢在我曲折的大脑沟回中。

生活一定不止于洛杉矶。

——易卜生

---

① 不论是大麻还是可卡因都不会与阿片受体产生反应。——莫蒂斯·威尔士按。

∞ ≤ ∞ 7 ∞ ≥ ∞
被高估的人生情节和欧洲

易卜生是否到访过洛杉矶,无从查证,所以此处显然是慕斯任性地使用了"作者特权"。慕斯一向无视权威,对艺术和生活进行润色装点时良心丝毫不受谴责。如果写作时脑海里没有现成的可以引用的话,她就直截了当地造一句,强加到她觉得合适的人头上。在慕斯心中,行文的流畅和字句的活力比"表面的"真实重要得多。

文学对于慕斯来说经常是具有争议性的。她对名家心怀敬重,却每每对引用他们的人嗤之以鼻。她阅读广泛,但对利用这些作品进行教学的人不屑一顾。不得不承认,万一慕斯有一天躺在墓穴里知道我们像现在这样呈现她的作品,也许都要不满地翻个身。

一提及正统学校教育,慕斯的蔑视与厌恶便表露无遗:

说到底,教育只是一种间接的借位体验。

慕斯把大学看成是铁路小站,或高速路服务区,是将现实世界隔绝在外、给每个人更多成长时间的所在。她深信,这,才是大学真正的目的。真正的学习是暗中进行的,穿插在零星时间内,且常在夜深绝望时。

慕斯对于高等教育的厌恶源自对权威的厌恶,而非针对学习本身。她不会执拗地质疑权威,而是直接视而不见。这一点不去上课便可轻易达成。翘课后的慕斯坐在加州大学洛杉矶分校的咖啡屋里专注于写作。这能帮她驱散内心奔涌的狂乱。

慕斯对自己学校生活的评价很精练：

在无穷无限面前，戏剧史不免显得滑稽。

她的课堂笔记有如天书：

美国文学 79/1/15

坡：拒绝学究式的迂腐和道德训导，得罪了时代。试图穿透大脑无法到达的声音。

例：忧郁效果（100 行）。任意的诗行叠句（添加辛辣色彩）。我不想待在这里。我哪里都不想待。我不想再投身毫无希望的爱情。我想停下。为什么我这辈子没有生为提线木偶呢？1836 年 —— 坡可以给资助人肯尼迪写信；然后娶了 14 岁的弗吉尼亚，她在 22 岁去世，死因是使用喉音唱法导致血管破裂①。我也需要一个资助人。一个娶了自己 14 岁表妹的人都能收到资助，为什么我不能？为什么我不能像大部分正常学生一样记笔记呢？

窗户开着，外面是干燥树叶摩擦奏出的音乐，我坐在窗边紧实的棕色课桌前，聆听着内容密集沉闷的课，身材臃肿而又高傲自大的老师除了知道梅尔维尔借用了莎士比亚的写作意象之外一无所知；此刻我的心情就像汤姆·索亚或哈克贝里·芬，或是任何会在这种情形下深感沮丧的孩子。

她忧虑。

当我意识到其他人都有三张蓝皮试卷，而我只有一张时，我开始紧张起来。

---

① 根据《诺顿美国文学选集》第一卷（1203—1204 页），爱伦·坡在 1835 年与十三岁的弗吉尼亚·克莱姆秘密结婚，然后在 1836 年再次与其公开结婚。"1842 年 1 月，未满二十岁的弗吉尼亚·坡喉咙处有血管破裂（她在婚后仅仅活了五年）。"——莫蒂斯·威尔士按。

她饮酒。

要是非得学习，我不妨先喝到微醺。
—— 大地餐厅，约 1980 年

她抱怨。

在导演课上，没人会教你无人前来参加试镜该怎么办。

她戏仿。

希望带有翅膀，
我带有头皮屑。

课堂上大部分时间她都在写作，内容与手头的课业毫无关系。

谜语：

这个故事里有：一头公鹿，一头母鹿，一个男人，一头幼鹿，一棵树，一条溪流，十二根树枝，一百四十三个动词（包括三十七个情态动词），一场关于种族关系的冲突，一次关于时间旅行的争辩（涉及前往未来和过去），八十三个标点符号（但没有冒号），无明确定义的寓意，及因其模棱两可而引发的诸多文学争议。猜猜这是哪个故事，并借此分析，主张忽视教会学校的学派是否站得住脚，如果答案为肯定，那么其又有哪些分支流派挑战了对上帝的信仰呢？

好的，开始猜吧：

她最基础的信仰是

好的文学作品不仅仅在于结构。事实上，如果一个作品最值得称道的只是其架构，那它便算不上是优秀文学。

结构，这一文学创作中重要的脚手架，持续困扰着慕斯。她并不怀疑其必要性，而仅仅是批判结构所带来的有限的风格和色彩，以及对"情节"的硬性要求。

1984年6月　一些关于情节的思考

写书时有一个目标挺重要的，大家也许更习惯称其为"情节"。但当我的人生既没有目标又没有情节时，要我为了一本书而硬生生地造出来，不免有些为难。按重要性排序，似乎我的人生应该在第一位。或许是，或许不是……生米已成熟饭，就不要再从里面挑骨头了（要是能将两个陈词滥调的俗语合成一个，就有附加分），因为我的情节，目标，还有百利甜酒都消耗完了，并且缺货很久了。（其实，百利甜酒是我父母的，我的情节和目标八成也在他们那里。）

对我来说，用情节来做答案太简单了。情节里虽然不一定所有事情都有好结局，但过程中某些东西定会以一种令人愉悦的方式发生改变。情节都是令人愉悦的，环环相扣，引人入胜。结构松散的情节会让人觉得过于草率，这样的书登上本月最佳排行的可能性微乎其微。这就怪不得人人都觉得焦虑郁闷了：我们习惯了情节，习惯了一切事物都恰如其分地发展。善恶到头终有报，不论是睡前故事《三只小熊》，还是鸿篇巨著《白鲸》。当然，现在又有人发明出了反高潮结局。好像这样就能蒙混过关似的，其实反而不如从前。读者掉进传统情节的圈套，接着作者笔锋急转，邻居已经要离婚了，你却连他们的名字都不知道。

至于本书，人们会说"作者不够聪明，想不出情节"；总不会说"她不设计情节是因为她想从社会哲学角度拷问，在存在的层面上，人们是否承担得起笃信诸如正义和平等这样不存在的东西的代价"。甚至圣诞老人都比情节要更贴近现实，因为人人都接受他是幻想人物。话题扯远了。

生活没有情节。就这么一直地松散下去。去世之后，人们对情节的钟爱便完全成了一纸空文。情节就是将角色和事件编织到一起，但略去无聊的日子，那些主人公去洗衣房或者带老婆孩子去沙滩的日子。（写到这里我问了室友一个问题："你觉得石器时代的原始人会度假吗？他们可有的是沙滩啊。"）

为什么因为其他人有情节我就一定得有？为什么我的写作要受制于别人的不安全感？情节是优秀作品的必要条件吗？如果不是，那什么是必要的呢？多变的标点符号？易于阅读的字体？有趣的漫画配图？

好吧，也许是我没有理解情节的真正构成要素。我觉得，浅显说来，情节就是让故事中的角色一次又一次出现，并让他们的形象向着积极的方面渐趋丰满（除非是恶棍人设）。但我敢打赌不止这些。是谁教会斯坦贝克和海明威构架情节的？不然他们怎么知道？难道是记在他们DNA上的吗？还是某个叔叔在临终遗嘱中把三十个没用过的情节作为遗产留给了他们？参加电视游戏节目可以赢取情节吗？

问题的根本症结是：为什么一定要情节呢？为什么不是所有句子都一定要以"o"结尾？或者是故事的寓意一定要能够用《苏瓦尼河》[1]的旋律唱出来？这些要求对我来说一样合理。难怪许多人都无法理解我的逻辑。我对情节感到陌生，因为它的人为痕迹过于明显，过于圆满，过于"斯皮尔伯格"了。我宁愿要一些单个的词，一个过去分词，三只正在下蛋的鹅，以及与永恒的一箭之遥，而不是人为制造出的计划、模式、逻辑、规则和合理性。我们只相信这些很正常，因为是我们创造了它们。小时候，我曾经闭着眼睛，快速地用铅笔在纸上随意涂画，暗自期望能在不经意间创作出一幅惊世佳作。结果父母却因为我浪费纸张而怒不可遏。如今，我会潦草地记下思绪的片段，暗自期望情节会自动生成。同时免不了环顾四周，生怕会有人为此动怒。

会生气的无非是那些文学批评家。我已经能预感到他们的辛辣无情了。他们一向如此，否则何必叫批评家呢？他们通过拆解情节对别人的作品信口开河，以此奠定自己的职业生涯。他们不在乎设定好的情节会将随意性抹杀[原文如此]，这使虚构角色相较于真人处于不公平的领先地位。最令人忧伤的，是这些角色比我认识的大部分人都要更加真实。也许我们当中更多的人应该有自己的生活情节。让我们将那些情节从书中提取出来，放回它们原本在生活中的位置。

我承认，我是嫉妒了。为什么一个虚构人物的生活动力比我还足？回顾过去的时候我会想，我的神秘来信呢，引导我走向答案的线索都去

---

[1] 即《故乡的亲人》，美国音乐家斯蒂芬·福斯特于1851年创作的歌曲。曾一度为佛罗里达州州歌。

哪儿了？每次结识新人，我都会把一般人只和亲密朋友说的私密事情和盘托出，我只不过是希望他们能够借此与我联结，或看穿我所缺失的模式。我把这称作"强迫亲密症"——我强烈需要向陌生人展示自己人生最黑暗的秘密，希望他们能够把谜题缺失的那一片补齐，连我自己都无法参透的那一片。但我始终搞不清，我为何如此迫切地需要向外人揭开自己人生中所有私密及苦恼的部分？仅仅是为了获取关注，还是因为他们所展示的人生都无趣透顶？拥有比别人更有意思的人生使我感到自责；他们愿意听我讲述自己的人生壮举，而我一想到要听他们讲便不由得发怵，这也让我觉得内疚。若一场对话不能触发任何感情或者揭露任何见不得人的东西，还有什么进行的意义呢？人生太短，总是用来讨论天气是一种浪费。

这也是我为什么钟爱出国旅行的原因——虽然那里的人们嘴边也都挂着一样平凡的琐事，但却带着诱人的异域口音！即使只是请你递一下盐，能够理解他们的语言并且最终执行而带来的由衷喜悦，会使你忽略这件事情本身的微不足道。

比起美国，欧洲更投我意——语言不通，更能在心中保留一份神秘感。这样一来，对话也变成了游戏。（除非深夜时你仍然住宿无门，电话接线员又挂了你的电话。）但在我看来，只要会问"洗手间在哪儿"，其他还有什么知道的必要呢？

在每个国家都要问的头号问题小集——对读者免费

西班牙语：

¿Dónde esta los banyos？[原文如此][1]

韩语：

Wha jong shi e o di e yo？

泰语：

---

[1] 正确说法是：¿Dónde està el baño？

How nám u tinai？（有水的房间在哪里？）

汉语：

She show gee n zai nar？

希伯来语（正式）：

E-fo hno-chi-yout？（放松的地方在哪里？）

希伯来语（习语）：

E-fo habet she moosh？（有用的房间在哪里？）

波兰语：

Gdzie jest ubikacia？

希腊语：

Poo in e tuelta？

法语：

Où est la salle de bain？

德语：

Wo ist die toiletta？

马拉地语（印度的一种方言）：

Tunche shangeiha kothe aahe？

俄语：

Pajawistia goody ay oo-bom eye ah

（最后这个我有些拿不准）

夏威夷语：

Imua to the lua？

当你能够询问当地人洗手间在哪里时，你就和他们地位平等了。主动说当地语言，而非强迫他们说你的语言，在展示尊重的同时也增大了顺利找到洗手间的可能性。

〔123〕

但我去欧洲可不仅仅是去用那里的洗手间,我本来是去减肥的。结果事实证明,欧洲不是个减重的好地方,我一点也不推荐。更糟的是,欧洲会让你渐渐觉得超重是一件合理的事情。那里对瘦的定义要比美国宽松得多。我相信这一定是计量单位不同造成的。①

可别让我打消了你去欧洲的想法,那里还是很有些看头的,就算只是为了见识一下竟然在这个时代还没掌握厕纸制造技术的国家。

我前往欧洲也是想为自己寻找一个情节,投入一场冒险。我以为自己爱上了一个欧洲人。这是我当时仅有的情节。我试着跟随线索去过自己的人生,就像在漫不经心地玩一场寻宝游戏,不仅要搜寻线索,还要判定哪些才是线索。因此,一想到可能还有比去欧洲更差的选择,我便动身了。

当时在洛杉矶有位BBC制作人为了一部关于电视游戏节目的纪录片,拍摄了一些慕斯的镜头(慕斯曾经在洛杉矶上过七次电视游戏节目,英国的电视观众自然会对她产生兴趣),而慕斯觉得自己爱上了那位制作人。与他在美国维持了一段暧昧关系之后,慕斯心想,也许与这个英国男人的爱情就是她人生的情节,便在那一年腾出六周的假期奔赴欧洲。(她在一个不是很出名的电视游戏节目《肢体语言》上赢得了9400美元的奖金。)当慕斯到了英国,很显然她和那个制作人的关系与在美国时相比已经变了质。(对某些人来说,在异国他乡发展暧昧关系更加容易。)尽管他礼貌地提出让慕斯住在自己家里,但明显已无丝毫重燃旧情之意。慕斯睡的是沙发。

哀伤的慕斯就这样开始了欧洲之旅。

独自旅行时更能体会到"凡事靠自己"的真正含义,尤其是抵达巴黎还不到二十四小时,你就已经:

一、在一场暴雨中丢失了雨伞;

---

① 慕斯大部分时间都生活在加州,因此在美国人苗条标准的影响下看法有些扭曲。——包珍妮按。

二、遭遇一个猥琐男对你裸露下体,而且明显还期待着你会做些什么;

三、在一家餐厅里喝得酩酊大醉并嚎啕大哭;

四、经历人生中最厉害(没有之一)的一次胃痛,然后

五、终于,开始呕吐。

但这最起码可以提供一个衡量的标准。在连让电话接线员告诉你时间的能力都没有的异国他乡醉酒呕吐,你基本就知道自己已经触底了。

后来情况有所好转(我终于能勉强走出洗手间),第二天醒来的时候可能将近下午两点(电话接线员死活不肯对我的问题"Est-ce que deux heure?"[1] 做出答复),胸中涌动着去看《蒙娜·丽莎》的强烈冲动。于是我来到了卢浮宫,站在约莫三十到四十人的人群后面,他们每个人都举着硕大的"收音魔杖"——导览用的短频听筒。靠近一幅艺术品的时候,将"魔杖"放在耳朵旁边,这时里面和里卡多·蒙特尔班[2]一样圆润低沉的嗓音会开始为你描述眼前的作品,并介绍一些其作者的惯用手法。

当一个十人以上的团队(在卢浮宫,每个人都是跟着至少十人的团队进来的)人人都在使用这个设备时,想欣赏到艺术品的全貌几乎不可能,还不如去翻翻画册呢。所以该撤了,去吃些好的。来法国本来就是为了吃。让我告诉你吧,《蒙娜·丽莎》和照片里的看上去一模一样。这正是人们喜欢它的原因——它让所有人胸中升腾起熟悉的感觉。"没错儿,真是杰作。"他们对自己的艺术鉴赏能力颇为满意。

要是当时我能看到《蒙娜·丽莎》,也许我的语气就不会这么尖酸了。热爱艺术,是因为它能给我带来感动,但是身处熙攘的人群中无处可逃,感动便无从谈起。我要是离得再近些,便不得不加入他们的对话了;事实上,他们的大嗓门已经将内容强行塞进了我耳朵里。

我离开了卢浮宫,离开了那些人声鼎沸、成群结队的游客,沿着

---

① 正确表达是"Est-ce que c'est deux heures?"[1]。难怪接线员缄默不语。——莫蒂斯·威尔士按。

[1] 法语:现在是两点吗?

[2] Ricardo Montalbàn (1920—2009),活跃于好莱坞的墨西哥影视演员。

塞纳河忧郁地走着。心想真正的巴黎和《巴黎梦》里的一点儿都不一样（我以为这里会有很多猫呢）①。我自顾笑了几声，突然想起有人——是谁他自己心里明白——告诉过我，他认识一个非常讨厌美国人的法国女生，因为她曾经看过《周六夜现场》里的"尖头外星族"小品，当外星人的邻居问他们从哪里来时，他们郑重其事地回答"法国"。

瞧，她以为美国人真觉得法国人的行为举止都跟尖头外星人一样呢……②

孤身一人在欧洲旅行，我必须不停地浇灌自己的记忆，因为没有其他人可以将其重新燃起。（这些都是基于自然元素的隐喻。）关于欧洲，我仍然能够清晰记得的是在前往威尼斯的火车上发生的一段对话（对方是一个女孩，在圣迭戈开出租为生），谈话内容是欧洲各国种类和数量都惊人的厕纸。

我们当时都抽了大麻。

那个司机的名字叫玛格丽特，或是其他类似的平庸名字来着。也许是卡珊德拉。不对，没这么有异域色彩。蒂莉？要是这个我该记得才对。不过这无关紧要，总之给她起名字的人没花什么心思就对了。我猜是因为她的父母也拿不准她以后会发展成什么样子。她身材瘦长结实，话匣子像关不上的水龙头，似乎有用不完的精力。一名真正的出租车司机。若是擅长捕捉隐藏特质的作家，保准会给她起个巴布丝、蒂朵，或是恰珂之类的名字。我就当个坏人，叫她布点吧。

言归正传，布点当时是和她身躯硕大的姑妈一起旅行的。姑妈带着布鲁克林口音从卧铺上居高临下地跟我说话。每个隔间里有六个铺，她似乎一个人就可以占两个，尽管理智告诉我这是不可能的。布点的姑妈是个好女人——我没有嘲弄的意思——她是那种优秀公民的类型。

---

① 《巴黎梦》（*Gay Purr-ee*）是一部关于巴黎之猫的动画歌舞片。——莫蒂斯·威尔士按。
② "尖头外星人"是电视剧场《周六夜现场》推出的一档连续剧式的小品，主人公是一群头骨硕大无比、住在郊区的外星人。当被问及来自哪里时，父亲尖头贝尔达不假思索地回答："雷姆拉克，一个法国小镇。"——琼·卡斯利按。

她们两个让我想起杰克·斯布拉特和他的不吃瘦肉的老婆[1]。

　　布点的父母八成去世了，哦不——我记起来了——他们在布点三岁的时候把她送给了姑妈抚养。布点说，这对她来说没什么区别，但她整个人散发的气息都在拆穿这句话。她给人的感觉像是一只蠢蠢的流浪狗，习惯了被人踢来踢去，却仍然单纯快乐地吠叫着。她体格健壮，有些邋遢，是不可辩驳的好好公民。我挺喜欢她的，但我一眼就能看出她是黏人的类型。"我们得一起去威尼斯，"布点一直不停在我耳边唠叨。这正是我决意一个人旅行的原因。我很少能找到在足够长时间内和我保持步调一致的人，所以不提倡结伴旅行。（总有一人要引领，而另一人则不得不跟随。）但我钟情于旅行中的好故事，刚认识十分钟，布点就已经告诉我：一、她在法国尼斯曾经给过一个男人一拳，二、她刚抽了支大麻烟——对于第二条我总是喜闻乐见的。为了显示友好礼貌，我鼓励她继续说下去。（我当时也想来一支大麻烟。）

　　"可不是嘛，那个混蛋……简直混蛋透顶！他看不顺眼我开车的风格，骑着一辆该死的电动车，还想超过我们租的汽车！说实话，干我这行的平时会遇到很多神经病，但是这些狗娘养的外国佬，简直恶劣到了极点。当这个家伙示意我靠边停车时，我就顺势给了他一个全球通用的中指。"

　　布点咧嘴笑了，并且亮了亮中指。"接着，"布点那米妮鼠似的尖细嗓音愈发提高了一度，"他竟然用靴子踹我的车！用他该死的靴子！那个彻头彻尾的混蛋。所以我靠边停了车——"

　　布点的姑妈这时插话了："可不是，当时我就担心布点会伤着那个男的。"

　　布点略带得意地笑了，向姑妈亲昵地点了点头，不动声色地解释道："没错，姑妈忧心得要命，我的拳头可不是吃素的。"

　　"言归正传，那个家伙从开着的车窗里，"布点又提高了音量，"一把揪住我的衣领，开始用法语对我爆粗口，一直'妈的'这个，'妈的'

---

[1] 英语童谣中的一对夫妇，丈夫不吃肥肉，老婆不吃瘦肉。

那个。得嘞,还没人敢用我听不懂的话对我开骂呢。我气得把车门猛地一推,那家伙不提防有这手,被撞了个趔趄。他气急败坏冲过来,把我扭倒在地上。我他妈的冲他眼睛一拳猛挥过去,他就开始流血了。"

"不会吧……"我觉得不可置信。

"没错儿……"她和姑妈边点头,边异口同声地确认。

"我跟你说了,我的拳头不是吃素的。干出租司机这一行,这是必备的。就算是在圣迭戈也不例外。"

"他没有还手吗?这简直——"

布点的姑妈又插话了:"那些男人把他给控制住了——"

"我快讲到那儿了。"布点活动了一下胳膊,给自己腾些空间,继续愤愤不平地讲下去。

"这不,当时旁边有一个建筑工地,那些工人本来在那里看热闹,一看见那个混蛋把我按倒在地,他们就冲了过来。但他们赶到之前我就已经挥出了让他永生难忘的那一拳。"

布点又笑起来。她的笑容是那种常见的男人的讪笑。其中并没有包含层次分明的情感,没有自觉高尚,不带怄怩,亦无精密计算。这笑容真切地反映出布点融入骨髓的人生哲学,由此可以窥见她信奉的以牙还牙的处事法则。

"那群男人把他从我身上拉开时,他还一直鬼叫着:'我要杀了你,我要杀了你'。"布点模仿着那个人拙劣的英语口音。

"他猛甩着两条胳膊,像一只癫狂了的袋鼠。我也不停地回应,'来呀,伙计!我随时恭候。'乖乖,他当时可叫一个生气……"

"幸亏我当时拉住布点。"姑妈又点着头表示附和。

"没错儿,"布点大笑着承认,"姑妈怕我再给他一拳。我确有此意。你不该拦我。"她懊悔地补了一句。

"那家伙已经流血了,还要得势不让人?"姑妈抬了抬一边的眉毛,试图给布点树一树道德标杆。

秉承"以牙还牙,以眼还眼"的行事风格,布点还是不甘心地表示:"我就是想让他知道,美国女人可不是好惹的。该死的癞蛤蟆。"

"噢,但有件事简直太棒了……建筑工地赶来的那帮男人不相信是我把他揍到流血的。他们都一边摇头一边用法语大声发表着评论。"布点笑着晃了晃脑袋。

"我猜法国女人不会向男人眼睛上抡拳头。"我干巴巴地评论道。

布点是典型的美国人。在欧洲,你一眼就能把美国人给认出来。最基础的一点是,他们说话嗓音比谁都大。我想这是因为美国幅员太辽阔,人们互相之间住得远,于是乎嗓门大才能被听见。

这是我的理论。

再者,美国人很少尝试说其他人的母语。我住在洛杉矶时,就老听见有人抱怨这里无论什么东西(如指示牌、洗手间标牌、选举材料等)都是英语和西班牙语双语的:"他们住在美国,就得学英语!"(这句话本身就挺讽刺的。[1])等美国人出了国,他们又希望,甚至要求,当地的每个人都说英语。他们连试一下当地语言的意愿都没有。即便他们犹犹豫豫张嘴,用法语询问有什么推荐的餐厅,听上去也无比笨拙粗俗:"呜……艾……拉……蓓勒……蕾丝道郎忒,扑贵,但干净,有儿童菜单?"最后一部分他们会快速说完,以为含糊不清的话更容易被理解。毕竟,我们都知道外国佬只是假装不会说英语而已。

美利坚合众国,一个年轻的国度 —— 相比更成熟的欧洲而言,惯出了一群任性倔强的国民。先进的技术,坚挺的美元①,暴发户国家的人自然也桀骜不驯。但是,想到欧洲的一些国家也曾像今日的美国一样称霸世界,不禁让人毛骨悚然。它们也曾令他国仰视,曾经人人都热情满满地谈论着希腊货币德拉克马地位多么牢固,或是自己又入手了什么佛罗伦萨正时兴的潮流物件。我之所以说毛骨悚然,是因为虽然如今北美之势如日中天,但可能一样短命。五百年或一千年后(也可能是明天),到美国旅游,要求我们说他们的语言,对着风景拍了一张快照后兴奋地惊呼"景致真不错"的会是些什么人?也许是非洲人,南极居民,

---

① 慕斯写作这本书时美元还很坚挺。——莫蒂斯·威尔士按。

[1] 按照主人公的逻辑,美国人说的应该称为"美语"。

其至是月球来客。届时我们是否也会发展成为一个寄生虫式的社会，靠着辉煌过后的废墟过活？我们的主要商业活动会不会也变成旅游业？是不是只要在林肯纪念碑旁摆摊，卖些潦草画着拉什莫尔山总统头像的烟灰缸之类的小玩意儿糊口，我们就心满意足了？

人人都说现在是"信息时代"，我却觉得该称"旅游时代"。当然，这两者并非不相容。也许它们只是对同一样东西诚实度不同的描述。我偏好"旅游时代"，是因为它比"信息时代"这样泛泛而谈的称呼更能显示我们真正的性情。比起单纯了解情况，我们学会了走马观花后将"信息"储存起来，收在大脑里的次要位置，留在某个晚餐派对上提取出来作为谈资，以支撑一知半解的交流与过时消息的交换。我们抱着这样的心态去旅游，去浏览，去观光。而就算无法离家，电视也能把异国的风土人情搬到我们眼前。不是为了让我们体验，只是让我们知道异域的存在，了解情况。《真实的人》[①]用一种时髦俏皮的风格告诉我们有哪些东西应该了解，以及为什么要了解。我们把旅行简化为一种与真正见识目的地及目的地人民毫无关系的消遣；我们把它等同于其衍生活动：一个小时内逛了多少家古董店，一天内消灭了多少块糕点，甚至对某些人来说，一周内和多少个不同国籍的人上过床。我们像逛商厦一样漫不经心地穿过墓地，而真正逛街的时候却虔诚得像在庙宇里一般。百分之九十九的旅游业实质上是由消费支撑起来的，因为唯一能够证明你曾经到过某处的方法就是带回一件 T 恤，最好上面还印着你去过的地名。不久的将来，也许人们会干脆直接邮购一件，还可以省下一笔旅行费。

"体验"这个动词已经变得陈旧过时了，很快它就会被抛弃到街边角落，取而代之的是"观察"，或是"看彩电"。真正的体验变得意义全无。人们仍然会记得它和信息有些关联，但只是隐约而已，很大程度上要看运气，并没有规律可循。体验是旅游业的对立面，是"观察"的混

[①] 《真实的人》(Real People) 是 1980 年代早期一档颇受欢迎的电视节目，以报道名人生活、奇人异事（例如一个多次被闪电击中的人）、国外的异族行为为特色；总之，这个节目不放过任何哗众取宠的机会。——莫蒂斯·威尔士按。

我喜欢这个节目。——纳迪·卡内尔按。

蛋表兄,是一种肮脏、易受伤的异教徒活法。很多情况下,旅行者的体验与其为家里人买了多少个皮夹子("那里的皮货真是太便宜了!")呈反相关。倘若在旅行中你要时刻提防有人会偷你买来证明自己到过某地的物件儿,那么想要真正体验原汁原味的当地生活难度还是挺大的,尤其在欧洲。我去欧洲那会儿没带什么买东西的钱,所以我知道自己一定会收获些不同寻常的故事。

以上所有原因(尽管放在当时我不一定能够这么确切地告诉你)促使我把戒备心从覆满灰尘的火车车窗扔了出去,所以我才会在凌晨一点的臭熏熏的洗手间里和一个胆量过人、生性好斗的出租车司机同吸一支大麻烟。我读过《午夜快车》,意大利潜在的残忍无情我一清二楚。[①]只不过我实在无法忍受来了一趟欧洲却只拍了些照片的结果。

我的人生是为了冒险而准备的。我在危机情况下往往表现出色,因为我可以从自己的感情里抽离,镇定行事。这要归功于我的家人多年来为我提供的实战演练。也因此,剩下的没有冒险的日子里,我便觉得了然无趣,一切都太容易了。我在灾难之后才会浴火重生。十三岁那年,我意识到自己拥有从生活中抽身而退的能力,便决绝地变成一个默然的旁观者。那天我正在浴室里洗澡,突然就看见我的母亲用一杆来复枪若无其事地指着我。从那一刻起我就意识到,生活并不像书中描绘的那样。

我的母亲是那种浴巾一定要完美地折成三层的女人。仅仅因为我把果冻从模具里面拿出来的方式不对(我不小心让上面的龙虾图案融化掉了),她就剥夺了我和全家人共享感恩节晚餐的权利。我们每周都要重新粉刷一次厨房吧台下两英寸高的脚踏,因为原本的木色总是被吧椅支腿蹭掉。我当时总在思忖,这么做到底是为了谁。除非肚子贴地趴下,否则没人能看见那么低的地方。我想八成是为了给蚂蚁留个好印象吧。试想一下,住在一个连昆虫的审美需求都得满足的房子里是什么样的

---

① 《午夜快车》的背景是土耳其。——琼·卡斯利按。[1]
[1] 《午夜快车》(*Midnight Express*)是美国电影人威廉·海斯(William Hayes)的自传,讲述其在土耳其携带大麻被捕入狱、后又越狱的经历。据此改编的同名电影获得巨大成功。

感受。

完美主义并不是我母亲最诡异的行为，要选出一个"最"来，也不容易。她是极其不稳定的化合物，没有合适的检测规程，试图找出可能引爆她的因素也毫无意义。我母亲的情绪是一台独立运行的随机数字生成器。

某些时刻，我仍会看见自己僵在原地回应母亲的那个画面。她的面庞宛如魔鬼。我曾经梦见过魔鬼，他的歌声和我母亲一样。其实那个梦境是《驱魔人》[1]的音乐剧版本，朱莉·安德鲁斯[2]扮演女主，伍迪·艾伦[3]扮演魔鬼。梦境里唱片的声音，是用那个骂"你老母在地狱吹箫"[4]的嘶哑粗嘎的喉音所唱的《晴朗的日子里》[5]。没错，就是我母亲。如果她真的是魔鬼，她一定会选择唱百老汇金曲。

浴室里那个她威胁说要杀了我的瞬间，让人生对我说变得豁然开朗了。我旁观着自己绞尽脑汁想要自我辩护的样子，当时真想不出什么，只能尽量不惹她的怒火升级。对她的话要表示赞同，但不能太快，否则她会觉得你是在敷衍——虽然确实是敷衍。和这种不定时精神失常的人相处，就像是在和硝化甘油打交道，随时有被炸飞的可能性。别无他法——当一个人能够将你彻底毁灭时，那就是一种终极权力。你唯一的反制权力就是漠视。但因为骄傲而死，代价似乎太大了。突然之间，你所有不当回事的神情都开始剥落。骄傲本来就不比表皮更深。死亡的严重性让人瞬间感到自己的虚伪。这些想法在脑海中飞速闪过，甚至来不及细细思考。时间被延缓。

在十三岁的年纪，或许在任何年纪，这样的经历都会给你提供一个人生的参考点。被亲妈用枪指着威胁要杀你，恐怕不会再有比这更糟糕的事情了。我的二元对立性格就是那时开始形成的：理论性和实际性同

---

[1] *The Exorcist*，美国 1970 年代经典恐怖电影。
[2] Julie Andrews，英国女演员。电影《音乐之声》女主角扮演者。也曾在本书提到的百老汇音乐剧《卡米洛》中出演。
[3] Woody Allen，美国作家、电影人。
[4] 《驱魔人》中附身于女主角的魔鬼说的下流话。
[5] 1960 年代百老汇音乐剧《晴朗的日子里你能看见永远》中的名曲。

时存在，逻辑思维与遗传性非逻辑思维频繁冲突。我意识到了自己与家人的不同，想象着自己应该是在襁褓中时便被掉包，众仙女把我偷走，放进别人家的婴儿床里。我也可能是另一个世界、另一个时空的幸存者。我一直觉得自己更适合未来的时代，因为我在现世最大的困扰，是如何顺风顺水地活下去，在不用大动干戈的情况下达到自己想要的状态。我丝毫不想拼死拼活。

从我上述言论中回过味来的你也许在心里嘀咕："得了吧，没人会无缘无故地用枪指着自己的女儿。"你会觉得八成是我先惹怒了她。我母亲失控的真正原因，是我的弟弟和妹妹在用客厅地毯打闹的时候，把全身镜撞了个稀巴烂。虽然镜子也就值10美元，但母亲却顿时变得怒不可遏。她那一周本来都处于温和人格的掌控之中。（也许是PMS吧——月经前精神分裂症[1]。）①一旦母亲怒气被点燃，所有人都难逃一劫，想置身事外简直是痴人说梦。我的罪愆就是生为她的女儿。

你也许想知道，我父亲当时在做什么呢？首先要声明，我父亲性格极其被动。若让我给父亲做一下精神分析，便可以得出这样的结论：三岁丧母，所以他需要一个心理上的母亲来依赖；但我觉得这种分析很无聊，而且这个答案也过于敷衍。②我母亲冲进浴室的时候，怒目圆睁，像极了"猪眼睛"，漆黑的瞳孔里迸发着野蛮与暴力，她的声音仿佛是从另一副喉咙里冒出来的，沙哑得像碎石之间的摩擦声。我并不知道那时父亲在哪里。

母亲就用那样的嘶哑嗓音咆哮着，手握生杀大权，嘴角甚至流露出一丝笑意："太迟了，你之前怎么没为我想想呢。我求你们给我搭把手清空洗碗机、叠衣服的时候，从来没见有人响应。你呢，翘着个屁股忙你的戏剧。行啊，让我来告诉你……现在你就会体验到真正的人生是

---

① 此处使用"精神分裂症"并不正确。因为精神分裂症并不代表多重人格，其主要症状是思维障碍、怪异行为，以及不合群等，具体包括但不限于幻听、音韵联想（用词押韵）、自大妄想、被害妄想、幻视等。——罗维斯基博士按。

② 但根据弗洛伊德的理论，这个分析是正确的。——罗维斯基博士按。

[1] PMS一般指经前综合征。主人公在这里把代表syndrome（综合征）的"S"解为schizophrenia（精神分裂症），故有此说。

什么样了。你有什么好为自己辩护的?"我的脑中顿时翻江倒海。因为我知道她问题背后的把戏,她这样问只不过是为了让我在她的网里越陷越深。她想在阳光下用放大镜炙烤我,就像弟弟曾经炙烤毛毛虫那样。

"抱歉。"我挤出这两个字。

她粗俗地大笑起来:"你可不是该抱歉嘛,你这该死的废物。你爸是个混蛋,弟弟也是个狗娘养的,我不会再和他们同住一个屋檐下了。我要把你们都给杀了,你们一直像奴隶一样待我,简直让我恶心得想吐。现在才说抱歉太迟了,之前都干什么去了。"

我不自主地发出哭了很久才会有的抽泣声,有点像打嗝。

"什么?!"母亲狂叫起来,"你刚才说什么?!"

此时我已经止不住自己的眼泪,只能低声辩解:"我什么都没说。"

母亲开始用枪托击打我的头部,不过因为太重挥起来费力,她便换成用手扇我耳光,来复枪就用另一只手随意提着:"叫你还敢嘲笑我。你这个不值钱的贱货,从来只会为自己考虑。"

又打了我几下之后,她就出去了。后来父亲设法从她手里把枪搞了下来,但她离开浴室之后具体发生了什么,我也不知道,因为家里没人再提过这件事。我想大家都觉得难堪。

许多年后,在我父母第二次跟我断绝关系的时候,父亲在电话里告诉我,他不记得有这件事情了。

"爸,"我试图打动他仅存的理智,"妈在我十三岁的时候用枪指着我,在那之后要想再信任她真的很难。"

短暂的停顿后,传来的声音就好像是从他身上痛苦地撕扯下来一般:"我……不太……记得了。"

"我想你也是不记得了。"我叹了口气,知道他已经和母亲住在一起太久,无法将记忆里的事情分清。

在我母亲的暴力倾向影响之下,没有什么能够被正确地衡量。在火车上偷偷吸大麻被逮到的风险也变得无足轻重。唯一能让我感到自己仍然活着的方法,就是在人生中加入一定剂量的冒险元素,这对我来说是一种命定。冒险是种和刷牙一样的习惯,而且对人的影响更广。它就像是毒品，使人成瘾。在冒险中，友谊更加坚定，瞬间的记忆也更美好。当边界受限时，人生的价值就被扩大了。在简单和极端之间的选择，对我来说并不存在。我只认一条道。

既然知道自己将在异国的火车上抽大麻，我也就不在乎在这一举动的固有风险外，又遭遇那个乘务员的纠缠了。这段插曲让我有点气恼，但最后的结果还算幸运。我这么说并没有炫耀的意思。有些职业的人就是容易动心，也难怪，列车员要想在行程中体验爱情的滋味，就只能从乘客当中选择了。作为一个独自旅行的单身美国女性，我毫无疑问地成了新奇的抢手货，再加上我没直接表达出希望他"滚犊子"的意愿，我的厄运基本是逃不掉的。他用法国男人那装腔作势的细软语调，对我说些甜言蜜语，不时轻抚我的胳膊和头发，一边夸我可爱，一边说五分钟后等他一下班，就随时听我差遣。我对布点翻了个白眼——听到这句话我们一点儿也不高兴，因为我们刚决定要去卫生间里抽大麻。

"我们只有五分钟时间。"那个列车员一离开我就对布点说。于是我们迅速在狭小的列车卫生间里各就各位；我坐在马桶盖上，而她站在只能容下一人的剩余空间里，伴着列车的颠簸，享受着大麻带来的兴奋与愉悦。我们分享着我从尼斯带来准备明天早饭喝的一小瓶波尔多红酒，用加州人特有的悦耳语调轻快地聊着天。我知道，这就是回去后我可以跟朋友聊起的故事——那个时刻，鲁莽带来的欣喜让神经递质快速通过突触，在我脑海里生动地打下周围场景的印记：肮脏的黄色墙面，布满条痕的镜子，以及从我们打开透气的小窗口飘进来的茁壮生长的葡萄气味。我们四目相对，傻笑着，谈论着男人，还有欧洲那些离奇的传统习俗。那种感觉就像是在穿了一天的高领口裙和细高跟之后，终于可以换上老旧舒适的浴袍。我们感受到了遵从真实自我，像谚语里所说的那样"披下一头长发"的强烈放松感，自在无比。

突然，传来一下敲门声。

我们僵在原地，互相瞥了一眼，没有开门。

那人又敲了一下。

"再给我几分钟。"我大声回复道。

一阵静默。

接着又是两声敲门声。

彻底的恐惧反而让我灵机一动:"我说,我不小心和喝了火车上的水,现在不舒服,还得再蹲一会儿。你去找另一个卫生间吧。"

说起来好笑,我确实不小心喝了火车水龙头里的水,不过现在看来可算幸事。水龙头上方写着"Eau non potable"①,我还以为是不可以打水带走的意思呢[1]。旅程刚开始时,我就对这个列车员"好朋友"提起过自己误喝了那里的水,他还一直担心我会因此生病。我就知道刚才门外一定是他;其他人早就入睡了。

火车抖了一抖,停下了。从法国到意大利的一路上经常这样临时停车,但我们因被大麻浸染而变得多疑的大脑知道,这会儿当地警察登上了列车,正挨个车厢巡查,警犬在行李上搜嗅着毒品和尿液的味道。这时我的肚子真的开始剧烈疼痛起来。(我觉得是因为我太厌恶撒谎了,我的身体便潜意识地让它变为事实,来保全我的诚实。)我焦虑地笑了一声,对布点说也许我应该放个屁,就能掩盖住大麻气味了。(肯定能把警犬也给糊弄过去。)可不消说,有些事情女性是没法说做就做的。布点也用她的方式行动起来:她猛抽了好几根烟,并把烟头摁在显眼的地方。至于大麻烟卷,早就被她扔出窗外了。

突然有人在笨拙地摆弄洗手间的门;因为没锁,很容易便开了一条缝。我急忙跳起身。"要么打,要么跑"的传统心态让肾上腺素在我体内四处奔突——这个想法在现代很不合时宜,因为通常两者你都做不了。但一路飙升的肾上腺素让我变得格外机敏。也许现在的情景用"要么打,要么跑,要么撒谎"来形容更合适。选择打架不太合适,也无处可逃,于是我开始代表自己的肠胃草拟一份深度具体的汇报。不管说什么,只要听上去可信——比如我总是和另一个女人一起去洗手间之类的。

---

① "非饮用水"。——莫蒂斯·威尔士按。
[1] 法语单词 potable(可饮用)与 portable(可携带)只差一个字母。

传来那个列车员充满关切声音,他一边为自己推门的行为连连道歉,一边解释说自己是怕有人躲在洗手间里逃票。我可不吃他那一套,他心里跟明镜儿似的,里面就是我和布点。不过只要没事儿发生,我也不在乎他为什么要闯进来。八成是他想有人陪,正好听见了我们的笑声。

布点把酒瓶子递给他时,他也没觉察我们在卫生间里喝酒有什么奇怪。他只是用克鲁索探长[1]的特有腔调回绝道:"噢,不,不,不……"

"他上班的时候不能喝酒。"我嗔怪了一句。

结果他微笑着纠正了我:"噢,不,不,不……我现在已经下班了。"

"噢,那敢情好,你必须得喝两口了!"我一边坚持,一边在心里嘀咕:下了班还查什么逃票的人。

我的嗓音里有一种"老伙计,生活就是歌舞厅"[2]那般欢欣鼓舞的感染力,所以经常能够说服别人摘下假面,享受当下。凌晨1:15分,在一列法国列车上,我向自己的联合体上帝表达了由衷的感激,因为我还没将哄骗功力完全发挥出来,那个列车员就已经屈服了。只要他喝下第一口,我们就稳操胜券了。一切如我们所愿。我们最终被领进了他的私人隔间(听上去很高端,实则不然,只不过是将六张床铺里的四张折叠起来,使人可以坐直身体而不撞到头),一起啜着波尔多红酒讨论欧洲和美国的区别。(欧洲人称呼我们国家只会用"美国"这个词,"合众国","美利坚"这些词从来不用,更别提"美洲"了,因为有人指出,美洲包含好多部分,而我们妄想主张全部主权不免过于自以为是。)正是在这醉醺醺的相互比较中,我们无意中引出了关于厕纸问题的讨论。我将其称为"厕纸问题",是因为厕纸这种东西在欧洲到底存在与否真的值得怀疑。虽然大部分情况下,大概百分之五十的概率吧,欧洲的马桶旁都会有纸,可那纸在我们看来却更像是蜡纸或绉纸,甚至是新闻纸。坦白地说,我们并不是不认识这些纸,只不过绝不会把它们用在个人清洁

---

[1] "粉红豹"系列喜剧侦探电影中洋相百出的法国警察。
[2] 前文提到的音乐剧《歌舞厅》中的歌曲。

方面。美国人也不是没有自己的怪癖，这么多年我一直怀疑用来垫马桶圈的纸①就是温歇尔甜甜圈店②用来打包用的。

能让你意识到自己身处异国的不止厕纸这一件事；马桶冲水（flush）方式也能让你立马露馅。"flush"在《兰登书屋大学词典》中的解释是，"用突然的水流冲（排水管、马桶等）。"欧洲和美国在"突然的水流"和"冲"的理解上产生了巨大的差异。以这个定义衡量，欧洲马桶是不"冲水"的。你需要的操作是：推，拉，踢，捅，或是在一排的按钮、绳索、踏板、椭圆形物体上依次试过去，甚至从马桶上延伸出来横躺在地板上的可推动式物体，看似毫不相关，也可能是控制冲水的阀门。这个操作会 —— 也极有可能不会 —— 引发一股涓涓细流不慌不忙地打着旋儿进入马桶里，八成还会逗留好一会，最终再打着旋消失。在这一系列相对于马桶来说已经是万分激烈的尝试之后，它便镇静下来（明显有疲累的意味），接下来无论你怎么重复之前的操作，使尽浑身解数地推、踢、按无数次，它都拒绝再次打破自己岿然不动的宁静状态。

洗手间 —— 行行行，我知道"洗手间"这个词是个委婉表达；虽然看过《谁害怕弗吉尼亚·伍尔夫》，但我得承认，比起硬邦邦的大白话"厕所""茅坑""便池"，我还是更倾向于温和礼貌的隐喻表达。就算是"loo（马桶）"这个词，用英式口音说出来还算悦耳，却还是不尴不尬，在正式场合使用不够礼貌，要是为了逗口舌之快也还不够粗俗。不仅如此，"loo"连英语都算不上，它取自法语"lieux d'aisances"，字面含义是"放松的地方" —— 也是一种隐喻。显然，英国人尴尬到都无法用自己语言中的隐喻，只能借别人的。③大部分语言都有借用现象，但我相信，在厕所这件事上，有个逐渐演变的过程，并不是在厕所

---

① 慕斯的丈夫开玩笑地将马桶圈称为"屁股垫儿"。——包珍妮按。
② 一家美国西部的甜甜圈连锁品牌。——莫蒂斯·威尔士按。
③ 最近有一个威尔士男人告诉我，他觉得"loo"这个词源自"leeward（背风的）"（发音一快便成了"looward"），因为在船上方便的话得在背风的那面，才不会被风吹一脸尿。这是个不错的猜想，但我还是倾向于另一个来源，因为这与我对英语语言的理论相符。——慕斯·米倪恩原注。

出现时就开始的。(小时候,母亲在实验室里工作,我还总纳闷她成天待在有马桶的小房间[1]里究竟在做什么。)

我个人觉得用"water closet(盥洗室)"来指代这难以描述的房间最贴切。一个有水源的私密小室。问题是,美国的洗手间大得就像走廊,里面也不只有水源(water)和壁橱(closet)。"盥洗走廊"这个词让我想起高中的淋浴间(有一次我失足跌倒,全裸着在蓄着污浊水流的地面滑了一段距离,不光是丢脸,一想到全身都可能感染足癣,我就止不住一阵痉挛),与我心目中的"休息室""舒适站""私人密室""化妆室""方便之处""公共方便屋",甚至是"三急处理室"的形象根本不符合。据说爱斯基摩人用来形容雪的词语多达五十个,而我们却找不到一个像样的词来指代那个可以让人彻底坦诚的房间。没什么好假装的,人人都要放屁。(曾经我连想都不允许自己想这个词。)

还是接着洗手间聊……人们可以通过它了解其背后的文化,就像一个人跳舞的方式能够泄露其性格的诸多方面一样。美国是一个自由的国度,尽管其他国家对此未必赞同,可在如厕这件事情上,只有美国将其视作不可剥夺的权利。我不太爱动怒,不过在欧洲,仅仅是要付钱来解决三急这件事就把我的耐心消磨殆尽了。我开明的意识会开导我:"慕斯(它总是用这种亲昵的口吻称呼我),也许这是厕所管理员能获得的唯一收入……几法郎(便士、里拉、德拉克马)又算得了什么呢?"

可我会这样回敬:"这是原则问题,不光翻遍口袋寻找50里拉很不方便(难怪我们管如厕叫"方便一下"),而且更让我气不打一处来的,是付完钱竟然发现里面不提供厕纸。"① 我说的"原则"是指一个人是否有权上厕所不应该由别人来掌控,因为这种权力和权威会造就一批"洗手间希特勒",尽管他们管辖的领土只是尿尿的地方。最爱显摆权力的莫过于低等工种。

---

① 有趣的是,在英国,"pissed"这个词代表"醉酒",也许是因为豪饮的人去厕所异常频繁[2];而在美国,该词意思是"生气",八成是由于美国人在国外上厕所总是惹一肚子气。——慕斯·米倪恩原注。
我对该解释持怀疑态度。——包珍妮按。
[1] 此处为主人公儿时混淆 laboratory 和 lavatory 而产生的误解,前者为实验室,后者为厕所。
[2] 英语单词 pissed 的词根 piss 作动词是撒尿的意思。

在尼斯火车站，我就挺身对抗了这样一名"洗手间纳粹"。讽刺的是，我那时没打算小便，只不过想换身衣服。按规定，我付了1法郎30生丁，以使用小隔间，表面上是为了尿尿。当时我还背着一个背包，脖子上挂着相机，手里拿着外套和一本书。正当我往隔间里走的时候，洗手间的女看守把我叫了回去。

"你，这里，换衣服的，扑许。"她冲我摇着一根手指头。

"知道了。"我明知自己爱做什么做什么，还是敷衍了一句。

凭借多年管闲事的经验直觉，她识破了我的伎俩，用那令人恼怒的法国口音命令我"必须把包放在椅子上"。

我开始愤怒地回击："我可不想东西都被偷走！"

她坚持不让我把包带进隔间，她的另外三个清洁工手下这时也开始用法语机械地附和起来。我作为理性的化身，用一种对后辈的口气说道："听着，我不会用你的水，也不会冲马桶，我只是要换衣服。"啊哈！可谁能料到换衣服的收费是3法郎20生丁，比尿尿还要贵！

睡了一夜火车，乏累到了极致，我才没有心情试着用中世纪的思维来理解这件事情，直接冲她吼道："这简直太可笑了！"正当我拼命比划的时候，那个女看守开始用力拉我的背包。于是我当即决定上演一场大戏，这是我家里一种典型的、或许是遗传性的行为。"好，那我就在这里换衣服好了！"我歇斯底里地脱起裤子来。

我们站的位置是在厕所进门的地方。似乎这座建筑曾经是一个公共澡堂，从高处街道一直通下来的台阶延伸进门厅，门厅靠后的位置摆放着女看守的桌子，正好挡住了向左进入男厕和向右进入女厕的通道。我开始脱衣服的位置，是在桌子和女厕入口之间，从街上进来方便的人依然能够看见。有几个男的故意磨磨蹭蹭，希望能看到这个说英语的疯狂游客献上一场有意思的表演。此时自视为规矩守护者的女看守声音愈发尖利起来："这儿，不是英国，我们法国人，做事情有自己的一套！你来这儿，就得守规矩！"（她不知道罗马人对此有一套更好的说辞。）[1]

---

[1] 指英语俗语 When in Rome, do as the Romans do：到了罗马，就要像罗马人那样做。即入乡随俗之意。

"你想换衣服,得付钱,这儿,可不是你换衣服的地儿!"她边吼边试图夺走我的背包和相机,她的帮手们则像古希腊合唱团似的帮着腔,一遍又一遍地叫着"这儿是法国,不是英国"。后来我觉得挺好笑的,她们竟然会觉得我是英国人,我可想象不出英国姑娘为了坚持某个原则就威胁要在异性面前脱衣服的画面。这个行为是美国人,更确切地说,加州人特有的——我的朋友们甚至会说是我所特有。然而,在一切无关紧要的场合都坚持原则会使人不堪重负。我只不过是想换身衣服,无意挑战她们的文化。我意识到自己无法在不被抓进监狱的情况下同时保全财物和信仰,只能低头认输。再加上我本打算去看一部罗伯特·雷德福的电影,此时已经迟到了。我急需从电影里汲取一些美国式的正直、友好,以及常识,当然还有帅哥面庞。

∞ ≤ ∞ 8 ∞ ≥ ∞
与老男人的情缘

罗伯特·雷德福策马向被捆绑在铁轨上的我奔来，一身白衣（雷德福，不是那匹马），还戴着一顶宽边牛仔帽。火车从远方驶来。雷德福看看我，又将目光转向火车："时间不够了，你还希望在墓碑上刻下'她曾是个有趣的人'吗？"

拒绝命运，就是两个女人余生都被困无人孤岛却仍然不愿成为同性恋。①

一段发生在 1967 年前后的真实对话：

"妈，孩子是怎么造出来的来着？"

"我跟你说过了，就是男人把阴茎插进女人的阴道里；一边玩去，我在做晚饭呢。"

大概七岁那年，我发明了"contation"这个词，用来代表我明明知道某件事情需要一个词来表示，却怎么也想不起那个词的情景。我还决定以这个词为契机，编撰一部自己的词典。我随后发明了用于描述所有兄弟姐妹组合状况的词汇。假设你有三个兄弟和两个姐妹，就可以说"我有 zswedlov"。当时我那七岁的小脑袋瓜并没有感知到这些词的明显缺陷——它们对记忆的要求以及出现某些组合（比如八个姐妹和二十九个兄弟）的极低可能性。迫切需要把词典充实起来，我又造了一个代表火星鱼的单词。这时，我突然意识到自己不仅在创造词语，更在

---

① 我觉得变成同性恋才不正常。——纳迪·卡内尔按。

造词欲望的驱使下捏造出了某些事物。这令我感到不安,因为我不相信火星上真的有鱼,但我又希望这是一本可以信赖的词典。于是我搁置了这项工作,因为我想不出其他需要发明的词了 —— 不像现在,需要发明的词不断地轰炸着我的大脑。它们要么是形容我的,要么是形容我观察到的事物,多到足以将我淹没。

"渴爱"[1]这个词比现有的任何词都更能贴切地描述我的状态。它的含义是"一、积极找寻,争取爱情;二、爱上爱情,为了爱而爱;三、容易陷入其中(但并不是廉价随便)"。我的亲密强迫症就是"渴爱"带来的后果。当我把隐私跟人分享时,他们瞬间就会觉得与我相识很久……我也觉得如此。连我自己都无法给自己定性,所以他们心目中的我也许还挺确切的。悬而未决对他们来说也是一种享受。

"渴爱"之人就算没能修成正果,起码也能够收获些有趣的"爱的仿制品"。

女妖精养成记

我不清楚手术医生给我用的是什么药,但要是每天都能搞到,也算满足我一大心愿。躺在轮床上被推进手术室的时候(即将进行鼻子矫正手术),[①] 我开始漫无边际地思考起来。譬如:

罗伯特·弗罗斯特[2]究竟靠什么为生?

不知道这个问题的答案让我觉得很困扰,但在麻醉带来的欣快状态下,这困扰反而成了一种愉悦。我一直期待着那名实习医生来问我在想什么,以便用这个我以为迫切的问题吓吓她。当时我一心觉得,如果我表现得不像普通病人,他们就会对我的手术格外上心,我的渊博学识能让医生下刀时更审慎一点。

一开始,我紧紧盯着医生漫不经心挥着手术刀的手,但不一会儿,我的思绪就飘到自己与各色男人之间那些漫不经心的关系上去了。我

---

① 1987 年夏。——莫蒂斯·威尔士按。
[1] 原文 amouricious 是个生造词,疑似由法语单词 amour(爱)及英语单词 avaricious(贪婪的)结合而成。
[2] Robert Frost(1874—1963),20 世纪美国著名作家及诗人。

开始回忆自己曾经睡过多少男人。（女人特别爱做这件事儿，这能帮我打发好几个小时的时间。）有几次都数到"八"了，结果忘了掰过的是哪几根手指了。不过事情只要在我脑海里出现，就再也无法擦除。几天后，突然会有另一个曾经的情人从记忆深处浮现出来。甚至当查电表的工人登门的时候，我也能在他的脸庞上看见另一个过去风流对象的眉眼神情。如今，我对自己碎墟（deborous）一般的过去往往能够轻蔑地一笑而过。（尽管我在任何词典里都找不到"deborous"，但我知道有这个词，因为奥斯卡·汉默斯坦二世[1]在音乐剧《卡米洛》里用过。）①之所以轻蔑，是因为它们已经无法触碰到我的内心。

真是这样吗？

那为什么我要通过文字切除这些毒瘤呢？像做外科手术一样，把它们移植到这些纸页上，只在打开这本本子时才会记起？

尽管我可以把过去的情人们关到纸上，却仍阻止不了他们给我写信。不过说起来这得怪我。我给一个前任写了一封信，告知他自己即将结婚，也许是想炫耀，想让他知道我过得很好，可能还想暗示他送份好礼（他富得流油）。他的回信如下：

> 你结婚了？！
> 简直难以置信。
> 你当选国会议员、登顶马特洪峰[2]、被送上电椅执行死刑，都比结婚更加可信！

教训就是：前任是不会给你送大礼的。

我与马蒂·罗林斯的相遇是在1980年春天的加州大学洛杉矶分校，他教授的课程是音乐剧中的喜剧元素。当他让我帮打些资料的时候我就知道他对我的心思了。我说自己不会打字，他却说没关系。

我们一起去了著名的海鲜连锁餐厅午餐，吃烤螃蟹的时候，他开始

---

① 极有可能是"debris"（废墟），只不过掺杂了浓厚的古英语发音。——包珍妮按。
[1] Oscar Hammerstein II（1895—1960），美国音乐剧作家、制作人，参与创作的音乐剧有《戏船》《国王与我》《音乐之声》等。
[2] 阿尔卑斯山最具辨识度的山峰之一，高4478米，位于瑞士与意大利边境。

对我展开攻势。其实，他的策略比较迂回。他跟我讲述了自己年轻时被一个上了年纪的著名女演员包养的往事。为了取悦我，他一边绘声绘色地讲述着那些趣事，一边细数那段生活的各式福利（百老汇的私人包厢、昂贵的晚餐、丝绸领结等那些老一套的纸醉金迷），可是某天当他回到他们合住的公寓时，却发现所有的锁都换掉了。

马蒂大笑起来："当时我二十一岁，就那么站在街头，唉——（他拖长了那一声喉音浓重的叹息，暗示意味明显。）但那是段令人神魂颠倒的日子，每一秒我都很享受。"他说这话时咬紧了假牙。

马蒂的外貌没什么吸引力，除了头发异常稀疏，他的体格也更近似老年女性。人们都说，人至暮年，性别之间的差异会逐渐抹平，就像婴儿时期一样。外在的绚丽羽毛只有在求偶时才有必要。人类克服了自身物种属性中的这一匮乏，转用大量金钱和高档午餐来吸引异性。

"你使我想起年轻时的自己，"马蒂的话仿佛经过了一番慵懒的咀嚼——他说话的方式像米克·贾格尔[1]，假如贾格尔也是个六十五岁的美国人的话，"特别是你在课堂上毫无遮拦的率性模样。我也曾经充满野性活力，总想搞出点什么事情。那种生活只有不畏惧的人才能胜任。"

"你是在追我吗？"我咀嚼着满嘴的烤蟹肉，反问道。我对"追"这件事情本身并不反感，只不过是想让他正面承认，而不是旁敲侧击，自以为用几招朦朦胧胧的诱惑就能骗我和他上床。我知道自己也没什么架子可端。最近我刚破处，对性这件事仍然没什么好感。但没好感不意味着不知道性的力量。我想知道与有妇之夫暧昧不清到底意味着什么，会向何处发展，我又会变成什么样的人。我渴望刺激，冒险，以及任何能够给我古板的大学生活带来补偿的事。与老师暧昧带有叛逆色彩，这正是当时的我所喜欢的。

我和马蒂的关系持续了三年，但期间穿插了各式其他男友。我们会去很远的地方旅行，偶尔也互相失去兴趣。要是将其无间断地叠加起

---

[1] Mick Jagger，英国摇滚歌手，滚石乐队主唱。1980年时三十七岁。

来，总长度不会超过一个月。

起初，马蒂会在下午时分来找我，通常每周一次。我们会一起打磨修改我当时在创作的音乐剧，接着他便伸手抚摸我的胸部，并且让我也做同样的事情。他问我是否觉得怪。我觉得怪的是他这个人，但从来没有说出口。我承认，我喜欢他。我们俩都是社会反叛者，精明而又愤世嫉俗。对于这场韵事，我们都全力以赴，并对此感到满意。我们只在灯光昏暗的餐厅里约会，在角落的花店碰面，他会在老婆不在时匆匆把我带回家。仅仅是在他家待着我就紧张得不行，更不要说裸躺在他的床上了。但是，他的老婆是电台主持人，每天定时直播节目。马蒂完全可以调到她的频道，以确认她的行踪。总之，就像马蒂言语之间向我暗示的那样，他老婆是务实之人，生活也一直待她不薄，为了他出轨这件事情闹起来对她来说是不明智的选择。马蒂之前有一个情妇，被他安排在单独的公寓里，在勒索未果之后，恼羞成怒地给他老婆打了电话。最后马蒂甩了她，并未旁生任何枝节。

他表面上把这当成趣事跟我讲，我却再明白不过，这是个警告。不过我才没兴趣给他老婆打电话呢，我和他在一起既不为爱，也不为财。我只是惊讶于自己竟然能够做到，要知道，马蒂为百老汇写过音乐剧，却仍然觉得跟我对话饶有趣味，然而我的人生也没有什么"情节"。我猜想，也许纠缠不清的性关系就是我的"故事脉络"，是通往意义的隐蔽小路。也许这个观点有些古怪，但当你不曾拥有任何意义时，你会觉得意义有可能藏在任何一个角落——岩石下面，马桶里面，某人的床上。马蒂对我确实有所给予：他使我相信自己，肯定了自己的性能力。我让所有的同龄男生都吃不消，吓得他们夹尾而逃。马蒂对我的大脑和身体同样热衷，他本可以找个容貌更加俊俏的女人（也许不会像我这么便宜），但我的聪慧对他来说是一种诱惑。

有时他会向我展示他关于音乐剧创作的想法。有一次，他说在考虑将电影《肉欲知识》[1]改编成音乐剧的可能性①，便找我一起看。他能征

---

① 他真这么想才怪。——纳迪·卡内尔按。
[1] Carnal Knowledge，一译《猎爱的人》，反映美国1960年代性解放乱象的电影，1971年上映。

{147}

询我的看法，让我受宠若惊，毕竟在加州大学洛杉矶分校里，其他人甚至都不知道我这样一个无名小卒的存在。

刚开始，我们总是在我室友的床上爱抚嬉戏。（她是双人床，而我只是单人床。）有一次马蒂的钱包找不到了，我知道他怀疑我，但又顾忌若真的逼问我不免有失风度。正当他沿街离开的时候，我找到了钱包，追出去还给了他。我才不想要他的钱。

好吧，也许我想要，但不是以这种方式。

偶尔他会在我们的关系产生值得纪念的进展时送我些现金或是小礼物。他知道我欠缺经验，总是耐心对我。有一天，我抚摸了他的阴茎，他便给了我 50 美元买吃的。我便总结说："噢，我懂了——性爱换饭钱。"（我喜欢账目分明。）

"要是你非得这么直白我也没办法。"马蒂带着笑意慢吞吞地回我。甚至在课堂上，他都是这一副故意拖长的充满肉欲的嗓音，总让人觉得他在含沙射影。正是这嗓音促使我有时想要结束我们的关系，我不喜欢含沙射影的感觉。性体验虽然好，可我不愿为此牺牲自己的个性。马蒂还没有特殊到这种程度。

和马蒂在这一阶段发生过几次关系后，我有很长一段时间没和他见面。我从洛杉矶分校毕业了，孤身搬到蒙大拿，后来又和雷克斯一同搬往芝加哥。又过了一年半，我决定与朋友图丝黛回洛杉矶共同建立一个喜剧团队，才再次见到马蒂。我和图丝黛刚刚落脚之际，两人都穷得叮当响，也没什么技能，于是只能在中产阶级的贫困线上挣扎（这意味着我们可以没有家具，但发型绝对要紧跟潮流）。我设法搞到了福利餐券，只要在洛杉矶西区排队等候三个小时就有吃的。我曾经这么干过（第一次被父母断绝关系时，那时我的学业才进行到一半），对流程再熟悉不过。虽然不是什么愉快的生存体验，但任何能够达到目的的方法我都可以接受，而我同时会高度感知周围的环境——比如以《60 分钟》[1]的报道视角看待福利办公室，以期将自己

---

[1] *60 minutes*，美国哥伦比亚广播公司的一档王牌电视新闻节目。

从当下抽离出来。我深刻觉得每个人都应该领一次福利餐券（尽管政府可能对此会颇有微词），品尝一下依赖任性的政府（特别是它那些职员）而生存的滋味。

总体而言，我们并没有因为当时的窘境而沮丧低落，反而更受激励。我们是撸起袖子准备单挑洛杉矶的女演员，并不介意公寓里是否除了我姑妈慷慨相赠的草坪家具之外就家徒四壁。我觉得席地而眠颇有趣味，成摞的书、论文、艺术品有序地摆在我铺卧的周围。我们的"冰箱"是一个泡沫冷藏箱，甚至阻止不了芝士发霉。马蒂在得知了我们的史前制冷条件后（我给他写了一封很谨慎的信，以便他知道我回来了），便给钱让我去买了个真正的冰箱（二手的）。我们都戏称它为"马蒂·罗林斯冰箱"，甚至还用油漆写了上去。难怪后来一直卖不掉。

也许我前面对这段关系的表述让你有些困惑，为什么我没有让马蒂以更高的价格换取抚摸我乳房的机会呢？因为如此一来就变成了出卖肉体挣钱，我的良心无法允许；我的做法是以肉体换取日后可以在派对上博人眼球的故事，创造一段历史，满足野心，过上不让人恹恹欲睡的人生。况且我还期待着自己能从他的名气里沾沾光呢。要是你从未听说过他，也许你会嘲笑我，不过我也只遇见过他。总得有人去写《橱窗里的小狗多少钱》[1]吧。我本以为他能把我介绍给圈内人。然而碍于已婚身份，他从没这样做。但有一次他竟然向我求婚，可既然有老婆，他八成不是认真的。

我和他在一起好像确实有所求，所以一切都是我应得的，其他以性为交易筹码的人也都如此。我说的"应得的"，并非贬义的自暴自弃；但也许带一点麻木的态度，以及偶尔对过去的懊悔。人只有对现状不满时，才会悔恨过去。若是生活的"总和"趋于"正数"，那么那些青春"无理数"或荒谬行为就没那么重要了。我并不后悔曾经与老男人有暧昧关系，因为这些经历只是为我已经存在的抑郁添加了实质的内容；他们让我坚信自己能够写出一本有意思的书，哪怕只是因为有

---

[1] 美国歌词作家、编剧鲍勃·梅里尔（Bob Merrill, 1921—1998）创作于 1952 年的搞笑歌曲，由著名歌手帕蒂·佩姬（Patti Page, 1927—2013）首唱，极为流行。

过这么一段糜烂的生活。虽然不后悔,可我并不希望自己的女儿,以及其他不谙洛杉矶生存之道的女性有同样的遭遇。因为归根结底,与比自己大五十岁甚至更多的男人有亲密的性接触是一件不堪的事情。现实与《哈洛与慕德》[1]的故事还是存在相当差距的。你会想用肥皂使劲擦洗自己,或是在桑拿间蒸完之后一头扎进刚刚融雪的河水中。你会觉得自己的灵魂不干净。强烈的写作欲望驱使你将想法付诸纸页,搞清楚到底是什么受虐倾向才使自己逐渐沉沦淫窟。只有通过记录,我才不会去怨恨自己与罗曼·巴比亚克这种人的相识,像他这样的音乐会钢琴师满街都是。

我遇见罗曼缘起于我赢了由他的工作室管理的一笔声乐奖学金(他后来向我透露,奖学金是由拥有芭比娃娃的那个人赞助的——但他具体是指美泰玩具公司的老总,还是仅仅指一个对芭比娃娃感兴趣的人,我并不清楚)。当时只有三个女孩来竞争这个名额,最后我僭取头名。

去上第一节辅导课时,我坐在前厅用几本《时代》杂志打发时间。二十分钟过去,终于有一个身材矮小、有些哮喘的银发男人领着我进了工作室。课程开始不到十五分钟,我就被他惹哭了。显然,他对声乐奖学金这件事后悔了。

我们的暧昧关系是如何开始的?我现在已毫无头绪。也许是第二节课我化了更浓的妆,也可能是我接受了他请我喝一杯的提议,或是任何一件偶然的事情,突然就将本来随意的关系瞬间定性了。

我想应该就是某一杯我放下戒心接受的酒,促使了他进一步邀请我共进晚餐。那时我无人爱,也不自爱,便欣然答应了。

罗兰是个七十岁的钢琴演奏大师,绝对不是可以带回去见家人的类型,可我当时也没有家人①。他说自己技压利贝拉切[2],就算真是,可利贝拉切有独特的个人风格和魅力,罗兰则将一种狭隘的土气发挥到了

---

① 那段时间正好是慕斯被父母断绝关系的时期。——包珍妮按。

[1] *Harold and Maude*,1970年代美国黑色幽默电影,讲述了同样痴迷于死亡的青年哈洛与老妇慕德之间的忘年恋。

[2] Liberace(1919—1987),意大利裔美国艺人、钢琴家,炫技高手,1950年代至1970年代极为走红。

极致。

有一次，罗曼在贝弗利山的罗密欧与朱丽叶酒吧演奏，我那天晚上上台唱了歌。就只发生过这么一次，因为我和他只维持了一周的关系。我实在无法再对自己撒谎了。

每天（持续了一周）他都会让我在马球行政酒廊等他。对于没有去过马球行政酒廊的人，让我这样说吧，那里是当时洛杉矶最时髦的潮人聚集地之一，也许现在仍然是这样。它位于日落大道的贝弗利山酒店（向沙滩方向直走右拐）内。酒廊里面，小巧的桌子周围摆放着天鹅绒沙发，将人亲密地裹在其中。据说许多好莱坞名人都会来这里消遣，不过我也辨认不出，因为我去那里从来不戴眼镜。约见暧昧对象是不能戴眼镜的。

从马球行政酒廊出来，罗曼会带我到日落大道某个餐馆吃晚餐：鸡与牛，巴特菲尔德，米拉贝勒，还有他的最爱，托尼·罗马餐厅——在这里，吝啬的有钱人可以不用花费太多就吃到酒足饭饱。接着，我们找个酒吧听一会儿音乐，之后，他会开车带我兜风，直到找到地方停车为止。那时，我让自己相信，我对他的好感是真实存在的。罗曼并不坏，只是脑子不够灵光，极度的自私使他总是被比他更机敏的自私之人给迷住。他总以为自己每次找的妓女都是真心喜欢他，可在以矫正牙齿（或是电解除毛等其他生死攸关的需求）为由诈了他500美元之后，她们就会义无反顾地甩了他。即使是像我一样的迷失的小女生，也会尝试跟他往来一阵：戴上他的"奴隶"脚链，尽职地扮演角色，温顺地听从他的人生智慧，随他把她们捧作"明星"。作为回报，我获得了几节高质量的发声课，一条好莱坞弗雷德雷克内衣店出品的昂贵的裙子，并且见到了托尼·珀金斯[1]本人，在短暂的对话中我没机会说一句话，一直是罗曼在说我有多么优秀。

现在回想起来，那段经历似乎令人艳羡，可实际却无聊至极。和罗曼吃晚餐的时候，由于无话可说，我会一个劲儿地胡吃海塞。我开口说

---

[1] 即安东尼·珀金斯（Anthony Perkins, 1932—1992），美国著名男演员，曾在《惊魂记》中饰演男主角。

话往往是为了增加些幽默气氛,但罗曼永远也不能领会,除非他抬头时正好看见我在微笑。而当他尝试弥补,也总是二意三心:一声低沉犹疑的轻笑,他的注意力便又回归到食物上。

偶尔,罗曼会给我讲些往事,大部分是他老朋友们的故事。他有个朋友一度身家远超百万,曾经与玛丽莲·梦露约会过。(和玛丽莲·梦露约会过的人何止两三个……)而这个人现在住的公寓只有火柴盒大小,为了节省开支甚至都不愿买台空调。在罗曼形象地描述过他的种种性格细节后不久,我们就去拜访了他的公寓。眼前是一个身材臃肿,毛发浓密凌乱的懒汉。他是拍摄诸如《番茄杀手》[1]那一类风格电影的导演,只不过他的作品质量不算上乘。每次他前脚刚离开房间,罗曼就在我耳边轻声提醒"他现在仍然是个百万富翁",因为他知道我听后一定会惊讶地环顾周围垃圾堆一般的悲惨景象。不论他有多少钱,也改变不了他邋遢低级的本性。好几次,他都猥琐地在我的裙子上动手动脚,还装作是无意而为。我和罗曼分手后,他还打过好几次电话给我,说自己就是曾和玛丽莲·梦露约会的那个男人,又说可以在职业道路上提拔我。我直截了当地告诉他自己没有职业。

尽管我当时并没有把与老男人上床当作职业,我却意识到自己可以像这样过上一段时间。比起朝九晚五的工作,我宁可选择做爱。日复一日的工作将我逼向疯狂的边缘,逼得我在复印机前假装呼吸急促,以便能工作时间开溜,去参加一场游艇命名仪式,[①]逼得我在办公室地板上做仰卧起坐,用上班时间保持身材。我对与罗曼鬼混并无反感,直到我不小心瞥见了他的银色假发头套——想看不见都难。我觉得看见情人的假发这件事超越了隐私的界限。就如同知道了他们的排便频率或活跃精子数一样。不过假发似乎比植发要好些。在纽约地铁站里能看见很多

---

① 慕斯这里指的是有一次她要在下午三点参加一个朋友的游艇命名仪式,她知道当时她的工作地布伦特伍德乡村俱乐部的总秘书不会放她离开,她便故意过度呼吸,想以此装病回家。(原本的计划是抱着一沓文件在台阶处假装摔倒,顺势把所有文件抛向空中。不过最后她还是选择了在复印机旁昏厥。)慕斯没料到的是,乡村俱乐部配备了许多医护人员,不消说,总秘书当即便去找医生了。在她自己引起的眩晕中,慕斯隐约担心医生会识破她的诡计,但所幸医生们都忙着打高尔夫,没空来诊视她。——包珍妮按。

[1] *Attack of the Killers Tomatoes*,1978 年上映的美国低成本恐怖喜剧电影。

植发的人。植发者的头顶就像被农夫耕作过：一排又一排的发根如同新芽冒出，其间沟壑利索分明，构成了一片头发田。再不济的假发也比这要强。

罗曼完全有经济实力买一个做工更精良的假发，但他对自己外貌投资的吝啬使我恼火。我假装什么都没看见；尽量让自己分心以抵制呕吐反射。我会开始数"一，二，三，四……"，然后同时在数字间插入字母，两者同步之后我又开始唱"划，划，用力划"（循环地唱）作为背景音乐，直到我大脑的每个部分都被占据，只剩脊髓指导着肌体运动。这个方法只奏效了一个星期。后来当我向心理治疗师叙述这件事时，她让我永远都不要再这么做，像这样激烈的神经刺激是我最应避免的。我之所以会去做心理治疗，罗曼是原因之一。我感到和一个年龄几乎是我三倍的人发生关系不太正常，尽管本质上来说我们并没有做爱。男人到了七十岁时，便希望达到高潮的方法越简单越好。插入太费精力，或者更确切点说，根本就做不到。（至少从我有限的经验来看是这样的。）但是，罗曼通常会把他昂贵宽敞的车停在穆赫兰道上，我们在里面互相抚摸，说些下流话。

罗曼喜欢我不穿内衣这个习惯。我的朋友图丝黛则对此行为感到震惊，她总是在我出门时叫住我："玛丽莎！你穿衬裙了吗？我都能一眼看透你的衣服了。"

我便吼回去："我没有衬裙。"等到她说要借自己的给我穿时，我已经溜得没影儿了。

图丝黛是那种只穿件T恤在家里游手好闲一整天的女生，泡燕麦的碗就随手丢在她看《我的孩子们》[1]时坐的位子旁边，每次清理随身包时，她都会把子宫帽放在厨房桌子上（这经常让我们的同性恋室友克雷火冒三丈，也许是因为他知道自己永远也用不上）。换句话说，想把图丝黛的劝告当回事很难。起初我还会借她的衬裙来穿，后来我便厌倦了她一味地说教。在打扫了无数遗落在地板上的沙丁鱼罐头还有沾着芥

---

[1] *All My Children*，美国长寿肥皂剧。

末的餐刀之后,我决定不再在乎图丝黛的看法。

在罗曼提出让我对着他的脸吐口水之后,我也很难再把他的看法当回事儿了。我带着厌恶之情……照他说的吐了几次。我对羞辱别人毫无兴趣,况且我总也分泌不出足够的唾液。(到头来,能够终结一个人怪异癖好的不是它所违反的道德原则,而是该行为的不切实际性……好吧,也许审美观也发挥了一定作用。)这让人不由得好奇:到底是什么样的过去,才会让一个人觉得被迎面吐口水是一件性感的事情呢?喜欢被捆绑我倒是能够理解,尤其是儿时行为不端被家长绑起来惩罚的人,但除非小时候确实被迎面吐过口水……八成在幼儿园时某个小女生对罗曼这么做了。我很好奇她现在人在何处,是否意识到她毁掉了罗曼的一生。①

也许是因为我口水吐得好,罗曼本打算给我买前往拉斯维加斯的机票,然后等他在特拉华州给州长演奏完后和我在那里碰面。但是我们持续了一周的关系在他让我买皮鞭的时候宣告终结了。他并不是想鞭打我,而是想让我对他这么做。

皮鞭是一个奇怪的性玩具。像蛇。像《圣经》。我在词典里查了"皮鞭"这个词,释文完全没有提到它和性虐之间的关联。堂堂一部词典怎么可以这么不全面?虽然大家都会听到别人使用鞭子的故事——通常是身着皮质服装的男同性恋,但谁能想到竟会在自己的性生活中使用到呢?于是当我发现自己一个单纯的女生站在性爱玩具店里准备买鞭子时,终于抑制不住想要大笑的冲动了。这实在太好莱坞了。

我进店的时候罗曼一直坐在车里等候(他当然不能在一个卖鞭子的店里公开露面)。我没时间精挑细选,便询问柜台后面的男店员:"好鞭子和坏鞭子要怎么区分?"(我本来想要模仿《绿野仙踪》里好仙女葛林达的语调说这句话的,但最终没这胆量。)那个男的毫无反应,只是无声地给我指了指摆放鞭子的区域。除了鞭子,还有各式工具——不不不,这个词不准确,应该是能够满足所有性爱需求的各式工具:种类

---

① 这个例子中,很显然排出口腔分泌物的行为(吐唾沫)是射精的象征。而罗曼想要扮演的是顺从的角色。他的被动性使他可以不为性行为负责,并借此减轻生活在性禁忌时代带来的内疚感。——罗维斯基博士按。

繁多的手铐、绳索、阳具绑带、人造阴茎、带有装饰物的震动按摩器、嘴巴处安有拉链的黑色皮口罩（造型恐怖）、手套、紧身裤……这琳琅满目的陈设让我觉得只买一根区区30美元细皮鞭的自己无比平庸。最贵的鞭子要一百多美元，更长些（30美元的只有三英尺长），另有些则精心装饰过，比如鞭尾处分为三股，各自打着皮扣。

看到我带着廉价的小鞭子回到车里，罗曼兴奋不已；我却不由得恶心地战栗了一下。我宁愿回到性玩具店和冷脸的店员讨论鞭打的最佳方式，或是哪个牌子的高潮球质量最好，做什么都行，只要不用在这里看罗曼期待到流口水的嘴脸。

所幸，买了鞭子我们也没能用上。因为家里被他改成了工作室，白天许多教师都在那里工作，就连房子最后面的那间卧室里都住着一个患有陌生环境恐惧症的女人，她在十三年内只为了去纽约出过一次门。（显然纽约的逼仄空间对缓解她的恐惧毫无益处。）罗曼跟我再三保证，自己没有和她上过床，但我却觉得她一定是罗曼曾经爱过的女人，这里头准有不可告人的隐情。

于是我问他："那她怎么可能在你的家里住了十三年呢？在前一两年过去之后，我能理解十三年也不过就是白驹过隙，可我无法想象的是最开始的那一周，她怎么可能不踏出房门半步，至少也要上厕所呀？"

"她有一个桶。"

"你竟然让一个女人住在你家的卧室里每天用桶尿尿！？"（关于这一点我的心理治疗师会分析上一大堆。）

"她开始时腰有问题，医生便命令她长期卧床。我从来没有和她发生过关系。"罗曼锲而不舍地想要澄清，他似乎确信整件事里我最看不开的就是这一点。他解释说虽然那女人后来腰好了，却不愿再出门；由于她只在椅子上睡觉，食量也和只鸟似的，自己便同意收留她。

我只见过她一次，那时她从房子最后面探出头来说有电话找罗曼。她确实羸弱得像鸟，一只裹着头巾、露出瘦骨嶙峋的脸和双手的鸟。用细如唧啾一样的嗓音说完话，她就消失了。我本想告诉她，我知道关于她的一切。我想要问她那次去纽约做了什么。为什么她去了纽约后又回来，像艾米莉·狄金森[1]一样生活——除了不写诗？她是怎么在椅子里睡觉的？整天的时间又用来做什么？缝纫吗？看她的样子一定患有关节炎。她以前也弹钢琴吗？所以才会与罗曼相遇？他们是否一度到了谈婚论嫁的程度？她爱罗曼吗？她怎么会爱上一个喜欢被鞭打的男人呢？噢，难道她不知情？他们发生过关系吗？又是何时呢？她为何裹头巾？她还有头发吗？当初去纽约是不是因为这个？

但我还没来得及跟上她发问，她便躲回自己的自由地带了。

我曾经问罗曼："你读过《简·爱》吗？"这一切看上去都太古怪、太巧合了——一个二十四岁的无业女演员与七十岁的富有钢琴家厮混在一起，后者在贝弗利山的豪宅里常年住着一个疯女人。我一直在等待那场大火①。

直至现在我仍然在等待那场火，一场能够让我为自己曾经的堕落而自尝苦果的灾难。我并不感到内疚，而仅仅是冷静地等待着那星火的温暖给我带来生活的觉知，等待那一场危机促使我更关心自己的结局。我曾冷静地决定，若无法找到爱情，我便追寻次位的东西代替：金钱。可到头来，我还是无法狠心放弃自我。违心地与毫无共同点的老男人约会、举止亲密的那些无聊时光，金钱都无法补偿。

正当我试图把这些理顺，并且意识到自己并没有成为小三的毅力时，爱情出现了。在凌晨四点的时候。

我对他说："我可以收留你两晚，但不做爱。"一周之后，我，贾斯汀，和爱情一起搬到了加州威尼斯。

我是在一年前的夏令剧团里认识贾斯汀的。②他从圣克拉蒙托一路骑摩托车到了蒙大拿比克福格，路上差点丢了性命。他的摩托车只有350cc的排量，连挡风玻璃都没有。他对这些粗野、体现男子气概的事情情有独钟，却并不是适合做这些的人。他对猫的喜爱也超出了正常范

---

① 在《简·爱》里，罗切斯特先生的房子发生了一场大火，他住在阁楼里的疯妻在火中身亡。——莫蒂斯·威尔士按。
② 慕斯共四次参加蒙大拿的夏令剧团；这次是在1982年的夏天，是第四次。——包珍妮按。
[1] Emily Dickinson（1830—1886），美国著名女诗人，二十多岁起便杜门不出。

围。贾斯汀是我见过的幽默感最纯粹的人之一，本能地就极擅讽刺，常能精准地一击中的，换别人谁都办不到。有一次在冰河国家公园，他因为做不出1美元硬币大小的煎饼便气得把野营用的长柄锅向帐篷砸去。他无法接受无能的事实，尤其是他自己的无能。

那个夏天，尽管我还在和雷克斯同居，但和贾斯汀的暧昧也悄然开始了。我天真地以为雷克斯不会在乎，毕竟他已经有一段时间没和我做爱。如果那时我能有机会在舞台上释放我的激情，也许事情不至于发展至此，可当时我戏份最重的角色也不过只有十四句话。我能够感觉到，即将到来的夏天如果没有性，将会多么无聊。于是我决定，既然无法在台上显示风采，至少要掌握自己的人生。我要爬上贾斯汀摩托车的后座，在风驰电掣中将感情咆哮出来，让戏服间里的风言风语和指指戳戳见鬼去。一夜，我终于从和雷克斯合住的公寓里搬出来，挤进了住着另外三个女孩的合租屋。当我把成堆的衣服一件件挂进她们的衣橱时，不堪重负的挂杆折断了。我坐在所有夏天的裙子里，放声大哭。那时的我多么迷茫，多么绝望。

女人是一种有趣的生物。我们可以很长一段时间不交男朋友，自我独立且坚强，但突然之间就可能发展出一串纠缠不清的感情。有了另一半之后，会一下子连简单的事情都忘了该怎么做，比如钉钉子、叫出租车、算小费。但比起男朋友真正的供给 —— 一个哭泣时可以依靠的肩膀，上面那些都微不足道。男人永远搞不明白，女人在难过时想要的，仅此而已。我们的眼泪不是为了换取愤怒，或是长篇大论关于经期情绪不稳定的解释，仅仅是安慰而已。一些女人体内本身含有过多的盐水，而大自然决定了哭泣是将其排出体外的最有效方法。是否所有女人都会哭泣？我不确定；有些女人坚称自己不会哭，可我觉得至少她们也是携带者 —— 能把别人弄哭。她们要么是办公室经理，要么就是在一个仍然会体罚学生的小镇上教三年级……再或者她们都是男人。

夏天临近尾声的时候，我和贾斯汀决定租一辆搬家拖车，载着他的摩托一起离开比克福格。我们并没有打算同居，但也还不想分手。那时图丝黛和我准备搬到洛杉矶去，贾斯汀对那里却毫无好感，所以只能维持现状。路上，拖车把我车的保险杠给拽掉了，我们必须要在俄勒冈海岸一带找地方维修。那里景色宜人，我们的性生活又如鱼得水，所以没人想要直面实际发生的摩擦。理论上来说，我们是互相倾心的，可现实里总落得针锋相对的结局。彼此看不惯对方小题大做的样子，总想唱反调。在人生的某一阶段，你会忧伤地意识到，浪漫是一件很棒的事，可它却不一定保证幸福。浪漫一闪而过，是生活精致的贴花，是闪光的亮片，蝴蝶结，滚边，蕾丝，但若没有衣服做主体，一切装饰都是白搭，就仅仅是配件而已。像外婆总说的那样，"一堆鸡零狗碎，最该有的倒没有"。

所以我和贾斯汀在圣克拉蒙托分道扬镳了，那是一个日渐壮大的小镇，失去了往昔的迷人魅力。我们在保持了一段时间的书信联系后，一致认为远距离恋爱太蠢了，便没有再继续下去。

可现在，突然之间，一年之后的他带着再度扰乱我生活的架势，出现在我的门前让我收留。我同意了——他总要好过一个七十岁的老头儿。

十一月，我和贾斯汀搬到了加州威尼斯，一起度过了五个月——直到圣诞节前夕都挺快活。我觉得圣诞节的到来使我们对浪漫的幻想变质了。我们去了约书亚树国家公园露营地①度圣诞，并且在那里做了一件具有节日气氛的事情——嗑迷幻药。我们俩都是第一次，正好借此重新开始这一段脆弱的关系。一到那儿，我们就搭起帐篷，先钻进去睡了几个小时。下午两点醒来后，各自服用了半贴②LSD，然后开始徒步。除了起初的呕吐欲望（后来逐渐消失），那是我离极乐状态最近的时候。放眼望去，地面上闪烁着红、蓝、绿、紫的多彩火花，还有任人捡拾的红宝石、蓝宝石、钻石等珍宝。它们还长在仙人掌上，吊床上，各式动植物上。可当我凑近看时，它们又都倏忽消失，逃到了远处裸露

---

① 棕榈泉东面。——莫蒂斯·威尔士按。
② 一贴是一张边长四分之一英寸的正方形纸片，在迷幻药里浸泡过。——莫蒂斯·威尔士按。

的地表上。

约书亚树国家公园里的岩石造型别致壮观,即使没有嗑药,你也会被它们的瑰玮所震撼,而 LSD 更是让整个景致有了呼吸,真正成为了可感的实体。我想起了儿时读的一本书(后来再也没能找到),故事的主角是一个患病的女孩,她的魔法铅笔能让白天所画的一切事物晚上都进入她的梦境中。由于长期卧床不起,她一气之下在自家门外画了几块长眼睛的巨石。那天晚上当巨石们逐渐向房子逼近时,小女孩才开始后悔自己一时的任性所带来的后果。

我看见的巨石并不是邪恶的化身,但我几乎可以确信它们也是长了眼睛的。它们有的硕大无比,有的呈尖塔状矗立,有的则像霍比特人的屋子,会说话的岩石表情丰富地恳求我们去攀爬。我们欣然照做了,那时似乎有着用不完的能量。我们奔跑着,像瞪羚一样在空气中弹跳着,每一跃都至少离地六英尺。空气也为我们助力,帮助我们对抗地心引力。地面如同海绵蹦床,辅助着我们的每一次跳跃,将我们弹射出去,向着更高更远的方向。

突然我们同时停了下来,向前看去。接着转向彼此,异口同声说道:"那该不会是一座中国宝塔吧。"(我发誓我们完全是同时发声的。)我们揣着一肚子怀疑跑过去,事实证明我们是对的 —— 那确实不是中国宝塔,而是一座废弃的矿井井塔,紧紧地攀附着身后的岩石,呈现出曾经被焚烧过的萧条景象。尽管不是东方古塔,却也不失神秘。这个井塔八成就是中国人建的,难怪我们一见便觉得它带有东方色彩。我们透过别的生命去感知,从异域的声音里聆听。我们的午餐食物用富有涵养的口吻开始讲述小麦和不规则石砌路面①的故事。空气为我们吟唱了几支牛仔电影里的老歌。耳边飘着"离开吧,小狗"[1]的旋律。空气如此轻薄,我们的声音变得像唐老鸭一样瓮声瓮气。仿佛置身于立体电影场景中,或是恐龙们都已回家的史前时代的地球。我们尽情地舞动、吟唱、跳跃,浑然不觉太阳已经落下。不幸的是,刚才说话的午餐完全没

---

① 一种在英国常见的铺路方式。——莫蒂斯·威尔士按。
[1] 同名传统牛仔歌曲里的一句歌词。

有提醒我们时间,转瞬之间光线便暗淡下去。我对贾斯汀说:"天暗了,我们最好往露营地赶。"他同意了,双眼却被更多的花火和奇珍异石给迷住了。在我的催促下,我们奔跑起来。毫不夸张地说,我们甚至连有没有沿着某条路线在跑都没搞清楚,就那样一路狂奔着。渐渐地,我开始担心会有狼出没。

"贾斯汀,沙漠里都有什么动物?"我边喘气边问。

"噢,豺、狼、土狼之类的。"他沉吟了一下,似乎对自己列举的清单颇为满意。我可不满意。

天快要全黑了,而我这次也没戴眼镜。先前活泼跳跃的劲儿早已消失殆尽,我尽全力奔跑着,不想触碰到任何东西,尤其是会喘气的物体。我脑子里总是浮现《蝇王》的情节,误认为自己就是书中的猪仔。还纳闷自己怎么没有哮喘发作。[1]

跑着跑着,我们眼前浮现出一片绿洲。棕榈树突然从岩石后面伸展出来,一股清亮的泉水淅淅沥沥地聚成一汪清澈的水塘。一定是 LSD 造成的幻觉,我们满腹狐疑地揉了揉眼睛。就算是海市蜃楼,我也觉得应该待在这儿。此时我几乎确信归家无望了。贾斯汀催促我上路,他觉得前面不远就该到了。我们翻过沙丘,一条人工铺设的道路竟然出现在眼前!贾斯汀兴奋地手舞足蹈,我的恐惧却加深了:他刚才一直都表现得丝毫不担心危险,要是果真如此,区区一条路怎么会让他如此雀跃?再说,就算找到了公路又怎样?我们可能需要在这条路上走上好几天!那一刻,我预感到我们会葬身沙漠,第二天人们就会在报纸上读到有人在沙漠里嗑药失踪的新闻!我整个人都懵了,打了个趔趄:我,还,不,想,死。

"贾斯汀,我很害怕。"

"振作起来,现在可不是害怕的时候,勇敢点儿。"

---

[1] 《蝇王》是威廉·戈尔丁的长篇小说,讲述的是一架满载英国男孩的飞机坠毁在无人岛上之后,他们通过欺凌建立起社会秩序的故事。猪仔是其中最聪明也最瘦弱的男孩之一,经常受到不公待遇(他本身就患有哮喘)。——莫蒂斯·威尔士按。

"我在努力了,我在想凯瑟琳·赫本[1]这个时候会怎么做。"

"没错儿,就把自己想象成她吧。"

我抖擞精神,又向前走了五步,试图揣摩凯瑟琳在这种困境下会作何反应,可下一秒我就意识到,她八成不会蠢到嗑药之后又迷途沙漠,假装成她又有什么用呢?

"贾斯汀,我害怕得不得了。我们是不是要死在这里了?告诉我,是这样吗?"

"我不知道。"

我的脑子里瞬间充满了尖叫声。他不知道?这算是哪门子答案?他又算是什么男人?难道他不知道永远都不应该跟一个女人说这种话吗?尤其是嗑了 LSD 的女人?人生的场景开始从我眼前快速掠过,但我不确定那是自己的人生还是凯瑟琳·赫本的。很有可能是她的,我可不记得和加里·格兰特[2]接过吻。

救赎就是在那一刻出现的。前方的公路上行驶着一辆野营车。这是怎么发生的?我猜是有神灵相助。闪烁的刹车灯对我来说就像代表希望的灯塔一样,我撒腿追上去:"停下,停下,请停下来吧。我们迷路了。"那车竟然真的放缓了速度,并且停到了路边。我简直无法相信自己的运气,我们得救了。

可当我越跑越近时,它却又莫名其妙地发动开走了!

"不,不,不,上帝啊,快停下!众神之神啊,发发善心吧!发发善心吧!噢,上帝啊……"我摔倒了,顺势趴在路面上哭泣起来。为什么上帝要玩这样的把戏,然后任由我们死在这里呢?我不明白。就因为我之前从来不相信上帝吗?难道这也是一种罪孽?(那时我对于宗教教义了解不多。)

贾斯汀把我扶起来,惊喜地叫道:"快看!"远处有某种彩色的灯光,但我辨别不出到底是什么。LSD 会削弱一个人双眼的聚焦能力。似乎

---

[1] Katharine Hepburn(1907—2003),美国著名女演员,曾四次获得奥斯卡最佳女演员奖。
[2] Cary Grant(1904—1986),美国著名男演员,曾多次与凯瑟琳·赫本合作。

所有感官都不能信任了。于是，我们拖着失去了感觉的身躯跌跌撞撞向灯光的方向行进。在翻过另一个小沙丘之后，定睛一看，离露营地连五十英尺都不到了。我们越走越近，灯光也一刻不停地闪耀。能是什么呢？终于，到了离营地大概十五英尺的时候，贾斯汀放声大笑起来。

"怎么了？"我满腹狐疑地问道。

"是一棵圣诞树。"确实是，足足四英尺高的圣诞树上挂着彩灯和银色铝箔纸装饰，并且固定在营地管理员的旅行车上，大部分情况下想不注意到都难。我们心虚地跑向帐篷，爬进去之后连鞋都没脱就躺下了。到家了（算是吧），安全了，不会死了。

"玛丽莎，我真的很爱你。"贾斯汀躺在我身边说。他从来没说过这句话，要是真的只有在嗑药以及迷失沙漠之后才能让他勇敢承认这件事的话，我想也算值得了吧。

也许我们确实相爱，但那时却连凝视对方都做不到。因为在那鬼魅一般蜿蜒进织布帐篷的月光下，我们在彼此的脸上看见了魔鬼。惨淡苍白的面容之上眼窝深陷，没有鼻子，脸部肌肉沟壑纵横，延伸至耳根，再轻微的动作也会引起那些纹路的起伏波动。也许你偶尔听说过，嗑了 LSD 后最糟糕的时刻，就是当你开始意识到自己对于世界丑陋本质的认识时。茫茫星系中，你只不过是一个微生物，没人会留心你。这十有八九是事实，嗑了药之后却变得难以忍受。你会觉得随时都可以缴械投降。必败之仗还有什么可打的呢？放眼望去，一切都被缠在蜘蛛网上，一切喘气的、死去的，默默抵抗反而会被缠得更紧。LSD 将人带回年轻时的狂热梦境之中，既有奇幻美梦，也不乏恐怖噩梦。可渐渐地，美妙的那一面开始褪色，满目所见的色彩，地面上的火花，每每具化却又再溶解的彩虹，都呈现出卡通本质，像酷爱牌变色儿童饮料，以及会掉色的廉价漫画书页。周围的物体也散发出微微烧焦的气味。是否是自己在燃烧？不，不是燃烧的味道，而是……不对劲的味道……一切闻起来都不对劲，与烧焦气味相近。

我们就那样清醒地躺了好几个小时；魔鬼纠缠着不让我们入眠。终于破晓了，一阵奇妙的欢欣涌遍我的全身。我想那是得以生还的喜悦。

营地管理员端着软糖来找我们,向我们道圣诞快乐。

她在我们开吃的时候漫不经心地加了一句:"对了,要是不小心在远足时迷了路的话,只要看向教堂峰就好,"说着还顺势指了指,"它在西边,可以用来确定方位。"说完她就去问候其他露营者了。

我和贾斯汀满脸羞愧地对望了一眼。

"看来声音在沙漠里传播得挺快的。"我尴尬地说道。

贾斯汀也报以一个阴沉的笑容:"特别是在离营地只有五十英尺的时候。"

尽管 —— 或者说正因为 —— 贾斯汀当时是爱我的,但我们之间的关系却开始走下坡路了。我觉得 LSD 是原因之一,因为我们都无法将曾经见过的彼此梦魇般的面孔忘却。我们都比彼此预期的要软弱许多,都觉得被欺骗了。

一周之后,我们取出剩下的一半 LSD,决定吸完后去沙滩。(沙滩离我们的公寓只隔了一个街区,于是便走过去。)这次,LSD 让我变得异常急躁起来。沙漠里的那次虽然结果有些恐怖,但效果却是神奇迷幻的;这次就只是让人迷惑、不知所措而已。我总是不停地返回住处换衣服,然后焕然一新地再次出门。所有的帽子、鞋子、长裙和妆容我都试了个遍,我想重新抓住贾斯汀的爱。虽然我知道那其实已经消失了。我想要再次回到沙漠里濒临死亡的时刻,唯有我们二人,相偎相靠。

贾斯汀就只坐在沙滩边的岩石上,凝视着绵延的海浪沉思。我在心里下了结论:一直以来他都有这个毛病,只思考,不行动。我开始厌恶他,也厌恶喜欢他的自己。想到这我怒气冲冲地回到公寓,试图写作。我想把怒火钳制住,塞进冰箱,稍后再端上晚餐的餐桌。我写下:

今天我重温了好几个儿时的夏天。

这个开头美好到我甚至无法继续写下去。它自然地将一段段家庭旅行从我的记忆里扯出来 —— 夏日的假期里我们开着房车一路横跨美国,上加拿大,下墨西哥……我想起了前往洛杉矶的旅程中暂住圣巴巴拉的那一晚,我不小心把老妈刚给我烫过又用大发卷定型过的头发

{163}

给弄湿了，她火冒三丈，说这下我的头发肯定会跟杂草一样糟乱。当我说我不在乎时，她便迎面扇了我一巴掌，还说她在乎。第二天，我又挨了几巴掌之后，去洛杉矶的行程便作罢了，我们打道回家。回到普莱瑟维尔，老妈做的第一件事就是把我的头发给剪光了。（其实没有全剪光。就是剪的那种"碗头"，把一个碗卡在头上，然后剪去所有露出来的头发。）

回忆到这里我叹了口气，比起实时体验，童年果然还是更适合用来回忆。我又换了身衣服，出门去引诱贾斯汀。

"你为什么不坐下来看海浪呢？"他问我。

我照做了。但很无聊。而且他还没有注意到我的帽子。一分钟之后我就站起身来，抱怨道："你难道不想做些什么吗？"

"我正在做。"

再次叹气无语后，我又回到住处去写作。

> 今天，威尼斯，1983 年 12 月 30 日，嗑了 LSD
>
> 威尼斯是艺术家的候车室。我，和其他人一样，在等候着。噢，我们一边等，一边花心思打发时间。我会在蛋壳上作画，画人物肖像，垂头丧气的肖像；蛋成了我感知世界的媒介……至少维持了一阵子……接着我就移情了。实在是吃不下更多的鸡蛋了。我开始落入俗套的时候，便产生厌倦恶心之情，转头换身装扮再出门时又已陈旧。
>
> 我渴望旅行，渴望输入，还有情趣。（这才是人们踏上旅程的初衷：情趣。也许"给生活调调味"这个说法就是这么来的——它是在鼓励人们启程，而非增大食量。）
>
> 你看，我又在说些陈词滥调了。
>
> 这是我甩不开的梦魇。

我仍被纠缠着，就算现在顶着疼痛的鼻子躺着养神，还是只能百无聊赖地细数过去的情人。已经逝去的旧爱亡魂仍然在我脑海里回荡。与我有染的男人多到足够一般人过上两辈子。幸好我现在已婚，不用再经历那些摧残。真正使人疲乏的不是性，是约会时那些白费的精力和焦虑的喘息。所有投入的心思，你说，目的到底是什么？现在那些精力都去哪儿了？也许连同我的欲望一并蒸发了，也可能只是暂时蛰伏，等候不合适的时机再来偷袭我？年轻气盛时难以克制激情。而逐渐老去时，如何规律地排气避免胀肚则更令人焦心。激情早已飘散在风中。

我怀念吗？比起男人，我更怀念的是当时的那种热望、炽欲、苦思和期盼。我总是说，关于目标，最糟糕的就是实现它，因为这下子就得物色新目标了；而关于爱情，最糟糕的就是找到它，因为就此不必再次踏上征程。

可是，这真的意味着你就不会再次心动吗？

∞ ≤ ∞ 9 ∞ ≥ ∞
语言表达是感觉的蒸馏产物

偷听所得

"可以这么跟你说,我从来不去五大三粗的人聚集的酒吧。"
—— 卷发的高个子男人

"许多帅哥都找了很普通的女生做女朋友……你懂我什么意思吗?"
—— 北校区洗手间,三号隔间里的女生

"鲍勃,我只带了一个手电。"
—— 黑暗中的某处

"那些能够幸运地像德国人一样学习德语的人……就是德国人。"
—— 加州大学洛杉矶分校雕塑公园,1980年5月29日

"犹太人竟然要买票参加自己的神圣节日[1]。你不觉得很好笑吗?"
—— 南校区,八成是个天主教徒

"我他妈比谁都清楚,自己当时没生气。"
—— 两个胖女人之间的对话

"那你们结婚之后打算怎么办?买张床吗?"
"我们已经有一张沙发了……"

---

[1] High Holy Days,指犹太新年与赎罪节之间的十天,是犹太人最重要的圣日。这一阶段因为前来祈祷的人流往往超出礼拜场所的承受能力,所以在美国出现了预售门票的做法。

—— 两个女生,其中一个到了结婚年龄

"我想要一个兔八哥风格的午餐盒。"
—— 校园最南边靠近工程大楼处

"大部分人都讨厌被利用……"
—— 在戏剧艺术大楼里

"男孩遇上女孩,男孩上了女孩,男孩把女孩的头切下喂了鲨鱼。"
—— 在伯金酒吧[1]里,两个编剧?神经病患者?海洋生物学家?

"门口有气球列队欢迎真好!"
—— BBC肥皂剧派对上穿着婚纱的老太太,库加特餐厅[2],1985年

"至少,目前我们还比警长领先两步。"
—— 银行职员,1984年10月2日

"我前任的哥哥在管理这件事。"
—— 1980年4月30日在洛杉矶的一家酒吧内听到

在一个艺术展的酒会上听到的感叹:
"这瑞士干酪一点年份都没有。"
"我的上一重人格把钥匙放哪里了?"(这句是我说的)
"你看见鱼了吗?简直不可思议!!"

短语

当你终于感到真正满意时,记住:奶牛也挺满足现状的,但它们没有创造力。

在慕斯的名言"关于目标最糟糕的是实现,因为必须要寻找新

---

[1] 1936年开张,是洛杉矶持续经营时间最长的餐饮店之一。
[2] 美国著名西班牙裔音乐人、漫画家哈维·库加特(Xavier Cugat, 1900—1990)开在西好莱坞的墨西哥风味餐厅。

的目标"中,对成就的态度是矛盾的,她恐惧的不是成功,而是无聊。从始至终,慕斯都没有想追求对生活的全盘满意,她的满意度在看电视的欲望达成时就已经到极致了。

慕斯带着一股执拗,不断实现着目标,虽然如此,她却并不是没有过犹疑。正是这种不确定,这种对未来的踌躇,触发了她的哲学思考。

"哲学只是一种给生活风格打标签的方式。如果真的投入了生活,标签也就没有必要了。"又是一个矛盾态度的体现。慕斯是一个鄙视哲学的哲学家。演员和批评家合二为一。既是家长,又是孩子,偷窥的同时也被审视着。她把自我观察的发现记录下来,却又嗤之以鼻。她意识到了总结自己个性的危险性:最终获得的答案过于巧合,像韵脚一样,是设计好的。但是押韵与短语一样,是对时代脉搏的记录。从世俗诗歌中截取出的瞬间便成为了短语,不分党派,有精神训导的作用。慕斯被各式的短语深深吸引着,可过高的使用频率则会让她翻白眼。下面这些耳熟能详的表达尤其让她看不上:

大人说话,小孩不要插嘴。

小洞不补,大洞吃苦。

不要以貌取人。

C'est la vie.[1]

一天一苹果,医生远离我。

固定表达存在的意义,就是让人们可以引用别人的陈词滥调,省得自己费力。(通过观察单人喜剧表演,慕斯注意到"大部分人都是借用别人的幽默"。)固定表达提供的是快餐答案,杂糅了时下流行的哲学,证明他们还算"略知一二";同时,由于精练巧妙,且通常押韵,也便于记忆。"甚至古人都意识到了押韵的力量。起到收束作

---

[1] 法语:这就是生活。

用的韵脚让人舒心。它们出现在对话的结尾而人人都想做那个最后一语定音的人。"①

但是,上面列出的俗气的表达并不是慕斯喜欢的类型。每日在她脑海里踏着舞步的不是这些烂大街的句子,反而是那些已经过时的古怪格言让她觉得饶有趣味——比如"插得深才有狗肉"(慕斯的外婆坚持称这个说法是她的印第安祖先流传下来的)。"外婆对此的解释是,狗肉总是压在炖菜的最底下。我不认为印第安人说过这种话,她却坚持说她的祖先她最清楚。"

慕斯的外婆经常挂在嘴边的另一个表达是:"赶在印第安人之前吃掉甜点。"

对此外婆解释说,当她的白人祖先(她坚称自己两边都沾亲)乘坐带帘子的马车来到这片土地时,孩子们总是闹着要在饭前吃甜点,以防印第安人在饭吃到一半时就出现。虽然这确实是出于实际考虑,但前提得是印第安人真的会觊觎他们的甜点。

在外婆差异颇大的两条基因谱系之间,残余着不可磨合的沟壑,具体表现在这个家庭里的成员在温和天性下所隐藏的纯粹疯狂上(我母亲连温和天性也一并缺乏)。

慕斯外婆的观点经常互为悖论,有时甚至就发生在同一个句子里。她拥有花样繁多的观点,却毫无事实支撑。

[外婆]觉得,水门事件是民主党为了嫁祸共和党而上演的一场自我监听戏码;为了阻止父亲在她的农场上养蜜蜂,她坚持说杀人蜂几周后就会从巴西迁徙过来,并把相关报道的剪报收集成册寄了过来。在她看来,牙膏广告中之所以都是黑人演员,是由于他们的牙齿特别白亮动人。

外婆在钟塔里养着谚语中的蝙蝠,无檐帽里藏着蜜蜂,脑壳中伏着

---

① 慕斯·米倪恩的日记,卷十二。——包珍妮按。

蛆虫，il a des rats dans la tête[1]。①

正如慕斯上文说的那样，大部分时候修辞只是类比，而非事实。（慕斯外婆的脑灰质里不可能有过什么恶心的寄生虫。不过慕斯确实注意到，外婆有一张她十二岁时还坐在婴儿车里的照片："每次我们碰巧看见，外婆都会得意地吹嘘：'那时候我的身体里在长虫子。'"）

多数短语都会借助类比手法来生动展现说话者的情绪。慕斯的外婆曾警告她："故意钓别人说赞扬话，小心被反勾一把。"其实这个表达只是把大家更熟悉的比喻"钓夸奖"变得更繁琐一些。提出有诱导性的问题意图获得恭维，很有可能反而作茧自缚。钓鱼这个类比非常形象地呈现了行为本身及其带来的后果。慕斯总能被外婆使用的表达给逗乐，并逐渐意识到它们代表了实践所验证过的理论，是真实生活在文学上的反映。关于各式短语的起源，慕斯做了很多思考。

许多短语其实早已被抽离其最初出现的环境，"to eat humble pie"便是一个有力的例证。② 其意为：

失去原有地位，被迫服从他人，忍受羞辱。此处"humble"其实是"umble"一词的讹化，"umble"指的是鹿的心、肝等内脏，是分配给猎人的福利。当领主和家眷在筑好的高台上享用鹿肉时，猎人们便坐在低处分享猎物内脏做成的馅饼。③

现如今，当一个人说"我吃了一个鹿杂饼"时，听者的脑海里并不

---

① 慕斯在她最爱的书之一《布鲁尔短语辞典》（Brewer's Dictionary of Phrase and Fable）里发现了这个表达。——包珍妮按。
② 有些人也许因为同名摇滚乐队 [2] 的缘故而对这个表达并不陌生。——琼·卡斯利按。
我挺喜欢那个乐队的歌。——纳迪·卡内尔按。
③ 引自《布鲁尔短语辞典》。——慕斯·米倪恩原注。
[1] 法语，直译为"脑袋里跑着老鼠"，比喻任性、想法古怪。
[2] 一支英国摇滚乐队即以"Humble Pie"为名，并出版过专辑《吃下它》（Eat It）。

会浮现斯旺森牌的鸡肉馅饼(我猜这就是现代版的鹿内脏馅饼),而会自然而然地体会到说话人内心觉得自己像个懦弱的"软蛋"(这是现代的类比手法)。因此,一个短语的含义可以是过去的延伸。词语背后的寓意已经悄然改变,人们却仍然照说不误。"词不达意"之所以行得通,是因为大家都清楚演变之后的指代含义。

一个短语的真正含义即使与字面不相符,人们仍然能够理解(我们都知道"distaff"代表女人,具体原因却不明了[①]),因此短语可以视为原本含义被吸干榨尽后的情感残留,是感官体验的菁萃和蒸馏物。短语之于体验,犹如数学对于物理现象的提炼。二者同为语言,都能将现实抽象化。前者在原始含义逐渐作古后,仍能使用字符串来代表情感;后者则借助符号指代数量以及功能,最初图片化的表述方式被遗留在了史前石器时代(或是一年级)。我们不再需要借助眼前的三块石头来具化"三"这个概念;同样,在叫某人"软蛋"的时候,也无需具体的形象描画。[②]

固定表达的特点之一就是隐晦,而非直白。究其原因,无非是延续性比精确性更有价值。狡黠机敏的话语往往要牺牲直截了当的清晰度(我的大部分对话都是这样)。这就使得短语在经年累月的演变中发生含义迁移。比如"馈赠之马,勿看口牙",我敢说,每个人都确信自己知道其背后的含义:"受人馈赠,切莫挑剔",或者是"如果有人送你一匹马做礼物,检查马的年龄是非常没有教养的做法[马的牙齿是能够判断其年龄的唯一因素],因为它本身就是免费的"。

我质疑这些解读的准确性,甚至觉得它们早已出现了含义的断层。如果不是对于人性以及送礼本身的行为抱有不信任的态度,怎么会想起检测马的年龄呢?九年级[1]时,我的一个女性朋友收到一匹马作为礼物,两周后,她就不得不自掏 200 美元给这匹过于衰老的马执行安乐死。既然说了

---

① "distaff(纺锤)是纺织亚麻的过程中需要用到的,因此就象征性地代表了女性的工作……"出处同前。——慕斯·米倪恩原注。
② 此处,慕斯将她的理论延伸为数学也可以用来定义人和人之间的交流。——包珍妮按。

[1] 美国的九年级一般为高中第一年。

"馈赠之马，勿看口牙"，就暗示着马嘴里的牙齿数量不会让人太满意，否则就会换个说法，诸如"馈赠之马，情真意切"之类的瞎白话。第一个说"嘿，约拿，别往别人送你的马嘴里看"的人，必然带了一点愤世嫉俗的意味。正如"需要是发明之母"一样，经历是短语之母。

短语是一个时代的缩影，它们映射了自己所在文化的内涵。我的外婆会引用我曾外婆的话来发飙："吹口哨的女孩，就像打鸣的母鸡一样，总没有好下场。"这句话背后的明显信息就是（如果你对家禽有所了解，而且知道只有公鸡才会打鸣的话，就很明显了）要是女孩行为举止像男孩，就会有厄运降临（正如公鸡避免不了成为礼拜天晚餐的命运，而母鸡则因为会下蛋而得以幸免）。我的母亲曾经说过，因为家里有十个孩子（女性占大半），曾外婆为了让孩子闭嘴，什么都说得出来。我常把这句话当笑话讲给朋友们听（通常是会吹口哨的女孩），但在我具体解释之前，她们根本摸不着头脑。如今的女孩并不是在农场环境下长大的，她们的性别角色不再带有既定色彩。人们也不再认为口哨声是"恶魔的音乐"，所以现在说这句话只会引来嘲笑而已。它失去了原本的含义。

话又说回来，有些俗语虽然失去了本意，却仍然被广泛地使用。比如"Long time, no see（好久，不见）"，之所以觉得这句话已经失真，是因为我通常只听到过伪君子发出这样违心的感叹（尤其是那些周末出差刚回来的人），而既然称得上"伪君子"，你就知道他们是言不由衷的。

关于这个表达的起源，我做了几个理论假设。显然这个表达出现在动词发明之前（发明动词是大约公元前四万年的事）[1]——最近我读到的一个理论宣称，动词先于名词出现，但仅仅是这个表达就能够将其证伪。不消说当时肯定也还没有连词、人称代词、缩写词……那时的生活和语言都简单得多。

（我更倾向于《巴特利特大辞典》的解读："自从上次见到你，已经过了很久了。"而不是《福特辞典》的版本："离上次一晤，相去时间甚

---

[1] 因为按英语语法分析，该短语中没有动词。

远。"后者太古板了，《霍夫蒙哲格辞典》的解读更是让我避而远之："上次相遇的时间节点与此时会面的时刻已经有了相当的时空距离。"[很难想通霍夫蒙哲格是如何用这种说话方式度过一生的，他老婆八成都被他搞疯了，尤其是做爱的时候 —— 但也许他是少说多做的类型。])[1]

当然了，这个表达很有可能在远远晚于公元前四万年的时候，产生自一个在语言方面比印欧或亚洲落后的文明。例如美洲印第安人，当他们需要和其他部落交流如何使用烟雾信号时，用语简洁无疑是一个主要的考虑因素。也许更精准的表达是这样的："距离上次看见你们[部落的烟雾信号]已经过去了许多月亮。"白人依循逻辑把"许多月亮"理解为"好久"。

确实，我想得越多，就有越来越多的理论。（我和理论总是具有这种关系。我寻思，管他呢，就让它们尽情繁殖吧；至少我们俩有一个在繁殖。）

我甚至从中看出了《圣经》的启示："Long time, Noah, no sea（好久，诺亚，没有大海）"也许是邻居们在嘲笑诺亚方舟时说的话。（"no"很可能就是"Noah"的缩略。）

又或许在某个阿兹特克村庄里，被抛弃的恋人从牙缝里挤出绝育的诅咒："Long time, no seed（好久，无后）"，从此被诅咒者便失去生育能力，这也体现了早期人类的大脑多么容易受到外界攻击。

经过时间冲刷，这些词很有可能发生过变异，最初版本是"Wrong time, no tea（时机不对，没有茶喝）"也不是完全没可能，说话者则可能是新建殖民地的激进分子，等待来自英格兰的船在码头停靠之后，再将茶叶统统倾倒进海里。[2]

当然，最受欢迎的一种推测是"Wrong chime, bro Quasi（搞错钟了，卡西兄弟）"[3]。

---

[1] 本段中《巴特利特大辞典》全称为《巴特利特英语常用引用语大辞典》(Bartlett's Familiar Quotations)。另两本辞典则为主人公虚构，编者也属子虚乌有。

[2] 指发生于1773年的波士顿倾茶事件，该事件被视作美国独立战争的导火索。

[3] 此处隐喻雨果小说《巴黎圣母院》里的钟楼怪人卡西莫多。

最后，也是与现在的发音相去最远的一个推测，但根据人们聆听的习惯来看并非没有可能——一个和现代戏剧观众一样没什么耐心的国王也许会叫打手"Flog mime, slowly（鞭打小丑，慢慢地）"，借用肉体折磨威吓哑剧小丑，使他下次不敢再涂成白脸抛头露面。

我承认，最后几个推测可能有些牵强，但正是有了衬托，更合理的理论才能站得住脚。直到和愚蠢的人对比，很少有人会意识到另一方有多么出色。

说起愚蠢，大多数总是使用固定表达的人都谈不上机灵。当你兴冲冲地告诉对方你在写书时，看似好心的人总会说"鸡蛋未孵出，别先数小鸡"（这一直是我的痛处）。还有些人总在复印机旁边大发感慨（因为平时没有人愿意听他们的话）："啊，美德就是它自己的奖赏……"我可不敢苟同。美德最大的奖赏，是那些觉得自己是世界上仅存的真正基督徒的人所感受到的带着感伤的喜悦。（他们通常是给老板冲咖啡、加班整理资料的角色，并且会在我早上迟到五分钟时阴阳怪气地说："咦，我们现在考勤怎么这么松散了？"）

显而易见，这份工作就是为我量身打造的。

——旧时女裁缝常用的表达

你瞧，短语是作为真理被大众接受的。从众心理的效力如此之大，以至于当某句话被多人重复时，便就此被铭刻在了禁锢思想的围墙上。重复如同引用，具有影响力，即使内容来源是童谣。"捡起地上一分钱，未来天天好运连；看见一分钱不捡，厄运不断接连演"——这句话可谈不上真理，甚至都算不上好诗，但之所以经常听到，是因为人们脑子里的存货太少了，晃荡几下便掉出来。可以确信的是，这几句拙劣的顺口溜仅仅是一些人的借口：受爱占小便宜的心理驱使，他们捡起那一分钱，却又不够胆量大方承认。人们用规整到有些恼人的句型和单调呆板的嗓音来宣示自己的言论自由。这份自由无可厚非，但记住：常引用格言警句的人很少会收到派对的邀请。

但最初创造出这些表达的人通常被认为聪颖机智，有时甚至是"派对之魂"；总重复它们的人 —— 往往躲躲闪闪，不会自主思考 —— 觉得只有《家有阿福》[1]里才会有精彩的对话，于是便只能用"好久，不见"来搪塞敷衍。这些人总是给我形同机器人的感觉，只能够在提前编码的语言指令下运转。正因如此，我坚信人类将最终制造出自己的机器人替身，至少可以承担所有文职以及体力劳动。我对未来的预测，就是文明将由大规模的电子设备构成，进化后的语言以及表达成了没有元音的大杂烩，只剩脉络如同电路图一般的涂鸦符号以及从词汇仍然具有真实含义的那个时代残余下来的哼唧声。

第二场第一幕[2]

凯特： 快点儿，尼尔斯。

尼尔斯： 唔……

凯特： 你只要听着就好，我现在要说另一种语言。

尼尔斯： （从白日梦里惊醒）什么？

凯特： 真的，我要用另一种语言说话，你听音辨声看能不能理解。

尼尔斯： 你在鬼扯什么？

凯特： 你难道没听过圣语吗？《圣经》里有一群人聚在了一起，互说同样的 —— 不，不同的 —— 抱歉，我的意思是说不同的语言，但是他们仍然能够互相理解。

尼尔斯： 你是不是嗑药了？

凯特： 没错。现在你听好，我要开始了 —— 噜噜嘎格瓮。叭什噫吐吧弗咪忒嘶忾来丂嘶普拉特。弗哩欤嘶特忒蒽忒。

（静默）

---

[1] 《家有阿福》（*ALF*）是一部关于来自外星球的长鼻子木偶的电视情景喜剧。——莫蒂斯·威尔士按。
[2] 摘自"慕斯"玛丽莎·米倪恩未完成的音乐剧《高等数学 —— 一个女人的独角戏》。（两个角色都由同一个女演员扮演。）——琼·卡斯利按。

尼尔斯： 你根本就不知道另一种语言。
凯特： 没错儿,但我说的是一门还没有被发明的语言,我并不知道其他任何已经存在的语言。

诗歌

慕斯本人也不会说除了英语之外的其他已知语言,但她使用英语的方法像艺术家摆弄调色板一般恣意:这里一小抹发音,那里添一笔头韵,配上元韵,整体融合成一幅略显混乱的复杂画作。她甚至在诗歌领域也小试过牛刀,却坚决地下了定论:"我永远也没办法严肃地对待诗歌。"诗歌矫饰造作的语言更适合与音乐搭配在一起,如此一来:"听众就不必全神贯注了,再者说,哪个脑筋正常的人会真的想读诗歌呢?"

慕斯大部分的诗歌都创作于大学时期,因为她只有在极其抑郁时才会诉诸诗歌,而那一时期刚好造就了合适的情境。尽管不是为了搭配音乐而写,但慕斯的诗歌似乎天生带有旋律感。不过,作为批评家,我们不应该剥夺您对慕斯作品的第一手鉴赏体验,下面就留您与慕斯独处,稍后再见。

盐

何为一只眼流泪?
我感到失衡。
也许是心脏被划分。

但我承认,这非我意愿,
因为泪水不过是打湿的盐。
近来摄取的盐分并不够促成眼泪。

所以我何为
一只眼流泪?

心脏——①

我的心上有裂痕，
让它破碎分离的是你；
心上的裂痕，
让生命四分五裂的是你。

没有撕扯，没有挣扎，
只不过布料日渐磨蚀，
图案也开始逐步褪逝，
在我失贞之日。

而心上的裂痕，
不断离析分崩，
落得残破不堪。
那些心上的裂痕，
并非装饰花纹，
亦非潮流，
仅仅是冷落破损。

只因你，
我需要替换心脏；
但我情绪低茫，
很久无心购物……

于是我带上裂痕，
还有关于你的，受控于你的，
磨蚀的希望和褪色的美梦。
倘若你早知我多么需要你，

---

① 慕斯对此标题的意图是心脏"空白"，因为其他所有能和"心脏"组合在一起的词都是老一套的陈腐说辞。——包珍妮按。

也必会拿我来图你之利。

那些心上的裂痕,
是所有,而非部分;
裂痕的比例
大于心脏,
是我故意为之,
彻底无心,才能将你利用。

隐喻

心酸是沉思的嘴唇,透过雨滴凝神。
名望是洁净的玻璃。
仁爱却不是。
谦和是布艺餐巾和冰凉的沙拉餐具。
肉欲潜藏在唇角的弧度。
佝偻显现在腿骨。
绯红唤起一阵窘窄而兴奋的红晕。
灰色被冠以污名。
软弱跟随法国号螺旋状的鸣腔起伏。

寂静

不存在的一天,
少许高等真理,或许全为虚妄。
潜在威胁有几处来源。
多声叹息,
填不满一只眼睛的泪滴。
急切地捕捉,
如麻的思绪。
"无聊"太具体,无法形容如此模糊的一天。
噘起嘴唇,

我却无言。

书档诗行

左边

若通过图像而非经文或训导，
我能更好地思考，这由得了我吗？
（这仅仅是假设。）
或者通过旋律。
（得了吧……）
通过蹩脚的笑话，尤其是双关语。
（我的大脑会如拉肚子般一泻千里。）
那我也比小萨米·戴维斯[1]或是
　　　克里斯·埃弗特[2]或是
　　　成吉思汗要有趣的多，
他们坚持不了多久就得哭。
我在早饭之前就哭过了。

右边

我脑海里的思绪没有划分：
往昔或是当下的记忆，
等式 + 押韵 = 时运，密谋，电影式的
　美梦，
歌曲的片段，错乱的 # 号，
π，$\sqrt{i}$，全都潺潺向前。
我流淌，焯烫，波光粼粼，
很少聆听；

---

[1] Sammy Davis Jr. (1925—1990)，美国著名黑人歌手、喜剧演员。
[2] Chris Evert，美国著名女子网球运动员。

但观察和守候，比嘴上的谎言
能告诉我更多的事。
我的双眼（更）睿智
守财奴，修补匠，士兵，水手，旅行车：
一同被过滤。
我剩下的思绪与起初时平齐。
我的大脑放了个屁。

（是她写的。）

无题但意义丰富

太妃糖和奶油糖霜，
代表着梦想；
同为禁果，
无梦的我，沉默地琢磨。

∞≤∞ 10 ∞≥∞
陷入情网并搬到大城市

冥想①

今早我醒来后的第一个念头是:"好的,重新组合吧。"我想我是在给自己的骨头下达指令。

我曾经梦见过,自己的绝对音感只不过是延迟了的未卜先知能力。②

我身处一座博物馆,那里的猴子们都坐在玻璃展示柜里,在刚经历完一场关于大麻效果的实验之后,它们看上去可怜兮兮的,近乎垂死状态。我和特蕾莎决定帮助它们脱离痛苦,但糟糕的是,我们手头没有任何用来麻醉的氯仿,只能用水杨酸棉片充数,不过药力应该足够了。

1985 年 10 月 20 日

昨晚我梦见自己得途经墨西哥才能从纽约搬到纽约。梦里我一直自言自语着:"等等,要是我已经住在纽约了,为什么还要搬家呢?"我和另外三个女孩结伴开一辆旅行车一路到了墨西哥以后,便去一座由艺术家的房子改造的博物馆参观,是用拉丁美洲风格的圆砖搭建的。那位墨西哥艺术家正在后院创作一幅巨大的人物粉彩画 —— 画中人物是拉里·斯韬驰③。画作底部用大写字母写着:"多么棒的一个家伙!"我当

---

① 玛丽莎把自己的梦境称为"冥想",因为她觉得只有平凡的人才会做梦,而她是在沉思。——罗维斯基博士按。

② "慕斯"玛丽莎·米倪恩没有绝对音感,她误以为自己有。——琼·卡斯利按。

③ 拉里·斯韬驰(Larry Storch)是情景喜剧《F 军队》(F Troop)中的明星。——琼·卡斯利按。

时觉得在肖像画的底部这么写有些怪异,但那个艺术家告诉我,这是墨西哥的一句古老俗语。

抵达纽约后的事件纪实

其实我们对于在纽约立足毫无准备,不过,真的会有人敢说自己准备好了吗?我们乘坐美国人民捷运航空[①]的航班到达的时候,处于极度缺乏睡眠的状态,不过幸好行李都还在。山姆根本没有睡着……而我,在哪儿都能睡着。有一次,我在乐队表演时[②],站在扩音喇叭前面都睡着了。但在飞机上睡觉始终不算真正的休息,就像奶粉一样,始终不是真奶。若是假寐的技术够高,每隔两分钟就真的能睡那么一下。

我们开着租来的车驶向纽瓦克,投奔山姆父亲大学室友的公寓。因为他是我们在纽约唯一能够勉强搭上关系的人,而我们根本负担不起酒店。山姆总是迷迷糊糊地问我,飞机到底什么时候才降落,所以只能由我来开车。

每到达一个新的地方,人的感知就会变得细腻。一些在这里土生土长的人完全不会留意的事情,此时都会给你留下深刻印象。空气在你的肌肤上摩挲,某个地方的气息突然挑逗起你的鼻翼,你的神经开始被不同程度的兴奋给淹没。接下来的发现让你更加兴致高涨:作为成年人,你还可以通过开车来探索这个新世界。前一秒你还觉得自己像个孩子 —— 带着那种不会拼写某个单词时的困扰和不悦 —— 后一秒你就发现自己坐在方向盘的后面:这是做成年人的最大好处。可不论风景多么独特,轮子下面始终有一条甩也甩不掉的路,让人意识到自己是个毫不出彩的大众角色。纽约还没有特立独行到不再用白线分隔车道以保障交通秩序的地步(后来我才知道,根本没人把那些放在眼里,但那时我还只是初来乍到)。

我之所以决定和山姆一起搬往纽约,是因为有一天晚上我喝到醉醺

[①] 一家已经倒闭的航空公司。——莫蒂斯·威尔士按。
[②] "慕斯"玛丽莎·米倪恩在洛杉矶时和自己未来的丈夫山姆同在一个摇滚乐队,她吹法国号,山姆是吉他手。——琼·卡斯利按。

醺时（我记得那是个周四，大约晚上十一点），给他的实验室打了个电话，敞开了话匣子。"我说，我们已经认识八年了，我一直都对你挺有好感的，而且时不时就会偶然碰到。可是现在，你突然就要搬到纽约了——"我用一种平淡的，理所当然似的语气继续下去，"我想你很有可能最后会和楚蒂①结婚，我们就不能像过去那样胡搞作乐了，这让我有些郁闷，所以我就是想知道——"说到这里我已经止不住想大笑了，"你想不想跟我做最后一次爱。"

让我解释一下：我对山姆的感觉就像对住在隔壁的男生一样。我对他如此熟悉，以至于第一次见面时什么值得大惊小怪的事情都没发生。（我们俩都不记得当时是什么场景了。）没准儿是在某个大学派对上，他和住我隔壁的家伙是朋友。我们的个性相像到了都没有给对方留下任何印象的程度。"没留印象"好像带贬义，也许并不准确；我想说的是，我们没有因为异性相吸，而拼命地互相讨好。正因如此，我们能够做更加真实的自己。虽然我们从来没有正式开始过恋爱关系，却时不时发生肉体关系，无论是感情空窗期，还是各自都有男女朋友的时候。我坦白，我理所当然地认为他一直就会在那儿。这就是隔壁男生给你的感觉。

于是在我问完他想不想做爱后，山姆大笑着回复："这个嘛……我得考虑一下。"我太了解他了，他明明一万个愿意，而且我也知道他和女朋友的性生活不知怎么变得不太如意。不过我也深知，他是个很看重恋爱中忠诚度的男人，因为几年前，有一次我们俩赤裸着身体躺在一张床上，他却因为自己当时的女友伊丽莎白而不愿意与我发生关系。我当即怒不可遏地冲他吼："噢，所以伊丽莎白只介意你和别人做爱，赤身裸体躺在一起就没关系是吗？！"那之后我生了他一年的气。可坦白说，这种冒傻气的男生挺招人喜欢的；虽然荒唐，却让人莫名感动。

我们又继续在电话上互相开了一会儿玩笑，他说："其实我也很想，可是还有楚蒂，而且她特别精明，一定会知道的。我不希望伤害到她。

---

① 楚蒂是从事有机金属研究的化学家，曾经和山姆有过一段两年的恋人关系。——包珍妮按。

我有没有告诉过你,她曾经看到一张三年前我们一起在派对上拍的照片,愣是从乌压压的人群里把你挑出来,指着问我:'她是谁?'"山姆憋出假声模仿楚蒂的嗓音。

"呃,山姆……"我装作厌恶的样子,"你怎么每次模仿女生都是一个声音?"

"我只能想到一个原因。"

"你的模仿能力太逊了?"

"因为你每次都会嘲笑她们。"他说。

我又顶回去:"我的幽默感不太好,行了吧。"

"我知道,我见过你的单人喜剧表演。"说完山姆就因为自己这句机智的嘲讽而狂笑起来。

"你真是蠢。"我对着电话笑了。

"嘿,"我故意沉默了一会儿,借此让他知道我是很真诚地在跟他说话,并没有事先排练好,我的这项技能很管用,"也许我本不应该打电话给你的,可跟你说会儿话让我觉得挺舒心的。而且我现在喝得很醉,只是需要一个朋友——"

"我就是你的朋友,玛丽莎。"

"我知道,只不过我已经有一年没见过你了。直到我加入了乐队那一刻我才突然记起来,你从来都不给我任何压力,让我给你打电话或者做你女朋友之类的。每次约会,你总会发表些愚蠢至极的保守观念,引起我对你政治观的厌恶,"我又忍不住笑出声来,"接着我又会一年都不联系你。但你知道吗,我现在才发现,比起政治观念,还有很多导致你不喜欢一个人的原因。"

"没错儿,比如他们的丁丁太小了。"

"你怎么老跟个傻瓜似的?"我摇着头,努力不笑出声来。

"因为你喜欢。"

"还记得吗?那次我们吵得特别凶,因为我说'有贫穷的地方就有犯罪',而你不同意?"

"然后就有个狗娘养的砸碎了我的车窗,偷走了我最好的一条牛仔裤。我知道你想说什么。"在电话这头我都能感觉到山姆在冲我摇头。

"我就是喜欢那些生活用事实证明我正确的时刻。"

"所以你后来在我洗澡的时候闯进浴室也是这个原因？就是为了一句'我早就告诉过你'了？"山姆反问道。

"说实话，"我沉吟了一下，"我也不知道自己当时为什么要那么做。我还一直觉得自己待在那儿挺自然的，直到你后来说我进来是为了看你的鸡巴，我才羞得满脸滚烫。我不想让你觉得我是想和你做爱，因为当时确实没那个想法。"

"所以是什么让你改变了想法？"

"我想，是那次乐队排练的时候。你说自己连续四十八个小时都没有睡觉，就为了挽回一时失误而挥发掉的攒了五年的实验产物，用了三百张无尘纸还只是搞回了一半。那时你一脸沮丧地说本以为自己能回收到更多呢。"

"那件事为什么会让你想跟我上床呢？"山姆不解地追问我。

"我哪懂啊……（我想装可爱时就会用这句来代替"我不知道"。）我猜是因为你当时头发乱蓬蓬的，看上去很绝望。"

"棒极了。"他讽刺地回了一句。

"山姆，我一点儿也不想给你压力……"

"我知道，"他顿了顿，"但我得考虑一下。"

"算了，还是忽略我吧，你知道的，我总是带来坏影响。我很不希望你搬走，我甚至连自己为什么想和你上床都不知道。没准儿我只是喝醉了。"

"没关系，我也想和你做爱，只不过我不确定自己是否能够这么做。我可能会太投入，无法抽身，到时候我们俩的关系又会变成什么样呢？"

"你说得对。"

有那么一阵儿，我们谁都没有说话。

我开始用自己的那一套缓解气氛：放声大笑。

"我现在真的烂醉如泥；刚才我在BBC肥皂剧纪录片的狂欢派对上，场面很怪异。有一个年老色衰的肥皂剧女星，气色跟死尸一样，却穿着婚纱在忸怩作态,挺悲哀的。"

"是你为柯林工作的那个项目吗?"

"对,柯林的行为也很让人费解。他有一个美国女友 —— 金发美女 —— 可是我那天在他公寓客厅里的时候,他总是想趁机把我的马裤拽下来。我搞不懂他为什么要玩这些愚蠢的小游戏,怪不得爱情闹剧在英国那么受欢迎。他想要的根本就不是一段稳定的关系,只不过是各种性体验罢了。"

"他毕竟是在寄宿学校长大的……"

"这我懂,我只是比较敏感,总是被他的混蛋行径给惹恼。"

"所以你才会打电话给我?"

"也不是……好吧,可能有一部分这个原因。我需要跟喜欢我的人聊会儿天,而我知道你喜欢我。也许你应该忘记我打过这个电话,周六见。"

"玛丽莎,你下次还是可以打电话给我……"

这之后,乐队又在一起排练过三次,山姆才真正地放下了戒备。我们当时正站在特富客汉堡的停车场聊天(乐队成员在练习之后会一起来这里吃饭)。约莫晚上十一点半,其他人已经离开了。我们俩都感到兴奋又带点紧张,却并没有相互触碰,只是在被玩笑话逗得前仰后合时,想装作不小心倚靠上对方。我们当时都是二十七岁,原来年龄对于异性吸引程度和神经反应来说并没有那么重要。

突然间,山姆毫无预兆地说了一句:"好的。"

看着他,我的身体竟因兴奋而颤抖了起来。我曾经什么时候对他有过这样的感觉?我简直就是失去理智了,他只是山姆而已啊。可我却记不起曾经对任何人有过这么强烈的性欲。

在到达我在威尼斯的公寓门口之前,我们努力地克制着欲望。可一进门,便迫不及待地翻云覆雨起来。我脑海中一片迷离,自忖:"也许我爱上山姆了。"

说来好笑,如果回顾一下我和山姆一直以来的友谊,我的记忆里几乎完全没有做爱的场景,而净是那些拒绝让其发生的时刻。此时的山姆蜷缩在我的臂弯里，我也筋疲力尽，我开始回忆我们第一次躺在床上的场景。那是我在洛杉矶分校的第一学期，宿舍里除了我们还有另外两个人，我只穿着文胸和内裤（那时我还没有放弃穿内衣），和他躺在下铺互相搂着睡着了。当时我还没有失去第一次，所以那样的感觉也挺好的；像这样和山姆只同床共枕而什么都不做的回忆还有很多。我们喜欢对方，享受与对方聊天的过程，却不想因为性的掺杂而将其复杂化，而且我们各自也都有了让生活搅扰不清的人了。

另一次，山姆的导师找他去帮忙看家，我们就在他家的泳池里裸泳了起来。山姆还得照顾他导师那只叫"屎子"的狗，我始终没搞清它的名字到底是什么，山姆却一直担惊受怕，怕在导师回家来之前那只狗就一命呜呼。（在研究生院里，导师的地位就和上帝一样。）那只狗大概有三百岁了吧，一脸随时随地都可能挂掉的样子。

整个大学生涯，我都没觉得山姆是那种聪明学生。只穿牛仔裤的他，不像那种穿双排扣西装、拎公文包的人一样散发着精明劲儿。从始至终我都没发现他竟然是在攻读化学博士学位，只以为他在毕业这件事上遇到了点小问题。

我们的关系持续了整个夏天，不论是乐队成员还是楚蒂，都没有发现。愧疚感并没能阻止我们，山姆几乎每周三晚上排练完都会来我住处，待到凌晨三四点，然后抱着吉他一路跑回车上（威尼斯的凌晨四点危险系数很高），驶回帕萨迪纳。这段恋情进行了几周后的一天晚上，贾斯伯和斯坦办了个小派对，我们吸了些可卡因，便留下来过夜。（用鼻孔吸食会让我的下巴骨左右晃动，所以我很讨厌，但当时失控的生活让我急需要做些疯狂的事——比如和别人的男朋友偷情，而他却在一个月后要搬到三千公里之外的地方。我突然觉得自己开始在乎了。我的小半辈子都是抱着不在乎的态度过来的——为什么我现在不能拥有一点知觉呢？）

我们在贾斯伯床上缠绵的时候，我听见了自己的声音："我想，我爱上你了。"可我的内心却立即退缩了。我是在瞎说吗？由于这样的谎话说了太多次，我甚至都没法判断自己的真心了。山姆是个好男人，我不能这样拿他的人生开玩笑。难道我是准备把他诱惑到手然后甩了他？

我到底能从中获得什么好处？连我自己都一头雾水。

还差几天，山姆就可以拿到博士学位了。在奋斗多年的事情即将出结果时，人们总是倾向于做一些失去理智的事情。山姆给我写了一封信。等一下，我找到了原文。

1985 年 7 月 1 日

亲爱的玛丽莎：

  我想我该给你写封信，因为你给我写过那么多封，我却从来没有回过，而且不知怎地，我觉得用这种方式我更能精准[原文如此]地表达内心的想法。起初陷入这场地下恋情时，我做梦也没有想到自己会被这个已经认识八年的女孩儿迷得神魂颠倒。我现在正式邀请你去纽约，不是你跟着我去纽约，而是我们一起去纽约。你听得懂吗？我现在的这个请求既不现实又不合逻辑，所以，你的决定必须来自内心，而不是逻辑推理。我这一生从来没有要求过一个女人为我作出被大家称作牺牲的这种东西，但我不愿意因为某个虚伪的原则就让这次机会溜走。启程是在八月底，你还有考虑的时间，期间我会尽量不给你任何压力。假如你的回答是否定的，我保证，这个邀请在我走后也一直有效。假如你的心理治疗师说你疯了，让她打电话给我，我会把她给"理顺"的。

  记住，考虑时不要用力过猛，因为你也许会被逻辑和理智淹没，而决定留下。

爱你的
山姆

除了说愿意，我别无选择。人生会有多少次一个科学家跟你说要抛开逻辑来思考的经历呢？

过去几个月发生的一切在我的头脑中翻江倒海地回放着，每一个远离家乡、身心疲累的人都会习惯这样做。纽约的天空轮廓慢慢地浮现出来。我竟丝毫不觉得害怕，虽然从来没有和山姆住在一起过，我们却彼此了如指掌。不会出差错的;就算最终失败,那么,至少我也是在纽约生活过的人了。

开车经过乔治·华盛顿大桥的时候,我瞟了一眼整个人都疲软了的山姆。他兔子般小小的眼睛充满了红色血丝。

"怎么了?"他察觉到我在看他。

"没事。"我给了他一个微笑。

我一路开到了哥伦比亚大学附近的上西区,山姆将成为哥大的一名化学研究员。从一一四大街直至一一九大街这几个街区全是哥大范围,那里基本已与哈林黑人区毗邻。因为按照一般民间划分,以百老汇大街为西界,从一二零大街一路向北(直到最大号的街区)全属哈林区。哥大化学系的许多学生为了寻求刺激,会步行前往一二五大街的肯德基。我只坐出租车去过一次,太大的刺激我可受不了。

山姆父亲的大学室友珀西和他的妻子塞尔玛住在八十号大街与百老汇大街拐角,街区环境非常好。他们俩都是心理咨询师,在纽约这个地方他们可不缺活儿。珀西持有心理学和神学的博士双学位 —— 这真是一个致命的组合。具有调查记者般好奇心和灵敏度的山姆,仅用了两周时间就发现珀西正准备投身两家传销公司,康宝莱和安利。我们甚至在他的书架上发现了传销公司的指导手册。他真是个惹人厌的家伙。

我曾经从一个好色的安利经销商那里将朋友图丝黛给救出来过。赶到他的公寓时,我看见图丝黛正和其他一些人在听洗脑演讲:"你想用什么方法挣到100万美元?不过别急……为什么要止步于此呢?你们中有多少人想要挣1000万美元!?其实,这一切都可以达成,我这就告诉你们秘诀。"我站在纱门外大叫起来:"图丝黛,要是你现在不出来,我就不请你吃生日大餐了。"她居然还要犹豫。(她八成在跟那个传销头目约会。)最终,我不得不走进去,抓住她的胳膊,用解救的语气对她耐心解释。

这种性质的公司就是打着商业旗号的邪教,手法和美南浸信会如出一辙。通过反复灌输暴富的承诺催眠受害者,直到他们财迷心窍。其生财之关键并非挨家挨户售卖安利产品,而是不断引诱更多人成为下线,下线再找下线，如是重复。随着分支逐渐壮大，每个新晋下线加入时你都会得到一份提成，你自然就被逐渐推向金字塔的顶端。这与黑手党似乎没有多大的区别。

珀西一边策划保健维他命的销售策略，一边在营销鼓励人们改变坏习惯的磁带。磁带的一个音轨上录入了海浪、鸟鸣或是其他环境中的声音，另一条音轨上则有个沉静的嗓音不断重复着"你会瘦下来，你会瘦下来……"。我猜他是从五十年代被列为非法的隐性广告中获得的灵感。当年这些穿插在电影中的广告只有一帧的长度。比如"吃爆米花"这样一条暗示，它在你的意识察觉到之前就已经一闪而过，你永远都不会知道自己曾经接收过这样的信息，但你的潜意识却早已将其内化。如法炮制的隐性声音信息存在一个问题：从来没人证实过在听力感知中也有"一帧"这种说法。只有听到或听不到。也就是说，这些磁带只是个骗局。

最让我惊讶的是，竟然有两所大学给这个家伙颁发过博士学位。

然而，珀西的书房能给他的客户营造非常舒心的氛围，其装饰以皮革和木材为主，大量书籍沿墙面整齐码放着，一切都透露着阳刚、博学和令人放松的气息。另一方面，赛尔玛的客户却地位低一级，只能在厨房旁边狭小的缝纫间里被接待。在隔壁的浴室里，半截裁缝用的人体模型脸朝下趴在浴缸里。我想，看过这一幕的人一定会继续约见心理咨询师的。

赛尔玛的办公室才刚够塞下一个人，而她又是那种气场强大到个人所占实际空间远大于其所需的人。讽刺的是，珀西和赛尔玛总是在滔滔不绝地谈论女权主义，这样一来，房间分配的不平等就显得尤为古怪（除非你知道心理治疗师对不协调现象本身就有一种执迷）。

简单来说，我和山姆都无法忍受他们了——你有没有过这种感觉，当你不能忍受一个人时，对他们吃的食物也会心生厌恶？珀西和赛尔玛吃的不是全麦制品就是某种大豆的副产品。厨房里所有开封的食物都被一些用过的脏不拉几的塑料袋包着。他们吃纯天然不加盐的花生酱，用廉价的一加仑大瓶去打原味酸奶（瓶口总是会有已经变色的酸奶块掉进去），吃的时候将酸奶与乱七八糟的种子、碎麦片还有其他让人看了就想吐的东西搅在一起。这种食物唯一的优点可能就是不招蟑螂。（不过昨天晚上，在我们自己的公寓里，山姆把我叫醒，然后跟我说他看见一群蟑螂围绕一片生菜叶吃得正欢。素食主义蟑螂这种事也被我们给摊上了。）有一天晚上，珀西和塞尔玛不在家，我和山姆搜罗了酸奶油、一堆芝士，连同所有能找到的长肉食材，做了墨西哥玉米片的蘸酱。山姆走进厨房，看到任何不顺眼的东西就扯出来，然后冲着储藏柜一顿破口大骂，借此发泄。

我们在那里住了两周，期间发生的最好的事情，就是珀西和塞尔玛周末前往乡村度假屋散心。这样房子就归我和山姆单独使用了。勉勉强强算是单独吧……那时还有个夏季租客也住在那里，后来换了一个冬季租客。那个人是来自法国的工程师，英语很烂，父母是珀西和塞尔玛的朋友。公司为了让他提高英语能力，派遣他到肯尼迪机场来工作。真是……要是在纽约皇后区真的能学会英语就怪了。这里的每个人说话都跟西尔维斯特·史泰龙是一个腔调[①]。谁会想要学习听起来就像嘴里含了食物在说话一样的英语？不管怎样，我们带他四处转了一下。（搞得就好像我们已经在这里待了很久，资格很老似的。其实我们也无法听懂这里使用的语言，完全像来到了另一个国家。坦白说，每次我购完物都抑制不住兴奋之情，因为这里竟然和我们加州使用相同的货币！）

除了租户，塞尔玛的妹妹格莱迪斯，还有三只猫也在这儿住。其中一只猫当时正处于发情期，总是想要和另两只搞点什么，而那两只分别已经有十七和十八岁高龄，有力气放屁就算是走运了。在此基础上，还有只总处于超亢奋状态的狗和几条又脏又臭的金鱼。（除了格莱迪斯和金鱼以外）我对其他生物都过敏。直说了吧，那段日子像地狱一样难熬。我和山姆甚至连一张真正的床都没有，只能睡在饭厅里互相垂直的沙发上。对猫毛和狗毛的过敏诱发了我的气喘，可他们还是不允许我们睡觉时把门关上，因为这会"让猫们不开心"。

[①] 史泰龙带有费城口音。——纳迪·卡内尔按。

毫不夸张，就是这个原因。会"让猫们不开心"。

这还不是最糟糕的部分。明明抵达的第一天就有人跟山姆保证会给他分配住房，可是每天早上四点，我们还是得起床去哥大的住房办公室申请公寓（相信了那句鬼话是我们犯的第一个错误）。连续四天，我们凌晨三点半就起床，轻手轻脚地从那些熟睡的动物身旁走过，钻进一大早就散发尿骚味的电梯（纽约没有尿味的电梯都安装在你住不起的地方），来到空荡的街角等候公交（旁边偶尔站着失眠的人或是伪装着的抢劫犯）。我们在一一八大街下车，冒着寒冷和危险步行至一一九大街和向阳高丘，等待四小时后住房办公室开门，再次聆听今天没有公寓空出来的消息。

第四天的时候我们终于等到了一间公寓，连忙带着侥幸的兴奋，风风火火地赶过去，想着就算条件再差，我们也要了。到达以后，一切看上去都很棒，优点简直列不完。供水管道铺设在室内，这让我们欣喜若狂。可当我们去和房管员详聊时，他却一脸困惑。那个房子里有人在住。我们一心认为他是在说另一间公寓，于是一起去敲门确认。没错，他是对的，里面住着人，还是两个。而且他们已经一次性把房租付清了。此时我们的心情低落到甚至都没力气生气了。这栋楼里还有其他的房间是空的吗？管理员带我们去看了一间，但嘱咐再三，让我们不要说出去（我怀疑否则他就会被公寓黑手党给暗杀掉）。那间房子美极了，灰色的地毯，极佳的视野。到底谁能申请到这种公寓呢？那时的我们还太单纯，无法想通。

那天晚上，我和山姆出门散步。三十一摄氏度的气温加上空气潮湿，所有人都涌上了街头。放眼望去，任何一个看上去舒适的角落都已经被人占领了。那场景就像是"考考你这张照片里一共多少人"的画面。即使这样，我们能获得的隐私也比待在珀西和塞尔玛的公寓里要多。心理学家总是不断问你问题，然后又拿你的答案大做文章。珀西喜欢问山姆关于他父亲的问题，而一向毫不遮掩的山姆总是有什么答什么。最后珀西总结道："所以，你觉得你父亲比你更敢于冒险？"山姆终于忍不了了："我要去超市买日常用品了。"

我们在路上走着的时候,我突然看见一个无家可归的女人在哭泣。之前我从来没有见过女流浪者,我还以为她们已经淡漠到毫无感知了。泪水在她的脸上滂沱,过往的路人却都不屑一顾。我涌起想要帮助她的冲动,泪水也不自主地流下来。当我准备停下时,山姆反问我:"你打算怎么做呢?把她领回珀西和萨尔玛的家里?现在我们自身都难保了。"

最后,山姆的老板终于给住房办公室写了一封言辞激烈的信。就在信件到达的同一天,五间公寓房空了出来。(而我们之前得到的说法是至少两周内都不会有任何房子空出来。)我们最后分到了一间装修精良的教职工公寓房,甚至还有一个看门人。塞尔玛同意把车借给我们搬家,唯一的问题是,她现在占据了公寓门口的一个极佳停车位,要想再给她找一个,我们八成得整夜蹲守。搬行李下楼的时候,我注意到马路对面有一个男人坐在椅子上无所事事。

"山姆,你觉得我过去说服那个家伙帮我们坐在停车位上怎么样?反正他现在也就坐在那里没事干。坐在停车位上还能给我们帮上忙。"

"玛丽莎……"山姆不耐烦地摇着头,却又耸了耸肩,"想问你就问吧。"他又掉过头去搬剩下的行李,我留在原地看车。

不一会儿山姆又回来了。

"你觉得怎么样?我问不问呢?"趁着山姆把行李箱放进车里的当儿,我又不屈不挠地骚扰着他,"我们可以给他一点报酬。"

"我不觉得他会愿意,没准流浪汉会更适合。"他用开玩笑的语气说道,"他们更需要钱。"

山姆拎着最后一个行李下来时,我没等他开口,便向街尾跑去,同时回头冲山姆大叫:"我马上就回来!"我一头冲向百老汇大街中心的路岛,那儿有一对流浪汉模样的黑人夫妇,我上前询问他们是否愿意帮忙。(起初我还有点迟疑,因为通常流浪汉不会成对出现。)我向他们说明来意。在得知现在就可以获得 2.5 美元,等我们放下东西开着空车回来之后会再得到 2.5 美元时,他们欣喜若狂地表示愿意。(反正本来就没处可去。)在我介绍完他们之后,山姆觉得整个场景十分滑稽,他怀疑等我们回来时,肯定连人影都没了。我讽刺说,他对人性太缺乏信任了。结果后来那对夫妇不仅在,还大方地跟我们分享了一件长痔疮的趣事。

> 后来这段经历被慕斯写进了自己的单人喜剧段子中,许多在纽约发生的事情都为慕斯提供了素材,用她自己的话来说:"纽约的生活就像一出糟糕的尼尔·西蒙[1]喜剧……或者说,任何一出尼尔·西蒙的戏。"
>
> 1986年感恩节前夕,慕斯在纽约的喜剧俱乐部表演时使用了下面这个段子。观众里有个男人整场不停冲她大叫"快吹法国号!",即使后来慕斯开始演奏法国号,[①]他也没有住嘴。

我刚搬到纽约时,内心只有一个疑问。大街上随地可见的这些避孕工具都是怎么回事?才一个月的时间,我就已经看见过四个避孕套、两片避孕海绵,一个子宫帽,就那么大喇喇地躺在地上。我就想知道,它们都是哪儿来的?我说,人们又不是每天把它们戴在头上出门逛街。

每次我在地上看见这些,就想把旁边的路人拦住,询问是不是他们的。可说也奇怪,没有一个人的穿衣风格看上去是和避孕套相搭的——这没准是件好事——毕竟我不想得罪任何人。我脑海里不自觉地就会浮现生育健康中心里可能发生的场景:[慕斯模仿男声]"但我以为你会用避孕工具的。"女方这时候说:[女性假声]"我用了呀,现在它正躺在百老汇大街和七九大街拐角的地上呢……你想去拿吗?"

难怪纽约的人口这么多。

昨天在派对上,我就遇到了这样一个粗心导致的意外产物。她是拉斯特法里派[2]的信徒,职业是程序员,她告诉我,自己用的是"心理避

---

① "慕斯"玛丽莎·米倪恩就是以法国号表演开始自己的单人喜剧节目的。——琼·卡斯利按。
[1] Neil Simon(1927—2018),美国著名编剧。
[2] 牙买加黑人教派。

孕方法"。心理！避孕！方法！当时是在一个化学派对上，所以不难看出，化学家平时都和什么样的人来往……相信心理作用能够避孕的人。得了，这女生觉得自己的大脑能够产生橡胶一样的阻隔作用？好吧，至少她不用担心会粗心掉在人行道上。我们还是得正经讨论一下……心理避孕？要是换做卡丽[1]，我还有几分相信，毕竟她能让刀绕着厨房飞，让精子自燃八成也不是难事。可一个电脑程序员？一个能这么认为的人，懂不懂如何性交都要打个问号了。也许这才是能够避免怀孕的真正原因。

[模仿程序员语气]"信不信由你，我已经使用这个方法一年半了。"

对此，我的第一个想法是，我承认这么想不太好，但我是这么回复的："你想没想过，也许是你男朋友射了空枪？"①

说真的，她哪里来的自信，觉得自己有这种特异功能？再说，难道会有人在做爱时在心里想[淡定嗓音]："哦，我真希望这次能来个私生子。"

[尖利反驳的嗓音]难道是脑子坏了吗？我们当然都会在心里默念："拜托了上帝，就这一次千万不要让我怀孕，我保证下一次带套。"

你们懂我什么意思吗？每，个，人，都会用"心理避孕方法"。可问题是，精子是没脑子的。

还是同一个女人，她跟我说："月经期间应该大肆庆祝。"某些人为了派对狂欢，什么借口都能用上。要是我的卵巢也像她的一样智力超群，能和我玩一场俄罗斯轮盘赌，没准我也会觉得值得庆祝。

不知道你怎么想，但我觉得这种人应该被禁止发生性关系。某个人——也许是政府——应该介入其中。"只有脱离了愚昧，才能做爱。"进化论在此处留了败笔。对于性的参与者，并没有任何心理健康要求。所有经历过青春期的人都知道这一点。有用心理暗示避孕的人，还有避孕工具掉在人行道上的人，难怪沦落到无家可归的人这么多。如

---

① 其实"慕斯"玛丽莎·米倪恩本来准备说的是"也许你是不孕不育体质呢"，不过显然这句玩笑对她的观众来说有点过火了。——琼·卡斯利按。

[1] 美国惊悚小说大师斯蒂芬·金的作品《魔女卡丽》的主人公，具有用意念移动物体的超能力。

果一个人的出生仅仅是因为老妈当年放在包里的"飞盘"——科学家们喜欢这样称呼避孕工具——不小心掉在了街上，最后他也流落街头的可能性不是很大吗？我敢打赌，流浪乞讨者的人数与街道上遗失的避孕工具数量是相匹配的。事实上，我知道有个社会学家正在以此作为博士论文的研究课题。

话又说回来，有时流浪汉也能够帮上些忙，比如占停车位。假如你需要开车去超市十分钟，却不想花上整整三天重新找一个停车位，这种情况下我就会去百老汇大街那形形色色的人群中寻找，愿意为了2美元、或再加50美分而在某个地方站一会儿的人数不胜数。在我看来，这是一种公共救助服务，报酬甚至已经比法律规定的最低工资都高了。既然在接受社会的救济福利，那就应该贡献一些劳动力。既然我们已经交了流浪汉税，为何还要再给他们钱呢？我已经看见某些人眼里的困惑了：流浪汉税？那是什么？这样说吧，在座各位有多少人会把空饮料瓶打包，然后带回超市，排队去领30美分的补贴？①

［如果有观众喊"我会！"，则这样接下去："没错，所有麦克马洪[1]的鬼话你八成也都相信了。"］

现在每次有流浪汉跟我张嘴要钱，我都会给他们可以换美分的空瓶子。但你们注意到了吗？现在流浪汉也分两种了，一种拿着瓶子欣然走人，另一种则不屑一顾。十八大街上有个家伙只接受瑞士法郎。你没听错……他站在上西区那侧[2]。

所以你知道我的建议是什么吗？

"教他们打猎！"［停顿］

大家发现了吗？纽约的鸽子已经泛滥成灾了。［停顿］

政府只需要出一小部分资金，就可以教会无家可归的人如何捕鸽子、煮鸽子。这可是一石好几鸟的方法：流浪汉不仅能吃上肉，还能借

---

① 在纽约，每瓶汽水的价格都包含5美分的瓶子钱，把瓶子退还就可以拿到钱。流浪汉经常会在垃圾箱里寻找空瓶子。慕斯·米倪恩会给（自己的）垃圾分类，方便他们寻找。——莫蒂斯·威尔士按。

[1] Ed McMahon（1923—2009），美国演员、歌手，是经常出现在美国各类销售广告上的"托儿"。

[2] 上西区是富人区。

助这项活动强身健体，填充空余时间（我们都知道他们最不缺时间）。再说，也能顺便压一压祸害城市的鸽子大军的气焰。最重要的是，这样一来就能摆脱那些贼他妈烦人的鸽子屎了。要是我们能够再教会鸽子吃掉遗弃在街上的避孕套和海绵，一条完美的食物链就形成了。

∞ ≤ ∞ 11 ∞ ≥ ∞
单人喜剧难于初学走路

【食物链】图 同一生态系统中由一系列有机物组成一条捕食链,其中食物能量通过高级成员捕食低级成员的形式从一个有机体转移到另一个有机体。①

用城市食物链来比拟纽约的生活再合适不过了,唯一的区别是,人们将下一个低级成员(也就是说,站在你旁边的人)视作娱乐资源,而不是食物。甚至在电视上你都找不到这种对哗众取宠的集体渴望。纽约人最爱看其他纽约人出么蛾子了。所以劝你不要离地铁轨道太近是有原因的,没准就有人会推你一下,不一定是出于愤怒,也许只为抓住公众的瞬时注意力,引起几声争执,招来一阵尖叫而已;这就是纯粹的街头戏剧表演。纽约住了这么多人,牺牲几个让大家兴奋一下有什么呢?

这套哲学也同样适用于纽约的单人喜剧俱乐部,在这里,你会经常目睹喜剧演员为了让找茬的观众哈哈一笑而牺牲自己。单人喜剧这行竞争无比激烈,观众对缺乏经验和略显笨拙的表演者毫不留情,因为他们都被街头路边那些歪打正着的滑稽搞笑场面给惯坏了。过去,我以为表演单人喜剧就是把自己的笑话说得比普通人紧凑一点;可现在我知道了,每一个生活在纽约的人都在随时准备着粉墨登场。从出租车司机、街头小贩,甚至是流浪汉那里,你都能学到一手。讽刺和抢劫犯一样,

---

① 《美国传统英语辞典》(The American Heritage Dictionary of the English Language),第二版,霍顿-米夫林出版公司,1982 年,1985 年。——慕斯·米倪恩原注。

都是纽约的土特产。要是一个不当心，小个子的老婆婆都能把你喷得哑口无言。纽约人在这里学会了一条真理，要想在社会上平步青云，一张利嘴比任何社交技能都管用。

慕斯曾经涉足单人喜剧，虽然没有达到什么专业水平，但也迅速超过了业余者档次。她的处女秀是在1979年（那时她年方二十，还在大学读书）。我们从慕斯一位决定匿名的室友那里，获得了她对那次表演的评价，她对慕斯的努力嗤之以鼻，但我们并不确定此番言论是出于嫉妒，还是真实反应了慕斯在舞台上的失败。[①]

下面是1979年1月3日在好莱坞日落大道喜剧俱乐部的演出记录。标题是慕斯事后添加的：

我为什么没能成为一个成功的喜剧演员

晚上好，女士们先生们，你们准备好开怀大笑了吗？［停顿］很好，今晚我想用一个老笑话来开场。这个笑话五十年代末的时候贝内特·瑟夫[1]讲过，当时很火爆。是这样的。［她先自己读了一遍，忍不住笑出声］。喔，天啊，太好笑了。来了来了。蛋黄酱会对冰箱说什么话？［笑］这个笑话我每听必笑。蛋黄酱说的是："把门关上，我太黄了，不能见人。"［笑］记起来了吗？是不是唤起了对那个年代的回忆？［停顿了一下，意识到没有人笑］你们没找到笑点吗？我是在拿"黄"这个词做文章。［停顿］别着急，我还有很多库存。一定能找到一个你们记得的。

这个怎么样：为什么一个变态要过马路？［笑］这是从一个老笑话

[①] 我需要声明：基本可以确定这位室友确实对慕斯有嫉妒之情。她曾经在采访中直接说"慕斯"玛丽莎·米倪恩的着装品位让她"感受到感官上的痛苦"。这个女生似乎习惯了对别人的错误喋喋不休。她明显是在无产阶级的家庭环境中长大，而纽约这样一个商业城市，塑造了她颇为小市民的性格。不过，最近她确实半价卖给了我一些很棒的特百惠牌冰块模具——是她办派对时买多了没用上的，分别是红桃、方片、梅花和黑桃形状。说也奇怪，我已经找这种冰块模具很久了。——琼·卡斯利按

[1] Bennett Cerf (1898—1971)，美国幽默作家、出版家，兰登书屋创始人之一。经常在电视综艺节目及巡回演出中表演自编的笑话。

改编过来的：因为他的鸡巴上有一只鸡不肯松嘴![1][观众席一片安静……]不好意思，这笑话是一个朋友给我讲的。他说所有人都喜欢生殖器笑话。

换下一个。如何才能区分两只鸡？[咯咯笑]一个会下蛋，另一个会—— 下课。[2]["你现在就该下课" —— 有人模仿醉汉说话。[①]慕斯开始兴奋起来。]

噢，妈呀，我的第一个找茬观众！也许大家还没看出来，这是我第一次做单人喜剧表演。我太激动了。我带相机来就是为了记录这一瞬间。大家等一下，我想先和刚才呛我的那个人合个影，这样就能发给我爸妈看了。[她拎着相机跑向观众席，和那个人合影。接着……]

比面包盒小的是什么？是面包！[再次意识到没有几个人被逗乐，于是她说]你们知道吗，要是你们能把标准降低一点，大家就都能开心一点。不过，你们不笑也算是在帮我。这样我就不用担心被成功冲昏头脑，也不会有人试图偷走我的笑话了。

因为这是我作为女喜剧演员的首秀，我想请大家赏脸帮我个忙。你们愿意帮我填写一份小小的问卷吗？[她开始分发问卷和没有削尖的2号铅笔。]

对了，记住，单人喜剧的第一法则是：只要你把它放在一堆更糟糕的笑话中间，任何段子都是好笑的。

单人喜剧抽样调查

1. 我＿＿＿＿＿＿那个关于蛋黄酱和冰箱的笑话。

A. 喜欢

B. 超爱

---

① "慕斯"玛丽莎·米倪恩预料到了这一环节会有观众找茬，因为任何有找茬倾向的人都不会轻易放过这个明显的切入口。——琼·卡斯利按。

[1] "鸡为什么要过马路？因为它要到路的另一边去！"是一个十九世纪中叶即在美国出现的经典冷笑话。后来的讲述者会改变答案以影射某些人物或时事。

[2] 英语 lay an egg 既有下蛋，也有彻底失败、搞砸的意思。

C. 愉快地记起了

2. 下面这个笑话的结尾你会抖什么包袱？

　　一名保洁工程技师，一位联合国译员，还有一只三英尺长的狍狑在洛杉矶博纳文图勒酒店乘电梯，被卡在二楼和三楼之间。狍狑在译员的腿上撒了泡尿，保洁技师忍不住笑了起来，说道："____
_____。"

3. 如果你提供的包袱被认可了，我借过来用你会不会起诉我？

4. 你觉得哪些笑话如果我没有讲出来的话可能会更搞笑？
A._____
B._____（够了）

　　"慕斯"玛丽莎·米倪恩甚至准备了额外内容，以防观众太喜爱她（尽管她自知可能性很小），她需要继续表演下去。

备用材料（要是他们允许我继续在台上待下去的话）

　　我们没有在脚上长眼睛真是件好事，不然戴眼镜这件事就太难了。

问：一只乌龟对另一只乌龟会说什么？
答：什么都没说，乌龟不会说话。

如果观众是知识分子的话，就换成：

问：一本柏拉图的《理想国》会对另一本说什么？
答：（见上面笑话，将"乌龟"改成"柏拉图的《理想国》"。）

值得思索的话题（要是他们允许我思索的话）

你们知道日本的狗怎么叫吗？"汪，汪，汪。"

（我把这个归入外国笑话。）①

一系列更高级的事实：
1. 玻璃其实是液体。不信你问化学家。
2. 棕榈树是从上向下生长的。
3. 在二十一岁生日到来的前一天喝酒是合法的。
4. 莎拉·伯恩哈特[1]会在棺材里和情人们做爱。
5. 麦克·奈史密斯（门基乐队成员）的母亲发明了修正液。[2]

猫女乐队[3]后来怎样了？用月经血给田地施肥会有什么效果？

显然，慕斯在单人喜剧这方面还有很多要学。不难想象为什么她的室友在这场表演之后会说："我可没有胆量像你那样跑到舞台上，把自己弄得像个小丑一样。"对此，慕斯承认：

症结在于，我眼中的滑稽就是一个不滑稽的单人喜剧演员。

不幸的是，大多数人眼中的滑稽仍是一个滑稽的单人喜剧演员。处女秀之后，慕斯在大学期间又尝试过几次，但最终放弃了，因为她总是觉得自己讲的笑话都是从别处听来的。

有时我觉得自己的幽默不是原创的，可又想不起来是谁曾经这么说过。

直到多年之后搬到了纽约，慕斯才终于在单人喜剧这一行小露头角。除了纽约喜剧俱乐部的常驻表演，还有其他几个当地的场子。她总说自己最出彩的一场演出（对她自己而言，观众不一定这么觉

---

① 这个笑话是从山姆那里获得的第一手资料，他曾经有过好几个亚洲女朋友。——莫蒂斯·威尔士按。
[1] Sarah Bernhardt（1844—1923），法国十九世纪及二十世纪初最知名的女演员之一。曾成功巡演五大洲，堪称"国际巨星"第一人。
[2] 门基乐队（The Monkees）是美国1960年代末的一个音乐组合，专为拍摄同名情景喜剧而成立。奈史密斯（Michael Nesmith）的母亲贝蒂·奈史密斯·格雷厄姆（Bette Nesmith Graham, 1924—1980）于1956年发明了修正液。
[3] Josie and the Pussycats，美国1970年代初为同名动画连续剧配唱的虚构女子乐队组合。

得)就是她把浴室体重秤带到现场给观众称重,然后分发幸运饼干的那晚。甚至有个厨师从厨房里跑出来看表演,倒不是对单人喜剧有多大兴趣,他只不过是想称一下自己的体重罢了。

终于有一天,慕斯彻底放弃了单人喜剧,开始创作小说《摇滚女孩的高数人生》。时刻要在线的俏皮话,还有单人喜剧演员之间的激烈竞争都让她感到疲累;她开始害怕自己会沦落到跟他们一样的下场,不论面对什么样的观众,都必须逼自己机智迎合,对话的质量也全靠引起的笑声来衡量。

我们收入了慕斯的一些单人喜剧内容,但记住,单人喜剧是要演出来的,如果你能大声朗读出来,最好是对着邻居,就能更好地体会当一名喜剧演员的感受了。(倘若你的邻居还能配合地冲你吼吼脏话,这次练习的效果会更好。)

首先,想象自己前方的舞台上站着一个肢体紧张的女生,穿着四十年代的外婆的黑裙子。裙身规律地装饰着小亮片,说话的时候光芒闪动。她还双手抱着一个法国号——先前她已经解释过了,选择表演法国号只是因为觉得和这条裙子很搭,而且她觉得自己还需要些道具。你现在已经错过了她开场的法国号表演——《芒斯特一家》[①]主题曲,这时她开口了:

你们知道吗,听起来也许令人惊讶,其实没几个男生会找吹法国号的女生约会……尤其是那些骑摩托车的男生……但没关系,因为有个化学家问我要不要和他一起搬到纽约住。反正我当时也没有什么事业,就想:"有什么不好呢?"瞧,我总是为了爱而搬到大城市去。我知道这有点疯狂,但至少这样我也能游遍南北。

我和这个化学男是在摇滚乐队里认识的,他弹吉他,我吹法国号。

[①] 《芒斯特一家》(The Munsters)是一部1960年代的电视情景喜剧。其中的父亲赫曼·芒斯特长相有点像弗兰肯斯坦创造出来的怪物,这是该剧和经典文学仅有的相似之处。该剧重播时极为风靡。——琼·卡斯利按。

我最喜欢他的一点就是,他不介意我超级大的嗓门。一个人如果嗓门又大又有趣,每个人都会觉得他是犹太人。虽然我不是,可我小时候做梦都想成为一个犹太人,我还以为这是个职业呢。只是和普通工作相比有更多假期而已。每次有人问我是不是犹太人,我会这么回答:"我的家庭负罪感和犹太家庭一样多,只不过我们不能享受他们的节日。"那时候,我梦想着要么成为犹太人,要么参加一次裸体宿营。真是艰难的抉择。我本来准备两样都做的,可是要想在裸体的时候装作是另一个肤色的人种难度有点大。

那时我真是个古怪的小孩子。我总把沃尔特·克朗凯特和袋鼠船长的扮演者当成同一个人。[1] 其实,我到现在也不确定,他们俩反正来都没有同时出现过。小时候我还超级害怕水管工约瑟芬[2],每次她在电视屏幕上一出现,我就会尖叫着跑开。这也许是因为,在我家修水管的工具是用来体罚的。

孩提时代的我很孤独,只有两个假想出来的朋友。等下,不对……只有一个……然后她也有一个朋友……我们俩都不喜欢她。我们总想试图摆脱她,可她手里有质量上乘的毒品。大家都知道的,和这样的真朋友说再见有多难。

这么说吧,我觉得自己童年孤独是因为小时候从来没有养过宠物。我总是缠着父母撒娇,直到后来他们受不了,就给我生了个妹妹做宠物。这也不错。其实害怕水管工约瑟芬的是我妹妹,我更接受不了的是神奇狗狗曼弗雷德[3],因为我对一切有毛发的生物都过敏。马,狗……甚至是椰子。去夏威夷度假的那次我差点陷入昏厥。为此有一段时间内,爸妈一直会把妹妹剃光。某个房间在过去的一个世纪中是否有一只猫曾经进来过,我都能判断出来。我的鼻子仿佛有超感官知觉一

---

[1] 克朗凯特(Walter Cronkite, 1916—2009)是美国电视记者、主持人。《袋鼠船长》(*Captain Kangaroo*)是一档儿童电视节目,船长扮演者为鲍勃·基山(Bob Keeshan, 1927—2004)。
[2] Josephine the Plumber,美国二十世纪六七十年代一则系列去污粉电视广告中的人物,由著名演员简·威瑟斯(Jane Withers)扮演。
[3] Mighty Manfred the Wonder Dog,《袋鼠船长》中播放的系列动画片《汤姆·泰瑞菲克》(*Tom Terrific*)里的卡通角色。

样。还有件事儿，我小时候一打喷嚏，电视就会自动换台，所以每次感冒，爸妈都会把我送到邻居那里去。（他们特别讨厌那家搞安利传销的邻居。）我以为这种打喷嚏的灵异行为是家族遗传，便去找了一个灵媒帮我和外婆通灵……结果，只能和她的狗联系上。

为什么只有我一个人觉得这好笑呢？

言归正传，对宠物过敏这件事，我终于找到了解决办法。一个月之前我买了一个蚂蚁农场。你们仔细想想啊：蚂蚁最适合给城市人作宠物了。又不会褪皮，又不会随地大小便——就算它们会这么做，又有谁能注意到呢？它们挖出一条条小地道，在对方身上爬来爬去。跟它们一比，纽约人都不觉得自己的生存环境有那么挤了。蚂蚁是人类最好的朋友，不占多大空间，一直陪伴在你身边，还让你觉得自己很强壮——要是被咬了，一下就可以碾死它们。

但你们知道蚂蚁最让我气不打一处来的是什么吗？它们长得一模一样。也许有些人已经注意到这一点了。要是其中一只咬了你，你总也搞不清到底是哪个小玩意儿做的，只能将它们斩尽杀绝。我很不喜欢这样。过去我还是素食主义者的时候，反感杀生，还为这件事郁闷了好久。但是它们主动咬人，事情的性质就变了，你们说是不是？反正我决定素食只是因为我觉得需要磨炼自己的信念。现在看来，我只要多养点蚂蚁就行了。

如果忽略掉我养的蚂蚁最后都一命呜呼这件事，看着它们欢快地窜来窜去还是挺惬意的。只不过买来后第三天它们就动也不动了，我也不知道问题出在哪里……我给它们浇了水，可本来就应该这么做啊！

我对它们的感情越来越深，甚至会给它们放风。就在快要学会如何回家时，它们挂掉了。我读过一本关于扫描电子显微照片的书，之后对蚂蚁的喜爱又加深了一层：科学家将负极加速电压（通常是一千到三万伏）加在尖细的钨丝上，引起电子向真空中发射——噢，你们八成已经读过这本书了。言归正传，那本书里附了这些放大无数倍的蚂蚁照片。[1] 大家知道吗？其实每只蚂蚁长得都不一样。当然了，前提是在被

---

[1] "慕斯"玛丽莎·米倪恩举着书里的一页照片给观众看。——琼·卡斯利按。

踩死之前。踩过之后，就算再放大一千倍，看上去也差不多。

我的蚂蚁农场是在一家叫艾姆婶婶产业的公司买的，总部在洛杉矶——这点应该在你们意料之中。艾姆婶婶用来大捞一笔的这些蚂蚁，八成原本就患病了，因为我买的第二波甚至死得更快。它们在邮寄包裹中存活的时间都比在我的农场里活得久。我明明完全遵照指示做了，绝对没有多喂食。艾姆婶婶说撑死是蚂蚁最常见的死亡原因。当然，她没有考虑到它们无力承担一个130磅重的人突然压下的重量。

我思索之后觉得这蚂蚁买卖里肯定有邪教的成分。其中一只蚂蚁会教唆其余蚂蚁喝蚜虫的"酷爱饮料"[①]。我敢打赌艾姆婶婶有在背后唆使，毕竟这能让她的生意久盛不衰。可至少她也应该一起寄个蚂蚁坟过来，因为现在所有蚂蚁都四脚朝天了……好吧，有些死时的姿势是侧着身子蜷成一团的。它们都还没有来得及挖个隧道什么的呢[噘嘴]。每批蚂蚁要2.5美元呢。我已经花了……嗯……2.5的三倍是多少来着？反正多于5美元。对我来说这更像是蚂蚁纪念碑，我准备镀上铜收藏起来。等第三批一到，我就再次上手。艾姆婶婶公司还有一种化石寻宝产品，售价20美元。据她说，这一套包含一堆土，几把牙刷，二十块保证有1亿到5.5亿年历史的真品化石。但我好奇的是，他们如何判定化石有那么老。就算真的历经了1亿年，上面的日期肯定也已经磨掉了。我有个邻居在猫砂盆里找到了一块化石[1]，一毛钱都没有花。

你可能在纳闷，我这些稀奇古怪的想法和行为都是哪里来的，其实不知道。它们就像邮寄广告传单一样，甚至搬家之后也还是阴魂不散。说起来，我的父母也应该对此负些责任，我妈教心理学，老爸则是教经济学的，所以……我大部分的生活都建立在理论上。[②]（这是一个针对知识分子的笑话。）很多人都意识不到，虽然经济学家对于供需关系理解得很透彻，却不懂金钱的含义。所以我们家里总是我妈处理报税的事情。但我爸把经济认真地贯彻到了日常生活当中——他只买打折降价

---

① 此处作者基于蚂蚁吸食蚜虫分泌的蜜汁的习性开了个隐晦的玩笑。——莫蒂斯·威尔士按。
② 慕斯从自己的另一个人格那里偷了可以用在单人喜剧中的段子。——罗维斯基博士按。
[1] 指硬化了的猫屎。

的东西。我外婆也是这个脾性，她看见一辆叉车在打折，就毫不犹豫地买了下来。你们八成觉得这个故事是编出来的，但我发誓是真的。正常家庭里是养不出我这样的孩子来的……话说回来，那辆叉车才4000美元，超级划算，不知道你们有没有看到最近的行情价。我记得后来外婆就把它当作第二辆家庭出行工具来使用了，至少不愁找不到停车位。我爸买到的最棒的打折商品是一架自动钢琴，随琴附赠的是《贝森街蓝调》。接下来，我给大家演绎一下这首曲子，由我自己和自己二重唱。太久没有约会，我现在变得挺自给自足的。

[法国号/女声二重唱《贝森街蓝调》]

芭比成瘾

我的很多理论都是在吃东西时进出来的。在刚吃完第十五个奶油夹心蛋糕时，我突然想到了这个理论。当时我还颇为犹豫——到底是继续吃第十六个，还是停下来记录这个理论（我特别讨厌事情不成双）。这个理论就是，人们对于毒品的瘾最初源自芭比娃娃。

我知道你们现在肯定都在想："芭比娃娃，[模仿顿悟似的拍一下头]可不是嘛。为什么我之前没有想到呢？"

一直以来，人们都觉得毒瘾是从音乐录影带、满是脏话的摇滚乐歌词、同性恋父亲、《疯狂》[1]杂志，甚至是像侯斯特斯夹心面包那样的保健食品中耳濡目染而来的。但我得告诉你们，它的实际起源可比这些早多了。真正的源头是在你收到第一条芭比娃娃舞会公主裙的时候。因为——"没有裙子芭比娃娃要怎么去舞会呢？"接下来你又需要一个男伴肯，因为"要是肯不开车带她，芭比要怎么到现场呢？"不用说，肯也需要一套像样的礼服，毕竟"芭比怎么会随便跟一个不修边幅的家伙同框出现呢？"你们看出什么不对劲了吗？

最一开始，芭比娃娃只是为了教你如何做一个精致的成年人。要怎么穿紧身毛衣却又不把乳头给暴露出来……跟我们一比，芭比要做到

---

[1] Mad，美国幽默杂志。

这一点容易多了，因为她们根本就没有乳头。小时候我还因为这一点信心受挫，并试着用修正液把自己的乳头给涂掉。

芭比本来是用来展示晚礼服应该搭配什么样的手套和披肩，如何穿搭高跟鞋，尤其是如何跟没有生殖器的男人约会的。但归根究底，芭比娃娃真正教会我们的，是如何想要更多的芭比娃娃。

跟海洛因一样，欲望总是永无止尽的。第一个娃娃只是万里长征的第一步，接下来的渴望就会愈发强烈。芭比之后是男伴肯，接着是斯基普、斯古特，还有假发娃娃玛奇，以及随之附送的各种愚蠢无比的假发。更不用说芭比专用露营车、壁球场，还有麦当劳分店了。[停顿]

没骗你，他们真的专门为芭比做了一个仿真麦当劳分店。

这真是蠢到家了，因为芭比打死都不会下厨做汉堡的，这会破坏她的新发型。而且你想想，肯会同意让芭比投资一家快餐店吗？门都没有！芭比实在太蠢了。我曾经买过一套芭比学校，可里面连教室都没有。她唯一会做的就是在校园糖果店里对肯抛媚眼，其余她恐怕也做不了什么了。相比之下，肯对特种兵乔伊人偶好像更感兴趣。我弟弟会给特种兵玩偶穿上芭比娃娃的衣服——羊绒衫、裤裙，再肩扛一把 M16 自动步枪。我弟弟小时候也挺古怪的，但至少这件事做得还算有创意，因为芭比娃娃实在是太无聊了！记得有一次我在把所有娃娃都摆出来之后，就那么干瞪着她们，心想："现在要怎样呢？"芭比唯一想做的就是不停换衣服。她既不能洗澡，又不能去游泳，在性方面拘谨保守，从来不和肯上床。虽然肯还不一定乐意呢……

说起来，我小时候玩芭比唯一觉得有趣的一次，就是和弟弟一起把她给绑起来让肯折磨他的那次。你说，怎么就没人设计一个芭比地牢系列呢？像行刑架和手铐之类的有趣设计，从来没有过。当时我们用扎塑料袋的软芯绳当手铐，还不会伤到皮肤。还有一个芭比版的刑具烙铁，这在参加街道的芭比派对时用来给自己的娃娃做记号很方便。因为每次这种派对结束时，你总会发现自己的娃娃数量比当初来的时候少了几个。每个人都心知肚明，对芭比的欲望是没有办法满足的。

相信我，我曾经上过瘾，所以我懂。但我后来得救了，一切都起自房子着火的那天。是这样的,芭比指控假发娃娃玛奇是个巫婆,于是我们决定给她执行火刑。不幸的是,失控的火势也殃及了几个邻居家的孩子。不过我总算是把芭比的瘾给戒了。少年管教所里面可没有那些玩意儿。

小翅膀(Wingy)

我还有一个理论 —— 呃,要是大家不介意的话,我想先做个小测试,一个现场调查。[她举起一张上面用大写字母认真写着"CLITORIS(阴蒂)"的白色卡片,跟识字卡片有点像。]有多少人知道这个单词如何发音?![观众席传来几声窃笑。]

有多少男性知道它的准确位置在哪里?

又有多少女性相信男人真的知道这个部位在哪儿?

所以,我的理论就是,女性在性高潮方面往往得不到满足,是因为我们身体上最重要的部分之一,竟然都没有一个可爱,精巧,神气活现的名字[说罢甩甩头]。在打得火热的时候,要是你连这个词怎么发音都不知道,要如何顺势说出"你这该死的混蛋,扯一下我的[她举起了手里的卡片]呢?"就算你知道,谁会想在做爱做到一半的时候说这个词呢?要起身查词典就已经够麻烦的了。而且问题是,如果一个女人自己都不知道怎么读这个词,要怎么让男人相信这个部位是存在的呢?他们为了找到G点已经颇费一番功夫了。你要怎么形容这个部位的位置呢?"顺着G点一路向南"?我觉得罗盘也未必能帮上忙。所以最后的结果会是什么?我这就来告诉你有什么后果!!

[她扔掉卡片,把法国号举到嘴边,开始吹奏《无法满足》[1]的开头旋律。有时观众听了好一会儿才能认出这首歌,因为他们从来没有听过法国号版本。她会在演奏到一半时大吼一声:"大家可以跟着一起唱!"至于结尾,是这样设计的:她唱一句"我得不到!(法国号衔接旋律)我得不到!(法国号衔接旋律)我要说的后果就是这个!"]

---

[1] *(I Can't Get No) Satisfaction*,英国滚石乐队的名曲之一。

我的建议是需要找一个新词,一个听上去既不像漱口水名称,也不像口香糖品牌的词。一个大家都能拼出来的词!

我真的找到了一个!

[她把卡片翻过来,上面同样一板一眼地写着"Wingy(小翅膀)"这个词。她故意安静了一会儿让观众消化,然后带着一丝紧张说下去,]

Wingy,没错,就是Wingy。在你本能地脱口而出"Wingy?!这算是什么鬼单词?!"之前,先静下心来想一下,体会一下它的发音。这个词不仅朝气蓬勃,充满活力,而且几乎是从舌头上如丝般滑落下来。[停顿]

偶尔。[停顿]

要是你走运的话。

真的能够碰上长得像"小翅膀"的阴蒂。我寻思这就相当于是"小弟弟"的女性对应词。

同时这个词还为俚语表达打开了一扇新世界的大门。女同性恋就可以称作"扇翅膀者"。妓女:"打包带走的翅膀"。口交则会被称为"领口旁的翅膀"。

这个词的好处还不止如此,旅行时它用起来也很顺手,很容易进行跨文化翻译。在德国就变身为"Der Vingy",法国:"La winget",纽约:[像唤狗那样手向下指]"Yo, wingy",俄语是"Das Vinkovich",还有黑话版(也许需求量不大,但我还是算作赠品说出来吧):Ingy-way。而我本人最喜爱的……是在墨西哥的狂欢派对上可以说:Et chickidas. Donde esta los wingos?[1]①

慕斯曾经讲述过某次表演时发生的插曲,她当时举着"阴蒂"卡片站在台上,观众席有个人冲她大吼:"我觉得你那个单词拼错了!"慕斯回道:"先生,相信我,要是没有先查过词典,我是不敢把

---

① 由于词尾表明了性别,这个短语在变性者的派对狂欢上也适用。——罗维斯基博士按。
[1] 西班牙语:妹子们,你们的"小翅膀"在哪儿呢?

这个词写成12英寸大小,这么举着站在乌压压的观众面前的。"

慕斯说,她之所以设计这样一个环节,是因为几乎所有人都会把"clitoris"这个词发错成"kli·tor'·rus",规范的发音是"klit'·er·iss"或者是"kly'·ter·iss"。

慕斯还发现,在词典里"cloaca"这个词和"clitoris"之间只隔了四个词,而前者通常指代"下水道"(据说慕斯当时的反应是"唔……"),正是这个发现让慕斯决定把"clitoris"这个词编进单人喜剧段子里。在查阅过多部词典之后,慕斯发现"cloaca"这个词在动物学中代表"在诸如鱼、爬行动物、鸟,以及一些原始哺乳动物的脊椎动物体内,肠道、生殖道,以及泌尿管道最终通向的孔腔"[①]。换句话说,就是一个退化了的阴道。"难怪'clitoris'和'cloaca'在词典里离得这么近……"慕斯这样写道,"这影射了它们实际的关系。"慕斯觉得"cloaca"这个词最有意思的一个定义是:"盛放道德污物的容器"。

慕斯在和山姆出席一个化学家举办的圣诞派对时,给在座的一圈科学家解释了这个定义,并兴奋地评价道:"这简直太精确了!"幸好山姆并不反感慕斯这种行为,反而觉得挺有趣。纽约会让人产生奇怪的变化。

[①] 《美国传统英语辞典》,第二版,霍顿-米夫林出版公司,1982年,1985年。——莫蒂斯·威尔士按。

∞ ≤ ∞ 12 ∞ ≥ ∞
纽约购买人体模特奇遇记

（那曾是）我的人体模特

（E 小调）

我嗑了药。
外面漆黑一团。
外面是华盛顿公园。
于是我走进格林尼治村。
停在一家店门前。
在那里我看见
所有的男人头上裹了毛巾①。

下翻看，
上打量，
我没有想买的欲望，
便向着门口用肩膀突破人群的围困。
玻璃窗里有束目光反射回来，
那不是一个无知愚蠢的随便女孩，
而是我渴望探索的灵魂。

那就是我的人体模特。

---

① 锡克教教徒。——莫斯蒂·威尔士按。

（我想我会叫她梅布安。）
她披着棕褐色的阿富汗毛毯。
（也许是紫色貂皮？）
我知道我们一定会成为朋友。
我们的爱情会永垂不朽。
那就是我的人——体模特。

我问老板什么价？
是否可以邮递到家？
他收紧拳头，双眼露笑。
咕哝着吐出一句，"一百刀"。
突然之间，某种未说穿的
愉悦小想法具化成了现实。

那就是我的人体模特。
（我想我会叫她格温。）
她披着棕褐色的阿富汗毛毯。
（也许穿的是衬裙？）
她渴望秩序，和遵循。
（她是我的安妮·博林[1]。）
那就是我的人——体模特。

我嗑了药。
天气热得惹人嫌。
我站在车站前
抱着我的梦中女郎。
拦不到的士，
我得去实验室
分析她的成分，画出分子结构示意图①。

---

① 化学术语。——莫蒂斯·威尔士按。
[1] Anne Boleyn（1500—1536），英王亨利八世的第二任王后。

那就是我的人体模特。

（我想我会叫她格莱娜。）

她披着棕褐色的阿富汗毛毯。

（可能是赭色？）

我们的爱情永不终结。

我会带她去维也纳。

那就是我的人 —— 体模特。

到家时。

已是破晓时分。

我却愁眉苦闷。

我知道律法容不下我们俩。

我甚至不敢触碰她；

嘿，我已经确定了她的成分。

我的她是由巴黎的石膏制成。

那就是我的人体模特。

（我想我会叫她杰琪。）

她披着棕褐色的阿富汗毛毯。

（也许布料是卡其？）

她皮很厚

（淋浴时会变得格外黏腻。）

那就是我的人 —— 体模特。

伊冯娜小姐[①]

在格林尼治村的一家意大利餐厅里，有个朋友偷偷摸摸递给我一小袋大麻。我和山姆迫不及待地出门去了华盛顿公园[②]（纽约无政府主

[①] 这是后来山姆和"慕斯"玛丽莎·米倪恩给他们的人体模特起的名字。伊冯娜小姐是皮·威·赫尔曼周六早间儿童节目中的一个角色。——琼·卡斯利按。

[②] 实际是华盛顿广场公园。——莫蒂斯·威尔士按。

义的好处在这时便体现出来),在那里吞云吐雾一番之后,又开始往回走。我们闲逛进一家印度人开的服装店里(是印度人,不是印第安人[1]),正当我有一搭没一搭地翻看皮夹克时,听见了山姆和老板的对话:"那个人体模特多少钱?"

(我满心以为他只是在和那家伙开玩笑。)

老板回答道:"噢,唔……一百美元。"

山姆转向我:"慕斯,我们得买个人体模特。"那语气就好像是在讨论要不要买份晚报似的。

我装出一脸厌恶的神情:"你真是没救了。"

"你认识拥有人体模特的人吗?"

我继续摇着头:"你真的没救了。"

山姆自顾转过头去问店老板:"你们开到几点?"

"午夜。"

"我们会回来的。"

山姆把我拉到店外,试图说服我买一个人体模特是绝对正确的决定,我们甚至和一个路过的警察就这件事讨论了一番。警察是纽约市最棒的存在之一,因为他们什么奇葩都见过,聊起天来游刃有余。除非你杀了人,否则他们都会把你当朋友看待的。(当然如果你杀对了人,你们的友谊更是铁打的一般。)纽约警察心宽体胖,碰上意外想跑都跑不快,所以他们经常成群结队地一起巡逻。他们可不像洛杉矶的警察那样无缘无故地骚扰平民。例如有一次,我们看见一个家伙骑着自行车一路跟在警车旁边,并冲着车窗里鬼叫:"条子,这就是法律。条子,这就是法律。"他就这样跟了整整一条街,警察连搭理都没搭理他一下。纽约警察允许个人行使自由权利。

在纽约街头吸大麻的人随处可见,警察总是睁一只眼闭一只眼。他们知道,和泛滥的犯罪行为相比,为了消遣而吸几口大麻太微不足道了。当然了,对于他们的办事效率,我就没什么发言权了。不过我想,

---

[1] 英语中两者都为"Indians",故有此说明。

要是我真需要他们处理一些突发事件,我对他们的评价肯定截然不同。总的来说,比起其他任何城市的警察,我宁愿和纽约的警察打交道。虽然他们也全都唯利是图,可起码没有丢失幽默感。就说眼前跟我们聊天的这个警察吧,他给我们简要分析了最近新闻报道的警方抗议示威事件中到底有多少警察参与。他摇着头感慨:"等整个事件报道出来的时候,你一定会大吃一惊的。"(我此时内心想的却是:"不,我不在乎。")

随后他愉快地问起我们为什么会想买一个人体模特。

我指着山姆说:"因为他大脑里是一坨糨糊。"

山姆接茬:"不,我想买是因为,有了它,就算家里没人看上去也像是有人在的样子。"他暗自觉得这个理由对警察来说应该很有说服力。

尽管想买模特这件事一点儿也不符合山姆的性格(事实证明,后来每个看到她的人都以为当初这是我的主意),我却意识到,我喜欢跟这样不可预测的人在一起,对于别人古怪疯癫的想法,我是最没有资格遏制的那个人。于是我跟山姆说,可以是可以,但他欠我一笔。(既然要妥协,不妨捞点好处。)

我们折回店里,问那个印度店主可否用 Visa 信用卡支付,答案是肯定的。

山姆帮忙从橱窗里把模特搬出来。其中一个锡克教徒店员抬起模特的时候,自然而然地一手抓住了容易借力的胸部。他很快意识到自己抓的部位不妥,慌了神,迅速把手挪到模特的肩膀上,一不留神就把整个肩膀给扯了下来。我和山姆不约而同地狂笑起来。

那几个印度人一直想说服我们买下模特身上穿的衣服,还出了最低价——15 美元,可我觉得不管多便宜,那件衣服都太丑了,便一口回绝。但他们坚决不同意我们把模特赤身裸体搬出店门。(肯定是因为这与他们的宗教教义相违背。)于是我就把自己一手长的外套给她穿上,而山姆把他的夹克给了我,他自己则为艺术献身(说他献身是因为外面天气冷得要命)。我们俩搬着模特走在街上的时候,她的胳膊和假发总是不停掉下来,我们笑得都快要失控了。路上有人冲着我们鬼喊,仿佛我们就是那种典型的搬着人体模特在街头晃荡的纽约客,我真想大声吼回去:"我才不是这个鬼地方的人呢!"可我并没有。

到了汽车站,山姆就把她给放了下来,她还是挺沉的。我沿街跑着叫出租车,可这一瞬间突然每个人都开始着急回家了,路边有五十个人在招手,整个格林尼治村却好像只有两辆出租车。纽约呈现给人们的景象就是当所有物资都匮乏之后的生活样貌,包括超市里的莴苣、做得好的披萨(到底是谁谣传纽约的披萨好吃来着?)、呼吸的空间,还有出租车……在纽约,人们之间的竞争激烈无比。大家都在急着赶往某个地方,没人有空慈眉善目好言好语地交流。(警察除外,他们不论身在何处,都是心满意足的。)要是有人停下脚步来帮你,十有八九你会落得被打劫的下场。(刚从机场的往返巴士下来时,千万不要同意让任何人帮你拎包到出租车上!)其实,偶尔还是能够遇到心存善意的人,不过那是因为他们都在为大都会队[1]比赛中的表现而感到开心。用不了一星期,他们就又回归到那种自以为是的态度了。要是你觉得我在信口开河,那么你试试在纽约住一年,然后搬回加州几周,你自然明白我说的这些了。

回到那个故事,山姆正带着模特坐在椅子上等我,有个西装笔挺的醉汉走到他跟前,问自己可不可以摸一摸模特。山姆才不在乎呢,随口同意了。那家伙还一直问询问模特的名字,山姆一脸无奈:"我不知道,我们也刚把她买下。"

这时,一辆绚丽小巧的跑车在我们面前急停下来,车窗里传出来一声吼叫:"我想要那个模特!卖多少钱?"

山姆喊回去:"一百五十刀。"

"鬼才信!一百刀我要了。"

"门都没有!一百二十五。"

"根本不值一百二十五刀。得了!一百卖给我。"

"我们刚刚用一百刀买下来的。"

那人从钱包里抽出一张百元美钞在车窗外抖动着:"一百刀!就在

---

[1] 纽约的棒球队。

这儿呢。货真价实的现金。"

这时,刚才还在抚摸模特的那个醉汉已经悄悄移动到跑车旁边了,他想要趁机夺下那张钞票,却醉得站不稳脚跟,一头栽在车上。

"把你那脏爪子从我车上拿开。"跑车里的人怒不可遏。

其实,我有点担心山姆真的会把模特给卖掉,没人会相信我们在格林尼治村仅用十五分钟就把100美元买的人体模特又给卖掉了。

"我想要那个该死的人体模特!"他又不死心地吼道。

"一百二十五美元。"山姆耸了耸肩。

那家伙气得一脚油门,重新窜入车流之中。那醉汉被这突如其来的变故吓得不轻,退后几步倚在了模特身上。山姆顺势一把将他推向长椅的另一头。一辆公交适时地开进了站,我们毫不犹豫地上了车。我们的公寓在上西区(虽然只在路岛中间偏上一点,人们还是选择这样称呼它,我则更偏向于"Soha区"这个名字①。这是一个纽约背景下的笑话,我从一个化学家那里偷来的,用作自己的单人喜剧材料。对于笑话被借用这件事,喜剧演员可比化学家斤斤计较多了),有个公交站离我们的住处只有两个街区的距离。

公交上度过的四十五分钟更是热闹非凡。(车上有两个妇女,每次看到刚上车的人被眼前场景吓一跳的画面,都笑得惊天动地。)也有一些人会装作没看见我们抬着人体模特的样子——典型的纽约人的反应。大部分人会用自诩幽默大师的口吻沾沾自喜地问我们有没有给模特付车费,却丝毫没意识到所有人都会问这个问题。大众的幽默感平淡无奇,且十分相似。话说回来,我们并没有多付车费。

我们的公寓在街道上坡处,到站下车后我们便开始向上跋涉。(山姆对细节会记得更清楚,因为模特是由他搬的。)看见我们走进大楼的瞬间,看门人还以为山姆扛着一个受伤的人。(模特摆着很典型的姿势,没有头发,缺了左胳膊……再说成为一个看门人,并不需要通过多少测试。)

进家门之后,我就开始给她画出指甲和乳头(她肯定是在乳头出现

---

① "Soha"是"South Harlem(南哈林区)"的缩写,模仿"Soho"而来,后者是"South of Houston(休斯顿南部)"的缩写。纽约人就喜欢用这种方法缩略地区名称。——莫蒂斯·威尔士按。

之前的时代制造出来的），把她摆成熨衣服的姿势。山姆说，等到我们有了孩子，就得把她给藏起来，否则孩子长大后就会觉得每家每户都是有人体模特的。去朋友家玩儿时，保不齐就会问人家："那你们家的模特在哪儿呢？"很可能因此被认为是怪胎，被下逐客令。我觉得山姆想要买模特，是因为我们很有可能最后会定居在宾夕法尼亚，而他害怕自己会成为典型的美国中产阶级一员。

关于纽约的想法

今天在地铁上有个侏儒骂我是"该死的婊子"。我仅仅是问她要不要坐下而已，她一定误以为我是在同情她。其实，我并没有直截了当地问出口，当时有个座位空出来了，而前一秒她刚因为被人踩了一脚而发出了杀猪一样的尖叫。我思忖着她肯定不愿意再被踩到，便等她去坐，可她没有。我便好心问道："你想坐下吗？"就像在搬来纽约之前，在那些我仍然很有礼貌教养的日子里，我经常会做的那样。她却反而冲我发起火来："我要是想坐早就坐了……该死的婊子。"

就在同一天晚些时候，另一个侏儒（好吧，严格来说她是一位个头很小的老太太）问我哪一种尼龙丝袜她穿起来不会太短。她解释说，因为躯干部分过长，她穿长筒袜时腿部总是勒得太紧。但她给我展示的两双丝袜尺寸是一样的，而她只是在根据包装上的照片来判断大小。我耐心告诉她，这样是行不通的。鉴于这种丝袜是为身高五英尺到五英尺八英寸[1]的女性设计的，我便劝她放心，说肯定够长。（我并没有提及她在穿时可能会感到脚趾部位略长，活到这个年纪，她应该已经习惯了。）

我暗想，生活在今天安排我遇见两个侏儒——一个好的一个坏的——是为了不让我自以为对侏儒的性格和行为有多了解，而变得狂妄傲慢起来。

关于 NY^2 值得记住的事（部分）：①

---

① NY^2 是慕斯对于 "New York, New York（纽约，纽约）" 的简写方式。——包珍妮按。
[1] 约相当于 1.52 米到 1.72 米。

1. 化学派对上 ——"你真的是个化学家吗？还是只是穿这个 T 恤玩儿的？"一个油腻腻的英国人穿着一件印有分子结构的 T 恤，很显然我的这个问题让他觉得受到了侮辱。我又问他是不是不喜欢别人问他问题 —— 他一声不吭。"你之前参加过派对吗？" —— 仍然是沉默。接着我表示，要是他真的不喜欢别人问这种问题的话，也许他应该把 T 恤反过来穿。他从我身边走开了。

派对晚些时候，我和山姆、彼得在闲聊 —— 山姆说："那边那个家伙来的时候穿的 T 恤绝对不是这一件。"

2. 纽约法则第一条：永远不要穿裙子去公共图书馆。①

在纽约用手抓下体的男人比我去过的任何地方都要多。

—— 纽约公共图书馆，1986 年 5 月 13 日

3. 飞行员朋友 BC 和他的一个同学从堪萨斯一路开车到纽约来，临时在我们的公寓住几天。BC 问我有没有必要把装着自己物品的箱子从车里搬出来，车是他同学的。我说："要是你第二天还想见到这些东西的话，最好这么做。"BC 的朋友八成一听到是个女生在给劝告，就自动充耳不闻了。（那家伙是个混球，他说自己每次约女人出去她们都喜不自胜，因为她们每年只有一两次约会。他指的是所有女人。我反问他，到底是从哪个村里过来的。）不消说，他把东西都留在了车里，并且停在了一一三大街上。第二天 —— 你肯定已经猜到了 —— 他的车整个都消失了。BC 的朋友跟警察澄清说："但是我锁了车的。"警察们笑作一团："你听说的关于纽约的一切乘以十才是现实中的纽约。"说完他们又大笑起来。

4. 单人喜剧：我浪费了大量的时间，用来准备五分钟的台上时间。节选出我人生的片段讲给那些观众听，可他们却觉得我是在扯谎。

---

① 这个结论是慕斯在图书馆里经历了三次这样的事情之后得出的：有男人假装在底层的书架找书，结果却是趁机偷看她的裙底。据说山姆对此的评价是："那些男人遇上慕斯算是撞了大运。"（慕斯从来不穿内裤。）——莫蒂斯·威尔士按。

"记得提醒我,下次不要让你在台上抓我的小弟弟。"——山姆在知道了我因为紧张而在表演时掰坏了法国号的按键时,如是说道。

我的生日派对办得非常成功,来参加的主要是化学家和喜剧演员,前者在数量上占些优势,在我看来这是件好事。太多的喜剧演员很有可能会毁掉整个派对。反正挺多化学家都觉得自己有一身幽默细胞。

而且谁能料到……我第一天表演单人喜剧时,有个女孩把我拉到一边,说等她表演完之后想跟我聊聊。我本以为她是要说有多么喜欢我的表演呢(那时我对单人喜剧演员的特性还一无所知),于是便在一旁乖乖地等着。她一下台便径直向我走来:"你讲了我的笑话,我希望你把它从你的段子里删掉。"接下来的五分钟,她喋喋不休地嚷嚷这个笑话她已经用了好多年了,大家都知道是她的段子,所以我必须要删掉它——我已经到了快哭出来的边缘——她停顿了一下,又换上完全和善友好的语气:"我说……你刚来纽约适应得还好吗?"

这件事最糟的一点是,"她的那个笑话"是我仅有的三个段子之一。关于犹太人的那个(她也不是犹太人)。这是我写的第一个笑话,我甚至还申请了版权呢。因为我年纪更轻一些的时候总是会做不着边际的事情,给很多东西都申请了版权,并且觉得这样就能让它们变得更加特殊。这下可好,所有人都会认为是我偷了她的笑话,因为她显然在这一带做过很多场表演。蒂芙莉·奈维特……你听说过她吗?估计没有。

我把这件事告诉俱乐部的经理,因为我当时只是个新人,还不了解行业规矩。他说我得放弃那个笑话,但另一方面,他又让我告诉那个女生我拥有那个笑话的版权,也许我可以在纽约之外的地方表演。(比如说呢?阿拉斯加吗?话说回来,我去不去得了纽约以外的地方还是另一说呢。)那个经理还话里有话地暗示,也许我曾经在西海岸的某个俱乐部里听那个女生讲过那个笑话,可他完全不知道,我在决定进入单人喜剧这一行之前,对喜剧演员全无好感,甚至从来都没有去看过任何表演。总之,我告诉他轮子就是同时在世界上三个不同的地方被发明的,所以我们完全有可能看见了同一个无足轻重的小笑话,而想出了相同的可以抖的包袱。①

5.骗局:一个化学专业的中国籍学生在一二五大街上碰见一个女人,后者称自己刚捡到一个装有18000美元现金的纸袋子,只不过,她需要有人帮忙确认纸币上的号码在银行里没有记录。此时,另一个看似毫无瓜葛的人经过他们,那女人会把同样的说辞重复一遍。最终三人达成协议,如果这钱没有与联邦调查案件牵扯到一起,他们就平分。于是化学留学生和那个路人抛硬币决定谁进银行、谁留下确保这女人不会携款私逃。结果那学生稀里糊涂地进了银行,取出6000美元给那女人作诚意担保,这时她才将钞票上的号码告知,让他再进银行去核查。过路人的角色则仍然是留下看守,防止那女人带着6000美元脚底抹油。故事结束了。这可以说是有记载的最古老的骗局了。一个人怎么会不知道,将6000美元交到在一二五大街上遇到的人手里本身就是有去无回的事情呢?

6.伊莎贝尔的故事(她是纽约医院的实习生):

a.一个女人打了911电话报案说,自己看见隔壁公寓楼的屋顶上有一具尸体。她说那人就算还没有死,肯定也迫切需要帮助。一天之后那具尸体还在原地,她又打进电话来:"你们难道不打算对那尸体做些什么吗?"911对此给予了不屑的回复:"你以为你这具是纽约唯一需要处理的尸体吗?"

b.一个屁股里插了二十五支铅笔的男人走进了医院。拍了X光片也没法确定那些铅笔是否都是削尖的。医生们便转向那个男人询问,后者不耐烦地回答:"怎么可能削尖才插,难道你们觉得我疯了吗?"

c.一对夫妇来到了医院。丈夫的屁眼里插了一个无线震颤按摩棒,并且还开着。等到医生正式开始手术操作时,那机器已经逐渐移动到了他的肠胃里,最后不得不切除他一部分的肠道才能将按摩棒关闭。

7.彼得的故事(山姆在化学系的朋友):

---

① 某些人类学家为了论证人类对于"时髦"的渴望,将轮子认作首个昙花一现的风尚。——罗维斯基博士按。

{225}

a. 过去在一零三大街上有一间商铺门面,进去直走到头,便会看见一扇关闭的门,敲门之后说自己想买"金子",门上便会有一个小孔随之打开,交付 10 美元,他们就会递过来一个装着"蓓蕾"①的棕色小信封,不过在递给你之前,他们还会在信封上印上"金子"的字样。

b. 两个化学专业的学生打赌,其中一个说,自己能够下午一点去晨曦公园吃午饭而不会被抢劫。可他刚到那儿十分钟,就有人持枪抢走了他身上的所有现金;于是他想,抢都被抢了,不妨在这儿把饭吃完。结果又有个家伙带枪出现了,那个学生只能说:"抱歉,你来得太迟了,已经有人把所有东西都拿走了。"不用说,这个赌他输得很彻底。

c. 有个男人在地铁进站时一跃而下试图自杀,虽然活了下来,却失去了一条腿。他一纸诉状将轨道交通部门告上法庭,控诉他们的保护措施不够,无法防止乘客跳轨,结果他赢了。

8. 偶然听来:"你知道吗,你总是说纽约有多糟糕,可是到目前为止,这里的人对我们都特别友善。"

——等候百老汇大街慢速观光车的愚蠢游客

9. 有个家伙被洗劫一空,奇怪的是,劫匪却独独把相机留下了,大大咧咧放在桌子上。两周后,那人发现胶卷用到头了,便拿去洗。结果取回的照片里,有几张是自己的牙刷被劫匪插在屁眼儿里拍的照片。而这两个多星期他一直都在继续使用那支牙刷。(我把这当成一则公共服务性质的通知:在遭遇入室盗窃后,需要立刻去二十四小时营业的冲洗店把胶片冲印出来。)

10. 一名纽约的新闻播音员住院了,因此有三个星期没在屏幕上露面。后来闹得人尽皆知——他是因为有一只沙鼠卡在屁眼儿里才会住院。(你听到的一切传闻都是真实的。)有人为此专门在高速路旁租了一个广告牌,上面写着:"救救沙鼠吧!"(不过,要是把沙鼠们投放到跟纽约一样拥挤的环境里,它们会把什么东西往屁眼儿里塞还说不准呢。)

---

① "蓓蕾(buds)"是对大麻的一个形象称呼,因为大麻植株是成簇生长的。——莫蒂斯·威尔士按。

∞ ≤ ∞ 13 ∞ ≥ ∞
电视竞猜节目：性格极度活跃者的福利

童年

在我六岁时，有两个假想朋友：琼·卡斯利和纳迪·卡内尔①。琼戴一顶装饰着花朵的黑帽子，身着深蓝裙，配一双脚面增高的黑鞋子。纳迪则穿得像个魔术师助手：黑色燕尾服加紧身裤，头套高帽，蹬一双高跟鞋。我和琼是死党，纳迪充其量只是我们的电灯泡。因为怎么赶都赶不走，我们便默许了这个跟屁虫，可她心里明白自己的地位。

死亡

写在遗嘱中：记住，这辈子我活出了自己想要的样子。我热爱我的家人。请在将我的衣服送给亲戚之前先洗一下。

我的身体将气息从我下方抽空。

我最畏惧的事情是也许我永远都无足轻重。可等我意识到这一点时，我八成已经到了阴间。（这句放在遗嘱中列举人生恐惧的那一小节，仅限部分人可知。）

所有住在洛杉矶的人都至少有过几次自杀倾向。

---

① 姓名如有雷同，纯属巧合。——琼·卡斯利及纳迪·卡内尔按。

一致性

我曾经做过一个梦，梦里我在一条沿着运河航行的游轮上，同行的还有其他一大群人。那是一场在旅行中进行的有奖竞猜节目，所有答案都与"钥匙孔"相关。我要回答的问题是："一本情节中有兔子的书，请说出书名。"

"当然没问题，"我兴奋极了，"是《爱丽丝漫游奇境》，这太容易了。"

结果我却错了，正确答案是《拓荒者丹尼尔·布恩》[1]。

每个人都用一副不耐烦的表情质问我："《爱丽丝漫游奇境》里哪有兔子和钥匙孔了？？"

电视竞猜节目奇遇记

首先我得声明，我从来没有打算过要上七次电视，别说有奖竞猜节目了，我是个连电视都不看的人。这就是所谓命运的捉弄，天上众神闲来无聊，拿我的人生开起了玩笑。而我也将计就计把方向盘交给人生，因为它似乎驾驶技术比我高强很多。

再者，我记不住条条框框的电视知识，对当下社会发生的各种琐事也不甚关心。我所了解的琐事，都是诸如谁谁创作出版了一本儿童读物，或是哪个印象派艺术家是个近视眼（我记得是德加）之类的，但至于谁上了什么电视节目，哪个卡通人物的胳膊是橡胶材质，或者乔治·杰特森[2]的狗名字叫什么……我承认自己在这些方面的无知。考虑到节目上的那些问题充满了"电视沙文主义"，我能被选中来参加就已经算是个意外了；这些问题通过自我影射，在电视观众心目中进一步强化电视的重要性。我原本就不拿正眼看这些节目，亲自参加后它们在我

---

[1] 美国童书作家詹姆斯·多尔蒂（James Daugherty, 1889—1974）出版于1939年的作品。丹尼尔·布恩（Daniel Boone, 1734—1820）是美国历史上著名探险家、西部开拓者。
[2] 美国动画《杰特森一家》（*The Jetsons*）中的爸爸。

心中更是地位全无。可我偏偏又很擅长。有奖电视竞猜对我来说几乎太容易上手了，再加上地域便利性[1]和潜在的收入可能，白白放走这样的机会太傻了，尤其是对于跟我一样厌恶工作的人来说。此后这段经历就融合成了我个性的一部分，这贯穿始终的角色设定，是与人交谈或者成为话题中心的绝佳切入口。（当你发现有多少聪明人会因为你曾经上过电视节目而对你刮目相看时，绝对会震惊。）而作为研究人类天性的一种方式，我在这些节目中也分别见识到了大众在焦躁不安和休眠两种状态下的表现。

由于参加的选手通常看过很多类似的节目，我要想有所表现，只能选择新兴的节目平台。这样一来所有人都是从零开始；不会有人已经观摩了好几年，潜心研究了每个节目之间的不同之处，因为这能造成专业选手和新手，甚至是赢家和输家的区别。也难怪我在第一次上节目时表现得一塌糊涂了——我参加《纵横智慧》（*The Cross-Wits*）时已经是它推出的第三年，可我从来没看过一集。竞猜形式就是纵横填词游戏：我从来也没能成功填满过一次。脚趾头都能猜到，我全军覆没了。即使如此，我还是带了一堆号称价值900美元的安慰奖回家，主要是奶酪和浴室清洁用品。

也许你觉得只要没空手而回，就该偷着乐了，与去的时候相比总算有所收获。但是，在两千万观众的面前失败会让人尤其深刻地感觉到自己的愚蠢，他们全都对着电视机疯狂吼着："你个白痴，不是卡洛琳公主，是格蕾丝·凯利！卡洛琳公主在《乡下姑娘》上映的时候还穿着尿布呢！"[1]

我的竞争对手拉尔斯，是一个来自密苏里州圣吉纳维芙的注册会计师，他在答对第一个词时就赢了一辆汽车……这种事情每——噢——四十期节目左右就会出现一次。我的"名人后援团"开始试着

---

[1] 本章的系列事件都发生在洛杉矶，时间上在搬到纽约生活之前，大概在1979到1984年之间。——莫蒂斯·威尔士按。

[1] 格蕾丝·凯利（Grace Kelly, 1929—1982），美国电影明星，凭借《乡下姑娘》（*The Country Girl*）一片获得1955年奥斯卡最佳女演员奖，翌年成为摩纳哥王妃，是卡洛琳公主的母亲。事实上《乡下姑娘》上映时卡洛琳公主尚未出生。

安慰我，要是他们真的是我听说过的名人，我或许心里还会好受一点。我的后援团里甚至有个"名人"没有到场，节目组便把平时站在车旁的模特拉过来充数。她的父母听说后激动不已，竟然从华盛顿飞到了节目现场。（就是她当时坚持跟我说答案是卡洛琳公主的。）

录制一开始，我的大脑就不知道飘到哪个幽冥世界去了，但它肯定比被困在现场的我舒坦多了。我带着大脑剩下的躯壳不停地对抗着诸如"达斯·维德和卢克·天行者[1]有什么相同点？"这样烧脑的问题。

"他们都有爱情故事？"我试探性地问了问后援团。

所有人都哄堂大笑，我的脸"唰"地就红了。想法是对的，答案却不标准。正确答案是"公主"。读到这里大部分人也许会产生困惑——"卢克·天行者和达斯·维德不是有血缘关系吗？这难道不算是他们的共通点？"啊哈！此时相信你已经意识到了很重要的一点：虽然这些是电视竞猜节目，正确性可是毫无保障。山姆在看《危险边缘》（*Jeopardy*）的时候，气得大吼大叫是常有的事："金属失去光泽就是因为氧化，你们这些傻逼！"（当时一位选手给出这个答案，却被判定为错误。）

我从第一次上电视的经历里学到了很多，最主要的是，我对大众有了更深刻的了解。为了获得赢钱机会，他们愿意做非常多的事情，包括在拥挤的房间里上蹿下跳，对着一个头顶锃光瓦亮的制作人尖叫"布鲁斯，我们爱你！！"，并且喋喋不休地讲述自己的家庭、工作，以及连续多少年观看同一个电视节目，以提高参加几率的事儿。在后来的出镜生涯中，我发现大家还会鬼吼些荒诞无比的美国式口号"票子！！来吧！票子！！"，仿佛这就能让命运女神露出青睐的笑容，性质与印第安人通过吟唱和舞蹈向上天求雨相似（可能都是为了取悦神灵）。如果我是命运女神，比起撕心裂肺的"票子"，歌声和舞姿肯定对我来说更加受用。

坦白说，我确实有时会进入极度活跃的状态。所有朋友都知道我的

---

[1] 两者均是科幻电影《星球大战》中的人物。

不可控性，可让我苦恼的一点是，他们甚至说我是"天生适合上电视的人"。但当满屋子都是这样为上电视而生的人时，每张嘴脸都争着赤裸裸地自我标榜，这令我厌恶，想要安静地与周围家具融为一体，暗中观察他们的种种混蛋行径，不愿积极参与其中。能够与众不同，成为异数，是一件我很享受的事。说享受甚至也不完全正确，因为除此以外，我不知道还有其他任何选择。别人已经做过的还有什么做的意义呢？对我来说，艺术就是建立起规律的模式，再为了兴趣将其打破。我就是模式的那个破碎缺口，那个拒绝成为规律的部分。原因我不甚明了，但我怀疑是因为在我家我们感受不到同辈压力，因为那得先有能够相比较的同龄人才行。这句话并不像听起来那样自大。还是孩子时，我就算有朋友，也始终觉得与他们格格不入。早先我就意识到其他孩子的家跟我们家看上去不一样，而且与之相对应的是，他们母亲的行为习惯也与我的母亲相去甚远。成长过程中，我对于人生的认知并没什么连贯性。我的行为举止与父母对待我的方式并非一一对应：如果惩罚是随机的，自然也就没有必要循规蹈矩。渐渐地，其他人都严格遵守的规则让我产生了束缚感。我经常在有人对我大叫"你不能那么做！"的时候不明所以地愣在原地。

"其他人都是用袋子装午饭，你不能带饭盒去学校！"六年级时，班上的女生们为了让我深刻认识到这一点，将我的饭盒偷去，藏在了女洗手间的垃圾桶里。你的第一反应也许是八成因为我本来就懦弱或装腔作势，在多嘴八卦或是曲意逢迎的时候不小心惹毛了她们，但坦白说，我身上让她们最看不顺眼的就是那股不愿同化的倔强。与其说是为了对抗，不如说我只是对周围的感觉迟钝而已。这种迟钝使得我对其他人关心的事情不屑一顾，比如每天要穿内衣，买沙发时要谈个好价钱，按照衣服搭配口红的颜色等。我所关心的，是唱歌是否会跑调，是能不能记起那些表现得好像认识我的人到底是谁，或是我在打铃鼓时能不能找到节奏。尤其让我焦心的是我总想要喝得烂醉这件事，就算工作日也不例外。

大部分人看不顺眼的，就是我从来不担心让其他人感到紧张的事，例如保住一份工作——这样看来，我从布伦特伍德乡村俱乐部被开除也就不奇怪了。起因只不过是我在女更衣室里洗了个澡。（我只是员工，得知道自己的分寸。）没人说过洗澡违反规定，可人们总是在我做了之后才立起规矩。下班后借地方洗个澡能有什么后果呢？什么损失都没有——可他们竟然小气到晚上都得把热水关了。我的行为只不过是对强弱顺序、派系地位、团体内部特权这些概念做出了小小的反抗。我之所以这么做，更重要的原因是不想在跟人吃晚饭的时候一身汗臭。如果政治斗争能给我带来好处，我也会毫不犹豫地加入。不争取利益，就会白白成为烈士，而烈士可没什么机会参加社交晚餐。

正是这种对规则的选择性遵循，创造了我个人生活不可捉摸的特征。许多认识我的人都认为我活在一个幻想世界里，可当我每次都化险为夷并因祸得福时，他们就怒火中烧，同时也更看不惯我那与众不同的生活方式。照理说我才应该气不打一处来，因为这与他们灌输给我的人生理论完全不符：

"要是你打破了规则，规则也会叫你好看。"

—— 十年级时的英语老师，大约 1972 年

这句格言说得并不准确。循规蹈矩的人未见得有多顺利，而不愿受束缚的叛逆者也没有更加堕落。若是人人心满意足，电视竞猜节目这样的现象为什么还会存在？还有拉斯维加斯、出版商抽奖活动、玫琳凯化妆品，或者其他遍地开花诱人暴富的骗局？为什么人们会愿意在荧屏上丑态百出，就为了赢得更多的家用电器？难道一个人对电器的需求是个无底洞吗？还是说，无论他们已经拥有了哪种电器，制造商总是会研发出更多性能稍微优越、颜色选择更多的新品？

但我可能以偏概全了；除了赢电器，人们参加电视竞猜节目还有更多的原因。许多演艺生涯平平的演员知道自己会在预选面试中脱颖而出。（过去，演员是不允许参加这类节目的，可最近规定八成有所变化。）构成选手的第二大类人是深感生活无聊的家庭主妇，她们总是在家看节目，直到有一天厌倦了只在荧屏前答题。剩下的就是能够补齐多样性的

选手了：来自爱荷华的游客，新兵蛋子，退休夫妇，看见邻居在《井字棋》(*Tic-Tac-Dough*)节目里刚赢了13000美元、自己也想要碰碰运气的家伙。

但是要不了多久，演播室里选手之间的气氛就不对劲了。不论参加的初衷是什么，突然之间，对金钱和商品的无尽欲望就会开始发酵。竞猜节目就是为了培养这种饥渴。等程度加深到不可抑制时，便会听到这样的对话："听着，汤姆，我来这儿准备有多少赢多少，至少先得赢一年分量的帕凯牌奶油。"最初的小小愿望逐渐升级为狄更斯式的贪婪。

贪婪是有奖竞猜节目中主要的驱动因素。大部分人都认为自己不会那么轻易地向其低头，这其实是低估了这类节目所具有的操控性。从到达现场的那一刻起，一切设置都是为了激发出你的贪欲；不过，现场的协调员会帮你一遍遍排练，确保整个流程顺利开展。他们会事先安排好尖叫"票子！"的选手；当你将累计赢得的所有商品都再次投入赌注，换取赢得第三扇门后面更多奖品的机会时，他们会笑意盈盈地向你点头。个人的贪欲很容易被激发到体制所预期的程度。

个人要想变得贪婪，得先亲眼看见自己想要的东西。因此，节目伊始就会给选手展示所有他们能够赢取的奖品，使他们下意识地开始分泌唾液。关于贪婪，一个隐藏的问题就是，它会在你口中留下令人不悦的气味。倘若输了，你会觉得自己是个白痴。这场游戏设立了无法达成的标准，而有一个事实却被忽略了：整个系统中，占主导地位的是运气，真才实学其实无足轻重。输掉比赛的人总是会说"我当时要是说了……就好了"，并且被循环往复地困在这个自我责备的地狱里。甚至赢了的人，如果还有更多的奖品没到手（永远都有更多），也总是懊悔地一再重复"我当时要是说了……就好了"。

作为一个将贪婪提升到艺术层次的城市，洛杉矶就是孵化竞猜节目的完美培养皿。在这里，财富和贫穷混合交织，劳斯莱斯和窗户破烂的1954年雪佛兰轿车齐头并行；在这里，时尚引领者在贝弗利山购买褴褛衬衫，似乎是在模仿那些只能穿破衣服的流浪汉。洛杉矶是一个人们可以一夜成名，又迅速过气的地方，短暂的轰动不消一秒便湮灭无闻①。偶尔在晚餐派对上，会有个一向热衷八卦的人问起"那个谁谁谁后来发生什么了"。不消说，餐桌上肯定有人知道答案，因为洛杉矶上空盘旋着一群秃鹫，虎视眈眈地瞄着那些衰败怪异、艳俗贫乏的存在，更重要的是，他们对于"名利转瞬即逝，而又通常名不副实"这件事总是津津乐道。只有这里才能酝酿出大量的电视竞猜节目。它们俗气轻浮，博人眼球，构成了当代人类学家视若珍宝的垃圾堆，因为那里面埋藏着各种有趣的人类天性，等待检验，等待分类，等待给人带来惊喜。考古学家发现，早前文明遗留的废弃物最能够展现他们的文明。我觉得现代人的垃圾也同样携带着诸多信息，唯一的不同是，我们还没有将其遗弃。

上竞猜节目之初，我还没有这么深的见解。既不像现在这样愤世嫉俗，也不会抽丝剥茧地分析。我并不会自视与其他选手有多么不同，因为我也会向贪婪屈膝，不断回放自己的失误，跟那帮歇斯底里的选手一起表演（不过我从来没有尖叫过"票子，来吧，票子！"）。有时我也能够被同化得很好（当这么做有利于我的时候），无论处于何种情境——在单人喜剧表演现场，还是站在领福利救济的队伍里，我都会尽力让自己放飞在当下。我想知道，经历那些情境的真切感受是什么。过着有趣的生活却什么都没有从中学到就好像读了《白鲸》后认为这是一本关于鲸鱼的书一样。

坦白而言，我喜欢参加电视竞猜节目，也是因为在我有限的预算下，这是我能获得的最大限度的新鲜与刺激感。我试着将自己置于不寻常的场景下，进行自我探索。当有更多的人格从表面反射出来时，我的自我了解也会加深一步。再说，我享受成为焦点的感觉。只要能上电视，怎么上去的并不重要。

这套哲学显然在我参加的下一个竞猜节目《说"砰！"》（*Say*

---

① 我认识的一个人曾经出演电影《亚特兰蒂斯，失落的大陆》（*Atlantis, The Lost Continent*）。他在家里放着一座供奉自己的神龛。墙上贴的一张剪报里记录着他说的话："我就那样在泳池边悠闲地晒着太阳，可六个月之后我却需要靠清理那同一个泳池来为生。"我认识他时他正在和一个女巫约会。——慕斯·米倪恩原注。

"Pow!")中生效了,而那次我只不过是出镜的六个热情观众之一而已。那是一档低成本节目,安慰奖就只是六张已经开封的唱片,来自没人愿意听的不知名歌手(至少把它们打开的那些人没兴趣听)。节目里,我在不被踢出场的前提下,极尽疯狂之能事。在面对镜头自我介绍时,我转向"本节目中最受欢迎的人",很认真地说"我超级喜欢你的领带"。(和舞台背景很配。)

然后在进广告的间隙,我不停地给其他捧场观众推销那些布景装饰(假书、金属质地的猫头鹰模型、七大海的复古地图),可当我真的准备下手摘下来给他们时,却发现那些道具都是用胶水固定住的。我顺手牵走的最好的玩意儿,就是从垃圾堆里翻出来的主持人提词卡。是从《约会游戏》(*The Dating Game*)上拿的,上面写着"2号单身汉是商人,特长包括空手道(黑带)、飞行、跳伞等"。我把它挂在了浴室墙上。我还很想要他们的另一张卡,可当时还在使用中,上面写着:"你的拉链开了。"

每项事物在发生过两次之后,第三次就会形成某个顺序,一只潜在的胜利之手,一个可以用来预测的固定搭配(阅读、写作和数学;狮子、老虎和熊;巧克力、香草和草莓)。三次就不再是巧合或简单的牌技或命运所能够决定的了。到了第三次上节目,我便开始全身心投入了。我知道,此次之后只要没人刻意打压我,便会有第四第五次。为了把我杂乱无章的生活过好,我不断寻找着人生主题、自我审视的镜子,以及自我分析的结构模式。我知道我知道,我总是张口闭口说自己蔑视规则,但平心而论,我有时也满嘴跑火车。和其他人一样,我也需要用棋盘游戏来一格一格地计数自己的脚步,掷骰子来决定是否前进。正是这种创造自我模式的欲望促使我第三次参加了电视游戏节目。直说吧,我上了《恋爱纽带》(*Love Connection*),可这算是犯罪吗?有些人说"我可从来不看《恋爱纽带》"时的神气就像在说"我可从来不吸毒",或者"我可从来没做过奸淫掳掠的事情"。谈到奸淫掳掠,《恋爱纽带》这档节目还真有这两个目标。

让我给你讲述我在《恋爱纽带》中的一次约会经历吧,糟糕到简直

只能通过编入单人喜剧的方式,才能寻求一些心理治愈:

> ……接下来就来说说约会的事情。我几乎所有方式都尝试过了:面对面聊天,网恋,甚至是《恋爱纽带》我都上了两次。你们这里也有吗?① 那是一档电视节目。是这么回事儿,在洛杉矶待着时我很无聊,而且不喜欢工作。在我眼里,电视竞猜节目对所有性格极度活跃的人来说都是一种福利……而我自认为是这个群体中的一员。是这么回事儿。在《恋爱纽带》节目组的办公室里,他们会给你看三个男人的录像带,然后交给你 75 美元并让你选其中一个人约会,之后一同上节目来聊聊约会中发生的事情。观众则需要投票决定你是应该继续跟同一个人约会,还是换一个人。我得让你稍微了解一下我的约会对象候选人。有一个长得很像查尔斯·曼森[1]。他说自己特别喜欢在派对上当众吞金鱼,这总能让他的朋友们狂笑不止。第二个家伙是个保龄球高手。[停顿]这些人可不是我选的。我最后选择那个对象,是因为他在说话时用了"百无聊赖"这个词。[停顿]我真的很喜欢这个词。到了约会那天,他给我工作的地方打了电话,留下一条简单但押韵的口讯:"今夜良宵,迫切心焦。"
>
> 我想他可能是个诗人。
>
> 这电话让我不由得紧张起来,因为听上去他好像在期待着我们会上床似的,我觉得就为了 75 美元太不值了。
>
> 见面第一句话,他说:"嗨,我是莱缪尔·斯派文,演员。"他本该说"你好,我是莱缪尔·斯派文,胸怀抱负却找不到工作的演员",也许这样显得太啰嗦。我本来想这样自我介绍的:"嗨,我是玛丽莎·米倪恩,天体物理学家。"[停顿]这对一个专门研究虚无空洞的人是个简洁的称谓。
>
> 思前想后,我觉得唯一能混过这场约会的方法就是喝得酩酊大醉。我承认……我在刚开始吃前菜时就打起了瞌睡 —— 至少莱缪尔是这么

---

① 这是一个针对纽约人的较为含蓄的笑话,因为他们觉得纽约这地儿什么都有。(这段是在纽约的一家单人喜剧俱乐部表演用的。)——琼·卡斯利按。

[1] Charles Manson(1934—2017),美国邪教组织"曼森家族"领导人,连环杀手。

说的。我记不太清了,但我能记得的是,我确实吐了……[吞吞吐吐]在他的鞋子上。这完全不是我本意。听我说,当时他正扶着我,我以为他肯定会把脚给挪开的。我醉到了连信用卡账单都签不了的地步,他就帮我代劳了。差不多就在那时,他的英式英语口音不知怎么就冒出来了,我想可能是发生的一切让他陡然紧张了起来。①

话说回来,我们俩后来一起到了节目录制现场,我克制不了自己强迫性亲密症的欲望,承认了酒后吐他一身的事情。接下来的观众投票环节,竟然多数人投票让我们再次约会!而他竟然也表示了愿意。(他说这次起码能让我在主菜吃完后才睡着。)

但我转向查克·伍勒利[1]说……我说:"我能拒绝吗??"(说真的——[叹气]我讨厌自己呕吐的样子。)

这事儿就算过去了,可一个月后,我注意到了门口的一张信用卡签单。(我归档所有单据的地方……就是门口)你们猜怎么着?他竟然在上面签了"莱缪尔·斯派文,演员"!

[停顿]

我怕你们不相信,就专门复印了一些带来。

(能麻烦你们互相传阅一下吗?不过可别想着偷用我的信用卡消费,我都换过好几张了,我可不愿看见你们被抓起来。但是这些复印件你们可以随意带回家,要是你们在这一点上跟我相像的话……没错儿,我就是喜欢各种纪念品。)

> 慕斯的单人喜剧到这儿就结束了,可她的《恋爱纽带》经历还没有终结。剩下的她在回忆录中继续做了记录:

几周之后,《恋爱纽带》节目组的人给我打了电话,想让我再参加一次。我猜是因为那个制作人欣赏我给节目带来的冲突和碰撞;也许这让他对自己的婚姻感觉稍微好了一点。(而且他好像对我有点意思。他

---

① 莱缪尔·斯派文不是英国人。——琼·卡斯利按。

[1] Chuck Woolery,《恋爱纽带》节目主持人。

会用胳膊环绕着我的肩膀，跟我讲述他过去负责《麦克·道格拉斯秀》[1]的风光日子。）

这一次，节目组又提供了三位男士供我选择。史蒂夫·弗洛伊德有两个名字，我便选了他。有何不可呢？他在采访录像中说，觉得自己看上去很像阿尔·帕西诺[2] —— 确实如此，只要你能够想象出阿尔·帕西诺用米老鼠的嗓音讲话的样子。

史蒂夫·弗洛伊德在我们约会正式开始之前打了好几通电话给我，可就是不肯自报姓名。我以为是骚扰电话，就毫不犹豫地挂断了。当他终于承认自己就是我的《恋爱纽带》约会对象时，我暗自叹了口气：这回八成和上次差不多。但我可不想让所有人都觉得我难以取悦……于是，我就设计了一个寻宝游戏让他来找我。（我是这样分析的：我和他相处的时间越少，吐在他身上的可能性就越小 —— 我可是很讲求实际的人。）

我把自己的证件照剪成了好几片，额头的那一片贴在下面这个线索上：

> 这就是
> 想出这个游戏的大脑……
> 　（"看来也没多少脑子，"他嘟囔着）
> 表面上看也许没多少……
> 但如果你能顺藤摸瓜
> 　（假设你智力开花），
> 下一条线索
> 和眼睛不分你我。
>
> 藏匿地点有很多书
> 内容涵盖千万。
> 　（"当然了，既然得押韵，

---

[1] 由美国演艺明星麦克·道格拉斯（Mike Douglas，1920—2006）主持的一档脱口秀节目。
[2] Al Pacino，美国著名电影演员。

> 她肯定是指图书馆……
> 但他妈的在哪儿呢？")

> 其实很简单，
> 我来给你画地图。
> 请往门上瞅一眼
> 莫要犯糊涂。

我把这些线索交给图丝黛，尽量拖延史蒂夫几分钟，自己则从后门冲出，奔向图书馆。（我怕线索暴露在公共场所太久，会有人把它撕掉。）史蒂夫紧接着找到了贴在图书馆门上的眼睛和线索：

> 马维斯达保龄球馆——
> 夜晚消遣人声喧闹。
> 如果你想要鼻子……
> 右手数起第三根球道。

史蒂夫·弗洛伊德到了保龄球馆，为了动员全体人员，他告诉所有人自己正在参加一档寻宝的电视游戏。显然，现场所有在打保龄球的人后来都加入了这场线索搜寻行动。由于始终没人找到（虽然我的线索写得那么明显——我说"右手数起第三根球道"就是说走到最右面，往回数三根道，那不就是嘛），史蒂夫就给图丝黛打了电话，而她当然也毫无头绪，可事后图丝黛跟我讲起时，当时她听见电话里传来"等等！我们好像在这里找到了！"的声音。人们对于参与到疯狂的电视恶作剧中有着无比浓厚的兴趣，尤其是打保龄球的人。

这个包含着我鼻子照片的线索贴在一个保龄球上：

> 这是最后一条，
> 所以你可以稍稍懈怠，
> 轻松吐口气，
> 正一正领带。
>   （要是你愿意，也可以正一正牙齿，

不过耗时会更久。)

剩下的照片,
(他忍不住雀跃)
在圣莫妮卡码头的
一匹马上可以找见。

我本可以给更多线索,
可除非你是乡巴佬(玛丽莎!),
你会知道那里唯一的马,
是 __ 马。

那时的我,已经在圣莫妮卡码头的旋转木马上等待着了。手握一瓶香槟,两个高脚杯,身旁还有三个陪我聊天的流浪汉。他们人很好,可我却不能跟他们分享香槟,我解释说这是为一个电视节目的约会准备的。

他们曾经听说过电视这玩意儿。

史蒂夫终于开着他浮夸的白色汽车到达了终点,并跳出来和我打招呼。后来在《恋爱纽带》现场,他说觉得当时自己是在拯救一个陷于危难中的少女。

我也对他的称赞表达了谢意。

约会剩下的部分都没什么意思,除了去按摩浴缸的那部分,史蒂夫还特意嘱咐我不要在上节目的时候提起。他说自己"可能有一天会竞选政府公职"。天知道呢,电视台一向喜欢把这些老掉牙的电视节目录像挖出来,播给选民们看。

《恋爱纽带》这节目最棒的一点,就是他们会把我打扮得风姿绰约,然后对我说的话也毫不设限。音乐响起,主持人查克·伍勒利用加州人特有的轻快语调开场:"欢迎来自加州洛杉矶的玛丽莎·米倪恩。她靠在鸡蛋壳上画画为生,她说自己可能永远都不会安定下来。"我从舞台一侧走进,在装饰着爱心图案的紫红和肉粉色的沙发上坐下。查克立刻抛出一个问题:"你说觉得自己永远都不会安定下来。为什么呢?"

"这个嘛,因为男人似乎没有办法和我这种个性的人很好地相处。

他们好像觉得那不是真实的我,至少年轻男人是这么想的。其实老男人还是很喜欢我的,我和老男人的关系融洽得跟这个一样——"我在全国性的电视节目上将食指和中指交叠起来,表示我和老男人的关系有多亲密。

"他们有多老?"

"你真的想知道吗?"我笑了,他毫不犹豫地点了点头,"好吧,大概六七十岁吧……"我边暗中观察边继续坦白,"我觉得也许年纪小的男人跟我在一起会觉得有威胁感。我总是有很多理论,小男生接受起来有点困难。"

"你似乎是一个很开放的人。"查克说出了自己的观点。

"我有强迫性亲密症。"我点了点头。

"这是什么意思——强迫性亲密症?"

"意思就是,我愿意把自己的任何事告诉任何人,把所有牌都摊在桌子上,然后……"

"然后别人根据自己的需要来摸牌。"查克赶着替我说完了那句话。

"没错儿……要是你非得这么说的话……"我有一点措手不及,可还是附和了下去。(他这么做是为了把节目进度向前推,可我总是不识相。)

查克被我的反应逗得大笑起来,现在要向观众展现我的所有选项(一个切肉工人,一个有着过大比例八字胡的男人,还有史蒂夫)并且介绍史蒂夫入场了。

史蒂夫和主持人讲了寻宝游戏的事情,我不得不插嘴解释。后来史蒂夫又提起,那晚我在见他之前已经约过一次会了,我赶忙说自己日程安排确实挺紧凑的。他在讲述完晚餐经历之后,查克顺势问道:"后来又发生了什么?"

我随意搭了一句:"后来我们去了极可意按摩浴——噢,(我急忙停嘴,失措地咬了咬下嘴唇,露出好像刚想起来浴缸水龙头忘了关的表情。)我不应该说出来的。"观众席爆发出一阵笑声。

查克也带着笑意补刀:"也许我们应该问一下史蒂夫到底发生了

什么。"

"对,好主意,我们听史蒂夫讲吧。"我趁着点头的间隙瞄了一眼,他一脸恼怒。

"其实,我们去跳了舞——"

"没错,跳舞!"我大声附和了一句。

查克转头看向我,又大笑不止。

"也许我们该看看观众为你选择的是谁了。"

他们选了切肉工人。

接下来,查克说假如我愿意和切肉工再约会一次,节目组也会负责埋单。我寻思着《恋爱纽带》这段经历我也算是已经体验满满,便拒绝了。后来查克又问我:"你到底喜欢谁什么样的男人?"

"害羞又有点古怪。像刘易斯·卡罗尔那样。"

"他是谁?"他继续问。

"《爱丽丝漫游奇境》的作者。"

录制一结束,那个制作人就粗声粗气地对我说了一句:"没人会理解一个想要和死去的作家约会的女孩。"

不消说,史蒂夫更是对我一肚子气。在等候室里,我开始边道歉边解释起来——当时一紧张,脑海里第一个蹦出来的东西就脱口而出了。不过史蒂夫说,因为我提起了"极可意"这个品牌名,节目组的人告诉他那段会被剪掉。

"该死。"我低声咒骂了一句。

节目播出的那天,史蒂夫·弗洛伊德打电话告诉我,他给制作人打了无数电话确认那段到底会不会被剪掉(毫无疑问,跟他当初打电话让我不要在电视上提这件事的次数一样多),可他们却不愿给答复。结局也在意料之中,节目播出时"极可意按摩浴缸"几个字听得清楚无比。你八成在想,我对这个可怜的男人太刻薄了,但请相信,我这是在为美国民众着想,我将这个国家从比《恋爱纽带》还糟糕的命运当中拯救了出来。

真正让我的电视竞猜生涯达到巅峰的,是第五次,参加《白日梦》

（Fantasy）的经历。而且我本来没打算去，完全是图丝黛硬劝。（她看过那档节目；整个设计的前提就是要帮你完成自己的白日梦。节目组会帮助多年未见的母子团聚，或者让一个人站在漫天飞钱的小房间里，能抓多少是多少，或者从货车里扔出台电视机来让一个人接住。）图丝黛为我想出了一个绝佳的白日梦——上《大卫·莱特曼深夜秀》（*Late Night with David Letterman*）演唱《贝森街蓝调》。我们俩都觉得这挺可行，因为这档节目和《白日梦》同属于一家电视网。好吧，我承认，以为这样就能行得通是我们犯蠢了。

带着这个幻想和对电视游戏节目那一套的了解，我觉得自己已经全副武装了。但命运为我准备的远不止此。上节目的前一晚，我们在好莱坞倚着一辆梅赛德斯闲聊时，被一个穿着"会员专用"牌夹克的男人持枪抢劫了。当时在场的有图丝黛，我，还有雷蒙德——他是图丝黛的朋友，那期间住在迪·沃伦斯（电影《E.T. 外星人》里母亲的扮演者，而且那辆梅赛德斯是她的）家里。当时雷蒙德和图丝黛要去好莱坞的一个即兴戏剧团试镜，我搭了个顺风车。我们停在棕榈大道上，陆续下车，雷蒙德正（用他那很像查尔斯·纳尔逊·赖利[1]的口吻）跟我们说起有个朋友同他开玩笑，给他寄了一个关爱包裹[2]，里面有很多他用不着的东西，问我们要不要。那时他刚接拍了一个广告，经济上挺富足的，而我们这两个无业女演员收入为零。

一听他这话我们便隔着梅赛德斯探过身去——我后来考虑过了，这一切都是迪·沃伦斯的错：要是她的车是大众，我们一辈子也不会被打劫的——兴致勃勃地说着，噢，我要桃子罐头，我要燕麦能量棒，突然一个男人拿着枪出现了："我要你们所有的现金。"

我们异口同声大笑起来。

"这不是玩笑，把钱统统拿出来。"

我们照做了，那情形和商业交易也差不了多少。接着他又让我们转

---

[1] Charles Nelson Reilly（1931—2007），美国演员、导演，戏剧教师。
[2] 原本指给入狱的人寄日常用品的包裹。

过身去沿着人行道往上走。

一见他在街角拐了弯,我们撒腿就跑,冲进旁边的一幢公寓楼。撞见正要出门的一群人,我们歇斯底里地大吼起来:"别出去!外面有个男人有枪!我们刚被他打劫了!你们能帮我们吗?"混乱的字句仓促地从我们的舌尖滚落下来。

他们甚至都没看我们一眼,就一个一个地从我们身边走过。

城市中心地段对人命的不屑一顾简直令人惊异。住在这里,人的心会长茧,并且日渐厚实。庞大的人口基数使得每个人碰上倒霉事儿的几率变小了。我们既然刚被打劫过,就确保了至少目前剩下的人都是安全的。八成他们是这么想的。可是几率本身是没有记忆的,每次掷骰子几率都均等。

眼睁睁看着他们一个个离开前厅,我只能挨户敲门,直到一位形容枯槁的德国女人把门打开几英寸的缝来。雷德蒙在门口把风,确保那个劫匪没有再回来的迹象,而图丝黛则像她事后回忆的那样,整个人处在"行走的痉挛"中。那个德国女人这时意识到了我有所求,便试图把门关上。

"女士,我得用一下您的电话,"我一边向门缝里挤,一边调动出最有威信力的嗓音来。发现我比她强壮之后,她就放弃了挣扎。图丝黛紧随我进了门,之后那女人便锁上门,挂上了防盗链。图丝黛却在那时幽闭恐惧症发作了,想去开锁。她们俩互相较量了几句,虽然都无法理解对方,但最终图丝黛还是被放出去了,门重新被锁上。当我正忙着跟电话那头的警察汇报情况时,那个德国女人总是不停地打断我,带着内疚和忏悔给我讲自己的人生故事。她觉得自己刚才准备把我关在门外的行为违背了基督徒的教义,十分自责。这下可好,除了要面对自己刚被打劫的事实,还得为了帮助眼前这个女人脱离自我罪责,聆听她支离破碎的故事——好像是一周前,她的头被人打了(还是许多年前她的丈夫被人袭击了……谁知道呢?)。总之,我表明了态度——完全理解并感激她的帮助,而且同意现在的洛杉矶完全无法和二十年前同日而语。

最终,我成功逃离了。

最终,警察来了。要是你以为被抢劫就是一件十分沮丧的事情的话，等到你得接受冷漠的警察整整一小时的问询时，就会真正明白这两个字的含义了。不过，我对他们却没法多加责备。在这座城市里，他们实质能做的真不多，除非你被谋杀了；在这种情况下，他们至少还能把你给埋了。

我们送了几根燕麦能量棒给警察，以表明我们和他们是同一战线。（最起码雷德蒙和我这么做了，图丝黛仍然处于语无伦次的状态。）我觉得这一举动赢得了他们的好感，后来他们的态度里略微少了些强硬。

就在我们都站在那儿完成最后的报告时，一个家伙大吼大叫着向我们跑来："我的车刚被偷了！！"两名警察就像上过发条一样同时机械地转向他，打量了几秒，旋即又重新埋头书写我们这边的报告。当时就像是《54号车》[1]里面的场景。

"你们难道不打算做点什么吗？"雷德蒙愤愤不平地问了一句。于是其中一个家伙老大不情愿地跟着那个男人走向车被偷的地方。两分钟不到，他就一个人回来了，继续写起了报告。

"发生了什么？"雷德蒙追问。

"这家伙不知道自己的车牌号，"他耸了耸肩，"我们也帮不了他……"

在洛杉矶这个繁华大都会里，打击犯罪的精英团队到底是什么样的面貌，由此可见一斑。

第二天去参加节目面试之前，我和图丝黛搜遍了附近所有的树丛，垃圾箱，还有杂物堆。警察说劫匪通常会很快丢弃能够作为犯罪证据的物品，因而建议我们这么做。可我们丝毫没意识到，在圣莫妮卡和日落大道旁边我们被抢的那个街区，是个生意兴旺的色情地带。我们在街上走着时（当然不是那种特征性的步态），有个家伙在我们身后假装耳语地高声喊："小心点儿，姑娘们，今天条子可盯得挺紧的。"我怒转过身，竭力吼道："我们才不是你想象的那种人！"

"可不是嘛……"他又低声咕哝。

---

[1] 《54号车，你在哪儿？》（Car 54, Where Are You?）是一部关于警察的电视喜剧。我从来没看过，可我知道赫曼·芒斯特的扮演者在这个角色之前出演过那部喜剧。——纳迪·卡内尔按。

其实我们被误当成妓女也不算夸张，我们确实见到了一些长相很俊美的站街女：有的皮肤绯红光润，有的晒出了饱满的橄榄色，年轻，身材窈窕。我和图丝黛如果真的靠此营生，恐怕也不会是佼佼者。不过我们被抢的那点钱还不至于真正让我们动起这个念头。

雷德蒙损失最大，大概200美元（因为他刚把剩下的支票兑现了）；图丝黛只丢了15美元和所有钥匙，需要重配。我的钱包被一个小保姆给捡到了，里面有我的电话号码。交接钱包时我发现里面竟然还有40美元，我甚至都不知道原来有这么多。我的小诀窍就是把现金夹在信用卡之间，这一招已经两次被证明有效了，现在我传授给你。那个女孩儿甚至善良到不愿意接受我的物质感激，看来洛杉矶真的有正派得体的人存在，只不过要被抢劫过才能遇到他们未免可惜。

这就是我在全国广播公司参加节目面试之前的心理活动状态。我们和其他二十五名同样紧张的申请者坐在一排等候着。选手协调人进来，激情满满地讲着一个又一个不怎么好笑的惯常笑话，所有选手都识相地爆发出一阵笑声。我发现所有做跟电视节目相关工作的人，不论是否在荧屏上露过面，都会发展出典型的电视角色个性来。几乎都可以归纳为一种性格病毒了：易传播，不会致人衰弱，但不被传染更好。

每个候选人都需要填写几张卡片（我尽量小心地不触碰到他们的手，以防上述病毒通过此种途径传播）。卡片上并没有地方填写你的白日梦，这让我犹豫了一会儿。最终我设法从那个角度来回答一些问题，在三英寸乘五英寸大小的卡片上把白日梦重复了好几次。交上去时，我的卡片看上去乱糟糟的。接下来每个人都得站起来，进行来自哪里之类的自我介绍，然后从五个与白日梦毫不相关的话题中挑一个聊一聊。话题如下：

1. 我人生中最棒的一天是_____
2. 我最尴尬的瞬间是_____

3. 我最忍受不了的是＿＿＿＿＿＿＿＿＿＿＿＿＿＿＿＿＿＿＿
4. 如果我能改变身体的一部分，我选择＿＿＿＿＿＿＿＿＿＿＿
5. 我喜欢电视竞猜节目的原因是＿＿＿＿＿＿＿＿＿＿＿＿＿

（我想选手协调人里肯定有一位曾经在某所初中教过公共演讲。）虽然选项严肃古板，但我们每个人都竭尽全力地调动出自己活泼的一面，因为只要你稍显不满意，这些在电视节目组里工作的人一眼就能看透。任何没能维持不间断高度亢奋状态的人，都会在第一轮就被踢出去。

我选了永不过时的那个话题：我最不能忍受的是"抢劫别人的人"。接着自然而然地提起前一天晚上被抢的经历，并且提到这已经是我第三次被抢了，又顺道儿把前两个故事也讲了一遍。全场的注意力都被我吸引过来，我甚至都能感受到其他候选人明显的焦虑。（许多人都仅仅是为了获得注意力，才会搬到洛杉矶，所以你不难想象，她们现在看见我得势有多慌张。）但我故事讲到某处时，突然有个明显会说两种语言的女人插嘴表示赞同："啊，这敢情贼好！"洛杉矶若缺了丰富的文化杂糅，就什么都算不上。

选手协调人里面有 个（个性退化最严重的那个）听了我们的被抢经历之后甚为担心，竟然主动护送我们到停车场去，防止我们再次遭遇前一天的噩梦。不过我想，也许他只是为了多看几眼图丝黛的胸。

俘获众人注意的感觉令人兴奋至极，我几乎觉得自己很有可能被选中出镜，可事后我也没多想。我真正思考的是，既然他们没有对我的幻想表现出多大兴趣，那我何必还等他们来帮我实现呢？直接给大卫·莱特曼写信不是更好？

于是我便这么做了。

我给他写了四十二封信。

我这铺天盖地的写信攻势是这样开头的 —— 先说我会在电视台附近为朋友的婚礼演唱《贝森街蓝调》，然后表示要是能够在路过录影棚时直接在他的节目上开唱，那就太棒了。我知道，妄想着这封信真的会被拆开阅读就已经显得挺愚蠢了。可我一门心思觉得，只要在黑暗中挥舞匕首足够长时间，最后总会扎到什么的。况且先前我给一堆人都写过信了。昆丁·克里斯普[1]。哈尔·普林斯[2]。阿拉伯的酋长先生。我甚至还写信给猫王艾尔维斯·普莱斯利，向他索要一个法国号。当时有报道说他会买汽车送给素不相识的人，为什么法国号就不行呢？说到底，这一行为源于我对写作的热爱，再加上我从事的各种办公室职员工作给予了我很多空闲时间。反正本来坐着也是坐着，写作就是我的精神毒品，还不会像大麻一样散发气味被人发现。真正让我写信上瘾的元凶，是我办公室里手边放置的邮资盖戳机，免费邮寄让我如痴如醉。

我给保罗·沙弗[3]写信，并且把《贝森街蓝调》的音乐一并寄了过去。莱特曼的母亲也在我的写信范围内。至于莱特曼本人，我甚至寄了一个刻有我名字和号码的土豆过去，连包装都没有。直接盖上邮资，即刻寄出。之前我给前男友贾斯汀寄过一个土豆，结果他真的收到了！（我想，这能给邮差平淡的一天带来些乐趣。）贴在土豆上的便笺写着：

邮差先生：

　　请确保大卫·莱特曼能够亲手收到这个土豆，因为那样他就会同意让我在他的节目上演唱。请为有创意却饿肚子的我伸出援助之手，成为我的朋友！就算是看在圣诞节的分上！[①]

　　感谢，

慕斯·米倪恩

同时，我还给他寄了一个山芋（万一他没收到那个土豆呢）。上面写着：

邮差先生：

---

① 寄出那个土豆是在二月份。——莫蒂斯·威尔士按。
[1] Quentin Crisp（1908—1999），英国作家、演员。
[2] Hal Prince，美国著名戏剧制作人。
[3] Paul Shaffer，加拿大音乐人、演员，《大卫·莱特曼深夜秀》的音乐负责人。

要是您能够大发善意将这个山芋送到大卫·莱特曼先生手上，就能让我这个受乏味生活压迫的小秘书对生活重新兴奋起来。他答应过我，只要收到这个山芋就让我在他节目上唱歌。我准备的曲目是《贝森街蓝调》，您听过吗？这可是首好歌！记得五月份看我上节目，献上无限感激。

慕斯·米倪恩

图丝黛听说之后，唯一能想出的反应就是："我最不能相信的一点，是你竟然不是在嗑了药之后才这么做的。"

我的寄信对象还有专门负责擦鞋的部门，以及节目组的所有编剧，并且附上了帮我上节目可以供他们选择的奖品清单，其中一项是图丝黛。（她已经欠我好几个人情了——比如那次，我在克雷把她的子宫帽扔到垃圾箱里后帮她捡了回来。她经常就那样大大咧咧地把那玩意儿放在厨房桌子上。）信里我把图丝黛形容成多莉·巴顿[1]和玛丽莲·梦露的结合体，另外还带一点竖琴马克斯[2]的味道。我暗自期盼，这样恣意不羁的书写风格能让我成为大家在走廊交谈时用来打趣的话题……我的这股天真傻劲只能归功于无穷无尽的青春活力了。

一个月过去了，我接到电话通知，让我准备上《白日梦》的"挑选旅行"环节。（选手协调人给我简单解释了一下——就是我有机会赢得一场免费的旅行机会。）录制节目前一天，图丝黛、克雷和我一起去了某个广告演员招募活动——这类活动在洛杉矶一带四处开花。这个叫"演员的乐透"，其初衷是反映演员的生存困境。餐厅和夜店老板被邀请到某个典型的好莱坞俱乐部里，观看花样繁多的表演，然后竞价。那晚有人出了2美元，便没有后续了。策划这场活动的疯女人竟然设法说服了十三频道的负责人，让他相信这活动具有新闻报道价值，并派了一个摄像师来到现场。洛杉矶有太多的新闻小分队四散在街头巷尾，寻找

---

[1] Dolly Parton，美国音乐人。
[2] Harpo Marx（1888—1964），美国喜剧演员，马克斯兄弟的一员，排行第二。

有意思的故事，甚至十年前《人生挚爱》（*Love of Life*）[①]的某个演员现在准备开一家日光美黑沙龙，他们也必然会出现在那家商场里进行报道。我说的"为了得到注意力而搬到洛杉矶"就是这个意思——镜头四处皆是，却没有值得拍的材料。

那天就在观看一群洛杉矶底层人物上演一出门可罗雀的凄凉表演时，我漫不经心地脱口说，自己会赢得一场去希腊的旅行。

"做你的梦吧，"图丝黛不屑地回应我，"他们从来都不去希腊。（她之前看过《白日梦》……我之前是不是提过？）常见的选项有拉斯维加斯、夏威夷，或者是纽约。你还是试试纽约吧。"（图丝黛在纽约有个备选情人，因为每到一处，她都有留下些情愫的倾向。）

可是纽约没有未经破坏的沙滩，没有粉刷成雪白色的风车，也没有雅典卫城遗址（不过纽约肯定有属于自己的废墟）。

节目直播那一天终于来了。我到达位于伯班克的全国广播公司时，另外三个女孩已经在那儿等着了。如今我几乎对她们一点印象都没有了，只记得都是极其典型的哗众取宠个性。她们几个开始叽叽喳喳地说起要如何作弊，却迟迟想不出对策，我便帮忙出谋划策。

"听着，可以这样做：上台之后，我们把自己的名字按首字母排序，然后默默在心里给旅行目的地也按此排序，各自选择顺序相对应的奖品。比如，爱丽丝（Alice）就选亚利桑那州（Arizona）。"我解释道。

"我才不想去亚利桑那州呢。"

"亚利桑那是不会出现在选项里的——"

"那万一他们安排了我不愿意去的其他地方呢？"

"那就算了吧。"我无奈地摇摇头。

其余几个女生还在试图理清当中的逻辑关系，这时我意识到，在舞台的压力之下，她们是无法完成这项任务的。管他呢，我不在乎；反正我知道自己一定能去得成希腊。

我们从宽敞的选手等候室里被赶出来，挤挤攘攘地穿过迷宫似的台

[①] 一部长期白天时段播映的肥皂剧——慕斯母亲的最爱。——莫蒂斯·威尔士按。

阶和走廊,来到另一个房间,接受镜头前的舞台风格指导,尤其是在如何翻开自己的"旅行卡片"这一点上。

节目组的女负责人给我们讲解起来:"台上到时候会有四个讲台一字排开,先进场的人就走到最远处的讲台站定。讲台上有你们要从中选择的四张卡片,每张代表一场不同的旅行。假设你现在选了一张写着'月球之旅'的卡片。"她顺势给我们展示了一张这样的卡片。

"不过,现场是不会真的出现'月球之旅'选项的……"她刻意停顿了一下,我们也献上了配合的笑声。这种时候考验的就是迅速应变能力。

"我之所以必须要说'月球',是因为我们现场有一位律师,"她指向律师,"还有一位来自公证处的工作人员,"她又指向另一个人,"他们来是为了确保我没有泄露任何奖品信息给大家。在我也不知情的情况下,就算是碰巧猜中名字,也是不允许的。不过,他们发过誓了,绝对不会有月球之旅。"这次在她停顿之前我们就笑开了。

"听好了,当主持人彼得·马歇尔说'开始挑选旅程'时,你们所有人都得抽一张卡片放在这个位置。"她径直把卡片贴在自己的胸部上方,"然后等彼得说'秀出来'时,只要像这样把卡片翻过来。"她做了示范,"在他走到你面前给你指示之前,绝对不要擅自行动,卡片必须要轮流展现给观众。现在照我说的练习几次。"我们一直练到胸部由于不停翻过来的卡片而隐隐作痛才停。

"记住,卡片放置的位置非常重要,得确保观众能够看清你展示的选项。明白吗?一定要放在这里。"她再一次把卡片拍在胸部上方。直到我们上台的前一刻,这个动作八成已经被她重复了上千次了。真正勾起我兴趣的是,为什么把卡片展示在我们胸部的正上方如此重要,更别提是在彼得·马歇尔吼出"秀出来!"这样的字眼之后。那一瞬间,全国上下的电视观众都盯着一个女孩的胸部看,上面装饰着一张写着"阿鲁巴之旅"的卡片。

那天,有两个女生都选了阿鲁巴,我可能一辈子也没法理解她们当时是怎么想的。也许是因为我至今仍然不知道那个地方在哪儿。得嘞,一起学习一下:

【阿鲁巴】图，荷属安的列斯群岛的岛屿之一，位于委内瑞拉西北，西印度群岛东南部，人口 53199（1960 年），面积 69 平方英里。①

鬼知道那两个女生为什么会选它，也许她们遵循了我的提议，而她们俩名字都是 A 开头。无论如何，我真是应该感谢上苍，因为我胸前的卡片是 —— 你猜对了 —— "希腊游轮之旅"。

我好像没有好好解释清楚游戏规则？是这么回事，如果有人选择了和别人一样的旅程，那么谁都得不到。我们那场的选项有阿鲁巴、墨西哥、棕榈泉，还有希腊。阿鲁巴有两人选，墨西哥有一人，而我选择了希腊。等到前三个女生"秀"完，作为第四个女生，我像赛前指导教的那样故意蓄起了戏剧张力 —— 瞪大的眼睛，随时准备尖叫的嘴形，当那一时刻终于到来时，我整个人都完全放飞到了癫狂状态：歇斯底里地吼叫着拥抱彼得·马歇尔，激动得差点从舞台上摔下去，但丝毫没有掺杂作秀成分。

没错儿，我天生就是上电视游戏节目的料。早就跟你说过了，我特别擅长融入环境。

不一会儿我们就被匆匆赶下台了。可能这时你也意识到了，我是不是忘了提，还有一个选墨西哥的女孩也赢得了大奖。这个嘛，她只是个无足轻重的小人物。

由于当时临近圣诞节，节目组还给我们准备了一份特殊奖励：一套伊卡璐赞助的整体造型设计，再加上一条 250 美元的裙子，一副 35 美元的耳环，以及一双 75 美元的鞋子。我爽快地说："别客气，想把我的头发染什么颜色都行。"他们最喜欢这种授权了。

就在这美女大变身的过程中，伊卡璐的工作人员和发型师团队产生了一点口角。那个代表伊卡璐的流里流气的男人和他愚蠢至极的助手一共有五个小时来帮我们染发，结果他们在四小时四十五分钟里只做了挑

---

① 《兰登书屋大学词典》(*Random House College Dictionary*)，劳伦斯·厄当主编，兰登书屋，1968 年。——慕斯·米倪恩原注。

染。听说他们用的是极其伤害发质的玻璃纸染发法,结果是用锡纸把我们的头发给全部包起来,还试图说服我们最后效果会非常棒。

要去墨西哥的那个女生一刻不停地抱怨着:"噢,我不太喜欢这个颜色。"那次之后过了许久,我在一次试镜时遇到她,便问起那次墨西哥之旅如何。"噢,那次不怎么样,"她不屑地吸了吸鼻子,"他们安排的酒店就在沙滩正上方,到处都是沙子,还有随处可见的墨西哥人。"

"真难想象。"我无语地附和了一句。

那天的总造型师装扮帅气,性感里又透露着一股聪明,却世故老练得有些刻意,说话时经常冒几个法语词出来。不用和他接触很久,周围的人就会意识到他的自我优越感,因为他会低声发表些刻薄的嘲弄,或是拿着梳子摆出轻蔑的姿势来。不过他对我好像挺有好感的,况且我真不该说他坏话,因为那天伊卡璐的人离开后,他只用了十五分钟就将我的发型修复一新。(时间的重要性不言自明,整场观众都在等待看我们变身后的效果,就是那种"前后对比"的戏码。)

那个造型师当晚就要赶往巴黎,就在出发之前,他终于私下里告诉我,自己是皮娅·扎多拉[1]的私人发型师。

于是我的最后造型就莫名其妙地变成了维多利亚·普林西帕尔和克里斯蒂·麦克尼科尔[2]的杂交效果。

直到获奖六小时之后,我才终于有机会打电话给图丝黛跟她说:"我早就跟你说过了。"

那晚我到家时,图丝黛根本就没认出我来。我们俩去了日落大道上的卡洛斯与查理餐厅庆祝,每遇见一个人我们都会分享自己要去希腊的事。(当时图丝黛是我的闺蜜,当然得带她了。我母亲一门心思以为我会请她一起,因为毕竟是母女关系——就好像有人会为这样一场浪漫的旅程做出这种选择似的。还有几个朋友和亲戚也暗自期待着我会向她们发出邀约。瞧,赢得一场双人旅行就会造成这种棘手的场

---

[1] Pia Zadora,美国女演员、歌手。
[2] 二者均为美国女演员。

面,特别容易得罪一大帮子人。)我们同时分享给在场所有人的,还有我们要参演电影的消息。(在那次蠢到家的"演员的乐透"现场,图丝黛认识了一个疯狂的家伙,他信誓旦旦地说会让我们上他的电影,但那时我们还不知道他中了"橙剂"[1]的毒,经常四处吹嘘类似的宏伟计划,比如开一家直升飞机停机坪、考取律师资格证、兜售路易十四时期的家具等。有天晚上他跟图丝黛打电话时,将我也包括在这些宏图大计中,而我却开始对图丝黛的判断能力产生质疑,终于命令道:"图丝黛,让我接电话。"听着对方在电话那头滔滔不绝地谈论直升机飞行员的权利时,我对旁边的图丝黛摇了摇头,让她知道拍电影这件事是不会发生了,至少不会是在那个家伙的白日梦里出现的电影。)但在卡洛斯与查理餐厅的那夜,还没意识到这点的我们也还算是幸福。在洛杉矶落脚还不到五个月,我们就笃定地认为,我们必会一举成名。通往楼上私人俱乐部要交30美元入场费,我们掏的时候毫不犹豫,几个月后就要火了,钱还算什么?要是你以为交那三十刀你就有了坐下的权利,就大错特错了——我们只能踩着用来配衣服却极不舒服的高跟鞋别扭扭地站着。放眼望去,场内绝大多数是拉美裔男人,那晚之后许久,图丝黛自诩聪明地指出,就冲"卡洛斯与查理"这个店名我们就应该猜到里面男人的国籍的。[2]我之所以提起这点,是因为拉美裔男人有时真的是主动直接得过了头。甚至有个人把舌头伸进了我嘴里,我当即扇了他一巴掌。他只不过是邀请了我们坐下就觉得自己有权对我为所欲为了。正是这种物物交换机制维持了洛杉矶的繁华与活力。

我意识到只通过做梦是不可能让我登上《大卫·莱特曼深夜秀》了,就算有朋友的加持也无济于事,不过给节目组的信我还是一封接一封地写着。每次都带回家,在晚餐时朗读给克雷和图丝黛听,这已经成了一种社交活动。(那时的我们对任何形式的社交都有强烈的渴望。)

---

[1] 指美军在越战中使用量最大的一种化学脱叶剂,对人体有害。
[2] "卡洛斯"是典型的西班牙语名字。卡洛斯与查理餐厅是个墨西哥风味连锁餐厅。

信中我也提及赢得希腊游轮之旅的事情（我尽力向节目组丝毫不差地更新自己的近况），可我渐渐开始担心，所有的信件最后都落脚到某人的垃圾箱里了。由于极度想要得到回应，我便给售票处写了封内容如下的信："我想要买《大卫·莱特曼深夜秀》5月18到24号节目的票。对了，我会上节目表演，烦请帮我询问下具体时间。"没过几周，表演嘉宾负责人就给我打了电话！她想知道为什么我会误以为自己要上这档节目。售票处的工作人员收到我的信之后完全摸不着头脑，便真的打电话去询问我的出场时间。你看，我很吃得准这些办公室文员的心理：他们特别容易被震慑住。表演嘉宾负责人问我有什么资质，我当然没有，除非疯疯癫癫也算资质。我心里清楚得很，虽然我也有过许多经历，可在她眼里必然毫无分量。我仍然是一片未开发的处女地，但我对自己的幽默能力信心十足。每个听我说话的人都会笑出来，陌生人也不例外。观众不就是一群陌生人吗？仅此一次，我希望她能跳出自己的资产阶级教养禁锢，果敢一点，运用想象力。仅仅是我设法让他们给我打了电话这一点，就是我应该上节目的证据。可她却不那么看。

绝望中的我脱口而出："听着，我外婆仅仅因为打折，就买了一辆叉车。"（犹疑不决时，就拉出叉车。）电话那头传来一阵笑声，虽然不情愿，她还是同意让我寄一盒唱《贝森街蓝调》的磁带过去，给他们审听一下。

接着我想出了一个绝妙的主意！我要到喜剧商店①，给大家讲被持枪抢劫的轶事，赢得希腊游轮大奖的经历，还有《大卫·莱特曼深夜秀》打来的电话，最后再用法国号伴奏唱《贝森街蓝调》。接下来，给在场观众分发明信片，说服他们都给莱特曼寄过去帮我说情。我真的这样演了一次，那一次场面尤其火爆，可人们还以为这些都是我单人喜剧中的惯常设计，丝毫没有把我说的话当真。我也还未意识到，好的单人喜剧只表演一次是不会被公众注意到的。

---

① 洛杉矶日落大道上的一家单人喜剧俱乐部。——琼·卡斯利按。

> 亲爱的嘉宾负责人：
>
> 请务必要让玛丽莎·米倪恩在《大卫·莱特曼深夜秀》上演唱《贝森街蓝调》。我刚在 ＿＿＿＿＿＿＿＿＿ 看了她的表演，简直：
> ＿＿ 棒极了
> ＿＿ 让人为之癫狂
> ＿＿ 野性，但是很有趣（野性：习惯性的叛逆）
> ＿＿ 以上均是
> ＿＿ 我向她求婚了（非强制选项）
> 她演唱的《贝森街蓝调》令人神迷，若您不让她上节目，整个美利坚都会因此惋惜的。再说，保罗·沙佛没准已经把音乐都安排好了，因为她已经把磁带寄过去了。
> 让这孩子如愿吧。
> 敬礼
>
> ＿＿＿＿＿＿＿＿＿＿＿＿＿ ＿＿＿＿＿＿＿＿＿＿＿＿＿
> （签上您的名字） （来自地区——非强制）
>
> 附言：您不知道，她的外婆仅仅因为打折就买了一辆叉车。

在第一批明信片收到良好反应之后，慕斯又制作了更多，准备在酒吧和超市里分发给周围的人。

> 亲爱的嘉宾负责人：
>
> 我在一家酒吧里遇见了玛丽莎·米倪恩，她给了我这张明信片，让我寄出去。
>
> 我忘了原因是什么；当时醉得一塌糊涂。
>
> 可我挺喜欢她的，所以管他呢……
>
> ＿＿＿＿＿＿＿＿＿＿＿＿＿
> （要是忘了自己的名字，就签X）

亲爱的嘉宾负责人：

我在阿尔法贝塔超市的冷鲜区遇见了玛丽莎·米倪恩，她给我唱了一小段歌——我记得歌名是《贝森街蓝调》，她还说希望在《大卫·莱特曼深夜秀》上表演。虽然我觉得这事儿希望渺茫，可我答应了她会寄出这张卡片，助她一臂之力。

我看到无家可归的人一向会将他们送到救济院，这件事性质也差不离。

敬礼

_____

我和图丝黛启程前往希腊时，带了给游轮上的人专门设计的两种明信片。（我觉得希腊的邮戳一定会让我的故事更有可信度。）

亲爱的嘉宾负责人：

我在希腊海岛游的观光游轮上遇见了米倪恩小姐，为她的魅力所倾倒。

她的气质迷人清新，我甚至还有幸欣赏了她的歌喉。

若您能及时发掘利用她的天赋，那自是极佳；因为不消多时她就会在别人手中发光发亮了。

您最衷心的，_____

年薪勾选：　　5万 ～ 10万美元 _____
　　　　　　 10万 ～ 20万美元 _____
　　　　　　 20万 ～ 100万美元 _____
　　　　　　 我觉得谈数字太堕落了 _____

{257}

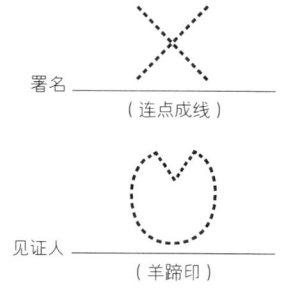

亲爱的美国电视负责人女士：

我只是一个在通向广场的路上摆摊的贫穷牧羊女。
一位陌生美国小姐给了我这张卡片，并让我寄出去。她人有些奇怪，可我喜欢她。她还给我唱了首叫什么什么蓝调的曲子。
您能让她在美国电视上唱出来吗？

署名＿＿＿＿＿＿
（连点成线）

见证人＿＿＿＿＿＿
（羊蹄印）

可是那次在希腊的行程却让我开始质疑起我想登上《大卫·莱特曼深夜秀》的动机来。希腊帮助我恢复了理智，历史对我就有这种效用。我会将生活当做一个连续体来审视，如此也更能清晰地看清自己的行为。我目睹自己被向前推动着——这是一个我并不喜欢的愿景。每个在洛杉矶的人都被向前推动——名声，经纪人，打电话。失去平衡再容易不过。全力以赴才能避免坠落，避免向形势屈服，即使深知错觉才是唯一能帮自己保持正直诚实的东西。就算倾尽全力，这座城市仍然纹丝不动——结果却造成了纷繁纠结的错觉。单方面对于名扬四海的欲望会让人头脑发热，甚至编造借口以改写现实。许多人经年累月过着这样的生活。怀抱希望守在电话旁边，期待下一个来电便会邀请自己走上星光大道，可他们就这样在等待中死去。为此我只浪费了一小截的青春，所以还不算过分，青春就是浪费得起的年华。我差点就决定把整个青春都浪费在希腊了。可某种东西（八成是害怕在我后面排队的人会捷足先登，一举成名）促使我回到了家乡。现在很难判断，若是我当初留在了希腊，会不会活得更好。①

---

① 如果希腊没有中式鸡肉沙拉的话，我觉得在那里会更幸福。——纳迪·卡内尔按。

从希腊回来转机纽约时，我给深夜秀的嘉宾负责人们打了电话，提议共进午餐（希腊并没能让我完全放弃这股执迷）。

　　"希腊怎么样?"他们也十分友好地询问着，不过午餐却并没有约成。

　　再后来，我又写信，征求他们对我起诉大卫·莱特曼这件事的意见，如此一来我们就可以登上《人民法庭》（*People's Court*）①了，这样我也能延续自己上电视节目的主题。是这么回事儿，我的瘾君子邻居兰迪有次在吃了三片安眠酮后，从桨屋酒吧的台阶上摔了下来，一纸诉状把酒吧告上法庭后，用获得的赔偿去了巴哈马群岛度假。有人想打官司，有人想做电视节目，《人民法庭》就将这个两个世界用刺激的方式综合了起来。显然，有人与我的观点不谋而合，因为在那之后不到一年的时间里，约翰尼·卡森[1]就把大卫·莱特曼告上了法庭，并且由瓦普纳法官[2]主审。不过话说回来，轮子很有可能是同时在世界上三个不同地方被发明出来的……

---

① 这档节目将实际的法庭案例录制下来在电视上播放。无论瓦普纳法官的裁决是什么，诉讼各方都能获利。所以你会经常看见女儿状告母亲、朋友之间对簿公堂的事情发生，这么做的风险并不大。——琼·卡斯利按。

[1] Johnny Carson（1925—2005），美国电视主持人、演员、制作人。

[2] Joseph Wapner（1919—2017），美国法官。当时是《人民法庭》的固定法官。

∞ ≤ ∞ 14 ∞ ≥ ∞
回忆和梦露同游希腊以及所遇窘境

希腊

轮子的发明显然是慕斯的灵感主题之一，但希腊并不在发明国之列。不过这儿并不缺满地跑的轮子，慕斯对希腊的迷恋是否源自于此就不为人知了。不论理由是什么，在慕斯心中，希腊一直蒙着神秘的面纱，从十岁起，这个地方就在她的脑海里萦绕不去。

我存在，就是为了最终能够逃离到希腊而努力的。我会烘焙巴克拉瓦果仁蜜饼，配茴香烈酒喝[1]；我还会阅读所有能找到的关于希腊的旅行书籍，描述希腊人的小说以及希腊戏剧；除了用作写作内容，平时谈起希腊来我更是呶呶不休。我搭设好前往那里的舞台（夸张的希腊比喻），做了一件与众不同的事，接着"砰"地一声，愿望就成真了。当我看见眼前的"希腊游轮"选项时，丝毫没有怀疑过自己一定能去成，信心满满地觉得自己不久之后便会躺在蔚蓝大海和晶莹沙滩的交界处裸晒。

是积极的心理暗示起作用了吗？还是因为众仙女暗中相助？是否有些遥远的文明，如同我们在培养皿中培养青霉素一样地在控制着我们？也许这更高一层的意识存在对于我们，如同我们对于单细胞生物体一样，会试图滋养那些积极主动、能够维系生命的个体，同时阻碍剩余同

---

[1] 前者为地中海东部地区著名甜点，后者为希腊产的一种饭后酒。

类的存活之路。这股意识有时能够抑制我们的生长,却无法完全掌控,人类与癌症的关系也处于同一境地。会有这样的实体存在吗?我禁不住再次发问:会不会存在的上帝不止一个,而是集体的众神?一批高阶权力拥有者?兴许希腊人的信仰并非无稽之谈。我的内在本质具有希腊属性。前世的我必然曾经在希腊度过了一生,一定是以阿里斯托芬的身份在那里生活;以我的性格,也会写出《青蛙》这样的作品。无论经历几世轮回,一个人叛逆不敬的个性是不会丢失的。

其实,慕斯在上《白日梦》节目大约一年之前,曾经在芝加哥近乎决绝地写下这样的文字:

我现在坐在这里打字,可意念早已漂到了爱琴海。我必然会到达那里,一定会,要不了多久。我与自己这样约定:在二十五岁生日来临时,我要么已经开始制作起自己的音乐剧,要么就在去希腊的路上……要么是在做其他事情。①

在慕斯离二十五岁生日还差两个月的时候,她赢得了希腊游轮大奖。

从我和图丝黛踏上飞机的那刻起,冒险就已经拉开帷幕。几秒之后,就有一位带有严重体味的希腊空乘向我们自我介绍,说自己是"希腊王子"。

他说是就是吧。

他说稍后会给我们送一个惊喜,不久便带着一瓶未开封的苏格兰威士忌回来了。我最讨厌苏格兰威士忌了,况且他带来的还不是那种飞机上的可爱迷你小瓶装,而是 750 毫升用瓦楞纸包着的那种。

"你从哪儿搞的?"图丝黛忍不住问道。

"快藏起来!"他命令道 —— 我估计所有王子都习惯了别人对他们唯命是从吧,"等开始播放电影我就回来找你们一起喝。"我可真是迫不

---

① 1982 年 4 月 10 日慕斯写给朋友拉金·瑞的信。——莫蒂斯·威尔士按。

及待,他没搽身体除臭剂的浓重体味实在是令人窒息。

他走开的间当,不让周围所有男生都献媚流口水就不甘心的图丝黛已经和后座的帅气希腊男生聊得火热了。为了成人之美,我和那个男孩换了座位,顺势和一对丹麦夫妇聊起天来。想起自己正在度假,并且在这世上无牵无挂,便兴致勃勃地让周围乘客也一起来上几口威士忌。等到那王子回来时,看见图丝黛正和别人聊天调情,气得从希腊小伙儿手里一把抓过已经半空的酒瓶,沿着过道大步离开了。当时我就想,这是不是预示着接下来会发生的事情。

我们到达雅典的那个下午天气干爽怡人,空气虽然干燥,摩挲在皮肤上却软软的。而阳光也仿佛在哄骗着黑色素浮现到皮肤表面,形成性感的古铜色。舒适的日光,希腊式的闲聊声,以及我终于活生生站在希腊土地的事实,都让我目眩神迷。我浸没在达成了内心欲望(至少其中一个)的感觉中。我和图丝黛打车到了奥蒙尼亚广场,在一家廉价但还不至于太邋遢的酒店入住,不一会儿就睡着了。我醒来后,图丝黛还在睡,最后一缕阳光洒在她黄铁矿色的发梢上。每次到达一个新地方,我都爱独自出门探索一番,尤其是在黄昏时分,因为那时的空气中涌动着一股急切的欲望,一种在黑暗降临之前要完成一些事情的熙熙攘攘。如果将一天的时间比作一年,那么黄昏就是冬日里骤然返暖的小阳春。这二者都带有一种琥珀色光晕,在大楼和树木的空隙间穿插洒下。那情景如同在海上暴风雨来临之前加固船舱,如同女人们呼喊着孩子回家吃饭,如同男人在抬腿离开和朋友相聚的小酒馆之前再喝最后一杯茴香酒。这是一天中快乐气息最浓厚的时分,大部分艰难的工作已经完成,晚餐近在眼前,日子就这么慵懒且诗意地渐渐盈满起来。

我买了一双便宜的布鞋用来走路,还买了些明信片和邮票。我的购买欲要大于拥有那些物品的欲望,更确切地说,其实我只是想试试使用希腊钱币的感觉。

不管多么热爱希腊,我还是不得不说,雅典这个城市实在丑陋。所有的楼房都涂成了不同色度的暗褐色,交通拥挤不堪,绿化程度又不足。不过它却又有自己特殊的步调和节奏,以及我所缺失的坚持。希腊就流淌在我的血液里。

我回到酒店叫醒图丝黛，然后一起出门吃晚饭。我们在遍布街头的希腊式咖啡馆里选了一家，点了简餐：沙拉、面包、希腊橄榄，还有松香味葡萄酒。整顿饭的过程中，不停有人偷瞄我们。但不是那种恐怖或侮辱性地紧盯，更多地是出于好奇。我觉得图丝黛的头发是吸引注意力的主要因素，不过也有可能是她的酥胸。（她的双峰总是不自觉地互相竞争，对男性来说犹如磁铁一般。）

希腊是一个很男性化的国家。公开场合见到的女性通常都较为年老，通身着黑色，或是在路边等候，或是手握拐杖跟在驴子的后面，或是在晾晒洗过的衣物。在这些岛屿上，目之所及的唯一年轻女性就是游客。尽管男性如此占主导地位，但我一刻都没有担心过自己的安危。强奸更是完全不存在的事情。（不过我在科孚岛时，确实有过一次令人紧张的经历。我的小摩托车没油了，一个大块头男人提出要给我一升。当时加油站正闹罢工，而我离附近的任何一座城镇都还有好几公里。他兴冲冲地把我领到他那磨损不堪的老旧汽车旁，一路还轻拍着安慰我，到了便开始用虹吸管给我的摩托输油。可正当我试图给摩托点火时，他却双膝着地开始亲吻我的大腿。即便后来摩托启动了，我在他的院子里边骑边躲闪着山羊，他也大步跑在我的一侧，摩挲着我的大腿，还用希腊语对我喊些甜言蜜语。）

在游轮正式起航之前，我和图丝黛还要在雅典待几天，于是我便提议租一辆车，可她却觉得我疯了。

"你难道没看到当地人开车的样子吗？"

"我们可是住在洛杉矶的人，在这儿权当练手了。"

我们最终决定开车前往科林斯。那里比德尔菲要近些，而这两处是希腊大陆上除了雅典以外我唯一听说过的地方。（我的决定总是基于这样的理性认知。）可摊上我们倒霉，当时正值某个希腊假日，人人都选择了从南边出城的唯一道路（也就是我们所去的方向），所以在消磨了好几个小时后，我们看到的仍然只是些瘦不拉几的树，贫瘠的岩石块儿，还有前后拥堵的车流。不过等真的到了科林斯，还是挺有意思的。

这里最奇妙的一个特点，也算是整个希腊的共性，就是随处可见大量雕刻过的碎石。只要一低头，就会发现自己竟然一直踏着破败雕塑的残骸在走路。这样说起来似乎有些亵渎，就仿佛是在将历史踩在脚下。

我们在科林斯的废墟间悠闲地游荡着，没多久就发现身边多了一个不请自来的导游，名叫克里斯多斯。（若你想试图找到一个姓名不在克里斯多斯、斯特拉多斯、迪米特里，以及尼斯的范围内的希腊男性，一定会徒劳一场。）他人挺好，不过好像对我有意思。其实那些男人都围绕着图丝黛转时，我更自在些。导游男坚持要开我的车带我们转。（他的车坏了，原因却一直没说。）他说在希腊开车难度很高，我表示不同意。

"只要遵循简单的规则就可以：谨记要开在白线上，想要换道也不用向后看，甚至不用打信号灯，仅仅是鸣几次笛，踩下油门就可以走了，能有多难？"

他要拿我的车钥匙，作为一个顺从的女生，我也就同意了。我已经不记得当时他带我们去了哪里，所以肯定不是什么让人印象深刻的地方。某个菜单上有油腻希腊点心（芝士派）的沙滩小咖啡馆。他是想在所有朋友面前炫耀自己身边跟着的美国女孩，这能怪他吗？结果甩掉他可比找到他难度大多了，尤其是我还把我们所住酒店的名字透露给他了。

我们回到雅典恢复元气，对那个新朋友的连环催命来电置若罔闻，又出门去了普拉卡。普拉卡是一条山脚下的由开放集市组成的街道，并且顺着山坡略微向上。沿路布满餐馆、酒吧和小商店，虽然风格都是为了讨好游客而设计，却也不乏可爱。由于还处于五月，并没有多少游客聚集。

一家提供免费酒品的酒吧把我们给吸引了进去，室内氛围迷乱诱感，灯红酒绿，坐在里面喝酒的男人也令人难以忍受，我们待了不久便离开了。不过这是在我们给大家讲了自己赢得希腊游轮之旅的故事之后，而且跟他们学了如何用希腊语叙述这件事。有个男人主动提出要给我们写下来，我就把自己的小日记本递过去了。他写完之后还勒令我们

{265}

练习了几遍。我们还是太单纯了,对他们嘴角露出的笑意完全没有起疑。直到第二天,我们客客气气地把那句话递给银行的出纳员看,她的脸却瞬间绯红一片,结结巴巴地拒绝告诉我们上面写的到底是什么。我一下就感觉到了气氛中的失态和尴尬,果不其然,上面写的内容跟游轮或者电视节目毫不相关。我们始终也没搞清那句话的意思,不过我觉得几个灵活巧妙的美国俚语也能催生相同的情绪。

我们进的下一家酒吧就高雅精致多了。就在这儿,有位著名的希腊足球运动员(对于希腊人来说的"著名";后来我在一本挂历上又看见了他的照片)对我一见钟情(至少是想跟我共度些时光),并派他的翻译兼朋友斯派洛斯过来搭讪。不过我跟翻译聊天的时间远远多于跟那个运动员,因为总有粉丝冲上来要求跟他合影(再加上他几乎不会说英语)。同时在场的还有他的另一位朋友斯特拉多斯,他们一致决定要带我们去一家更高端的酒吧。

下了楼梯穿过一扇破败的小门就到了。不过一进门就能明显感觉到,这里的每个人穿着装扮都时髦别致。我想点茴香酒,结果翻译男鄙夷地白了我一眼,告诉我这儿没有那种酒,于是我只好点了一杯金汤力。运动明星尼克斯并没有邀请我们跳舞,反而建议我和图丝黛两人起跳一曲。虽然这要求有点古怪,但我可是来者不拒。之后坐下来聊天时,我注意到图丝黛又耍起了她惯常的把戏——边抛媚眼边撩弄着尼克斯的膝盖。我在内心做了个耸肩的动作,决定睁一只眼闭一只眼。在激烈的讨论之后(若只看表面,他们似乎在吵架,不过这确实是希腊人讨论事情的风格),这几个男人决定要去斯特拉多斯的海边别墅。于是我们硬是把自己塞进尼克斯的跑车里。我趁机挤到前排尼克斯和斯派洛斯中间,他们则试图说服图丝黛一个人坐在后排。(斯特拉多斯自己有车。)不消说,图丝黛可不会心甘情愿地接受这样的安排。她使了一计,在最后时刻跳进了斯特拉多斯的车里。尼克斯气得不轻,因为他想让所有美国妞儿都坐在他车里。图丝黛把欲擒故纵这一招玩儿得炉火纯青,甚至达到了颇有研究的地步……也许可以和化学的精确度媲美。

在那段荒无人烟的希腊公路上一路飞驰时,两侧风景如同加速的火车飞速闪过,而尼克斯和斯特拉多斯透过车窗你来我往的希腊式谩骂一刻都不消停。月亮是唯一的光源。那段经历虽然吓人,却使人精神焕发,迷醉不已,禁不住想要双手齐上,将其抓紧。其实那算不上是我人生中最欢乐的体验 —— 我甚至都不确定当时自己是否觉得快乐 ——但我深知,那样的经历不会再有。

每个瞬间都如同雪花一样各不相同,因此在我眼里都沾染着凄美的意味。每逢此种情境,我便感到人生在我的眼前抽丝剥茧,仿佛一件从我穿上那一刻就开始慢慢脱线的毛衣,我却无力阻止。经历的瞬间越是激越,脱线的速度也越快。

突然间,我记起了《月亮纺工》(*The Monn-Spinners*)[1]的故事,一部海莉·米尔斯[1]主演的迪士尼电影。十岁那年,我便被这个故事给迷住了,从此对希腊心怀向往。

"你知道那个传说吗,月亮纺工?"我转头问翻译斯派洛斯,"三个女人一刻不停地编织月亮,直到满月的瞬间又立刻拆掉重头再来的那个故事?"我的脑海里浮现出三个身着黑色衣服的希腊女人旋转纺轮的画面,一缕纤细冰凉的白色月光向着天空的方向飞旋。

斯派洛斯盯着我,仿佛在看着一个典型的无知美国游客。

"根本就没有这种传说。"他转头和尼克斯讨论起来,期间尼克斯咕哝了几声,最后斯派洛斯坚定地回答我:"没有,绝对没有。你是在美国听说的?"

"电影《月亮纺工》里是这样说的。"

"那么这就是一个美国传说。"他轻蔑地耸了下肩。

我将头探出窗外,目光顺着树木飞逝的方向沿路飘去,在地平线上搜索一缕还未被纺织起来的残余月光。我努力克制,不去相信未知领域中充斥的魔法、传说,以及数不清的神秘玄虚,可我的内心、大脑、神经,还有脊柱,偏偏不让我完全弃置不信。我渴望着人类认知层次以外

---

① 玛丽·斯图尔特(Mary Stewart)写的一本以希腊为背景的小说。——莫蒂斯·威尔士按。
[1] Hayley Mills,英国女演员。

的东西,而魔法能使生活不再那么枯燥乏味。它让我的脑海充满绯红和金黄的色泽、呼扇着翅膀在毒蕈上停留的精灵、时间错位仪、魔法路灯,以及梦着别人的梦。童年时我读了许多魔法书,只有这样才能安然度过那段时光。到了后来,就算明知仙女和精灵不存在,我仍然可以选择相信。有时,相信能够让事情成真。

我们开进了一条长长的沙路,尽头是一座静默的房子在深蓝色天空下的剪影。斯特拉多斯的房子是典型的沙滩别墅,室内装潢简单,但有一个巨大的露台穿过树林伸向大海的方向。下车后我就快步向露台尽头走去,想要远离所有人。我需要重新夺回自己对希腊的感知,精心拿捏它留存在我脑海中的方式。我需要那种仿佛全世界只剩自己一人站在露台上的感觉,远眺大海和月亮,凝视双眸渴望已久的狡黠帅气的希腊亡魂,渴望他们能将我从被平庸男人填满的人生中拯救出去。几分钟之后,我突然发现斯特拉多斯 —— 那个载着图丝黛逃走的男人,正隐藏在黑暗中,凝视着我和大海。他随意地倚在房子一角,带着希腊男人典型的满不在乎,甚至是有些傲慢的神情。出于礼貌和些许孤独感,我便开口和他搭讪。对话本身看似热闹,但没什么实质性的内容。主要是关于希腊这个国家和天气的,没准儿我也向他求证了月亮纺工那个传说。(只要我有了一个想法,便不会轻易放手。)就这样过了五到十分钟,我突然发现图丝黛、尼克斯和斯派洛斯一直没有出现,便向斯特拉多斯询问。他用希腊语嘟囔了几句,还做了个手势,仿佛在说他们都消失了。我想他应该是在说,就算搜寻也是徒劳无功。又过了几分钟,便有呻吟和急促的呼吸声传来。

不但搜寻属于徒劳,甚至为此而影响心情都是浪费精力。何必呢?仅仅因为图丝黛在和两个小时前刚认识的一个甚至两个希腊男人上床吗?对此我丝毫不羡慕,可仍然止不住失落的情绪。我内心感到这似乎是计划好的,也许早在几个星期之前;可这个想法太蠢了,也毫无可能性……有可能吗?即使是预谋,也算不上精明。不过,倘若我一早就把所有线索和每个人的个性都摊开展现给你,倘若我提供了一个公式 —— 如果图丝黛和我同时在一家希腊酒吧里遇见了一个希腊足球明星和他的翻译和朋友，如果我们要一同驱车前往爱琴海边的一处空置别墅——这个结果你几乎可以猜个八九不离十。而我对环境的感知有些迟钝，对于拼凑线索也不是很在行，再加上身处异国，又没有图丝黛那样对男人的天生直觉。虽然斯特拉多斯比我更快搞清状况，但我还是看出了他的失望。毕竟图丝黛起初选择了坐他的车，他怎么猜得到，那只不过是图丝黛下的一步棋，用来煽动竞争的诱饵而已。

斯特拉多斯的表现还是很绅士的。我们都对屋里正在发生的事情心照不宣，带着狡黠和妥协相视一笑。他试探着对我挑了挑眉毛，不过并没有进一步施压。他轻声发出一声邀约，不过由于我的置若罔闻而随风飘散了。我不想为了上床而上床，或是为了证明我真的经历过一场希腊冒险。如果冒险的含义仅仅是如此，那么我当初待在洛杉矶也是一样的。

我对图丝黛的恼怒还是一点一点地积聚起来。倒不是这件事本身有什么大不了，只不过这个结局实在太落俗套。有些女人认为自己就像空壳，一定需要用男人来填充，不论是抽象意义上还是肉体层面，对此类人我很容易感到厌倦。图丝黛在告诉你她自己是什么样的人之前，就会先告诉你自己在和谁约会，以及他们的床上功夫如何。

一夜情似乎是图丝黛的主要情感来源——不，不全是。她也有男朋友，持续的时间并不短，可她就是摆脱不掉随"性"所欲的习惯。我从来也没因此贬低过她，并且总是真心实意地听她讲述那些故事。一个她曾约会过的家伙爸爸是黑手党，在收到远离他儿子的警告之后，图丝黛还坚持要在半夜十一点带我一起在约会对象的汽车挡风玻璃上留个字条，结果却下了一整夜的雨；她还约会过养了条狗的魔术师，会咬她的举重运动员，来自加州威尼斯的后来成为《深夜秀》（*The Late Show*）主持人的电锯杂耍演员。为了让一个南斯拉夫籍的理发师给我烫头发，图丝黛还给他口交。这种心血来潮的生活风格很适合她，她的放荡个性与无明确义务的性关系一拍即合。图丝黛一头金发，前凸后翘，并且总是在节食，而性对她来说就是一种"节食版"的爱，浪漫含量极低。

等到我的怒气累积到鄙视的程度时，我便往房间里走去。几分钟之前，斯特拉多斯看见尼克斯走出来，快步走向树丛间，影子渐渐被树影给遮蔽住，他便知道里面已经一切结束，便径直进了房间。那个夜晚最让我难忘的，是那片阴影和寂静，以及裹挟着我们的缕缕冰蓝色月光。

我刻意将脸上的表情都隐去，走过漆黑的房间。随后在粉刷得雪白的走廊里，我看见图丝黛坐在一个小凳子上啜泣。我的怒气顿时就消散了。看到别人玩得开心而生气很容易，可当她们由着自己的性子行事最终受伤的时候，你就不忍心再加以惩罚了。在我不停小声地问她发生了什么时，尼克斯的身影突然在走廊里渐渐靠近。很显然这是在示意大家都得离开了，于是图丝黛更不肯张嘴跟我解释了。回程的一路上，大家都静默无语，我的脑海里甚至没有留下任何印象。

第二天，我设法从图丝黛嘴里套出了事情的始末。她和尼克斯正打得火热时（她补充说自己当时兴奋极了），那个翻译突然走进了房间（也许是觉得有必要提供翻译服务？）。尼克斯和他发生了几句口角，随后便离开了。不过考虑到希腊人说话习惯性的强烈语气，没准他当时说的是"你上吧……"。也有可能斯派洛斯是在提醒尼克斯，自己为希腊足球运动员做翻译的一些附加条件，比如合同里规定的尼克斯勾搭上的每五个女人里就有一个属于他之类的。不管怎么说，图丝黛就那样被扔下和斯派洛斯独处一室，可后者却没有用正常的方式和她做爱，而是掏出老二在她的胸部自慰起来。（后来山姆的总结恰如其分："你是说他射了图丝黛一胸？"山姆的词汇储备主要包含"射"这一类词，还带动词变位。）

斯派洛斯确实在射了图丝黛一胸之后离开了房间，而图丝黛只能一边咒骂希腊男人，一边擦拭自己的身体。

在一番讨论之后图丝黛暗示说，也许我才是最初吸引他们来搭讪的"好女孩儿"，而她自己则代表了"唾手可得的性体验"。也许确实如此，但我觉得这么一分析就让图丝黛完全卸掉了责任。比起失去一个男人的欢心，我更不能接受所有男人都会先和图丝黛来电的事实。也许我只是害怕，害怕自己并没有多么与众不同。我的自尊受到了伤害，可对于某个甚至不和我说同一种语言的虚荣的足球运动员,我有什么可在乎的呢?真正刺痛我的,是硬生生摆在眼前的事实:女人之间很难成为朋友。

即便如此,还是要考虑到图丝黛毕竟是来自蒙大拿的博兹曼的事实,她在脱离了熟悉的环境后不免感到紧张。为了塑造世故精明的形象,并且增加诱惑性,她还改了名字,染了头发。也许这些行为改变了别人看待她的眼光,但却丝毫没有改变她这个人。在希腊的时候,她一刻不停地炫耀着自己美国甜心的年轻特质。有时能带来绝佳的效果:在银行里都会有人给我们送玫瑰花,男人对我们更是趋之若鹜。后来我是这样回忆讲述的:"他们都以为图丝黛是玛丽莲·梦露,而我是梦露的朋友。"对当地人来说,图丝黛就像是洋娃娃,奶油泡芙,或是小妖精。可是她的种种小女生情态也会让别人产生威胁感,通常她还是故意为之。只有在其他女人群起而攻之的时候,她才知道自己是什么样的人。有时,她简直就把美国文化中所有肤浅、廉价以及小女生的粉色特质全部集于一身。可她本人却和那些毫无关系……虽然她确实经常穿粉色,但那纯粹是为了搞笑。图丝黛性格复杂,她甚至有时会滑稽地模仿自己。

和图丝黛在一起可以很开心,因为她对一切事情都怀抱着蓬勃的兴趣(这点显而易见)。有一晚,在一家关了门的酒店大堂里,我们喝着酒,抽着土耳其雪茄,尽情地随音乐舞动,陪伴我们的还有四个年轻希腊男人,和经营那家酒店的希腊老爷爷。他不停地从藏在前台后面的迷你小吧台里拿酒出来,而我们则随着新浪潮风格的欧洲音乐忘我地舞动着,之后那音乐在我的脑海里循环了整整一年。

登上游轮的前一晚,我们步行丈量着雅典卫城遗址,一个来自加州谢尔曼橡树区[1]的男人不知何时自发地成了我们的旅伴,他语速很快,但颇有魅力。我们不觉得有必要回避他的热情,便默许了;他看上去有些孤独,而我们也立刻对本国同胞产生了亲切感。

---

[1] 洛杉矶市郊的一个街区。

我们三人沿着小路前行。那小路蜿蜒曲折,有时几乎要进入别人的家院,但又出人意料地拐向一边,将我们带到一排排热闹非凡的餐馆面前。餐馆外,遮凉篷上缠绕着一串串不透明的小灯泡,还有为仅有的几位游客而奋力舞蹈的男性希腊舞者。从卫城下来,我们坐在一段岩石墙面上有一搭没一搭地聊着,这种美国式的闲谈在其他情景下本会让人觉得生硬尴尬,可那时俯视着雅典的我们,内心仍然满盈着亲身来到希腊的喜悦,恐怕无法承受任何稍显严肃的话题。回去的路上,我们在一家热闹的餐馆里道了别,每个人都感觉到了离别时刻的迫近,如同作家对于段落结尾的预感一般。

要彻底离开美国是不可能的;不论到哪儿,周围的美国游客都会时刻提醒你这一点。至少在用来作为电视节目奖品的目的地国家是这样的。

身处异国,我就想和当地人共度时光。来到欧洲如果仍然和美国人打交道,还有什么意义呢?还不如待在家呢。我想要体验的是"真实的生活",知道它真正含义的人并不多。他们大多数人需要确切的数量,带后院的房子,还有朝九晚五的稳定工作,并且认为那就是真实的生活。可其实并非如此,那只是存在而已。真实的生活除了包含存在,还要有适当的冒险,去收获未知的享受。生活是某种形式的赌博。真实的生活,不会出现在售卖墨西哥玉米卷形状的橡皮冰箱贴的韦斯特伍德[①]百货店里。要找到真正的生活,需要找到真实的人,需要旅行,和流浪汉聊天,需要学习手语,去跳方块舞,或者读书,玩乐器,参加裸体露营,以及其他一百万种能够让你本性流露的事物,让你不再活在别人目光的条条框框中,而是突然间挣脱过去的束缚,成为新鲜的自己。当有陌生人询问你的名字时,可以用"菲利西亚""特雷弗"或是"斯考特"来作答,体会一下成为另一个人的感受。没准有陌生男人在酒吧跟你搭讪时,你已经用过这一招了。有一次,在梅林餐馆[②]吃饭时,有个烦

[①] 加州大学洛杉矶分校所在的地区。——包珍妮按。
[②] 加州圣莫妮卡的一家餐馆。——莫蒂斯·威尔士按。

人的出租车司机来套近乎，我便随口说自己叫"米奇"。他听成了"薇琪"，便信以为真。图丝黛从洗手间回来时，心不在焉地叫了我一声玛丽莎。那司机立即眉毛皱成一团，倾身过来问道："你不是说自己叫薇琪吗？"

"薇琪，米奇，玛丽莎，都是我……我是独生女，可我妈本来想多生几个。"

我承认，在追寻真实生活的过程中，随之而来的东西可能会超出预期。我经常对自己这辈子可能都不会再遇见的人过度关心：他们曾经在我的人生中有所贡献，肯定了我的幽默感和对真理的追求；尽管他们可能当时喝得烂醉，却在游轮不停打左右满舷时，还在兴致勃勃的给我解释起"schmoozen（瞎扯淡）"这个概念。（我当时并不是装傻不知道这个词——只不过他们在试图解释这个词所包涵的微妙意味。）上面提到的这群人来自德国，而坦白说，在我有限的人生经历中，所接触到的德国人幽默感都不赖。这挺符合常理的。和我同一年代的德国人确实很需要经常大笑。

在希腊邂逅的德国玩具制造商

其中有两个玩具制造商——我只和其中一个有了点暧昧。史蒂芬和克劳斯是两个健壮快活的德国小伙儿，幽默感丰富，但都有点迟钝。我把他们统一叫做玩具制造商，可其实他俩各自拥有一家玩具公司，虽然互为竞争对手，关系却很融洽。

我们的相遇发生在游轮之旅的第三天。在帕特莫斯岛上度过二十分钟后集体回船时，克劳斯问我想不想一起喝杯咖啡。当然了，只要能逃离那些安排好的活动，做什么都行。每天早上，印有当天固定活动安排的单页会被送到房间，上面装饰着鲜艳的航海徽标，配上一句供学习的古色古香的希腊语，比如"多少钱？"。鉴于有过一次游轮经历，所以我知道这些活动安排，以及整艘船上其他平庸无奇的娱乐活动。更气人的一点是，房间里的马桶老是散架。早餐时有人半开玩笑似的提及这一点，我忍不住惊呼着打断他："你的马桶也这样？"光看外观，那些马桶就像是用塑料组件自己动手组装起来的一样。零部件之间通过小型沟槽和孔洞进行榫卯式接合——不幸的是,它们无法完美贴合。每次方便之前,都得先把马桶重新拼装一次。这我倒还应付得来,可是游泳池永远没水这一点就不得不让我恼火了。唯一有水的那一次,后面的大烟囱竟突然喷吐出一片灰渣来,周围人的衣服都被烫出了小洞,甚至灼伤了皮肤。我肚脐眼上方以及双臂也都被灼伤了。

被激怒的我忍着疼痛去找那个高个子大骨架的活动负责人投诉,她同时还是那艘游轮的发言人。她自视为一船之母,所有乘客都是她的孩子。在说话的时候,每每到需要逗号的地方,她都会刻意停顿一下。她的嘴唇更像是另外的肢体,而非脸颊的一部分。我猜,也许她在吃完炸鸡之后,都不用补搽口红。我展示了自己被灼伤的部位,她发出了如同受惊母鸡一般的声音,肢体动作也显示出恰到好处的震惊。接着她又操着那不知是哪儿的古怪口音向我表明,一定会采取相关措施,而且,"噢,这种事情从来都没发生过,你一定要相信我,我真的感到非常非常抱歉。"

生性多疑的我又折回现场观察,在折叠躺椅的座位底部果然有许多被烫出来的小洞,游轮先前在其他航行中一定也发生过灰渣喷发的事情。不过在所有服务都是免费的情况下,又有什么资格抱怨或者期待能够得到公平处理呢?似乎船上没有一个人是付了全价的:从旅行社中介、纽约新闻俱乐部会员,到把游轮船票卖给电视节目的商人,以及用其他各种合法的欺骗手段得到票的人。甚至史蒂芬和克劳斯付的都不是全票。

我选择翘掉固定活动安排是明智的战略决策,因为它们比马桶和灼伤事件加在一起还要糟糕。"变装之夜"就是此种低能活动的典型代表。活动负责人告诉大家(她那大嘴唇翻翘着,声音竟然像丹·艾克罗伊德[1]在模仿茱莉亚·蔡尔德[2]似的),制作服装的材料现场都会有提供。所谓材料,不过是三大张褪色的绉纸,一条六岁儿童尺码的橘黑交错的

---

[1] Dan Aykroyd,加拿大喜剧演员、编剧,知名作品有《捉鬼特工队》等。
[2] Julia Child(1912—2004),美国名厨,电视烹饪节目主持人。

芭蕾舞裙，一顶纸质王冠，三四条没有搭扣的腰带，以及一堆金粉不断剥落的蓝色星星装饰。但跟活动内容相比，大家出场时穿的衣服更是令人不忍直视。有人脑洞大开，用厕纸和番茄酱扮成个木乃伊就出现了，这种操作与我对欧洲厕纸的功能预测相差无几。还有几个男人穿着自己老婆的衣服进场（这总是能博得大家一笑），当然还有人用床罩被单将自己打扮成希腊人（这个创意在预料之中）。其实就是破烂展览会，但是现场参与者的情绪十分高涨——服装的质量越高，人们就越兴奋。

克劳斯来到我的折叠椅旁，说他们咖啡供应完了，所以开始用汤代替。他耸了耸肩，用一贯的乐观语调说"汤也不赖"，并且顺势递给我。我们相视一笑，对于双方不谋而合的随遇而安态度表示默认。我已经不记得与他的第一次对话了，只知道绝对不是关于天气，似乎是一起笑话那对在游轮上度蜜月的夫妇。克劳斯看见那个丈夫在房间的另一头向我暗送秋波，我也坦白告诉他，那人在我身旁坐下时，顺势将手放在了我的腿上。他刚结婚不久，却不停找机会接近我；我并不习惯这种类型的挑逗，也不知道这意味着什么，他的主动攻势只让我感到窘迫不安。不过，对此我还是有几分沾沾自喜。因为往常都是图丝黛成为全场焦点，我一直以为那个丈夫是把我错当成图丝黛了——不过这推测站不住脚，因为我的胸部大小还没达到能跟她相提并论的地步。我思忖着，也许是我当时状态极佳，并且由内而外地显现出来。在希腊的那阵子，我身材苗条，又晒出了小麦肤色，心情也史无前例地好。而幸福感本身就是一剂催情剂。幸福的人身上有一种不可抗拒的引力，尤其对于缺乏幸福的人来说。遇到这种情况我总是手足无措，我既喜欢这种被关注的感觉，却又不愿被别人视作竞争对手。有一天下午，我碰见那男人的老婆和她的闺蜜在一起，便在谈笑中给她们讲了我亲戚的故事，我把她们逗得哈哈大笑之余，也借机让她们知道我并不是一个威胁。我确实不是，我的个性绝对不是她丈夫那类男人能掌控得了的。

我和克劳斯深度剖析了这段婚姻，也顺带讨论了其他各种类型的关系特点，以及如何合理地处理人际关系，这些方面我们的观点很相似。考虑到我一点德语都不会，而他的英语能力也有限，这样的谈话对我们来说颇具挑战。很多时候，我们使用的都是语法学校教授的基本句型，可这样也好，我们都得为自己的想法找出最简化的表达形式，而不是像母语者一样用习惯语轻率地定义，或提前想好证据来下论断；而是要把想法拆分成语言中最基本的组件，再用一年级的词汇来解释每个复杂的单词。

克劳斯是个虔诚的基督徒（成年以后，他唯一读过不止一遍的书就是《圣经》），而我一直是无神论者，尽管如此，我们俩却发展出了一套相同的人生哲学，行为准则，以及对道德的质疑和相应解答。最奇怪的一点是，与常见情形不同，宗教从来都没有阻碍我们之间的交流，因为克劳斯从来不试图去感化他人信教。不知不觉地，我们大部分的时间都会一起度过。可习惯了所有男人都围着她打转的图丝黛却看不顺眼了，孤身一人的状态让她很不爽。不过我们并没有刻意孤立她……毕竟还有史蒂芬和来自智利的、在旅行社工作的米莉娅姆，更别提满船其余的人了，其中就包括一个帅气的以色列鼓手，图丝黛早就盯上他了[①]。就算如此，我的缺席以及我转移到克劳斯身上的注意力还是让她觉得不安。

从最一开始，克劳斯就明确告诉过我，他已经结婚，并且有两个女儿。和我"闲扯淡"是没什么大碍的，只不过我们不能逾越雷池。他还善意地进一步解释——如果和我发生了关系，他就无法直视自己的妻子了；性是他为妻子所保留的东西，这是对她无言的允诺。起初我很爽快地表示理解；我们俩人都轻松达成共识。再说，开始时他对我的兴趣要比我对他更浓厚些。虽然他人很好，但并不是我的类型。像许多德国男人一样，他块头很大。长得不赖，但算不上英俊。可他露齿而笑的时候，能让人立刻便喜欢上他。即使是多年以后的现在，想起他时我仍然会不自觉地微笑起来。不出意外地，心灵的契合使一股激情渐渐在我们中间滋生，而最初草率定下的忠诚协议，却在我们面前设下一道难关。我们闯过去了——虽然不算果决干脆，可我们还是坚守住了。在

[①] 慕斯外婆经常用的表达。——莫蒂斯·威尔士按。

克劳斯狭小的舱房里，某个瞬间被欲望和灼热的呼吸所占据，几欲孤注一掷，但却有股纤细如缕的东西，不知是道德、正直，还是真理，扼制住了那份在渺小而迅速的行动中追寻永恒意义的热切。倒不是说我们当时的行为比发生关系要高尚多少，但那对克劳斯来说，是婚姻忠诚的基点。我尊重他，因此也必须接受他为自己设下的限制，不论这个想法是自我生成，还是上帝的旨意。我知道，如果真的迈出那一步，我们在彼此心中的形象会大打折扣，而那些所有关于人生哲学的讨论都会反过来证明我们是多么的虚伪。有一点是无需置疑：自我牺牲总是能让人自我感觉良好。然而，在激情达到高潮时，良好的自我感觉似乎也可以用另一种方式达到。那时，自我牺牲的念头往往都不会出现在脑海里。

在某次聊天中，我给克劳斯讲述了我母亲的事。我试图尽可能全面地展现她的形象，并且解释她行为中所具有的微妙性。（当然我得先给他解释"微妙"在英语中的含义。）我想要怨恨自己的母亲，可理智却不让我屈服于仇恨这样一种低级的情绪；假如我真那样做了，跟她也就没什么两样。（即便是现在写下这句话时，仍然有个尖细的声音在我脑海里响起："你凭什么觉得自己就比你母亲优越？！"）所以我一直在试着原谅她，（"有什么可原谅的？"又是一句厉声责备。）试着去理解，她的人生一定也经历了许多不堪。我对克劳斯讲述了一件往事：有一次，母亲把我推倒在地，开始死命拉扯我的头发。我现在思绪有点混乱。她开始发疯时我身处哪里来着？我是不是站在……不，没错，我是在卧室里……当晚是我的音乐剧杀青派对，所以终于有机会放松下来。我制作的音乐剧反响很好，[①]也挣了些钱，一切终于落下帷幕。能彻底脱离压力真是令人愉悦，大家再也不会在你耳边吵闹着要解释或者理由，或是问你去哪里搞一个摩托车头盔作道具。

那是1980年的夏天，我和普鲁邓斯（和我一起开车去蒙大拿的朋友），还有表妹达琳，一起坐在卧室里抽大麻。当时我正开怀大笑着，

[①] "慕斯"玛丽莎·米倪恩于1979年创作了音乐剧《生活是一场低成本音乐剧》。她召集了一群演员，自己同时兼任导演和主角，最终在她的家乡上演。——琼·卡斯利按。

那一切便开始了……

卧室门被我母亲猛地推开，我们仨立刻跳起身来。熟悉的恐惧感在我全身的血管中奔袭。她开口时的声音如同从地狱传来一般，低沉且充满指责。

"你们几个丫头以为自己现在在干嘛？知不知道？！"她的音调开始攀升，"我在外面张罗，累得要死，你们却躲在这里嗑药。我应该报警，你们这帮吸毒的崽子。我生了个瘾君子，现在她和淫荡的朋友一起吸毒——"她一把扯住达琳的胳膊，"还有同样堕落的表妹，都自以为能够在我的房子里为所欲为，对我指手画脚。达琳，你就是个贱人，再也别让我在这里看见你。亏我还收留你，供你上学，你报答的方式就是现在这样。你这辈子也不会有什么出息的，将来你也只会随便跟男人上床，然后落得跟你现在一样悲惨的下场。还有你，普鲁邓斯——"普鲁邓斯这时已经在起身收拾东西准备离开了，她在哭。

"米倪恩太太，我很抱歉，我本该知道——"

"你给我闭嘴，普鲁邓斯！我可是被你欺骗了好一阵子。但你其实跟她们是一路货色，善于耍心机的婊子。滚出我家去！所有人都给我滚！"

此时，另一个房间的其他十五个客人已经意识到事态不对劲了。大家也知道八成该离开了，便纷纷放下手中的酒。我母亲又赶忙出来扮演和善有礼的女主人，和大家一一道别。

"很抱歉事情闹成这样，我想说的是，我并没有生你们任何一个人的气——"她猛地将头扭向我，用被另一个人格占据的地狱般的嗓音尖叫着继续，"是我那个贱人女儿的错！你们要怪就全怪她！"说完她又转过头去，在每个人快步走向门口时与其道别，"卡尔，真抱歉让你就这样离开，我想让你知道这里随时欢迎你——"紧接着又是一阵短暂的分裂，"——要不是因为那个婊子。"她又重新回头和卡尔握手。卡尔迅速地离开了。

她的矛头再次指向我："玛丽莎，把你所有的东西全部搬出去。你最好什么都别落下，否则我见一个就扔一个。我的房子里不想看见任何你的垃圾。"

于是我开始试图在十分钟之内，打包过去二十二年里积攒下的所有东西，但明知绝大部分的东西我都带不走，只能祈求她在平静下来之前不要发现车库里写着我名字的纸盒。普鲁邓斯一直试图拥抱我，我说："千万别，要是她看见有人对我好，只会火上浇油。我可不想她伤害到你。"只有十五岁的表妹特蕾莎在一旁不停抽泣，我告诉她一切都会好起来的："回房间去，关上门，像每次那样，一切都会过去的。我爱你，特蕾莎。"我迅速地抱了她一下，由于我们都没法停止哭泣，我只能把她给推回房间去。

"玛丽莎！你给我滚出来！"母亲又在尖叫了。我出去了，我知道她并不想让我离开。她想要的是一个活的巫毒人偶，让她通过虐待的方式驱逐折磨自己内心的幽灵。我闭上眼睛，祈祷着这一切都只是一场噩梦，祈祷着人生不会总是这么艰难。为什么一定要搞到这个地步呢？我知道原因，不过这对改善现状并没有任何帮助。我的母亲是被嫉妒给吞没了，她嫉妒我编写了一部音乐剧并成为女主角，嫉妒我上了电视（虽然只是几个噱头满满的当地节目），拥有了自己的观众，简单而言，她就是看不得受关注的是我而不是她。而现在，就是她站在聚光灯下的机会，现在，就是《萝丝出场》，只不过她不唱歌。[①]母亲将我培养成了大部分父母都会感到骄傲的孩子，却又因此而憎恨我。

"你以为自己可以骑到我头上来，觉得自己比父母强了不知多少倍！我们精打细算地过日子供你上学，你就是这样感恩的！"说着她开始扇我耳光。我躲闪了一下，却被她推到在地，然后又将手指插进我的头发里乱扯起来。

"你觉得专科学校配不上你！！"（这一点一直是她的痛处。）[②]她把我压在地上，一阵拳头向我飞来，我只能蜷缩起身体试图保护自己。

[①]《萝丝出场》是音乐剧《吉普赛》（Gypsy）结尾倒数第二首歌，故事讲述了著名脱衣舞女吉普赛·萝丝·李的人生。吉普赛的母亲萝丝总是将女儿推上舞台表演，故事接近尾声时她才可悲地登上舞台，完成她一直以来间接通过女儿做的事情。——琼·卡斯利按。

[②] 慕斯的父母都是专科学校的老师。——莫蒂斯·威尔士按。

"你个该死的骚货!"我尖叫起来。地板帮助我减弱了声音,可她还是听到了。

"你刚才叫我什么?!"再次被我的话激怒,她开始变得力大无比。人们在情绪极度亢奋时肾上腺素飙升,就会发生这样的情况。她变本加厉,更肆无忌惮地对我拳打脚踢,我想把她推开,可根本无望。当时旁边还有很多人,但所有人都定在原地不动。他们都被眼前所见惊到了。

在被无尽的恨意裹挟住时,我突然感到一阵无比的宁静,仿佛我是在梦境中,观看这出由别人上演的场景。我从来没有用"骚货"这个词骂过人,我还一直觉得这个词挺可爱的,暗含着朝气蓬勃,可我用在这里,其实是个诱饵。我知道辱骂只会进一步激怒她,而我本来并没有这样的打算。我也并不想憎恨她。我知道,她的某处潜意识里热切地希望我也失去理智,向她疯狂反击;她想逼疯我,我却不愿意上当。那一瞬间,世界的终极谜题摆在我的面前:一个拥有逻辑和理智的人在面对盲目而沸腾的怒火时会如何应对呢? 我心知肚明,与她对打的行为会违背所有我曾经相信过的东西,产生报复之心也会让我沦落为和她一样的人,也就是失心疯。我还记得自己当时的想法:我得做更成熟理智的那方。幸运的是,在一切都太迟之前,父亲将她从我身上拉开了。

这个故事里还有无数个难以置信的不相关细节。在那之前我买了一瓶苏格兰威士忌,准备作为礼物送给父母,感谢他们对我所有的支持。结果,母亲在我的房间里发现了那瓶酒之后,一口咬定是我在私藏偷喝。但酒瓶还是未开封的呢,我觉得不可理喻,辩解道:"我甚至都不喜欢苏格兰威士忌。"这点他们知道。他们俩多年来一直好这一口,我却总说这尝起来像是用来杀白蚁的药水。要是在外面多住一阵子,我恐怕就会忘记了 —— 我的父母有一套与别人不同的判断标准。直到我被证明有罪之前,都不能算作清白。在我家,理性分析毫无立足之地。

同时,母亲还指责我让特蕾莎的朋友巴瓦希妮喝得烂醉,但其实完全是她本人的意愿。巴瓦希妮出生在美国,可她的父母来自印度。再过不久,她就要成为一场包办婚姻中的新娘,这一点极有可能就是她所有疯狂行为的诱因。那天的杀青派对上,巴瓦希妮在我们家露台上吐得到处都是。那晚她的父母出门了,原本她是要留宿我家的,可我爸妈气得当即开车把她带回去,扔在家门口,甚至都没看看她有没有安全进门。第二天,巴瓦希妮的母亲回到家时吓得脸色煞白,因为前门就那么大开着,仍然没有清醒过来的巴瓦希妮两腿张开躺在床上,裙子向上掀起盖过了头部。她母亲还以为发生了强奸案,便立刻报了警。苏醒过来的巴瓦希妮则轻描淡写地说自己只不过是参加了一场很棒的派对。

那确实是一场很棒的派对。可现在,我却希望自己从来都没听说过音乐剧这个玩意儿,我希望自己在学习写作之前就折断了双臂。我的家庭教育促使我放弃、妥协,以及尝试甚至是我父母最憎恶的东西:毒品。一切你永远也无法达成的愿望,毒品能让它们在幻觉中实现。它还会带走你的欲望,将其抛到地球的另一边。很小的时候,我就学会了默默服从。每次我迫切地想要些什么,总会被阻挠。我的父母总是不遵守自己许下的诺言,比如在让我们分担家务活后,却又宣布我们没资格拿零用钱。(每次发生这种事情,我都怒火中烧,只能在纸上画出他们俩的画像,再用铅笔猛戳来泄恨;我还会写咒语发愿让他们死去;在我认识的人里,除了我没有第二个人是自愿想去寄宿学校的。)久而久之,我意识到自己唯一能做的,就是采取漠然态度,不被他们悬在我眼前作诱饵的胡萝卜给蒙蔽。他们可以强迫我做事情,却不能迫使我在乎。漠不关心是一项可以通过练习获得的技能,需要将所有的肌体功能关闭,或者至少让自己相信这一点。体会一切都向下坠落的感觉是令人放松的,离紧张性抑郁症只有一步之遥,却有一种后天习得的沾沾自喜,在体验死亡感觉的同时还能拥抱自由。

但是,这种冷漠是需要不断强化的,而远离家庭的一年大学生活已经让我把这份需要抛诸脑后。那天在母亲失心疯发作时,我本该一走了之,但那时我根本无法做出如此沉着镇定的决策。她对我的掌控具有催眠般的力量,抚养孩子就像是让他们自己所下的符咒下长大。那时的我就如同处于催眠状态,竟然开始耐心地聆听起她捏造出的对我的指责。此刻离她最初爆发已经过去差不多两个小时了,可她仍然不依不饶。我已经精疲力尽,泪水源源不断地顺着我的脸颊流下,她的破口大骂却仍然没有减弱的迹象。我真的累了,我只想在一个正常的家庭中长大而已。所有的童年记忆都如泉水般涌过来将我淹没。我想用泪水祭奠自己所有那些被歪曲、被误解、被当作出气筒的瞬间。我还记得母亲打我把尺子都打折了的那次;记得九岁那年她发脾气扯掉我的头发,却在第二天给我梳头时自言自语地问为什么我开始秃头时的情景;还记得她一把从父亲手里夺过方向盘,准备载着我们一同撞向高速路的水泥墙时的惊险。我还记得,她总是在座位下藏着一截电话维修工用的电缆,足有手指那么粗,时刻准备把不听话的我"揍成肉酱"。你若是问起,她一定矢口否认,可我的记忆已经带上了伤口。我母亲有心理学硕士的学位,所以她对我施加的心理折磨能做到深入骨髓。我的人生就那样开始慢慢干枯,我选择关闭感情阀门,因为它已经耗干了。

就在两个小时将近的时候,我终于崩溃了。我唯一记得的,就是自己一边绕着客厅飞速奔跑,一边用刺穿肺部一般的声音尖叫着。仿佛我已经脱离了自己的躯体一般。这时父亲一把抓住我,原地紧紧抱住我。我想他唯一能做的也只有这个了。母亲继续用嫌弃的口吻攻击我:"该死的丫头,你真是能哗众取宠。"我相信,那一刻我对她的憎恨已经达到了最高点。

终于,母亲也觉得累了,便回房间休息。父亲也不考虑后果,就让我们逃离了那里。我和普鲁邓斯赶忙跑到街上,前往一英里半之外表妹达琳的公寓。我穿着自己最漂亮的一条裙子和一双网球鞋,用力拖着一个我尽全力塞满的笨重行李箱。我们费力而缓慢地前进着,动不动就得停下休息,没有起点,也没有目的地。我一门心思想着自己是在等待戈多。为什么总是在被父母赶出家门时才能更好地理解文学作品中的深刻内涵呢?

最终我们到了达琳的家,入睡时已是凌晨四点。普鲁邓斯第二天离开了,我和达琳就在泳池边放松了一天。那晚,我,达琳,特蕾莎(她以去朋友家为借口溜了出来),弟弟保罗,达琳的男朋友,还有他的几个堂兄妹在一起玩棋盘游戏《家庭问答》。那时我们并没有意识到,这个游戏的名称对于前一天发生的事是多大的讽刺。①

玩的时候我时常心惊肉跳，总觉得母亲会突然出现追杀我。结果证明，我的忧心并不是多余，只不过早了几个小时而已。第二天一早7:30，母亲就一个电话打过来，威胁说我要是再不去把剩下的东西拿走，她就全部毁掉。（她发现了我藏在车库的箱子。）说完她便决绝地挂断了电话。我一边急忙穿衣服，一边担心着我明知会发生的场景。不过还是比我预期中来得早——我的父母出现在达琳家的门前，勒令我们开门。达琳拒绝后，母亲尖叫着说要杀了她（在一个周日的早晨八点）。达琳便报了警。可他们在警察来之前就离开了，我一五一十地向警察汇报了所有细节：音乐剧，大麻，我的母亲，所有的所有。他们态度很友善地对我说："我们只想帮你把东西给拿回来。"

"好的，不过千万别让我母亲看见你们，我先看看能不能在不把她惹毛的情况下取回东西。要是她看见警察，会立刻失控的。"

他们答应等在视线之外的地方不现身，除非她有暴力行为。我在还有半个街区的地方下了车，向父母的房子走去，按下了门铃。开门的是母亲，她的戾气似乎有所抑制。

"你是怎么来的？"她质问道。

"走路来的。"

"这么多东西你怎么拿？"看我陷入这样的困境是她最大的乐趣。

"拖到街上，然后搬回达琳的房子。"

她突然扇了我一个耳光。

"你这个该死的不知感恩的——"她又举起了手，这时警察已经冲到了我们面前。这下她彻底癫狂了。

"你报了警！你竟敢报警！"

"不是我。"

---

① 《家庭问答》（*Family Feud*）是一档电视游戏节目，两个家庭组队互相竞争，形式为在所给短语的空格部分填入一个词，这个词如果与全国范围内的大规模投票结果一致则获胜。例如，卡片上也许会给出"＿＿＿菜"这个短语，某一队里的姐姐回答"中国菜"，屏幕上同时对应展现全国75%的受访者第一反应也是"中国菜"，这时她的家人就会纷纷大声表示赞赏，"答得好，答得好"，并拍打她的背以示鼓励。简单来说，这就是一个鼓励平庸的游戏。——琼·卡斯利按。

"那是谁?"

那个卷发的警员镇静地开口了:"我们只是想确保您女儿取到她的东西,然后就会离开。"

"别说她是我女儿!她才不是我女儿!她是个不知感恩的杂种!"

"我们只是想帮她拿东西。"

"你们知道她做了什么吗!你们应该把她关进牢里。你们根本不知道她做了什么!"警员们点了点头,可她却没注意到,"她当时在抽大麻!在我的房子里!快点,把她抓进监狱!!怎么还不动?!"到这时她尖利的嘶吼早已惊动了周围的邻居,大家纷纷走出门来。

"我们知道她做了什么,"那个卷发警察轻松地回复,"她都跟我们说了,我们现在只想帮她拿回属于她的东西。"

"她都跟你们说了?!"这回她的怒气真的达到了顶峰,因为此时局势开始向我这边倾倒。她本以为大麻这一点肯定能让我无法翻身。

"你们都抽大麻,是不是!!你们都吸毒,怪不得不愿意抓她。你们都是她那边的。"

另一个警察开口了:"我们哪边的都不是,女士,只不过是需要帮玛丽莎取回属于她的物品。"

"霍尔登,他们都嗑药了。我没必要跟嗑药的警察多费口舌,不是吗?!"当她注意到一旁观看的邻居时,又是一阵狂吼,"你们这帮该死的在看什么!滚回家里去!"

她稍稍恢复了镇静,开始跟警察诉苦:"你们不懂,你们没有这么不知感恩的孩子,我鞍前马后帮她完成音乐剧制作,所有请柬都是我寄出去的,没有我就不会有那么多观众。你们男人不会懂的。"她的嗓音里渗透着无以复加的厌恶之情,"你们不知道我都得面对什么。小木屋需要重新装修,洗碗机又坏了……"她就这样喋喋不休地倾诉着自己生活的每一点琐碎小事。我把前额靠在门廊柱子上,眼泪又涌了上来。心里想着,这下所有人都知道我母亲是个疯子了。

"我知道这是什么感觉,"第二个警察回道,"我自己也有孩子。"

"你不知道!"她立刻火又上来了,(没人知道她所经历的苦难,)"你知道个屁!"

卷发警察又重复了一遍:"听着,我们只想确保您女儿可以拿走自己的东西;您现在是让开呢,还是逼我们去拿搜查证呢?"

父亲就是在这时插进来的,他一直在玄关的阴影里站着:"佐伊,就让玛丽莎取走东西,然后让他们都快点离开吧。我帮她开车送过去。"

母亲用饱含怨恨的眼神瞪了他一眼,气冲冲地走回卧室,甩手关上了门。

父亲见状向一旁挪了挪地方,好让我进去。我什么都没对他说。他挺悲哀的,从我记事起,他就总是充当被威吓的角色。每次和母亲发生争执,他必定会说:"我什么都不是,佐伊,我就是个杂种,根本配不上你。"

母亲也会回应:"好吧,这句话你算是说对了。"然后像个虐待狂般发出一阵嘲笑声。

他们吵架只有一种模式,但隔三差五就会上演一次。我母亲是具有侵略性的一方,而父亲却总是在哭泣。我从来没听说还有谁的父亲哭过。我知道,男人有哭泣的权利,只不过父亲的泪水让我感到恶心。我会坐在自己的房间里,模仿他们接下来对话的唇形,借此嘲讽他们的争吵,因为我知道父亲什么时候会开始恳求母亲不要把他扫地出门。

"噢,佐伊,求你了,我不会再这么做了。我简直一无是处,求你别让我走,"说这话时他还会抽搐着发出呜咽声。

有时,他会沦落到必须离开的地步,可顶多是一天,从来没有过两天的情况。从某种扭曲、琐碎的意义上来说,他们需要彼此。但我的心理咨询师让我不要被父亲的被动给蒙蔽。很多时候,被动的一方才掌控着一切。他们熟稔哪些东西能够让狂躁的另一方失控,具体谁才是控制者其实很难判别。在我看来,我的父母像由两个相生相克的零部件构成的机器,彼此磨损,直至崩塌。

我整理东西的时候,警察和父亲就站在旁边看着。我正把箱子搬出车道时,母亲又突然出现了,毫无预警地将我的一个箱子从车道上给扔了出去。父亲赶忙上前拉住她,好说歹说地哄她进屋。等父亲回来时,他说要开车送我去达琳家。其实我宁愿坐警车,可他坚持要这么做。东西全部装上车以后,母亲再次适时地出现了:"你他妈到底在做什么?!"

"放轻松,佐伊,我只是帮她把这些东西送过去。她一个人要怎么弄呢?是你不想让她有任何东西留在家里的……"他的声音颤抖着,浸满恐惧。

"你要是离开。就别想再回来了。"

"别这样,佐伊。"

"你别再回来了。"她"砰"地一声关上门,上了锁。

警察一路护送我们到了达琳家,然后和父亲聊了一会儿,但我没心思听。显然,他们后来一起回到我父母的住处,准备建议我母亲去做心理咨询。哈!那些警察太不了解我母亲了。听说当时场面一度失控,父亲最后冲警察挥了拳头,差点被铐上带走。他们向警察保证会去做心理咨询,不过那仅仅是为了让警察签字,免除自己的牢狱之灾而已。母亲后来见的咨询师是我们的家庭医生,他只是提了提他自己孩子的事情,母亲就破口大骂:"我才不想听你讲你该死的孩子!"医生只能让我父母离开了。

那段时期,我也经常去做心理咨询,还有提笔写作。后者对我帮助很大,什么时候都不例外,它能安慰人,它让我觉得在"我"之外,还有更多的我。文字记录是我的力场,我的秘密,我的魔法仙女环。我觉得受到了保护,不再需要浪费时间在"哭哭啼啼的人或是琐碎世俗的思维"上面。[1]

写作抑制了我在安静的地方放声大笑的冲动。它构成了我的时间轴,并对我的生活进行补给。我的记录能够让与我素未谋面的人通过平装书捕捉到我。

我尽力用最文学化的视角来感知自己的生活。酒精也是个好帮手:

---

[1] 在1982年秋天写给拉金·瑞的信中,慕斯这样写道:"引用了别人的话,并不代表你真的说过。"——莫蒂斯·威尔士按。

少许红酒便足以将我的思绪模糊，再平淡的生活也能使我目眩神迷。可是，为什么我仍然会感受到这股强烈的倾诉欲望呢？我想让世界通过我的双眼来自我审视。

我是踏步在最前沿的先锋，甚至我的思绪都走在我的前面。它们仅仅将我的躯体当做载体，毫不犹豫地超越了我。我既是墨水，笔，又是纸页。我的神经元被思绪以及凌驾于我之上的智能给操控着。但凡我停下来，不论是思考还是使用大脑，就立即如同有马刺鞭策我向前一般。思考不是我的职责，可一旦开始，便会阻碍思绪的流动。我必须"非思考"，才能保有想法。而承载这稍纵即逝却更高级思维的大脑，即"自我"，也因此变得更加睿智。我通过学习，变得精于此道。这是一种有协同效应的交换。为了最大化地思考，我必须去繁从简。思维需要自主掌舵，自行繁衍。和所有高级存在一样，繁衍是一件私事，我听其自然。

但在那之后，我便会感到眩晕，仿佛整个人被抽空，消耗殆尽，由内而外的厌腻。

思维可以沾染上很重的性欲，尤其在一个人除了思维一无所有时。不过，当你同时拥有性生活 —— 真正的性愉悦时，思维甚至会更加热烈。我总在想，是否会有一个人，或者不止一个，能够理解，拥抱，支持我在心理层面进行的所有笨拙摸索？有谁会陶醉在纯粹的、毫无杂质的，甚至没有经受现实验证的思维状态里？谁在乎有没有验证过呢？至少我不在乎。验证只是随机采样，为了给现实填充进血肉，其实无论哪一种现实，都没有存在过。话虽如此，可我心里明白，验证虽然可鄙，却是一种必须。它能让所有人都被限定在方圆之中，但这恰恰是我不想要的。假如你询问一百个人某个词的含义，没人知道答案。要是提供了那个词的上下文，它的含义就已经融入其中，验证又有什么意义呢？既然语言的创造本来就是任意的，并且是为了辅助我们的目的而发明出来，那么在总体概念清晰的前提下，那个词是否还有存在的必要呢？如果不是人们最初凭空造出投入使用的这些词，现在也就没有任何标准去评判一个词是否存在。

你要知道，这些对我很重要，因为我是印象派的思考者：整体的概念是有的，只不过有点模糊朦胧，动词放在名词前面或者干脆没有动词，然后连续六个串在一起。大部分人不懂得欣赏对于知识的描述，而只看重传授。倒不是说人们应该要欣赏我 —— 能容忍我就足够了。我甚至可以允许他们对我怀有优越感。我需要标新立异的节奏，更有甚者，这节奏不是鼓点，而是吹得不怎么好的法国号。

我之所以自认为是印象派思考者，是因为我的大脑里有无数各不相同的二维房间：昏暗的密室，地窖，角落，裂缝，壁龛，凹孔和腔洞，盛放的都是神圣的思维。这些房间里充满了数字，理论，手工折纸，还有音乐剧；宗教，无神论，矛盾，以及困惑；蒙大拿和讽刺，鸡蛋和果酱；爱尔兰朋克摇滚，数字低音，还有五步抑扬格；我只有在嗑药之后才会进入的房间；能够产生艺术的房间；摆着大部头词典的房间；看得见风景的房间；还有氧气不足的房间，身处其中的我会变得急躁，因而自认为自己是唯一真正意识到世界一直在旋转这一事实的人；充满自信的房间；浸满恐惧的房间；狭小的房间，更像是洞穴，就位于我颤抖不安所坐着的台阶下面；散发着我在书中偷读到的那种哥特神秘色彩的地牢；摆着酥烤伒里之士的交谊舞舞厅，里面还奔跑着波中猪，以及其他长着隐形手掌和四蹄的猪科动物；布满桑拿房和按摩浴缸的盖蒂博物馆；闪烁着霓虹灯的摩登房间，诗歌，架子鼓独奏，还有寿司在其间飞舞；布满昏暗光线的冥想空间，带着瑕疵的完美音调从中冒出；充斥着"[过]多的富余"的房间；感官刺激过剩的房间；大部分的房间都比我的脑袋要大，我大脑被从里到外翻转过来，成为了宇宙。

在一个特定的房间里，我与疯癫的母亲进行着旷日持久的争斗，我满怀犹疑和不情愿，但却一次又一次地进入。有时我不小心以俯冲的姿势进入，一个倒栽葱后四仰八叉地瘫在地板上，刚试图站起来却又被打趴。我的行为在她眼里真有那么糟糕吗？我从来也没搞清楚这一点。她抚养我们的方式就是为了让我们永远搞不清楚，永远也无法预测她是要殴打还是拥抱我们。

父亲一口咬定我吸毒成瘾，他说洛杉矶是滋生堕落的温床，还说我的心理咨询师正将我一步一步引向疯狂。他们没有意识到的一点是，我已经成年，并且脱离了他们的掌控。

似乎离上一次被幽禁在这个房间已经很久了，我来回踱着步，盯着灰色的墙面，阅读着上面阴郁苍白的涂鸦，一脚踢飞地板上用过的卫生纸。和上次比什么变化都没有——那是什么时候？三月？至少我安然度过了三个月，才再次失足进入这里，嘴里残留着酒精气味，唇边黏着禁果的残渣，拖着肿胀的身体在这里目眩神迷，并再次成为受害者。又在墙上涂画着同样阴郁的字符，有时表达得很狡黠聪慧，但内容却是千篇一律。

我希望自己瞬间就能燃烧殆尽。不用经历走向死亡的过程，我只想达到死亡的状态。我曾试图自杀，割右手腕。可刀却不够锋利，那把刀是我从一个电视竞猜节目上顺手牵回来的。我整个的人生就像是一个讽刺格调的剧本。

我总是说，"大富翁"这个游戏里如果所有格子都是空白，就没什么意思了，可我突然想起，我从来也没喜欢过这个游戏。至少其中有个原因，就是每次都是保罗赢。（再看看他现在的生活……怪不得大家说一个人游戏玩得越好，生活就越糟糕。[①]）我向来对游戏不感冒，尤其是模仿生活场景的那种。直到最近我意欲割腕自杀时才发现，原来不爱玩游戏也没法保证我会有多热爱生活。自杀是一种仪式。况且我当时一点大麻都没有沾，因为它让我的嗓子疼痛不堪，我那时已经决定戒了。但大麻一直以来都是我用来逃避的绝缘空间，是最适合我的毁灭方式，因其需要一定的超然态度，需要遵循某种固定的模式，使用特定的工具。自杀也需要满足上述同样的条件。一个能够将刀扎入自己皮肤之下的人，必然心智上已经被毒害，只不过不是用外在的麻醉剂。此时的大

[①] 保罗有些迷失自我。例如，他有一个数字"三"能够概括宇宙的理论："你瞧，有零，正一，负一；正极，负极，零极；轻子，介子，重子；还有石头，剪刀，布——"

"等等，保罗，"我插嘴道，"那只是个游戏。"

"我知道，"他不耐烦地回答，"但是石头深爱着剪刀。"

"不对，石头总是击败剪刀。"

"不，剪刀让石头感觉到了自己的强壮有力，所以才会产生爱情，这也是人们结伴的原因。"——慕斯·米倪恩原注。

脑能够激发出狂喜状态，以缓解自身感到的或者假想出来的疼痛。割腕的动作一旦开始，就会变得越来越容易。由于已经彩排过一遍，如果我再次试图自杀，必然易如反掌。更确切地说，我并非想置自己于死地，而只是想感受做了这个决定后的内心状态。

做这个决定，多半是因为疲累。若生活继续如此艰难，我也没有兴趣再奉陪了。我承认，在心智上我还是个孩子。一件事如果没意思，我为什么要做呢？这就是我一直以来的人生哲学。我就是没法积攒起足够的活下去的热情，我从来也没学会因为早晨正常醒来、能够工作、有电视可看这种琐事而觉得感恩欣喜。同时，我也害怕这种模式过于强硬，以至于我的过去，无论是受制于基因还是环境，都在悄无声息地如同野葛藤蔓般缠绕着我的大脑。我拼命地抖动，撕扯，想要挣脱它的捆绑，却又开始渐渐怀疑到底值不值得。我开始怀疑，其实结局早已设定好，因为在三年半的心理咨询之后，我仍然没什么大的改善。我其实感觉到了，只不过我觉得那只是幻觉。那是我第一次试图自杀，对于如何脱离那样的思维束手无策。死亡动辄就喷涌上来。

我总是被一个萧瑟暗淡的画面纠缠着，是母亲正在走廊的衣橱前悲伤地收拾行李的景象。她准备离开，逃离除了两个孩子和一个丈夫以外没什么其他东西的生活。我看着她时她在流泪，浑身散发着挫败感；那时我五岁的大脑竭力想理解她的绝望，而现在带着三十一年间积累起来的智慧再回头看，我意识到在帕萨迪纳的那一瞬间，她接受了自己永恒地狱的命运。我们举家搬迁，不过地狱也寸步不离地跟了上来。当你将地狱印刻在了自己的潜意识中时，想要逃离便十分艰难。

我将自己的母亲描绘成了一个邪恶的角色，但这是因为她具有掌控我的能力。其实我未必比她好多少；她只不过是不满于自己的生活而已。我记得她给我讲过一件她童年时发生的事，在一次家庭聚会上，满屋子都是堂兄妹、叔叔婶婶，其中有个叔叔说自己可以把一杯水用回形针固定在墙上。

"噢，该死，我把回形针掉到地上了，"他不耐烦地说着，并且示意我的母亲，"嘿，过来捡一下。"

（"我连个名字都没有。"母亲讲到这里叹了口气。）

她毕恭毕敬地弯下腰去捡，这时，那个叔叔毫无预兆地就将水倒在了她头上。

和一群混蛋大人在一起，孩子又能有什么办法呢？同样的情景换做另一个人，也许会打个马虎眼一带而过，或是对那叔叔顺势踢上一脚，可我母亲一声不吭地忍了下来，怒火却在内心扎了根。我相信，直至今天她还对水有莫名的执念。有次邻居拒绝把车从共享的停车道上开走，母亲便用橡胶水管喷了他，说让他"降降火"。另一次在旅行拖车露营地，她嫌旁边停的那辆拖车有噪音，端起水杯就砸了过去，结果却落在我的脸上——我当时正在自家拖车前面的轿车里睡觉。然后我翻了个身，又叹了口气。我讨厌她这样怪异的行为，但又暗自庆幸她的火不是直接对我发的，被牵连泼了一身水，我甚至都没往心里去。惩罚远没有复仇来得更猛烈。姑妈在听我说了关于母亲和水的这个理论之后告诉我，母亲曾经亲口承认，自己仍然经常会做关于水的梦。这时，姑妈的女儿奥利芙愤愤不平地插了一句："她有一次朝我扔了一杯饮料。"弟弟保罗也说过，母亲拿水管喷过他婚礼上的伴娘。（不过不是在婚礼现场；那场婚礼从来也没有真正地发生。母亲觉得他年龄还不够大，便给所有宾客打电话取消了婚礼——那时保罗二十五岁。）根据保罗的回忆，母亲拿水管足足喷了那个伴娘一分钟。说实话，我很难理解为什么有人会老老实实地站在原地任人喷那么久。我想这回那女孩总该学聪明了：当我母亲手里握着一个随时可能爆发的水管时，千万不要靠近她。

和外婆一样，母亲也总是在纠正那些由逝世已久的人煽动而造成的错误。这件事本身是很难获得满足感的，只会让你的处境更悲惨。我感知到自己也有陷入这个怪圈的倾向，不过我比母亲要更勇敢些。对于厌恶的生活，我绝对无法接受，一定会毅然决然地离开。我的人生要比她优越很多，只是我同时也在以凶猛的态势向湮没无闻坠落着。可这一次，我并没底气打赌。

我承认，从绝望中能够获得慰藉。就算一个人完全确定自己在做什么，仍然有可能向更容易的选择屈服，我就是活生生的证据。在意识层面，我可以清晰地分析出自己行为背后的因果——童年经历是如何滋养了我自我惩罚的习惯，该怎么做才能停止自虐的倾向……不过我真的停下来了吗？要是像我这样思维清晰的人（尽管情绪偶尔会浑浊泥泞）都无法自我改变，那些在贫民窟，战争地带或是其他我无法想象的糟糕环境中成长起来的人，又能有几成希望呢？假如他们对自己的存在形式都没有基本的意识，又怎能期待他们可以改变内在呢？虽然我对于自己的伪装和外在认知清晰，但我真的能促成内部蜕变吗？还是我会将血管震破，四散在体内，最终只在这纸页上留下随机的只言片语？我不知道答案，但我对这个问题的兴趣仅限于比较漠然的文学层面。我想，其实我还是应该关心一下的，如果我真的自杀成功，我的人生故事便比现在多了一些情节。为了一点名气而自杀……我得坦白，我也许真的傻到了这种程度。

"玛丽莎？"克劳斯的声音突然将我拉回现实。我轻轻地甩了甩头，刚才几乎都忘了自己身在何处。

我看着克劳斯，不觉伤感地皱起眉头。我该如何解释刚才脑海里掠过的一切呢？而我又为什么要这样做呢？因为我总是需要其他人来给我做心理疏导吗？没错，不过也不仅如此。在讲述这些故事时，我和聆听的人都能够更好地理解很多事情。而且他们能窥探进一种完全未知的生活方式。我跟克劳斯解释说，如果我曾经伤害过别人的话，那只是因为他们想试图掌控我，或是从我这里获取什么。我的母亲对我感到失望，也是因为她将自己的人格和个性强加于我，想要通过我来继续生活。在发现我抽大麻的瞬间她之所以会那么愤怒，并不是因为毒品本身——她自己就抽过（甚至有一次她在弟弟的袜子抽屉里发现一盎司大麻，后来又还给了他，还让他藏到别的地方）——真正的原因，是我们俩在整台音乐剧的制作过程中亲密无比：我完全依赖她的帮助；她举办了一个又一个的杀青派对，请柬一份份地邮递出去，甚至强迫父亲帮忙搭建舞台背景，还说服堂妹做舞台指导，一起经历了所有这些之后，她便将自己视作我最为亲密的朋友——甚而将自己看作是我。但那一瞬间，我粉碎了她的幻想。

许多人都能够在我身上找到自己的投影：他们觉得我愚蠢，是因为觉得没有将事物理论化的必要；他们说我残忍，只不过是因为我不愿意被他们拥有；他们怪我引起伤害，却是他们自己给了我这样的权力。这本书其实是我对自己人生的一次辩白，将零碎不相关的情节编织串联起来，一个将所有我做过的事情组接成一个复杂蒙太奇镜头的平台，来证明我的存在，并且为我曾经鲜活的大脑生成逻辑和理性。我想要的并不比其他人多多少。

但我又不仅仅是在为自己的人生辩白，而是为所有存在过的生命——在自己的国家忍饥挨饿的人们，还有每一个互相接触过的生命。对于就站在我们身旁的人，以及那些突然被打上"需要拯救"标签的人，我们都必须给予同样的关心。近来兴起了一阵抗击世界饥饿问题的风潮。有人说症结所在是时间，有人说是金钱。而拯救其他国家和人民的唯一方法竟然是将其转化成一种风潮：摇滚乐队把演唱会收入都捐出来，所有明星名人聚到一起，并将他们的呼吁画面放上《人物》（*People*）杂志封面，这样一来拯救他人就变成了一件头等大事。我懂，我懂，我听上去完全是个愤世嫉俗的人，但是假如商业主义真的是能救人于饥饿的唯一方法，就不应该还有质疑的声音。而事实上，任何事情都逃脱不了质疑。可别误解我的意思，我并不是说，在我们的时代只能通过音乐视频来唤醒人们对于人类苦难的意识是一件糟糕的事。

这个争论最初始于我的朋友柯林。他能够很好地扮演人道主义者的角色，直到自己的生活牵涉其中。有时，他会慷慨激昂地就埃塞俄比亚的饥荒侃侃而谈，而我一旦发表任何观点，他就会直截了当地断言，我根本不知道自己在说什么。（就好像他对埃塞俄比亚难民的经历有切身体会似的。）一个人行为是否得体正派，体现在他对待身旁人的态度。这一步虽然微小，却很重要。饥荒和粗鲁似乎是相距甚远的两个概念，但它们都来源于人们自我的不安全感以及对于他人的冷漠，扩散得越大，就会变得愈发邪恶有力。

其实，对人尊重有礼丝毫不是一件痛苦的事，一旦开始，自我感觉还是不错的。要是这件事让我感到糟糕，八成我是不会做的。我承认，这么做是有回报的——那就是生活的实践性。但当你练习理性思考足够久时,它就变成了一种习惯,并不需要每次都得到奖励。就像那些没有收到食物也仍然继续向前推动障碍物的老鼠一样,[①]我并不总是要求别人以善良回报我的善良。"拒绝报复"已经在我体内深深扎根了,我不愿自己成为别人行为的结果。追根究底,也跟自尊有关。

我只是想表明,我的哲学理念不带宗教色彩,不为了激人狂热,不是凯瑟琳·科尔曼[1][②]那类玩意;相反,它尤其注重实践可行性。它要求权衡利弊,分清因果,是一种数学。高等数学。

> 这就是慕斯在她短暂的生命中一直想要传播的主要理论:理性的算法,社会性代数,礼节性向量。她其实想说,我们所知的一切都是一个系统……人权也不例外。

有了系统,我们才能够进行概念化,进行区分和模式认知。结构是理解、形式,以及承载内容的基础;因此,一切,实际上,都是数学。

她又一次引用"生命科学图书馆"《数学》分册的定义:

> [数学]……能够应用在世界以及宇宙中的原因是……[它的]创造……就是为了适用于顺着逻辑可能想象出来的任一可能的世界和宇宙……[数学]延伸到了终极的深奥领域,以至于任何前提下的真理或非真理都不再重要了。真正重要的……是可以由前提正确地推出结论。[③]

数学是空想的产物,只不过它是一种特殊的空想,由"如果……那么……"结构语句支撑。数学用有意义的标签在实体间建立一一对应的

---

① 间歇性奖励理论:每次推动障碍物都能够获得食物的老鼠会在第一次没有收到食物时就停止推动,但是只会间歇性收到食物的老鼠会持续推动,因为它们习惯了不会每次都有奖励,不过最终一定会有。——罗维尔斯基博士按。

② 凯瑟琳·科尔曼是一个总是挂着笑容的布道者。——莫蒂斯·威尔士按。

③ 《数学》,作者是大卫·贝尔加米尼以及时代生活出版社的编辑们,1969年由时代生活出版社出版。——慕斯·米倪恩原注。

[1] Katherine Coleman,非裔美国女物理学家、数学家,是美国航天器轨道计算的主要负责人。

相关性，然后形成有意义的模式。但真正将意义投入应用的是我们。这就是数学。大自然只为我们提供了石头，而我们则用来计数，给了它们目的；其实那些是我们的目的。

有老派数学，新式数学，代数，微积分；还有拓扑学，物理学，逻辑学——这些都是数学的体现形式；有的数学被上升到很高地位，例如爱因斯坦的狭义相对论，但另一方面，还有我定义的"高等数学"。由于我的理论适用对象是人类，因此该被列为最高等级。高等数学是个人尊严，是经得住分析的善良，具有宗教能够带来的所有益处，但是没有附加的罪责，地狱，虚假，教义，或是自负。

宗教的发明是为了让人们保持步调一致；陈词滥调更加频繁地被唱诵，"万福玛利亚"沦为不经思考的油腔滑调，仪式看上去也只是虚荣浮夸的陈设。我们必须摒弃那些武断的教义，必须重新记起作为独立的个体而存在的意义。

克劳斯仍然把《圣经》视作是现今最重要的一本书。也许在行为准则方面确实是，有些人觉得是非对错都被规定好的话，他们觉得更有安全感。但当那样一本书已经陈旧到当中的例子无法适用于现代的伦理道德时，我们要从哪儿寻求帮助呢？有谁会真的支持"不可觊觎邻居的妻子"这样的教条呢？尤其是如果那个邻居整天只知道喝啤酒看电视时，他的妻子可能需要获得一些外在的认可。遵循《圣经》就像是在一个借助卫星和导航计算机来旅行的世界中，仍然通过观察星星来定位一样：也许仍然能够穿越海洋，不过最终在哪儿靠岸以及航行时长就只能听天由命了。

当我开始谈及伦理道德时，我往往有向危险边缘推动的趋向，也许是因为我还是更擅长讲笑话吧。（我的生命中，有趣比道德占的比重更大。）不过我一直都在努力做个好人，也许是为了取悦我的父母，即使他们完全算不上什么好榜样。原谅我刚才那一瞬间对宗教里善良教义的皈依，要是愿意，你可以从脑海里把它删除掉。我的答案真的不比任何一个人要多，只不过我自视如此，并且讲起来时喜欢长篇大论而已。

克劳斯也发现了，不过他就喜欢我这一点。我们互相的爱慕也基于这一共同点：我们都有很多的观点。随着分别时刻的临近，我们不放过每一个可以聊天的机会。当游轮到达伊斯坦布尔进行为期两天的游览时，我报名参加了针对德国人的短途观光队。我对图丝黛是这样解释的："我觉得用另一种语言体验一个国家挺有意思的。"她当时对我抛下她这件事耿耿于怀，她生怕自己会被拐卖成为白人奴隶。听到我拒绝改变主意，她变得愈发怒不可遏。我邀请她跟我们一起去，并保证克劳斯会把领队讲解时说的所有笑话都给翻译给我们听，但她对于不能控制我的想法这件事感到十分愤怒，不但一口回绝了我的邀约，还威胁说回洛杉矶之后要搬出我们合租的公寓。她本以为这能让我回心转意，可我干脆一了百了，回想起图丝黛在抵达伊斯坦布尔后在我们的舱房里大喊大叫的样子，就算真的被绑架了，她应该也有能力照顾好自己，说不定还会爱上白人奴隶的生活呢。

我想澄清的一点是，图丝黛并没有恶意，她只不过是在感受到异域文化对她的侵略性时，便照搬电视剧《我的孩子们》里那些过激行为来捍卫自己。她惯用的这些技巧已经成为了第二本能：尖酸刻薄的评价，对别人讲的笑话发出不得体的笑声，对于男人的持续追求，以及对于在她眼中算不上"酷"的人尖锐地贬低。图丝黛的某些特质让克劳斯很不舒服。他说："我从来没有遇到过这么……"他试着搜索一个恰当的词，"……错误的人。"他刚说完就皱起了眉头，对于自己模糊的描述以及直接的情绪表达不太满意。我本想试着解释说图丝黛是因为年轻没有安全感，但我又转念意识到，她是否会一直维持这样以自我为中心的年轻状态呢，她是否会意识到自己曾经视若珍宝的活泼与诱人，在年华老去时将不复存在，并且在那一瞬间突然老去，突然丢失了灵魂？（长长的泡泡糖粉色的亚克力指甲如果出现在患有关节炎且长满皱纹的手上，怕是很不合适。）那些为了文化中肤浅的、转瞬即逝的价值而活着的人，终有一天会发现，自己身边剩下的只不过是几个墙上挂的陶艺小丑面具，碗橱里放的减肥药，以及多到数不清的迈克尔·杰克逊唱片。

我不想把图丝黛的形象塑造得有失偏颇。我想要完整地呈现她的人格，也列举出她积极的那一面来均衡一下。只不过，要是我现在真的这样做了，看上去未免像是以公平为名义的牵强尝试。而一个人写作并不是为了公平，而是为了精准。

我最近还看见图丝黛了，她打电话约我吃晚饭。她总是给我打电话，但我从来不打给她。她总是语气兴奋地询问我的书进展怎样，我就含糊其辞地应答。若是她知道我在写作中对她做了哪些文学改编，必然永远不再和我说话。我怎么能如此两面派呢？我是应该现在伤害她还是留到以后？我应不应该把书里关于她的描述都去掉，而选择不真实地对待自己呢？或许对她不真实更好一些？这样一来，我岂非在指责自己是个骗子？若答案为否，那我又如何解释呢？

我没法解释。

我只想坦诚地呈现生活原貌，我没有隐藏自己的既得利益，对于图丝黛把肤浅的好莱坞价值观置于我们的真正友谊之上这件事，我也不愿掩饰自己的受伤。再见面时，我对她只有生疏的礼貌：虽然我努力展现出感兴趣的样子，无论是对她的现任男友，还是她穿的迷你撑裙（最新潮的那款），又或是她所在的喜剧团队正在为《花花公子》频道拍摄的短片，可实际上我一点都不想了解，一半源于嫉妒，一半源于恶心。我想要获得她的地位，却不想成为她。而我相信这两者必然是相辅相成的。

我带图丝黛一起去希腊，是因为她是我当时的闺蜜，不过"闺蜜"这个词直到真正的测试发生之前，都可以随意地使用。直到我来到世界的另一头，才意识到这一点。直到来到了伊斯坦布尔。

伊斯坦布尔是一座昏暗、扭曲的城市。形迹可疑的精瘦男人们在街道各处出没，在阴凉里蛰伏着。而女人则裹着长袍，被隔绝在室内。伊斯坦布尔是一个我魂牵梦萦想要再次拜访的地方，因为它与我去过的任何一个地方都不一样。因为希腊的气质轻快而率性，土耳其则朦胧而充满敬畏。伊斯坦布尔仍是一个令人惊艳的地方。

我们一行五人（两个德国玩具制造商，两个美国甜心，还有一个来自智利的旅行中介）等船一靠岸就下了船，一路散步到离码头几条街远的地方。当时只是自己闲逛（"伊斯坦布尔夜生活短途游"要在一个小时之后才开始,我们都报名了。图丝黛想劝我放弃的德国人观光短途游是在第二天。)我们几个决定在此之前先自己去见识一下"真实的"伊斯坦布尔,不过谁也没有料到,离船几步远后映入眼帘的就是一派肮脏景象。那股黑暗和贫穷将我们瞬间淹没其中。后来,图丝黛说她看见了很多卖灯的小店:华美的水晶吊灯,煤气灯笼,以及一切所有能够点亮那丑恶黑暗的物品。街头四处可见荷枪实弹的士兵,缺失的自由让人感到窒息。我们试着继续往前走,看见道路尽头处的入口固定着两块交叉钉着的木板,以为这是代表正在施工的标志。街道上站着一排排驼背的、畸形的人,他们让人想起老鼠群,伪装得很好的那种,得看好几秒才能意识到到底数量有多少。当我们开始钻过交叉的木板时,其中一个男人发出一声尖利的咂舌声,立即止住了我们的步伐。从另一个男人蹩脚的德语中,克劳斯勉强听懂了意思:这是条妓女街,女人是不允许进入的。他们带着怀疑的目光上下打量着我们,我感觉到鸡皮疙瘩一粒一粒地蹦起来。在这不愉快的探索之后,我们都决定回到船上,等待"伊斯坦布尔观光夜"的到来,因为这个国家的陌生感让我们心惊胆战。

  在第二天的德国人观光游中,我,克劳斯和史蒂芬参观了一个又一个清真寺,逛了一家又一家织毯店,做工精美的毯子随着店主手腕迅速地一抖,利落地铺叠在前面一块地毯上。在欣赏着这飞毯舞蹈一般的展示时,还有人给我们奉上苘香酒、啤酒和土耳其茶。卖家能够熟练运用游客们的母语,所以对我们这一拨说着流利的德语 —— 直到发现我是个不懂德语的美国人。卖家们的脸上纷纷呈现出不解的表情,这让克劳斯感到十分有趣。其他德国游客都用德语开起了"瞎扯淡"的玩笑。很快就到了该离开的时间。接下来我们被领到一家博物馆,里面展出着巨大的翡翠石,还有其他大件的珠宝,不过由于被导游催着向前,我们几乎没时间仔细看。但是,相比宝石,我对一群全部身着黑衣、由学校老师带来进行校外活动的孩子更感兴趣。他们走马观花,甚至比我们还要匆忙,同时每个人都得紧紧抓住前一个人的手。我和他们用英语互相说了"你好",在告诉他们我的名字之后,我从他们会说英语的老师那里学会了用土耳其语说"你好吗?"——"尼尔西斯斯坦尼斯"。我本想试着记住所有孩子的名字,可那么多孩子同时对我喊出自己的名字,争着想获得我的关注,——记住实在太难了。

过了十分钟,在博物馆的另一个区域内,一个小男孩突然看见我,大叫了一声"玛丽萨",转眼间所有的孩子都叫了起来:"玛丽萨,玛丽萨!"并且向我问起关于美国的问题。那些德国游客之前没看见孩子们和我聊天,但现在却看见他们一个个叫着我的名字,觉得惊奇无比。克劳斯露出了笑容,我也被感动了。这就是我旅行的原因,为了让陌生的孩子们在一座拥挤的博物馆里争先恐后地叫我,为了意识到即使是在一个令人压抑的国家,孩子们也仍然是孩子该有的样子,这个国家弥漫的严厉管控并没有遮蔽住他们天真的思维。不过,就在几秒钟后,我转过头便看见,稍微长几岁的孩子们踏着正步,用木棍当作枪支模拟着战争游戏。顿时,一阵寒意涌遍我全身,我突然意识到,如果不在年幼时进行开化和教养,时机很快便会错过,再想逐渐培养出能够确保人性的礼节就太迟了。像伊斯坦布尔这样的地方让我开始怀疑,自己对于人权的幼稚信仰,在这样一个绝望和危险的世界中是否还有意义。

在世界上蔓延的并不是邪恶,千万不要这样认为。我不相信邪恶的存在,而以它真实的名字称呼它:恐惧。正是恐惧使人类诉诸战争,使富人执迷于财富,使压迫者极尽剥削之能事。若称之为邪恶,则似乎将其定性为不可改变之物;而恐惧则让我们看见了卸下伪装的罪魁,从而可以进一步思考对策。要想彻底解决还路途漫漫,但那一天终将到来。

也许你会说:"'恐惧'这个答案太简单了。真正的原因一定比这更复杂。"

我同意它的复杂性,可是究其本源仍然是恐惧和不安全感,需要将真相强加于他人,才能借此相信那份捏造的真相。那些害怕"意义根本就是莫须有"的人会战斗到最后一口气,来证明意义的存在。如果这都不是恐惧,我不知道什么才是。

正是这股不安全感让宗教团体挨家挨户地劝人皈依,也正是这股不安全感造就了各种风尚,迫使每个人都变得相同。我们是社会性的动物,做决定也要以集体为单位,并以为这能够确保决定的正确性。可这样做唯一能确保的,就是让它变成现实而已。

共识理论

(需要借助手指头来帮助说明)

假如世界上只有五个人,其中四个相信杀戮的力量,而最后一个不相信,不久之后,世界上就不会留下相信任何东西的人了。假如只有一个相信杀戮而其余则不,那么第一个人就会被其他人关起来,所有人最终得以自然死亡。因此,杀戮这件事的绝对道德性质并不重要,因为它与人们到底想不想杀人也有关系。如果是出于本意,那么他们会想方设法地给它安上道德的名头。掌控生命的不是道德,而是共识。

克劳斯用德语叫我"布林德哈妮肯",他说含义是"可爱的盲眼小鸡"。德国有一句俗语是这样说的:"即使是盲眼的小鸡有时也能够找到食物。"我想,他这样叫我是因为我在没有任何实质性指导(父母、宗教、女童子军,或者其他)的情况下,一路跌跌撞撞地形成了一套自己的生存系统。通过反复试错的方法来生活很是艰难,真理和虚伪都需要靠自己来发现,偶尔还要勇敢地打入未知领域去探索。在这些领域中,能够帮助一个人前行的,不是上帝、酒精、心理学或其他任何东西,真正派上用场的,就是最原始的智慧(我将其视作高度进化了的本能反应)以及生存的欲望。一旦成功闯出来了,一幅清晰的图景便显现出来,有时甚至会落地生成一套人生哲学。这几乎就像是,一个人得先放弃视力,才能真正地看见。虽然表面上看上去似乎有光,但其实我们所有人都处在黑暗之中。我们盲目地运行,并且盲目地相信自己能够看得见。但是,正如我之前所说的那样,当你在黑暗中挥舞地足够久时,就能够时不时地戳到一些东西。时不时地,我也能够找到一些食物。

正是从这里开始,慕斯·米倪恩的叙述散落成多个迥然不同的故事的凌乱结尾。她在食用巴西坚果陷入悲剧性的昏迷之前,正忙着把这些零散的回忆整理结集,不过现在她深陷那个暮光世界,连医生都觉得她回归的希望渺茫。我们试着通过她的写作,通过采访她的朋友和同事,拼凑出她生活的原貌,我们中的一些比其他人更加投入。要是她能够指导我们就好了,不过至少她的文字细腻地保留了她的个性。慕斯·米倪恩是这样用文字来蔑视死亡的:

要是你看不了改编拍成的电影,那就读这本书吧。

  幸运的是,现在这本书终于可以供大家阅读。

后记

在准备出版书稿的时候，我们接到一通充满喜悦的电话，通知我们玛丽莎·慕斯·米倪恩已经从昏迷中苏醒过来，重新回到阳间。

我们本来害怕她会拒绝出版这本书，可她竟然在完全没有见到最后呈现形式的情况下，就给了我们出版授权。在登上前往希腊的飞机之前（算是康复之旅），她说的最后一句话是："记得寄一本给我！"

啊呀，我们并没有她的地址。

图书在版编目（CIP）数据

摇滚女孩的高数人生/(美) 包弪 (Jennifer Ball) 著；李琪译.
-- 上海：上海文艺出版社，2019.4
ISBN 978-7-5321-7103-3

Ⅰ.①摇… Ⅱ.①包… ②李… Ⅲ.①自传体小说—美国—现代 Ⅳ.①I712.45
中国版本图书馆CIP数据核字（2019）第049386号

HIGHER MATH-THE BOOK MOOSE MINNION NEVER WROTE by JENNIFER BALL
Copyright © 1991 by Jennifer M.Ball
Simplified Chinese edition copyright:
2019 SHANGHAI LITERATURE AND ART PUBLISHING HOUSE
All rights reserved.
著作权合同登记图字：09-2019-155 号

发 行 人：陈　徵
责任编辑：赵一凡
装帧设计：朱云雁

书　　名	摇滚女孩的高数人生
作　　者	(美) 包弪 (Jennifer Ball)
译　　者	李琪
出　　版	上海世纪出版集团　上海文艺出版社
地　　址	上海绍兴路7号　200020
发　　行	上海文艺出版社发行中心发行 上海市绍兴路50号　200020　www.ewen.co
印　　刷	上海市崇明县裕安印刷厂
开　　本	890×1240　1/32
印　　张	9.75
插　　页	2
字　　数	280,000
印　　次	2019年4月第1版　2019年4月第1次印刷
I S B N	978-7-5321-7103-3/I · 5676
定　　价	45.00元

告 读 者：如发现本书有质量问题请与印刷厂质量科联系　T：021-59404766